鎌池和馬
Kazuma Kamachi

Illustration HIMA

魔導ハッカー
》暴け、魔法の脆弱性を

テレリア＝ネレイド＝アクアマリン
学園群塔に属する、童顔小柄だが巨乳な少女。
セカンダリ（水属性）魔法が得意。武器は二丁拳銃。
「かっ、勝手に人の魔法を
ハックしないでくださいよ！」

アヤト＝クリミナルトロフィー

学園群塔に属する魔導ハッカー。昔は「六発目の悪魔(ヘキサジンクス)」と呼ばれる凄腕のフォワードだったが、ある事件から魔導銃を封印した。

「むぎゅう!?」

マミリス＝コスター
ダークエルフの褐色少女。

普段はそのとがった耳を魔法の道具で隠している。

祖母が魔導利器の職人でおばあちゃんっ子。

「……何だかんだで
意外と『ある』じゃないか。
なんていうか、幸せが」

「セレディレカ天空都市
全体の治安は
我々騎士団に
お任せください！」
ヘンリエッタ＝スプリット＝デストリウス
天空都市の治安を守る騎士団に属する。
アヤトを危険人物とみなしている。

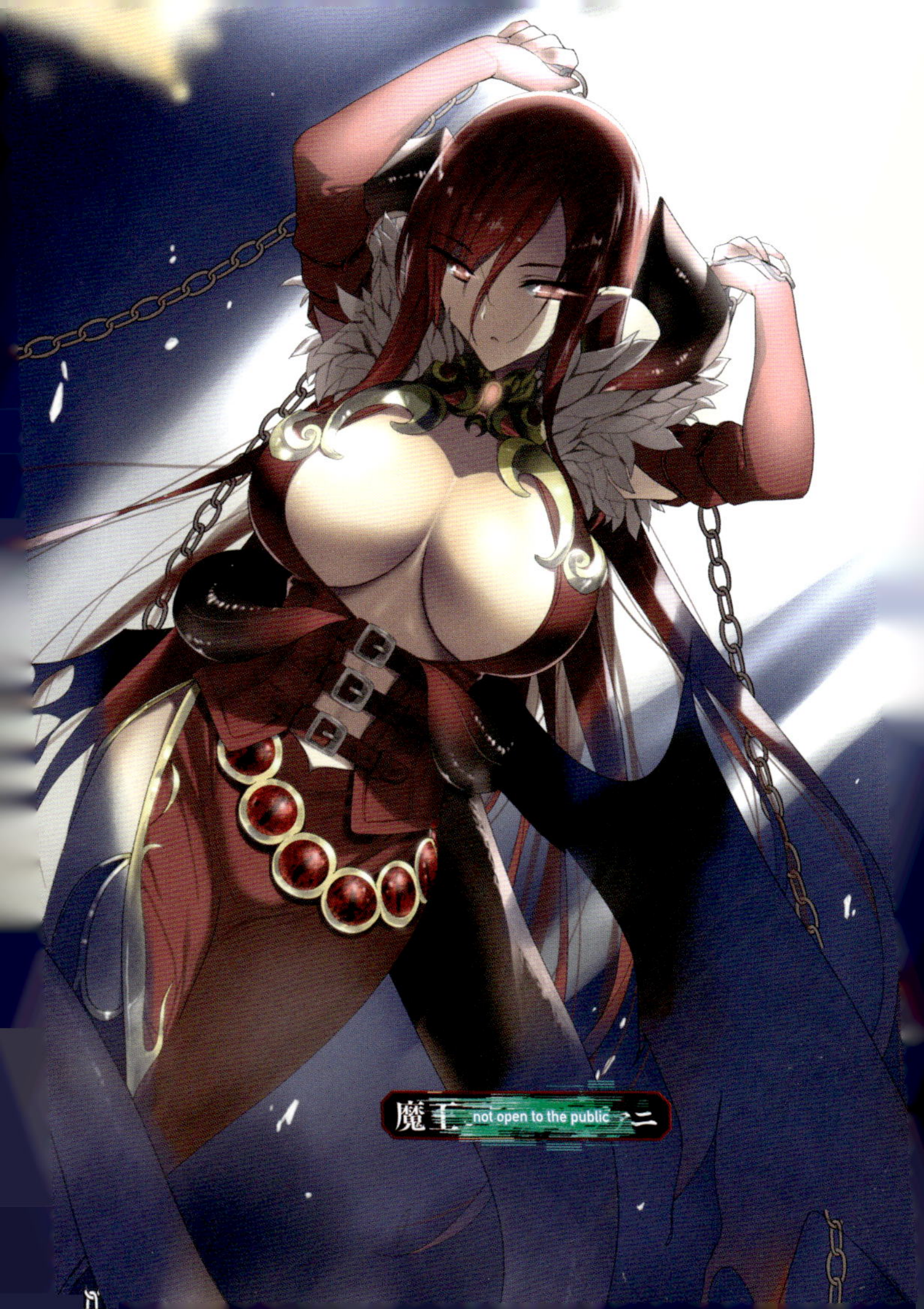
魔王 not open to the public ニ

contents

デザイン/AFTERGLOW

魔導ハッカー

》暴け、魔法の脆弱性を

鎌池和馬
Kazuma Kamachi

Illustration HIMA

フェイズ00　セレディレカ天空都市《てんくうとし》

ばつんっ!!　と。

薄暗い部屋の中でいきなり聞こえた鈍い音に、ウェーブがかった長い金髪の少女はそっと視線を下に下げた。やられてる。青いブレザー、その豊満な胸元。襟元をしっかり守っていたはずのブラウスのボタンがひとりでに弾《はじ》け飛《と》んで亜空間へと消え去っていた。おかげで見せたくもない谷間がこれでもかというほど大きくさらけ出されてしまっていた。

「あうあうあうあう……」

テレリア＝ネレイド＝アクアマリン。

彼女は見た目の背格好から不釣り合いなほど子供っぽい仕草でわたわたと両手を振り回すが、亜空間へ消えたボタンも刻一刻と過ぎていく時間も巻き戻ってはくれない。とにかく今は予定が押しているのだ!!

ブラインドで陽《ひ》の光が遮られた窓の辺りでぶら下がった鳥籠の中では首に鈴を着けた九官鳥のような魔導利器《まどうりき》が首を傾《かし》げ、キンコーン、と喉から柔らかいベル音を鳴らしていた。

そして命なき発声器官は語る。

『長旅お疲れ様です、セレディレカ到着まで一〇束ね時（注、約一二分三〇秒）となりました。乗客の皆様はご準備のほどを』

（入城許可証、ああ、入城許可証!?　あっちにもない、こっちにもない、だとするとやっぱりあの人でしょうか……!?）

さして広くもない、縦に細長く伸びた四角い空間だった。『寝室』を早足で横切ろうとして、視界の端に入ったものを見かけて急ブレーキ。とんとんっ、と二歩三歩後ろへ下がって位置調整し、大きな鏡に映った自分自身の姿をチェックする。

お嬢ちゃんは時間が経《た》ったらそのまんま日向《ひなた》ぼっこが似合うちいちゃいおばあちゃんになりそうだね、と初対面のおっさんから言われてしまうほど小柄な背丈。

にも拘《かか》わらず体の一部、ああもう胸の辺りが必要以上に育ってしまったために衣装選びで減法苦労させられる体軀《たいく》。

が、青いブレザーで一揃《ひとそろ》えした金髪少女が殊更気にしているのは、実はそんな豊満な胸ではなくスラリと伸びた足元の方だった。

（初めての街に足を着けるんですもの。やっぱり最初の印象は大切です。……うん、大丈夫。『脚』については問題なし、と）

短めのスカートから伸びた足は黒いタイツでぴっちりと締められ、腰回りには本来のスカートとは別に前の大きく開いた、C字の傘のような拡張外装《かくちょうがいそう》が浮遊していた。

しかし、だ。

元々はお姫様のドレスみたい！　と喜び勇んで購入したものだが、胸の『ばつんっ！』のせいで何だか本当に胸元や脚線美を魅せつける夜会の蝶《ちょう》のような有り様になっていた。

「うっ……」

脚線の一点から全体を『引き』で見直し、思わずテレリアは呻《うめ》いてしまう。

オトナっぽいなんて次元ではなく、ちょいとした禍々《まがまが》しさまで感じる己のビジュアルに、頭をがつんとやられかけたのだ。

（とっ、ともあれまずは入城許可証の確認。荷物をまとめて、時間が余ったら、きっとボタンを付け直す時間も取れるはずですう!!）

パニックに陥った時こそポジティブシンキングだ。

テレリアは改めて細長い空間を横切り、簡素なテーブルとソファが並ぶ一角へ向かう。

さして大きくもないソファの上には備え付けの毛布が被《かぶ》せてあって、しかもこんもりと膨らんでいた。旅の同行者だ。何でこんな所で寝ているのかと言えば、もちろん女性のテレリアにベッドを譲ってくれたからだ。ここらへんを当たり前のように振る舞ってくれる精神は非常にありがたいのだが、しかし金髪のぱっつんぱっつん少女はどこか不発弾に触れるような及び腰であった。

これまでの経験が物語っている。

「……あっ、アヤトさーん？　アヤト＝クリミナルトロフィーさぁーん？？？」

最初は遠巻きにそっと声を掛けてみるが、毛布はぴくりとも動かない。

いつもの事でもあった。ここで迂闊《うかつ》に近づくほど彼女は愚かではない。テレリアもどこか諦めたように額に手をやり、大きく息を吐いて、そして覚悟を決める。両手を口元に当ててメガホンの形を作り、全力全開で叫びを放つ。

「あーやーとーさぁーん!!　二人分の入城許可証知りません？　絶対にこのバンガローの中にあるはずなんですけどお!!」

ようやっと大山が鳴動した。くしゃくしゃの毛布の亀裂からにゅっと線の細い手が伸びると、指先がひらひら。そして一点を指差すような動きをする。

怪訝《けげん》な顔をしてテレリアがテーブルの上を見るが、そっちにはマグカップ、鞘《さや》に収まった根元に引き金のついた短めの剣、そして一抱えの四角い金属の塊があるだけだ。チンッ、とベルを鳴らすような音と共に焼きたてのトーストみたいに真上へ飛び出してきたのは、遠隔印刷された今日の新聞であった。

「？」

判決確定、大罪人トーマス＝ロベルギンの公開処刑を命ず。一面の見出しを何となく目で追い駆け、事件の他には中央の政治経済の動きなんてガン無視で地元のお祭りの記事が大きく陣取り、広告欄にフォーチュリアナ聖教《せいきょう》の『世界に魔法の光を』というメッセージがあるのを読み取って、いやあ地方に来たなーという感想を抱いたものの……やっぱり根本的な意図が分からずに小首を傾《かし》げるテレリアだったが、そこで彼女の背筋に寒気が走った。

(あっ……)

あれだけ警戒していたのに頭からすっぽ抜けていた。まずい、と今さら警告シグナルが頭の中で乱舞する。横になって瞳を閉じているから分かりにくいのだ。毛布の塊は、必ずしも眠っているとは限らない。呼吸が一定のリズムか否かなどに気を配るべきだった。

そして基本的にどのようなものであれ魔導の作業中、不用意に近づくのは危険を伴う。

(まさかっ、せいしんてきな、セルフマニュアルの作業中でしたかっ!?)

一見動いているように思えてもテレリアの質問に反応して回答を与える、なんて真っ当なプロセスを踏んでいないケースもありえる。プラシーボ効果に火事場の馬鹿力。人は意外と自分の体の『重さ』に気づいていない。だから最大効率で体を動かすために、自分から意識の濃度を下げて定期的に『基準値』を把握しておく必要があるらしいが……知った事か。ようは人の話なんて聞いていないのだ。

つまり今のは具体的に何かを指し示したのではない。

目を離したのはまずかった。彼我の距離なんて関係ない。そう、ヤツはいつだって下からすくい上げるようにやってくるのだ。

こんこんころころ、とソファから落ちて床を転がり続ける巨大な毛布の塊が足元にぶつかったと思ったら、そのまま引きずり倒されて一気に持っていかれた。

「あっ、ああっ、ちょ、アヤトさっ、ああああああーっっっ!!!?!?」

絶叫と共に毛布の中へ捕食されていく金髪少女だが、生憎《あいにく》とこの四角い空間には彼ら二人以外に誰もいない。アナウンス用の九官鳥にも不道徳遮断機能は特に実装されていない。

もにもにもに、としばし巨大な毛布がガムでも噛《か》むように大きく蠢《うごめ》いた後、地の底から響くような低い呻《うめ》きが聞こえてきた。

「……右の親指から一、二、三、四、五……何だこれ、俺の『剣』はどこだ……?」

「何をどうしたらこのやわらかボディを硬く冷たい魔導銀《まどうぎん》や水晶《すいしょう》の塊と間違えるんですかぁーっっっ!!!!!!」

なので十中八九、朝の目覚ましはこれと決まっていた。

すぱーん!!　と小気味の良い平手打ちの音が今日も冴《さ》え渡《わた》る。

「……、」

本来であれば、テレリアと同系の青いブレザーを纏《まと》うアヤト＝クリミナルトロフィーという少年は部類で言えば端整な顔立ちのはずだった。当人いわく『悪魔と契約した時に男の性《せい》を喰《く》われた』との話だが、ようは中性的な美貌と言っても差し支えはないはずだ。

が、

「テレリア君。テレリア＝ネレイド＝アクアマリン君」

「……、何ですか？」

「頭の中でやっていた魔導の実験を強制遮断されて気分はすっきりだが、これから初めての街に足を着けるって大事な場面なのに、何も人様の顔面を左右非対称にすることたないと思うんだ。なんか恨みでもあんのかコラ」

「ダメージを負っているのはあなただけじゃないんですっ！　こう、その、なんていうかオトメ的に!!」

「具体的に言ってくれよ俺が何したって言うんだよ。意識の濃度を下げていたから、セルフマニュアルの間の出来事は思い出すのが難しいんだ……」

「絶対に嫌です、どうして自分で自分に恥ダメージで追い討ち掛けなくちゃいけないんですかっ。ほら、とにかく顔見せてください！」

　言いながら、テレリアは腰……浮遊するお姫様スカートと密着するブレザーのミニスカートの間に隠した革のホルスターから、黒塗りの拳銃を引っこ抜いた。グリップの三倍以上もある必要以上に長々としたマガジンに銃本体と一体化したサプレッサー。照準合わせのためのダットサイトや銃身下部にはレーザーガイドまで備わっていた。とりあえずアクセサリーがあれば何でも付けたがる、俗にいう雪だるまガンマンだ。

とはいえ、顔面を真っ赤にしたテレリアが感極まって銃を摑《つか》んだ訳ではない。

「頬の腫れと鬱血。頬骨や鼓膜には影響なし。となると体内を走るマナ流《りゅう》を整えて新陳代謝を促進するだけで大丈夫かな」

「おい、それだと俺の顔面が垢《あか》とフケだらけになっちゃうよ！」

「ああもう、こんなので細胞置換再生までやらせるつもりですか!?　コスト!!」

「俺被害者、君加害者」

「私被害者あなた加害者ですっ!!」

金髪少女は拳銃を立ててスライド部分を自分のおでこに当てて、口の中で何かを呟《つぶや》く。

「(セカンダリ・エクス・エイド)」

ばばばすっ!!　とフルオートらしいくぐもった連射音と共に、蛍に似た淡い光が空間中に解き放たれた。鮮やかな青いマズルフラッシュが花開き、その中心を突っ切ったマナの流れが電気パルスのような信号を内包し、眼前にいたアヤトの顔に突き刺さる。つるりとした空薬莢《からやっきょう》が排莢口《はいきょうこう》から吐き出される。淡い光を放っているようにも見えるが実際には逆、元から発光していた空薬莢《からやっきょう》が発射と同時に急速に光を失い、鮮やかな色も花が枯れていくように退色していくのだ。

こうした弾丸は鋼の円筒の内側に不純物を塗ってから激しく熱し、霧状《きりじょう》のマナを封入して外側表面に薄い膜を張る事で製造したものだ。

しかし光を失っていく薬莢《やっきょう》は、散り際の火の粉や夜光虫《やこう》と同じある種の儚《はかな》い美しさを演出する。不純物の内容によって変わるため色については製作者によって個性が出るのだが、テレリアの場合は淡い青だった。火の赤、水の青、風の黄、土の緑。この辺りの属性色と対応してみても面白い。

魔法なんて引き金一つだ。

魔導剣や古式杖《こしきじょう》を振りかざして空間中に複雑な陣を描き、古代語の長々とした呪文でマナの流れを整え、天空と大地、世界と人体を共振させて超常現象を起こす時代は終わったのだ。長々とした構文を一行でまとめるように。今や魔法は選ばれた者だけが振りかざす特権ではない。大気中から取り出した霧状《きりじょう》のマナを高圧注入した薬莢《やっきょう》を銃身に押し込み、引き金一つ引くだけで誰しも扱える大衆技術に形を変えていたのだ。

人はわずかな、弾頭部分の砂粒にも満たない小さな変化を起こすだけで良い。

固化した膜のようなつるりとした薬莢《やっきょう》の中身は大部分が『触れずの霧』とも呼ばれるマナで、弾頭部分は柔らかい自壊鉛《じかいなまり》だが、直接の破壊力は求めていない。魔法の発生と共に消失する運命のこいつに意志の力で操って望む魔法に対応した文字や数字を刻み付ける事でマズルフラッシュの質を変え、さながら花火のように色とりどりの光の中心を高圧環境から解放した霧状《きりじょう》マナを使ってぶち抜く事で望んだ魔法を生む。

銃声の届く距離が射程と直結する世界だ。そんな中でわざわざ銃身一体型のサプレッサーを組み込んでいるのは、射程を犠牲にしてでも精密さを取ったからだろう。特に、単なる殴り合いではなく回復魔法などで人体の中身をいじくる者として。

この時代、安全な家の中で若奥様がコンロに火を点《つ》けるのにも魔法を使うものだが、文字や数字にどんな意味があって、実は欠けた文字を数字で埋め合わせて結構危ない橋渡しをしているのだ、などと理解を深める者はまずいない。着火なら着火、施錠なら施錠。頭では計算できなくたって普段の生活で使う項目だけ丸暗記して並べてしまえば良い。暗記もできなければおっかなびっくり手帳をめくって指でなぞるまでだ。……これを進化と呼ぶか退化と呼ぶか人それぞれだろうが。

そして、

「下手くそ。鎮痛と解熱を並列でやるから無駄弾を撃ちまくる事になるんだ。ここはこう」

「あっ!?」

どすっ、と。

銃を握る金髪少女が素っ頓狂な声を上げる。

アヤトはテーブル上にあった剣を鞘《さや》から引き抜いて少女の手にした魔導銃《まどうじゅう》に刃の先端を軽く突き刺す。同時、少年の青いブレザーの胸ポケットにしまっていた極薄の水晶《すいしょう》カードが空間中へ適当にばら撒《ま》かれていく。掌《てのひら》サイズ、七八枚ワンセットのそれらはひとりでに様々な図柄《アルカナ》を描き、さらには磁石で操られるように布陣まで変えていった。

途端にテレリアが操っていたはずの魔法の構成がブレる。

いいや、マナの流れを乗っ取られて全く異なる魔法が構築されていく。

その道の専門用語で、リンケージプラグの剣とリンケージモニタの水晶《すいしょう》タロット。

「患部は冷やせば痛みが鈍化するんだから、ここは解熱に一本化するだけで良い。その分余ったリソースがあるだろ、お肌と髪のケアにでも当ててくれ。さっきも言ったが新陳代謝促進パターンの回復魔法だと肌や髪が反応して垢《あか》とかフケとかで大変な事になるんだ。いいか、初めての街に足を着けるところなんだぞっ」

「かっ、勝手に人の魔法をハックしないでくださいよ！　ああもうおっかない!!　暴走とかした場合その反動はこっちに返ってくるんですからねっ!!」

「そんなヘマするような人間に見えるかね？」

ソファの上で片目を瞑《つぶ》ってアヤトは語る。

魔法が誰でも簡単に扱えるようになると、当然扱う人間側には余力が生まれる。古式では魔法を発動するので手一杯だった人間も、そいつを応用する時代がやってきた。この恩恵は多岐にわたるが、そんな中にアヤト＝クリミナルトロフィーのような人種も存在した。

いわく、魔導《まどう》ハッカー。

自己が行使するのではなく、他者の魔法へ侵入し、乗っ取り、奪い尽くす専門職。

ばづんっ!!　と。

金髪少女の胸元から炸裂《さくれつ》する音が、そんなクールな雰囲気を台無しにした。

アヤトとテレリアはそれぞれ少女の一点に目をやる。

元々キワッキワだったブレザーの胸元、ブラウスのボタンがまた一つ吹っ飛んでいた。

「……」

……………………………………………………………………………………………

……………………………………………………………………………………………

「待て、魔導的因果の講義をしようじゃないか。魔法の反動と君のボタンの間に因果は成立していない。だからこれで疑いの目を向けられるのは心外だっ！」

「もう魔法がどうとかややこしい事言われるから煙《けむ》に巻かれるんですう!!」

「魔導銃《まどうじゅう》のグリップで殴りかかるな長い長いマガジンが飛び出してんだよっ!?　良いからっ、ほら、裁縫セットを持ってこい！　俺が直してやるから!!」

「そんなそこまでしてもらう義理は……」

「君が裁縫ねえ？　破滅的な成果を出す事は実地で証明済みじゃないか。俺のズボンと君のふりふりブラジャーが合体した時は本当にどうしたものかと……」

「わー！　わーっ!!　わあーっっっ!!?!?」

　恥の記憶で追い討ちを掛けられる前に両手をわたわた振ってテレリアは裁縫セットの捜索に移った。しかしまあ、当然ながら裁縫部位は金髪少女の胸元になるので、

「あ、あの」

「何か？」

　両腕の脇と肘を締め、自分の肩の高さまで緩く握る左右の拳を上げる格好で、そう言ってみれば自ら胸を大きく張る格好になってしまった涙目の金髪少女の弱々しい抗議が続く。

「そこすっごく凝視されると、その、困りますう……」

「今から君の服を脱がしてボタンを付け替えた方がこちらの作業コストも軽減されるんだが、到着までもうあと何刻み時だ？　わやくちゃの半脱ぎ状態で初めての街に足を着けたいなら止めはしないが、何だか盛大に誤解されそうな気がするな。俺も含めて」

「アヤトさん、邪念の方は？」

「ごちそうさまです」

　そしてテレリアは迷わず裁縫道具から裁ちバサミを摑《つか》み取《と》った。

「待てテレリア君っ、だって無理だ、紳士の顔を作るには君はちょっと魅力的過ぎる!!」

「ふっ、な、また真正面からそういう歯の浮くような台詞《せりふ》をっ。そっ、そそそんな言葉で惑わされるとでも思っているんですか……!?」

「せめてこいつが照れ隠しなのかガチなのかはっきりさせようじゃないか!!」

大振りのハサミを取ったり取られたり。だが単純な摑《つか》み合《あ》いとなるとやっぱり顔を真っ赤にして両目をぐるぐる回す女性のテレリアの方が分は悪い。まして激しく動けば動くだけ少女のブラウスのボタンが弾《はじ》ける緊急事態の真っただ中でもある。

（うう。こんな甘言でフクザツになっている自分が哀《かな》しい……。つまりああもう嬉《うれ》しい成分が多少なりと混じっている訳で……）

「……もうどうにでもしてくださいいい……」

「ではお言葉に甘えて」

年頃の男性に自分の胸元を凝視されながらもそもそ両手を動かされ、テレリアは涙目で視線を横へと逸《そ》らす。視線に反応したのか、今まで窓を覆っていたブラインドの連なった薄羽根がひとりでにくるりと周り、外の景色を大きくさらけ出した。


青い星があった。


頭上はすでに黒一色。本来あるべき蒼《あお》の色彩は眼下一面に広がるほどの高度。それでいて空気や気圧に何の支障もないのは、魔法の恩恵以外の何物でもない。

これがセレディレカ天空都市《てんくうとし》。

その名物とも言える、陽《ひ》の輝く星空。

地上から一本の太い太い鎖を伸ばし、少しずつ高度を上げて、いつか天を越える日を夢見てひたすら上へ上へと目指していく、希望とも不遜とも思える巨大な街。見た目こそ穏やかだが、ここはもう空というより宇宙に近い。街そのものよりも二回りも三回りも大きなご自慢の大気シールド『庇護《ひご》の傘《かさ》』がなければすぐにでも酸欠と氷漬けに苦しめられるだろう。

「やっぱり大きな飛行船の方が良かったんじゃありませんか？　美味《おい》しい食事にふかふかのベッド、添乗員さんが至れり尽くせりしてくれて、バーラウンジやカジノまでついているって話でしたけど」

「テレリア君、第一にそこまで金はない。一般の感覚ならこれでも十分贅沢《ぜいたく》だ」

「うっ」

「あと金持ちばっかりの飛行船は空賊にも狙われやすいよ。眼帯ミニスカへそ出しカトラス装備の女の子との出会いを求めるのでもなければ、金持ちとの同乗は避けた方が良い」

「……アヤトさんは少々空賊という言葉に夢を持ち過ぎじゃありませんかね？」

「しかも大型の飛行船だって使っている理論は同じだよ。ナビゲーターに目的地の座標を入力して、大気を流れるマナ流《りゅう》を読み取り、機械的に航路を定める」

「えっ、でも……？」

「一等航空士だの機関整備士だの長々とした肩書きの連中はたくさん乗っているけど、手動操船なんて非常時の立て直しくらいだ。実際には平素の運行なんて装置任せなのさ。だからたまに原因不明で大幅に到着が遅れる事があるだろ。あれはナビがポカして意味のない航路を延々ぐるぐる遠回りした『迷子』状態に陥ったって訳」

そうこう言っている間にもボタンは直せた。犬歯を使って余った糸を切るアヤト。おかげでビジュアル的には半ば以上少女の谷間に顔を突っ込んでいるように見えなくもない。

「あっ、ふ……」

「うん？」

「げふんげふんっ！　何でもありません、吐息がくすぐったいなんてそんなそんな!!」

「まあとにかく、俺達が使っている気球《ききゅう》バンガローと何も変わらないんだよ」

彼らが佇《たたず》んでいるのは宿屋でもなければ馬車でもない。

高度はざっと三万エスール（注、約三万六〇〇〇メートル）。

細長い金属コンテナを居住スペースに改造した上で三つの巨大なバルーンで吊《つ》り下《さ》げ、火と風のエレメントを封入する事で浮力を確保し、大気を縦横に走っている不可視のマナ流《りゅう》に乗って目的地までゆったり飛行していく移動宿泊地、気球《ききゅう》バンガローだ。

大規模な飛行船と違って料理や洗濯は自給自足。仮にナビがポカして予定地以外に不時着しても有料保険に加入していなければ捜索隊は派遣されないなど、あちこち穴はあるものの、空の旅なんてまだまだ高級サービスだ。アヤトやテレリアだって、普段であればこんなものは使わない。

無理を押した理由は単純で、こうしないと今回の目的地には辿《たど》り着《つ》けないからであった。

「すっごい……」

窓の外に広がる絶景を目にして、なすがままの金髪少女は感嘆の息を漏らしていた。

本来頭の上にあるべき青空は足元に押し込められ、昼夜を問わない星空が辺り一面を覆い尽くしていた。そこまでの高さにやってきたのだ。そしてうっすらと赤いもやのようなオーロラの漂う不可侵の天の領域に、明らかな人工の大陸が浮かんでいた。大きさで言えば地上の王都が四つか五つは丸ごと入るだろう。火、水、風、土と外周四ブロックはそれぞれエレメントごとの特性に彩られ、中央のブライティオ光彩王城《こうさいおうじょう》はそれらの力を結集した（天然のものより、よほどくっきりと輝く）オーロラみたいな壁『自由謁見の限度』で守られ、許可なき者の侵入は神魔の域にいる者すら徹底的に拒むとの伝説を持っている。

全長は約一〇万エスール（注、約一二〇キロ）。

複数の王によって地上の大陸一つを丸々束ねた選抜王国《せんばつおうこく》の中でも随一となる天空都市《てんくうとし》。

セレディレカと呼ばれる人類魔導の結晶こそが、彼らの次の舞台となるのだ。

「テレリア君」

「あっ、はい。何ですか？」

「……今の君は胸元のボタンも直しきっていないぱっつんぱっつん状態なのだが、どうしてこの局面でわざわざ窓のブラインドを開けてしまう？　そんなにぱっつんぱっつんを表に出してしまいたいのかな」

悲鳴と共にもう一発平手が飛んで、大きな二つの塊が激しく揺れ動き、せっかく直しかけていたボタンがまた一つ弾《はじ》け飛《と》んだ。

オプション01　セレディレカ観光ガイドの序文

全長約一〇万エスール（注、約一二〇キロ）。

永住滞在人口約九〇万一〇〇〇人、一時滞在人口約九五〇万人。

大陸を治める選抜王国《せんばつおうこく》随一となる天空都市《てんくうとし》であるこの巨大な都市国家は、今からおよそ四〇固め年前から実際に浮遊を始め、こうしている今も刻一刻と高度を上げておりますが、計画そのものは五〇〇固め年前からとも七〇〇固め年前からとも言われております。

途方もない時間、労力、財産を投じて受け継がれてきた建設計画はこうして実を結び、選抜《せんばつ》王国《おうこく》の領土の一部を切り取る形で最大規模の浮遊大地《ふゆうだいち》が誕生しました。上層大気を流れる他に類を見ない濃密なマナ流《りゅう》を回収してタンクの中へ高圧注入し、地上へ送り届ける事で静態大陸《せいたいたいりく》全体のエネルギー事情を賄う事に成功したセレディレカの功績は計り知れません。現在、天空《てんくう》都市《とし》は様々な問題に直面しながらも代々の建設計画に尽力してきたセレディレカ地方王家が治めており、商業、工業、観光、そして特化型の農業など、各分野の中核として大陸全土を支配する選抜王国《せんばつおうこく》を支える巨大な柱の一本としてその存在感を大きく示す事になりました。天空都《てんくうと》市《し》は太い鎖によって地面と繋《つな》がっておりますが、これは全大陸の中でも唯一永き歳月を経ても微動だにしない、揺るぎなき我が静態大陸《せいたいたいりく》でなければ実現しなかったでしょう。

（ちなみに浮遊大地《ふゆうだいち》の材料として切り抜かれた陸地は現在、やはり静態大陸《せいたいたいりく》随一の人造湖として登録されております）

今日《こんにち》、セレディレカ天空都市《てんくうとし》は地方王家と彼らに仕える一六〇名の騎士当主階級によって半議会専制君主制の形で治世されており、王の施しによってまつりごとの一部に他階級を取り入れている事から比較的自由で大らかな気風で知られていて、これが観光地として人気を博している理由の一つになっているのかもしれません。

切り離された大地は霊的に脆弱《ぜいじゃく》との指摘もありますが、同地方王家では遠い過去に魔王封印のゆかりを持つフォーチュリアナ聖教《せいきょう》が近々『神殿移しの儀』を行う許可を正式に認め、国家単位で公的に保護する事で、この問題へ適切に対処する予定となっております。

火、水、風、土、そして中央の光と、見どころが多い事でも知られるセレディレカ天空都市《てんくうとし》。一度の旅行で全て回ろうとするとどうしても窮屈になる事から、旅好きの間では決め打ちで滞在する城下町を集中させるのが楽しむコツであるとされております。

足を運ぶたびに異なる顔を見せる、何度訪れても新鮮な驚きに溢《あふ》れた街。

セレディレカ天空都市《てんくうとし》はまだ見ぬあなたとの出会いを心待ちにしております。

フェイズ01　フレイアード火彩城下《かさいじょうか》

1

問題のセレディィレカ天空都市《てんくうとし》は外周四ブロックと中央のブライティオ光彩王城《こうさいおうじょう》とに分けられる。中央については特別な許可がなければ入れないので観光客は無視して構わない。初めてこの街にやってきたアヤト＝クリミナルトロフィーやテレリア＝ネレイド＝アクアマリンもまた、セレディィレカと言えば外周四つの城下町という認識しかなかった。

それらは四種のエレメントを如実に取り入れ、各々の街の特性を形作っていた。

フレイアード火彩城下《かさいじょうか》。

アクーアリア水彩城下《すいさいじょうか》。

シルフィーネ風彩城下《ふうさいじょうか》。

グラウヴィヴ土彩城下《どさいじょうか》。

彼らがやってきたのは、その内の『火』の区画だ。

「ふひゃー……。あっついですう」

テレリアは室温調整された気球《ききゅう》バンガローから一歩……いや、大目に見ても五歩以内で根負けしたような声を上げていた。額の汗を手の甲で拭い、結局中途半端にボタンを失ったまんまのブレザーやブラウスの谷間に汗の泉を溜《た》めながら、あちらこちらを眺めている。

魔法がここまで普及する前なら、絶対にありえない光景が広がっていた。

街が赤い。

白い石壁にオレンジの屋根が連なる入り組んだ街並み。辺りの屋根を飛び交っているのは《ニンジャ》と《盗賊》辺りか。どれだけ巨大といっても土地が限られている事に変わりはないのか過密気味なその街全部が、灼熱《しゃくねつ》の彩りに照らし出されている。一応は昼帯だが、世界の色は燃え上がるような赤。空というよりもはや宇宙に近い位置に留《とど》まるセレディレカに夕方という概念は存在しないのだが、その不足を補うようであった。

街のあちこちで垂直に立つ巨大な真空管のようなものは、おそらく高層大気を流れる濃密なマナ流《りゅう》を凝縮してタンクに詰めるための、人工水晶《すいしょう》でできた浸透高炉《しんとうこうろ》だろう。

「もったいないな。せっかく名物の太陽と星空なのに」

「この溶けた鉄の街ではどうにもならないですねえ」

「こうなるなら、もっとはっきりとしたオーロラを見ておけば良かった。今も頭の上で真っ赤なのがたなびいているだろうに」

「この辺りじゃ凶事の象徴として扱われるみたいですよ、その、魔王の嚙《か》み傷《きず》とか言って」

「魔王ねえ。ニアヴェルファニ、だったか」

「さ、流石《さすが》にマユツバですよねえ……」

昔々の大昔の話だ。今では魔王の素顔なんて誰も知らないほどの。人間はおろか、魔族だって詳しい話は誰も覚えていないのでは。当然、その末路がどうなったのかについても。

遠い昔よりも、今は目先の問題だ。

人間や六本脚の魔導脚車《まどうきゃくしゃ》が往来する通りと交差するように、真っ赤に煮えたぎる金属の川が走り回っていた。それらは全てこのフレイアード火彩城下《かさいじょうか》を象徴する溶けた魔導銀《まどうぎん》だ。工業特化の街では材料費は全て行政が無償で提供し、代わりに職人達から良質な成果物……つまり武具から生活用品まで、ありとあらゆる魔導利器《まどうりき》の製造に集中してもらっているらしい。おかげで職人気質の小さな町工場でも融資だ借金だと苦しむ心配はない訳だ。

煮える川の周りには自分の体より大きな四角い箱を背負った《行商人》が歩き回っていた。あれは冷媒をしこたま詰めた、透明な人工水晶《すいしょう》の冷蔵庫だ。中身はキンキンに冷えた果汁や魔獣の卵を使った巨大プリン。食べ慣れないデザートを見てテレリアは青い顔でわずかに口元を押さえていた。他にも、金物の鍋やフライパンをたくさんぶら下げた商売人も多い。無骨な品にも見えるが、ヒゲの《料理人》や《錬金術師》の少女などが細い顎を撫《な》でながら品定めをしているところから察するに、単純な家庭用品の他にプロの現場や実験器具としても使えるくらい精密なのだろう。

アヤトはアヤトで、一手に引き受けた旅の荷物を抱えて、近くを走る甲虫《こうちゅう》のような魔導《まどう》脚《きゃく》車《しゃ》を呼び止めていた。

「宿屋の宿泊検索、アヤト＝クリミナルトロフィー名義。荷物の運び込みとチェックインの手続きも任せた」

『了解いたしました、お客様』

最低限の運転手さえいない無人の車へポンポン旅行カバンを放り込んで外からドアを閉めると、六本脚の魔導《まどう》脚《きゃく》車《しゃ》はさっさと目的地へ向かってしまう。

テレリアは胸元をモタモタとピンで仮留めする。少年の方も魔導《まどう》タクシーを見送りながら、青いブレザーの胸ポケットにある水晶《すいしょう》タロットと腰の剣を順番に指先でなぞっていた。

「じゃあ俺達も始めよう。仕事の時間だ」

「……うへえ、現場に辿《たど》り着《つ》く前に炙《あぶ》りかしゃぶしゃぶになりそうですけどお」

煮えたぎる金属が縦横に走るフレイアード火彩《かさい》城《じょう》下《か》では、何も魔導《まどう》脚《きゃく》車《しゃ》だけが行き交う人のアシになるとは限らない。

その地獄のような川から陽気な声が飛んできた。

「お客さん、そんな似合わない格好でフレイアードを歩いているって事は熱中症志願者か観光客ってトコだろ。旅の思い出作りにゴンドラに乗っていく気はないかい？」

「……ひょっとしてここ、年中水着がデフォルトだったりする？」

「観光サイトは検索しなかったのか。この街を目一杯楽しみたければ塩と果汁を一さじ入れた水筒くらい用意しなよ。実はウチもご覧の通り、足元にクーラーボックス転がしてるんだけど？」

　アヤトとテレリアは何とも難しい表情で顔を見合わせていた。事前に話は聞いていたはずだが想像以上だ。情報収集も兼ねてオレンジの川に浮かぶ小舟に乗船していく。

　ゴンドラ自体はニスを何重にも塗り合わせた木材のようだった。舵《かじ》についても同様。普通に考えれば川の表面に乗せた途端、浮かぶ暇もなく燃え落ちていきそうなものだが、この辺りはやっぱり魔法の恩恵か。なんか底面全体に馬鹿デカい陣が浮かんでいる。

「行き先はどちらまで？」

「フレイアード四九、業務用資材搬入港通り《ぎょうむようしざいはんにゅうこうどお》り」

「兵器開発《へいきかいはつ》ストリートだろ。ギークだねえ」

《御者》は笑いながら、手にしたリボルバーを立てて銃身上部を己の額に押し当てた。

それから、ガドン!!　と《御者》が魔導銃《まどうじゅう》を船へ撃ち込むと、宙に浮かぶオールが魔女のホウキみたいに動き出す。煮えたぎる金属の川の流れを読んでオールが船を操り、目的地への往来が始まる。

　テレリアがフルオートでありながら銃身に直接組み込んだサプレッサーで銃声を抑えて高速

で精密に魔法を使えるようにしているのとは全く違う。このように、一口に魔導銃《まどうじゅう》と言っても様々な種類や口径に分かれている。大きく影響を及ぼすのは『どれだけ大きな自壊鉛《じかいなまり》の弾頭に多彩な文字や数字を並べていくか、または大容量の高圧霧状《こうあつきりじょう》マナを一度に放って強大な威力を呼び出すか』の口径と、『一発一発の魔法の精度を高めるか、連射によって魔法の弾幕を張るか』の発射方式だが、まあこれは実戦に身を置く者以外の『生活用品』として魔導銃《まどうじゅう》を使っている人には関係ないだろう。首をひねって手帳を眺めながら、とならなかっただけでもプロ根性を出している方だ。

むしろ、暴発を避ける意味なら使い勝手の悪いリボルバーの方が好都合なはず。魔法の数は装弾数、魔法の射程は銃声の距離に直結するが、普通に暮らすだけなら関係ないのだ。

「『神殿移しの儀』ってのは知ってるかい？　近々総本山がセレディレカ天空都市《てんくうとし》全体に認められるってさ。元々仲良しだったはずなんだが、書類上は今まで国教扱いじゃなかったんだな。まあ何にしたってますます観光客がわんさかやってくるだろうし、こっちも稼ぎが増える。フォーチュリアナ聖教《せいきょう》サマサマさ」

「ふへえ、何かのお祭りとかパレードとかなんですか。良い時期に来ましたねえ」

溶けた魔導銀《まどうぎん》の川に浮かぶ小舟の上でおっかなびっくりあちこち見回しているテレリアが一服の清涼剤を得たような顔でそう言ったが、彼女の肩を抱くようにして支えているアヤトは眉をひそめてこう呟《つぶや》いた。

「……また悪趣味な」

「そう言うなって、まさにお宅らみたいな観光客向けだぜ。中央のブライティオ光彩王城《こうさいおうじょう》は普段なら、あー、ナントカカントカっていう分厚い壁？　オーロラみたいなので覆われているが、一般公開行事の時だけ民衆を中に迎え入れるんだ。ほんとに良い時期にやってきたよ」

と、そんな風に男同士で語り合っている時だった。

大変奇妙な横槍《よこやり》が入ってきた。

「ううう――、うううううー……」

流石《さすが》に始まって三カウントで船酔いという事ではないだろうが、早くもテレリアは目を回していたのだ。バランスを崩さないようアヤトが少女を軽く抱き寄せてやると、汗を吸った金髪からほのかに甘い香りが振り撒《ふま》かれる。必要以上にゴンドラの外へ広がる真っ赤な金属を怖がり、アヤトにしがみついたままクーラーボックスにあった革の水筒に口をつけていた。

若い男の《御者》は笑いながらこんな風に言った。

「別にひっくり返ったりしねえからそんなに怖がるなって、お嬢ちゃん」

「こいつは火との相性が良くないんだ。大目に見てやってほしい」

「火が得意な存在なんて生物の構造として間違っていると思いますう……」

まあそれはその通りなのだが、その炎を克服して己の力に変えたから人類は他の動植物から抜きん出てここまで進歩していったのだ、という事を忘れてはならない。

「そういう事なら構わねえが、兵器開発《へいきかいはつ》ストリートなんかに立ち寄っても大丈夫かい。ひょっとして選択は男の子の趣味だったりする？　あそこらへんは火と魔導銀《まどうぎん》のオンパレードって感じだから、むさ苦しいのダメな娘《こ》が近づいても黄色い声は出てこないと思うぞ」

「生憎《あいにく》、俺達に選択権がある訳じゃないんだ。事件はいつでも時と場所を勝手に指定してくる」

「おや、何かと思えば『フォワード』か。よそからやってくるって事は儲《もう》かってんの？」

「だとすれば、もうちょいまともなアシで現場に向かってるよ」

言えてる、と《御者》が苦笑した直後だった。


ごごんっ!!　という巨大な轟音《ごうおん》と衝撃波がフレイアードの街を激しく震動させる。

白壁とオレンジの屋根の建物のガラスというガラスがビリビリと震えていた。道を行き交う六本や八本の脚の魔導《まどう》脚車《きゃくしゃ》が危険感知のため一時停車し、冷蔵庫を背負ったり大量の金物をぶら下げたりしている行商人達も何事かと大空を見上げている。こちらの灼熱《しゃくねつ》の川にもさざ波が立ち、ゴンドラが不要に揺れてテレリアが短い悲鳴を上げた。

おかげで割と真剣に二つの丘へ顔面を埋もれさせたアヤトに、ゴンドラの《御者》は呆《あき》れたように言う。

「乗客に嫉妬するのもアレだが、何とも羨ましい話だ」

「ちょ、アヤトさんてば!!」

「ほがむが」

シリアス顔でなんか言っていたがアヤトの言葉は誰にも理解されなかった。

ずぼりと幸せ感触の谷間から顔を引っこ抜いた少年は改めて、

「始まったか」

「真面目空気でノーカウントにしようとしていませんよね? 私は一生忘れない……!!」

「あん? ひょっとしてレコード塗り替え狙いか!? あんなバケモン追い回して天空都市《てんくうとし》までやってきたのかよ!!」

ゴンドラの《御者》が驚いているのは、ここからでも見える『元凶』のせいだ。

それは装甲じみた紅蓮《ぐれん》の鱗《うろこ》で全身を覆った巨大な飛竜。

この街を囲む広大な大気シールド『庇護《ひご》の傘《かさ》』をぶち抜き、逆に自己再生時に閉じ込められたのか。

フレイアード外周、港湾ブロックを襲うその威容はここからでもはっきりと分かる。昼夜を問わない星空を覆う絶望の天井。これが何の魔導保護《まどうほご》もない一般の村落ならドラゴンブレスの一発で地図が描き換わっていた事だろう。

実際そうならなかったのは、ここが選抜王国《せんばつおうこく》随一の天空都市《てんくうとし》だからだ。

ギャラギャラギャラギャラ!! と鋼のレールに噛《か》み付《つ》くような格好で、ムカデじみた大量の脚を備えた装甲列車が走り抜けていった。紅蓮《ぐれん》の飛竜を追い返すための増援だろう。少し離れた現場ではすでにバカスカと大砲の形を取った攻撃魔法《こうげきまほう》が次々と打ち上げられ、その鋭い爪で街へ取りつこうとするドラゴンを大空へと押し返している。

固定砲《こていほう》に移動砲《いどうほう》。

しかも単純な砲弾とは違って、それらは扱い方次第では空中に特大の結界を張って敵対者やその攻撃手段を弾《はじ》き返《かえ》す『傘』としても取り扱える。さしもの巨大竜とて一息に街を潰す事はできないようだった。それどころか、少しずつ削り取られていくのは竜の方にも見える。

口笛を吹いてアヤトはこう評価した。

「とんでもない無駄遣いだ」

「大型ホテルなんかがやってる花火のパレードとでも思いなよ。実際問題、あれでかなり客足が伸びてるって話だぜ」

「でも流れ弾が飛んできたら一発で挽肉《ひきにく》なのは変わらないだろ」

「それでも見たい人は多いんだとさ。ツアーパックだと保険に加入する時に宣誓書を書かされるらしいぜ、私は不慮の事故で死んでもガイドを訴えませんってな」

「笑えない話だ」

「平和ボケは幸福度を証明してくれるんだぜ。セレディレカ天空都市《てんくうとし》に乾杯だ」

ともあれ。

ドラゴンは躍起になってフレイアード火彩城下《かさいじょうか》に取りつこうとしているが、何分弾幕が激し過ぎてその場に留《とど》まるのが精一杯といった感じだった。つまり攻撃の機会を作れない。だとするとこの城下町を鳴動させているものの正体は何か。

ここに、最大の歪《ゆが》みが顕現する。

「あーあーちくしょう、またいつもの飛行船だぜ！」

「へえ。ああいうドラゴン退治の物語もフォーチュリアナ流ってヤツか？」

「んな訳ねえだろ例の儀式にゃもっと手頃な悪を持ってくるさ。人の手でコントロールできなきゃ段取りもつかねえしな」

「おやまあ、やっぱり大空からも撃ってるのか」

「天空都市《てんくうとし》と飛行船でドラゴンを挟み撃ちってのは格好が良いが、射線をイメージしてみろよ。飛行船から大砲を撃ち込むとこっちの街に向かって魔法が飛んでくるんだ。無事に全部当たれば良いが、外すと流れ弾が街のあちこちに降り注いできやがる」

「……、」

「ま、実際にそれで命を落とすのは真上に威嚇射撃した魔法が自分の頭の上に降ってくるくらいの低確率らしいがな。しかも家が壊された場合は中央のブライティオ光彩王城《こうさいおうじょう》が全額補償してくれる。口封じの意味もあるのか、かなりのイロをつけてな。巷《ちまた》じゃ宝くじ感覚で安い空き家を買って、見事命中しねえもんかお祈りを捧《ささ》げてる連中までいるって噂《うわさ》だぜ」

道理で陽《ひ》の昇る星空、満天の中で繰り広げられる一大スペクタクルの割に、街を行き交う人々に緊張感がない訳だ。実際の命中率なんてどこの誰が具体的に統計を取ったのかも分からないのに、そうアナウンスされる事であたかも『限りなくゼロに近い』という錯覚を与えられている。手厚い補償のおまけまでつけて。

透明な人工水晶《すいしょう》でできた巨大な浸透高炉《しんとうこうろ》が目の前で倒れていくのを眺めながら、《御者》も呑気《のんき》に口を動かしていた。

「ここんとこ魔獣の襲撃も多いんだがね。でも追い返すのはもちろん、あれをきちんと殺すとなると相当骨が折れるんじゃねえか？」

「生憎《あいにく》と、俺達の獲物は魔獣じゃないよ。これでも紳士的でキツネ狩りも苦手なんだ、動物いじめの趣味はない」

「あん？　じゃあ何でそんなトコに？？？」

「決まってんだろ。人間の獲物は昔から同じ人間だって相場が決まっているのさ」

そうこうしている内に目的地へ接岸したので、アヤトは目を回している金髪少女を抱えたままゴンドラの《御者》へ中央銀貨を一枚（注、約五〇〇〇円）指で弾《はじ》いて手渡した。

「チップを考えても高過ぎだぜ」

「危険手当も込みでか？　この辺しばらく荒れるからさっさと離れた方が良いよ。ご苦労さん」

2

二人して再び石畳の街へ足を着ければ、いよいよ『仕事』が始まる。

彼らは広い通りではなく、狭い路地を選んで進みながら、

「テレリア君。水分補給したい気持ちは分かるが、そう何本も水筒をがぶ飲みするとお腹《なか》を壊すぞ」

「オトメに向かってなんて口を利いているんですか、うう、あーっーいー……」

大きな街では『触れずの霧』とも呼ばれる霧状《きりじょう》マナが星の数ほどもある中継器によって磁石で引っ張るように整えられ、細く長く蜘蛛《くも》の巣状に張り巡らされている。魔法の品が関わらない限り人も物もすり抜けるこの霧状《きりじょう》マナは光も素通りで、目で見る事もできない。

そしてこの霧状《きりじょう》マナを各家庭の魔導利器《まどうりき》まで接続する事で、様々な情報サービスを提供している訳だ。

本質的に無線なのに、有線のような点と点を線で結ぶ、固定機材寄りの半端なインフラ。

魔導《まどう》ハッカーにとっても切っても切れない関係にある。

「さて」

改めて、目に見える世界へ着目してみよう。

この辺りは観光客のためではなく、魔導銀《まどうぎん》を使って製造した各種の工業製品を外へ流すための業務用空港の趣が強い。街並み自体は優雅なものだが、居座っているのは魔導の職人達ばかりだろう。客の呼び込みや派手な張り紙など、観光客を集めるための施策が全くなかった。先ほどまでの、透明な冷蔵庫や大量の金物で身を固めた《行商人》なども見当たらない。

遠吠《とおぼ》えが聞こえると思ったら屋根の上でドレスを纏《まと》う《狼少女《おおかみしょうじょ》》が屈《かが》み込《こ》んだまま、天に向かって反逆の声を放っていた。

白い壁にオレンジの屋根。均一な景観整備の向こう側にそびえているのは、あまりにも大きな塔と巨人の釣《つ》り竿《ざお》を組み合わせたような影。どうやら業務用資材搬入港《ぎょうむようしざいはんにゅうこう》の象徴となるクレーンのようだった。工場見学的な観光地巡りに興味はないが、あれだけ大きなランドマークがあれば方位を知るのに苦労は必要なさそうだった。

そしてここまで来るともう砲撃の最前線だった。ムカデのように多数の脚を備えた装甲列車がレール上で動きを止めて数々の大砲を星空へ突き付け、天蓋を覆い尽くすように紅蓮《ぐれん》の竜が巨大極まる翼を大きく広げている。

当然、紅蓮《ぐれん》の竜を挟んで向こう側、大空からも砲撃はあった。

先ほどゴンドラの《御者》が言った通り、人間は天空都市《てんくうとし》だけでなく飛行船まで使ってドラゴンを攻撃している。二方向からの砲撃で紅蓮《ぐれん》の竜をサンドイッチしている訳だが、そうなると飛行船側が外した砲撃……重度の攻撃魔法《こうげきまほう》はそのまま街へ降り注ぐ羽目になる。

『現在、当区画は第三種危険状況に指定されています。皆様は屋内に待機してください。繰り返します……』

物陰の向こう、大通りの方からだった。

いやに機械的な女性の声が延々と垂れ流されている。音源は移動しているようだ。どっちみち建物に直撃すればそのまま生き埋めだろうに、そういう懸念については想像すらさせるつもりはないらしい。

半分目を回していたテレリアはそれでも多少は緊張感を思い出したようで、

「独立型の魔導利器《まどうりき》ですかね？」

「しっ」

アヤトは同行する金髪少女を木箱の陰に引っ張り込む。表には、先ほど旅行カバンを預けたタクシーよりも大きな影があった。サソリに似た魔導銀《まどうぎん》の塊を静かに観察する。事前資料が正しければセレディィレカ正式採用のズートキシン三式。定期的に警告アナウンスを繰り返しながら一定の巡回ルートを消化している……ように見えるが、尾の挙動がおかしい。正式モデルでは後方の死角についての問題が語られていたが、こちらでは不規則に尻尾の先が真後ろの地面を叩《たた》く事で、その死角を潰しているようだ。

先ほどのタクシーもそうだが、あの手の独立型機材は強力な掃除機と同じく内部で小さな竜巻を作って霧状《きりじょう》マナを狭い空間に閉じ込める事で、情報関係の恩恵を得続ける。蜘蛛《くも》の巣状に張り巡らされた『触れずの霧』は基本的に点と点を結ぶ線、始点と終点を意識する固定機材向けなので、内部で判断能力を維持するためステーションと呼ばれる端末に接続しなくてもしばらく自分で判断して行動できるよう、霧状《きりじょう》マナを自分で抱え込む必要がある訳だ。

が、それも汚染されてしまえばどうにもならない。

「……もうハック、されてるか」

アヤト＝クリミナルトロフィーの声が一段低くなる。

頼みの綱の防衛兵器も、魔導犯罪者《まどうはんざいしゃ》のオモチャにされてしまえばおしまいだ。

「となるとやっぱり、ここが『ヤツら』の採取《さいしゅ》スポットって事で間違いないらしい」

「うう、だとすると」

「行政の命令で巡回しているように振る舞ってはいるけど、エリア内への立ち入りがバレたら問答無用で猛毒即死の魔法を撃ち込まれるぞ。ヤツの尾は魔法の威力を一点に集約して防御をぶち抜く徹甲弾仕様だ、敵の体組織や機構の一部に侵入すれば全体へ効果を波及させる毒や酸《さん》化《か》なんかの状態異常と滅法相性が良い。剝製《はくせい》かホルマリン漬けにされて好事家に売り飛ばされたくなければ注意して動く必要がある」

移動経路に気を配る必要が出てきた。

ズートキシン三式が通り過ぎるのを待ってから、アヤトは白壁と寄り添う雨どいを伝って建物の屋根を目指す。どっちみち、いきなり戦闘はできない。魔導《まどう》ハッカーとしての武器を扱うには相応の準備が必要になってくる。

（煙突の排気管理、雨水誘導ポンプ、野鳥除《やちょうよ》けの風見鶏《かざみどり》に、避雷針……。まあ最初の雪玉はこんなものかな）

今日の料理の献立を思い浮かべる感覚で頭を動かし、アヤトはリンケージプラグに分類される腰の剣を抜いた。

今や魔法はどこにでもある、それを扱う機材についても。ありふれた建物の屋根も同じ事。アヤトはひとまず垂直に伸びた煙突に〇・五エスール（注、約六〇センチ）程度の、ナイフとしては大振りで剣としては小振りな刃を躊躇《ちゅうちょ》なく突き刺した。

グリップのトリガーを引いて抜き取ると、刃は分離して煙突に残る。

柄の中に圧縮しておいた刃を新たに補充し、今度は雨どいを管理する四角いポンプに。避雷針の根元に。野鳥除《やちょうよ》けの風見鶏《かざみどり》に。少しでも魔法を取り扱う魔導利器《まどうりき》へ次々に刃を突き刺していく。

そして青いブレザーにある胸ポケットの水晶《すいしょう》タロットを宙に放り投げた。それらリンケージモニタはひとりでに空中を舞い、様々な図柄《アルカナ》を描いて、マナの流れ、すなわち魔法の構造を視覚化表示させていく。

（生活用品をそれぞれハック。基礎となるレベル1の剣から伝播《でんぱ》して、同じくレベル1の煙突、ポンプ、避雷針、風見鶏《かざみどり》……。これらを束ねて演算領域を共鳴させる。後は単純に足し算計算で、目的のレベルに達するまでそれを繰り返す。レベル5なら最大で5まで、レベル10なら最大で10までの品を乗っ取れる、と）

今時の魔法は大気を薄く漂うマナを容器に高圧封入し、細い金属線をなぞらせる格好で進ませ、地中に眠るジェム流《りゅう》が結晶化した各種の宝石を使った基板へ導く事で望んだ結果を生み出す。作業のほとんどはオートメーションだが、一つだけルールがあった。

完全無人では魔法を発動できない。

魔導銃《まどうじゅう》に代表されるイグニッションがいる。一見してひとりでに動く住宅管理やサソリも、実際には人の手で『無意識の内に』制御されている。家の場合はそこの住人がリンクして明かりや空調を操作し、サソリのような公共物は劇場じみた大広間に役人を何百人何千人と詰めて頭を貸して巡回させている。先ほどの気球《ききゅう》バンガローも厳密には金髪の少女が魔法を発動させて操っていたのだ。ただ、実質的にはほとんど自覚も疲れもないだけで。

魔導《まどう》ハックの際に騙《だま》すのは、マナの霧を磁石で吸い寄せるように細く長く伸ばす格好で正確に接続された宝石基板《ほうせききばん》だけではない。

もはや言語化される事すらなくなったリンク感覚、それでも時折波のように浮上する違和感……いわゆる『嫌な予感』も察知されては困るのだ。

「よし、レベル10達成。これで地上を行き交うサソリ野郎に手が届く」

「はあ、ふう……。まっ、待ってくださぁい……」

妙に艶《つや》っぽい吐息が聞こえてきたかと思ったら、ようやっとテレリアが雨どいをよじ登って屋根までやってきたらしい。

「おいどうした、もう飛び降りるところだぞ」

「なら無駄骨じゃないですか先に言ってください！　……てか、あれ？　今なんて言いましたこの野郎？」

「飛び降りるところ」

「待ってやだここ三階建て待って私を巻き込まないでくださぁい!!」

文句は特に聞かず、どん臭い金髪少女の腰を摑《つか》んで一息に飛び降りる。そのまま地上を巡回する（ハック済みの）ズートキシン三式の真上へと両足から勢い良く着地していく。

「むぎゅう！」

「ははははテレリア君、相変わらずの幸せ感触だなあ。君は本当に驚かし甲斐《がい》がある」

「気になる女の子にちょっかい出しまくる一〇歳児以下の幼稚なモーションなんて全力でお断りしますぅ!!」

衝撃検知されただろうが、実は反り返った毒針の尾に睨《にら》まれても問題はない。魔導銀《まどうぎん》のサソリはあくまで顔についた眼《め》で獲物を追うからだ。徹甲弾仕様の毒針の真正面にいても、水晶《すいしょう》の眼《め》で捉えられなければ突き刺される事はない。

それでいて、至近に接敵する合理的な理由も存在した。

リンケージプラグの剣を機材に突き刺し、多くの情報を伝達する細く長く整えられた霧状《きりじょう》マナへ割り込む事で、コントロールを乗っ取る魔導《まどう》ハック。ようは細く長い霧や煙の輪があるとして、その途中に網を置くと考えれば良い。何でも素通りさせる『触れずの霧』を自分の機材に通す事ができれば、外部アンテナの完成。霧の中に溶け込んだ情報を抜き取ったり、こちらから間違った情報を伝えたりもできる。

金の輪と宝石の関係になぞらえて『指輪』とも呼ばれるアングラ技術だが、刺すのはどこでも良い訳でもない。

当然、剣は配線に割り込みをかけなければ意味はないが、兵器の場合はその全身ほとんどが分厚い装甲で覆われているので、文字通り歯が立たない。

装甲に覆われていない、剝《む》き出《だ》しの魔導部品《まどうぶひん》を狙う必要がある。

その最たるものが、

（……眼球レンズ部分。それも敵方の魔導《まどう》ハッカーに気取られないよう、死角から攻撃を加える必要あり、と！）

どすっ!!　とブレードをサソリの頭部に突き刺し、トリガーを引いて分離させる。

途端に魔導銀《まどうぎん》の塊の挙動が変化した。

無人前提のガタゴトした乱暴な振動は鳴りを潜め、乗り心地を考えた衝撃吸収を脚で行わせる。これまでの緊迫から一転して優雅な乗り物の旅が実現した。

「テレリア君、おさらいしよう」

「はいい……？」

「セレディレカ天空都市《てんくうとし》ではここ最近、ドラゴンやグリフォンなんかの大型魔獣の襲来を頻繁に受けている。ま、細々と隠れ住んでいる小さな村と違って伸び伸びと開発を進めている大都市は元々狙われやすくはあるんだし、珍しい話じゃない。セレディレカ側も都市防衛が第一って考えでバカスカ砲撃を繰り返している訳だけど、考えなしの挟み撃ちのおかげで飛行船から放たれた砲撃は街並みを破壊してしまう事がある」

「ええと、問題なのは流れ弾そのものじゃなくて、その陰に隠れて悪さをしている人達がいる、って話でしたよねえ？」

「銃ではなくて戦争屋の『砲弾』が飛び交っているって事は、罪状としては軍事行動中の略奪行為、になるのかな」

　アヤトはとんでもなく物騒な言葉をさらっと出して、

「本来なら行政の魔導利器《まどうりき》だったズートキシン三式がご覧の通り乗っ取られているところから見ても、下手人は俺達と同じ魔導《まどう》ハッカー。ヤツらは砲撃の倒壊に紛れて自分達の目的を達している。何しろ、どさくさに紛れて金庫を破っても行政が流れ弾対策として手厚く補償してくれる訳だからな。大した現場検証なんかやらない、やればやるだけ自分のボロを表に出す羽目になるんだし」

当然、あちこちを見て回っているのは一機だけではない。しかしズートキシン三式を一つ押さえて内部メモリを覗《のぞ》き込《こ》めば、連携パターンも見て取れる。つまり全機の巡回ルートだ。そこを押さえた上で深部へ向かえば余計な戦闘は避けられる。

砲撃の街に紛れて跳梁跋扈《ちょうりょうばっこ》する魔導《まどう》ハッカー達は、こんなオモチャを用意してでも目撃者が出る可能性をエリアの外まで追いやっている。もしも巡回ルートを把握せずに足を踏み入れ、機械的に計算された網に引っ掛かった者がいればそのまま口封じとして猛毒即死の魔法をぶち込む事も辞さない構えで、だ。

「おあつらえ向きだよな。建物はいくら壊れても補償するけど、人命はそういう訳にもいかない。だから行政は流れ弾による死者や行方不明者の存在を絶対に認めない。もしもそんな『懸念』があれば、書類を書き換えてでも事実を隠蔽してくれるはずだ。該当者は軽傷を負ったが医務院で適切な治療を受け、手厚い補償を元手によその街で一旗揚げる事になったのだ、とかな」

「人間一人が消えてしまっても、誰も気に留める事のない行政の社会保障システム……」

「ああ。火と鍛冶の街、フレイアードの空気にあてられてるのか。分かりやすい暴力しかできない向こうの竜よりある意味こっちの方が恐ろしい」

アヤトは二重にハックされたサソリの上で静かに頷《うなず》くと、

「『依頼人』が懸念していた通り、人身売買にはうってつけの犯罪天国って訳さ」

3

都市や国家が公金で運営している治安維持機関の管理隊《かんりたい》や騎士団などと違って、第三者からの『依頼と報酬』で成立する個人職にも色々種類がある。例えば決まった拠点や人物を守る防衛職『バウンサー』、特定の獣や植物などの素材を採取する探索職『ランサック』、そして凶悪な事件の現場まで出向いて問題の解決にあたる戦闘職『フォワード』などだ。

「さて」

現場となる砲撃エリアは広いが、それでも一点に的を絞るための情報はいくつかある。敵対する魔導《まどう》ハッカー、いいや人身売買組織は飛行船からの砲撃を利用して自分達の証拠を行政に隠してもらうため、当然ながら押し入る先――――つまりターゲットの暮らす家――――は最も砲撃が苛烈な場所から選ばれる。

「扱い的には軍事行動中に現れた暴徒による略奪、になるのかね」

「うはあ。見た事ない罪がつきそうですけど」

そして一帯で乗っ取ったズートキシン三式達は下手人を守るために、ひっそりと巡回マップが変更されている。つまり魔導銀《まどうぎん》でできたサソリ達が守っている円形の立ち入り禁止エリアの内、そのど真ん中の中心点を目指せば犯行グループとかち合える。

遠くに見える巨大なクレーンの影を目印に方位を確かめ、アヤト達は目的地を目指す。

「ここらで良いな」

現場となる倒壊家屋へは、流石《さすが》に直接乗りつけられない。

少し離れた場所でサソリの動きを止め、アヤトとテレリアの二人は石畳の上へ降りる。ズートキシン三式は図体《ずうたい》が大きいのでどうしても潜入行動には不向きだ。多脚の恩恵を活《い》かして壁を登らせ、建物の屋根から現場一帯を俯瞰《ふかん》してもらう事にして、少年達は物陰から様子を窺《うかが》っていく。

「……見つけた。安物の大型マグナム魔導銃《まどうじゅう》が四人に、俺と同等にまでカスタムした大型ボウガンが一人。あっちはリンケージプラグだな」

「け、拳銃なんですか。あれがあ？」

「ま、衝撃抑えるために肩当てつけてるし、銃身もかなり長めにカスタムしてるからそこらのサブマシンガンよりも膨らんでて分かりにくいだろうけどね」

分厚いマグナムの意図は明白だ。おそらく霧状《きりじょう》マナを利用して薬莢《やっきょう》含む弾丸全部を構築する技術が追い着いていないのだ。単に多くのマナをぎゅうぎゅうに圧縮すれば強い弾になる訳ではない。最適のバランスが崩れてしまえば、霧は薬莢《やっきょう》内部で濃縮し過ぎて水滴化してしまう。典型的な『暴発』のパターンだ。よって、これを防ぐために構造を単純化して分厚い銃身で破裂を抑えているに過ぎない。そもそも魔導銀《まどうぎん》すら使っている様子もなかった。自作にせよ密売人の手を借りたにせよ、くず鉄を溶かして密造した粗悪品の感は否めない。ただし、口径自体は大きいので一発一発の威力は馬鹿にできない。大きな弾丸を使うという事は、激しい反動と引き換えに複雑多彩なマズルフラッシュを描き、大容量の霧状《きりじょう》マナを消費して強大な魔法を振りかざすはずだ。銃声も大きいから射程も長いだろう。

対して大型ボウガンは厳密に言えばアヤトのブレードと同じリンケージプラグで、霧状《きりじょう》マナの薬莢《やっきょう》を詰めて魔法を使うための魔導銃《まどうじゅう》ではない。ピカピカに磨かれた魔導銀《まどうぎん》のそれは、他の魔導利器《まどうりき》の中を流れる細い細い霧状《きりじょう》マナの循環に横槍《よこやり》を入れて制御を乗っ取るためのアンテナ射出機……つまり魔導《まどう》ハッカーの得物であった。

装備の値打ちに明らかな落差がある。

元々小規模な強盗集団が格を上げるために、外にいる第一線の魔導《まどう》ハッカーとリース契約を結んだのは明らかだ。

そしてアヤトは獲物の名前を知っていた。

あくまで薄暗い界隈《かいわい》に流れる通り名だが。

「『依頼人』からの事前資料通りだ。ファニースナッチ。神隠し専門の魔導犯罪者《まどうはんざいしゃ》」

「だ、誰か瓦礫《がれき》の中から引っ張り出されていますけどお」

「あれが救助活動に見えるのか？　どう考えたって今日のメインディッシュだろ」

粗暴な男達に細腕を掴《つか》まれているのは、褐色の肌をした細身の少女だった。テレリアと逆に、背丈は高いがスレンダーといった印象で、身に纏《まと》っているのは白く色抜きした革のベストやパンツ。ただし両足の外側は大きなスリットが開き、靴紐《くつひも》みたいなもので編み上げられていた。いずれにしても『細さ』をより一層強調しようとしているのが窺《うかが》える。すらりとしたウェストの細さをさらに強調するためなのか、へそ出しの腰回りには遠い天体の輪のように、体へ接触しない形で太い革のベルト式の拡張外装《かくちょうがいそう》を浮遊させている。両耳についた宝石のイヤリングに長いストレートの銀髪が負けてしまう事もない。言うまでもなく、見る者が見れば垂涎《すいぜん》となる美貌の持ち主と評価できた。

『痛い、はなして、痛い……!!』

『言葉遣いはなっちゃいねえが、まあ、そういうのは後付けでいくらでも躾《しつ》けられるか』

『うう……』

『いや、そっちは買い手に任せよう。場合によっちゃねじ伏せるのが楽しい、って考える変態もいるかもしれねえしよ。さっさと持って帰るぞ』

アヤトは物陰に隠れたまま舌打ちする。

テレリアの方が真っ当に顔を青くさせて、

「やっ、やりたい放題って感じですよ!?　あれを行政が奇麗に覆い隠しちゃうっていうんですかあ……!!」

「声が大きい。……魔導銃《まどうじゅう》の四人を倒すのは容易《たやす》い。だけど問題はやっぱりボウガンの『ファニースナッチ』とあいつが掌握しているズートキシン三式だな。正義感丸出しで襲いかかればエリア内を巡回している全機がこっちに集中してくるぞ。あれは乗っ取ってこそ華だ。正面火力じゃあ君の魔導銃《まどうじゅう》を乱射したって装甲に弾《はじ》かれるだけだし」

そもそもテレリアの魔導銃《まどうじゅう》は小粒な魔法を連射で重ね掛けして敵方からの反撃を許さずに制圧する、安全第一の構成だ。いったん標的がノックバックで仰《の》け反《ぞ》ったら最後、削り倒すまで徹底的にダメージを与えまくる弾幕攻撃とでも言えば分かりやすいか。よって反動が小さくフルオートでも安定性は抜群だが、その分貫通力や大爆発は期待できない。分厚い魔導銀《まどうぎん》の装甲相手では相性自体が悪かった。

「でも手をこまねいていたら連れ去られちゃいますっ」

「それも分かってる。手持ちのサソリを屋根に上げたろ。ハッカー一人で二〇機近いズートキシン三式を掌握している以上、そこには絶対に仕掛けがある。広域支配って事はおそらく高い位置から一斉送信でな」

「で、でも魔導《まどう》ハックは基本的にレベル1から始めていくって話じゃあ……」

「だからちまちまレベルを稼いだ後、一気に大物を狙ったんだろ。一＋一、二＋二、三＋三で二二を取るようにね。その『デカい方半分』を見つけて乗っ取り直せば、手駒の二〇機全部をまとめてこっちのものにできる。そしたら包囲を固めてホールドアップの時間だ」

アヤトもアヤトでズートキシン三式をハックしているが、あれは一人でやっているのではなく、屋根の上のダクトや風見鶏《かざみどり》など生活用品の力を奪って活用した結果だ。それらを破壊されたり別人に再ハックされた場合は、そのままサソリの制御を奪われてしまうリスクもある。

下卑た男達は少女の衣服の裏にある刺繍《ししゅう》でも読んでいるのか、

『ええと、名前は……マ・ミ・リ・ス・＝・コ・ス・ター？　はっは！　コスター、よりにもよってコスター家の人間かよ!?　それなら感謝をしなくちゃならねえな!!』

『？』

『何しろ周りを警戒している魔導利器《まどうりき》は職人さんの手作りだ。丹精込めて一品一品仕上げた入魂の魔導利器《まどうりき》が、まさか愛《いと》しい孫娘を神隠しにしちまう手伝いをするなんてよお!!』

同じ事をやってやれば良い。

ヤツはそのボウガンの矢をどこに突き刺して演算領域を拡張しているか。

屋根から屋根へ跳び回るサソリを使えば、調べをつけるのは難しくない。

宙に浮かばせたリンケージモニタの水晶《すいしょう》タロットの複雑な動きによって、アヤトは乗っ取ったサソリからの報告を受け取る。

「……見つけた。同エリアにある鐘楼か。時間計算、広域音響伝播《でんぱ》、被ストレス軽減音響、色々詰まっているから演算領域をしこたま溜《た》め込《こ》んでいる。あいつが演算コアに悪用してるこれ一つ奪ってしまえばかなりの力を得られるはずだ」

もっとも、力の源を分散しないで一ヵ所に集約してしまえば、それだけ妨害も受けやすくなる。人身売買組織が隠《かく》れ蓑《みの》にしている飛行船の砲撃に具体的なスケジュールはないため、どうしてもアドリブの間に合わせでその日の採取スポットは決まる。よって準備に長い時間はかけられない訳だが、そいつが裏目に出たのなら利用させてもらうに限る。

「それじゃちょいと出かけよう。屋根を伝って鐘楼まで。ヤツが撃ち込んだ矢を抜いて、代わりに剣を突き立てれば周辺警戒中のズートキシン三式を全機まとめて乗っ取り直せる」

「えっ、えっ？　あの娘《こ》は放っておくって言うんですか？」

「俺達は魔導《まどう》銃《じゅう》片手に正面切って突撃する騎兵隊じゃないんだ。確実な線があるならそっちを頼らない理由なんか何もないだろ」

と、そんな風にアヤトが言った時だった。

『おい何だこいつ』

『いたいっ!!』

『さっきから魔法の匂いがすると思っていたら、こんなもんを隠してやがったぞ』

『みみっ、耳を引っ張らないで……!!』

褐色の少女が慌てたような声を上げている。改めて観察してみれば、その両耳は人ではありえないくらい細く長く伸びていた。魔導銃《まどうじゅう》を握る男の一人が面白半分に宝石の耳飾りごと摑《つか》んで引っ張っている。

『このナリだとダークエルフってヤツかね。人里に紛れて何をしているかと思えば』

『……』

『一家がまとめてこうなのか、外から養子でも拾ってきたのか。まあ、何にしてもコスター家が行政の言いなりになっているのはコレが原因か。連中の顔色を窺《うかが》って死の商人の真似事《まねごと》をする事で、可愛《かわい》い孫娘が排斥されるのを防ごうとしていた、と』

『うう』

『まあ良いんじゃねえの？　お前みたいなのがいなくなれば家族みんなの重い枷《かせ》も外れるだろ。殺人機械を作る理由もなくなるんだ。まあもっとも、すでに汚れちまった手はどれだけ洗っても血の匂いがなくなる訳じゃあねえだろうがな！　げたげたげたげたげた!!』

ぐっ、と唇を噛《か》む音があった。

同じようにそちらを眺めていた金髪の少女のテレリアからだ。

『……おばあちゃんの魔導利器《まどうりき》は、人殺しの道具なんかじゃない』

搾り出すような声があった。

どこまでいっても魔導《まどう》ハッカー。人が丹精込めて作ったものへ侵入し、乗っ取り、望みの結果を得るアヤトには到達する事のできない想《おも》いがそこにはあるはずだった。

『みんなを守るための魔導利器《まどうりき》を作っているんだって。未然に犯罪を防ぐために巡回させているんだって。誰も傷つかなくても悪人と戦える力を作っているんだって。だから、だから!!』

『だ・か・らぁ？』

実際にハックされてしまっているのを目の当たりにしてしまえば、あまりにも拙い言葉。

だがそれでも、その褐色の少女は作る者の矜持《きょうじ》をこう言い放ったのだ。

『おばあちゃんの魔導利器《まどうりき》はお前達なんかの言いなりにならない!! 何がどうあったって、絶対に! 最後の最後までお前達みたいなのと戦うために存在を続けるんだあ!!!!!』

アヤト＝クリミナルトロフィーは小さく息を吐いた。

計画自体は滞りない。向こうの魔導《まどう》ハッカーが押さえている心臓部の位置は摑《つか》んだ。あれを利用して周辺を警戒しているズートキシン三式を全部こちらで乗っ取ってしまえば、今度はあのサソリどもがこちらの得物になる。わざわざアヤト達が敵の真正面に立つ必要はない。むしろ、狙撃手や魔導《まどう》ハッカーといった裏方は素性や居場所を知られた時点で致命傷となる。よって、物陰に隠れたまま、ただ必要なモノを乗っ取って無傷でスマートに解決するのが一番だ。

そして諸々《もろもろ》の準備を固めてきた少年は、実際にそれができる。

（おばあちゃんの魔導利器《まどうりき》は人殺しの道具なんかじゃない、みんなを守るための魔導利器《まどうりき》を作っている、か）

だがアヤト＝クリミナルトロフィーは物陰から表へと顔を出した。

少女の言い分に敬意を払い、事前の計画を全部投げ捨てる。

自らの顔と体を大きくさらしたまま、性悪な魔導《まどう》ハッカーは笑ってこう告げたのだ。

「良く言った、お嬢ちゃん」

4

おばあちゃんはどうしてそんな危ない道具ばっかり作るの？

自分の長い耳を隠して暮らすマミリス＝コスターは拾われた先でそんな風に尋ねた事がある。

彼女の祖母はとても優しい人だったけど、手がけている仕事は必ずしもその限りではなかった。

時折、張り付いたような笑みを浮かべるとても怖い人達が家を訪れる事も知っていた。

ダークエルフのマミリス＝コスターは怖かった。

本物の武器はもちろん、道を行き交う小さな子供が適当に摑《つか》んでいる木の棒やオモチャの鉄砲だって。この長い耳のせいで、いつそれが自分に向けられるか分からなかったから。まして、本物の殺傷力を持つ魔導銃《まどうじゅう》や魔導利器《まどうりき》の拡散なんか望んでいなかった。それを尊敬する祖母が取り仕切っている事を知ると胸が痛くなった。

対して、行き場を失ったダークエルフに手を差し伸べてくれたその人は言ったのだ。

『おばあちゃんはみんなを守ってくれる機械を作っているんだよ』

人が武器を持つのは、どれだけ言葉で取り繕っても力不足を感じているからだ。

より大きな力がなければ大切なものを守れないと思ってしまうからだ。

　でも、それはとても滑稽な事だ。

　誰かを守るために拡散させた武器のせいで、ますます隣人を疑いの目で見るしかなくなる。相手よりももっと強い武器がなければ安心できない。そんな社会を作っていく。だけど人の目は地べたの迷路にあって、壁の向こうを透視できる訳ではない。自分がどれだけ滑稽でも、渦中にいる限りその愚かさには気づけない。

　だから、

『自分以外の何かが、人間以外の何かが滑稽な事をしていれば、きっと誰だって武器を求めるのがどれだけ馬鹿馬鹿しいか気づいてくれる。誰かに石を投げる行為がどれだけ残酷か分かってもらえる』

　彼女の大好きなおばあちゃんは確かにそう言ったのだ。

　脅《おび》える少女の頭の上に、しわくちゃの掌《てのひら》を乗せながら。

『そして本当に戦う力が必要になった時だって、人が凶暴性を思い出す必要はない。どれだけ石を投げられようが、おばあちゃんの作った機械がみんなを守る。それはマミリス、あんただって例外じゃない。機械は生まれや耳の長さで差別なんかしない。その公正な振る舞いを見れば、やはり地べたの迷路の中にいる人だって自分の行いを反省してくれるだろうさ』

　そんな願いが込められていたのだ。

「……おばあちゃんの魔導利器《まどうりき》は、人殺しの道具なんかじゃない」

大好きなおばあちゃんが一生懸命作ったものだったのだ。

「みんなを守るための魔導利器《まどうりき》を作っているんだって。未然に犯罪を防ぐために巡回させているんだって。誰も傷つかなくても悪人と戦える力を作っているんだって。だから、だから!!」

断じてどこかの薄汚い魔導犯罪者《まどうはんざいしゃ》なんかの手先になっても良いものじゃなかったのだ。

なのに。

どれだけ叫んでも魔導銀《まどうぎん》の塊は微動だにしなかった。おばあちゃんの作った魔導利器《まどうりき》は、結局与えられた命令にしか従わなかった。扱う者が変わってしまえば残酷な殺傷力を見せつける恐るべき兵器の顔しか表に出してくれなかった。

「おばあちゃんの魔導利器《まどうりき》はお前達なんかの言いなりにならない!!　何がどうあったって、絶対に!　最後の最後までお前達みたいなのと戦うために存在を続けるんだあ!!!!」

だから、意味なんてなかった。

どうにもならなかった。

そのはずだったのに、直後に『変化』があった。どこかの誰かは確かにこう告げたのだ。

『良く言った、お嬢ちゃん』

5

その時。

あっ？　と言葉を放ったのは誰だったか。

この場を支配していると思い込んでいた人身売買組織か。敵対する魔導《まどう》ハッカーの『ファニースナッチ』か。人生全てを奪われそうになっていたダークエルフの少女か。あるいは一瞬前まで物陰に潜んでいたはずのテレリア＝ネレイド＝アクアマリンだったか。

彼ら全員が見ている前で。

堂々と正面から打って出た少年は、宙に浮かぶ水晶《すいしょう》タロットを一枚指で弾《はじ》いたのだ。


「接、続、解除」


直後。

ドッッッ!!!!!!　と遠く離れた場所で爆音が炸裂《さくれつ》する。そちらは鐘楼のある方向だ。そして破壊音の意味を悟ったのは、巨大なボウガン式のリンケージプラグを抱える同業の魔導《まどう》ハッカー、『ファニースナッチ』だけのようだった。

「お前……ッ!?」

魔導《まどう》ハッカーの言葉に正義なんて宿らないかもしれない。

盗人猛々《ぬすっとたけだけ》しいのかもしれない。

だけど言わなくちゃならない事がある。

こんな時、崖っぷちまで追い詰められた女の子の前でだけは。

「乗っ取り直す、なんてケチな事は言わない。お嬢ちゃん、今見せてやるよ。アンタのおばあちゃんが作ったものが、本来何のためにどういう動きをするものなのかを!!」

リンケージプラグの剣を一本刺せば全てを乗っ取れたものを、アヤトはそうしなかった。鐘楼そのものを破壊する事で人身売買組織側の演算領域を消し去り、ハックされていた魔導銀《まどうぎん》のサソリ達を『元の制御に戻した』のだ。

おばあさんが作り。

少女が願った、最初の形そのままに。

行政達の手に戻り、そして砲撃現場で明らかに不審な人影がたむろしているのを発見すれば、二〇機近い『正しい』ズートキシン三式達は何をどうするか。

カオスが始まった。

「うわっ、うわあ！　うわあああああっ!?」

最初こちらへ余裕の表情でマグナム式の魔導銃《まどうじゅう》のストックを肩に押し当てて構えようとした

粗暴な男は、直後に一番近くで背中を預けていたはずの巨大なサソリの大バサミに叩《たた》き伏《ふ》せられていた。目を白黒させる暇もなく、あまりにも大振りな毒針の尾が唸《うな》る。四〇〇エスール（注、約四八〇メートル）先の人喰《ひとく》い虎《とら》すら一撃で昏倒《こんとう》させる猛毒の直射奔流をゼロ距離から撃ち込まれ、大の字のまま手足を乱雑に痙攣《けいれん》させていた。

外道共は銃を立てて額に銃身上部を押し当てる事で自壊鉛《じかいなまり》の弾頭に丸暗記の文字や数字を刻み付け、改めて標的へ銃口を向け直す。花火のようなマズルフラッシュを通す事で意味ある情報を内包した霧状《きりじょう》マナの奔流が炎や真空刃など様々な超常現象を生み出していく。プライマリ・バーストにターシャリ・トルネード。肩当てが必要なくらいの大型マグナムらしい大口径、自壊鉛《じかいなまり》の弾頭や霧状《きりじょう》マナの容量を活《い》かした大味な破壊力の魔法ばかりだが……そもそも人間一人分が生み出す魔法程度で傷がつく魔導銀装甲《まどうぎんそうこう》ではない。純粋な力勝負となった場合、生身と魔導利器《まどうりき》のどちらが圧倒するかは明白だ。

火、水、風、土。無色のマナに個性を与えていく基本の四属性、そのいずれもズートキシン三式はものともしない。

分厚い魔導銀《まどうぎん》が力業で弾《はじ》き返《かえ》し、真正面から下手人達へ襲いかかる。

あるいはその脚で踏みつけられ、あるいはその逞《たくま》しい尾で殴り飛ばされて、あっという間に三人分の魔導銃《まどうじゅう》が長めにカスタムした銃身をへし折られて無力化される。

「あっ、あう！　あうあうあう!!」

残った一人がそこらのサブマシンガンよりも膨らんだ粗悪なカスタム魔導銃《まどうじゅう》を抱えたまま慌てて逃げ出そうとするも、そこはもう包囲網の中だ。どこの通りや路地に飛び込む事もできない。その全てから魔導銀《まどうぎん》のサソリ達は押し寄せてくる。

「ちっ、ちくしょう!!　何だってんだオイ、ちくしょう!?」

一転して人さらいの腕が褐色の少女へと向かう。作り手が彼女の祖母なら、ダークエルフの命を人質にできるとでも考えたのか。しかし実際には最悪の選択だった。少女は言っていたではないか。おばあちゃんの作った魔導利器《まどうりき》は、みんなを守るために作られたものだと。

全機、最優先で行動開始。

褐色の少女と人さらいの間に割って入ったズートキシン三式が、無垢《むく》なる命を庇《かば》う盾となる。伸ばした腕を分厚い装甲で弾《はじ》かれた男の顔いっぱいに恐怖が浮かぶより早く、その大バサミが犯罪者の顔面を容赦なく殴り飛ばす。

「ま」

思わず両目を瞑《つぶ》った少女は、いつまで経《た》っても衝撃が来ない事に疑問を覚え、そして恐る恐る瞼《まぶた》を開ける。目の前に広がる光景を見て、やがてゆっくりと装甲に指先を伸ばす。

「まもって、くれる、の……？？？」

言うまでもない。

それが何のために作られたものだったのかは、彼女が自分で教示したはずなのだから。

「……と、いうか」

「何だテレリア君。人生最高の見せ場なのに」

「いやいやいや。何だかあのサソリ達、こっちまでロックオンしてませんかね？」

「そりゃそうだろう。ズートキシン三式は全機制御を取り戻し、そして俺達は行政警備《ぎょうせいけいび》とゴロツキ、どっちの陣営からだろうが平等に挙動の怪しい魔導《まどう》ハッカーに見えるんだから」

「つ、つまり」

「こうなったらまとめて狙われる。そして魔導《まどう》ハック以外に武器を持たない俺は無力だ。じゃあ問題、となると一体誰の魔導銃《まどうじゅう》の出番だろう？」

「ばっ!?　一人で格好つけるならアフターケアもしっかりしてくだ……」

だが文句は受け付けない、こういう時のキラーフレーズをアヤトは熟知している。だから少年は金髪少女の耳元でそっと囁《ささや》いた。

「テレリア君」

「何ですかもうっ」

「……他の誰にも頼れない。だから期待してる」

これぱかりは真面目だった。

うっ……と不意打ちを食らったテレリアは言葉を詰まらせた後、

「も、もうもう。あーもーおおおおおおおおおおおおおおおおおお

おお!!」

（情けないっ、ああ情けない！　こんなのでしっかり乗せられちゃう自分が哀《かな》しい!!）

　半分以上本気の涙目で左右のホルスターからフルオート式拳銃の魔導銃《まどうじゅう》を引き抜き、今さらのように飛びかかってくる魔導銀《まどうぎん》のサソリ達へダットサイト越しに二つの銃口を突き付ける金髪少女。いかに簡略化した魔法を自在に操れるからといって、まともに撃ち合っても勝ち目がないのは人身売買組織のクソ野郎達が証明してくれた。

　大口径の簡略構造を活《い》かした大容量の自壊鉛《じかいなまり》の弾頭と霧状《きりじょう》マナを利用してもごり押しできなかったのだ。低反動で小粒な魔法の連射を続ける事で累積ダメージを重ねていくテレリアに直接破壊できる相手ではない。

　よってテレリアは目標を改め、銃を立ててスライド部分を額に押し当てる事で自壊鉛《じかいなまり》の弾頭に必要な文字や数字を刻み付けていく。魔法の構造を切り替えていく。

「セカンダリ・エクス・グロウアップ！」

　レーザーガイドの赤い光点がズートキシン三式そのものではなく、その足元の石畳に向けて流れていく。そして銃身一体型のサプレッサーでくぐもった音と共に次々に連射で銃撃が起きる。良いものを使っているのか、霧状《きりじょう》マナの表面に不純物と高温を活用して膜を作る事で固化した空薬莢《からやっきょう》が地面にばら撒《ま》かれる音の方が大きいくらいだった。消えかけた青の光が地面で最後の瞬きを放ち、花が枯れるように退色していく。

途端に水と回復の恩恵を受けた石畳の隙間で変化があった。硬いものが軋《きし》む音と共に丁寧に段差をなくした石畳がボコボコと盛り上がり、大量の木の根や幹が飛び出してきたのだ。見た目は人の手で完全に地均《じなら》しされていても、それでも植物がたくましく生きている事もある。テレリアはその勢いを促進させたに過ぎない。

まるで爆発であった。

分厚い魔導銀《まどうぎん》の装甲は直接破壊できなくても、その分厚い樹皮によって動きは阻害できる。足元からの『爆発』をまともに受けたサソリ達は跳ね上げ式の扉に叩《たた》かれたように、その平べったい体を宙に浮かばせ、逆さにひっくり返った。

言うまでもないが、魔導銀《まどうぎん》のサソリはその構造上ひっくり返ると自力で起き上がるのは難しい作りをしている。

そしてアヤトもアヤトで金髪少女の背中に隠れて応援している場合ではなかった。

まだ一人残っている。

巨大なボウガン式のリンケージプラグを操る魔導《まどう》ハッカー、『ファニースナッチ』。口の中でくちゃくちゃ鳴るのは、細かく切り分けた干し肉でも噛《か》んでいるからか。魔導《まどう》ハックの世界に教科書はない。集中力を保つため、自分ルールを設ける者も珍しくなかった。

「ぐちゃっ。ここらが潮時、かな。くちゃくち」

「逃がすと思うか。あの脳筋どもに行政の連中まで巻き込んだ犯罪構造を設計できるとは思えない。むしろ『依頼人』が欲しがってるメインディッシュはアンタの首だよ」

「……チッ。ぐちっ、鎖付きの『フォワード』が!!」

ゴォ!!　と大気が不気味に渦を巻いた。

今さらこんな段階になって魔導《まどう》ハッカーが新しい手を打った訳ではない。というより、映画に出てくるような現場で細かく指先を動かすハッカーの腕なんぞ、現実ではたかが知れている。事前にどれだけの手札を用意できるか。それをどのタイミングで切れるか。魔導《まどう》ハックの腕はそこに集約される。

つまりは、

「ここで手切れ金を握っておけば、ぐちぐちゃ、こんなものに触れるリスクもなかっただろうにさ」

くちゃくちゃと噛《か》む音と共に笑みをこぼしながら、敵対する魔導《まどう》ハッカー、『ファニースナッチ』はその巨大なボウガンを天に向けた。

いいや、

「僕は常にデュアルコアで行動する事にしている、こういう時の保険も兼ねてね。ぐちゃ、その内の一つはズートキシン三式の群れを操る鐘楼。そしてもう一つは言っていなかったけど、実は航空管制用の誘導灯台《ゆうどうとうだい》を共鳴、拝借している。レベルはざっと25ほど」

「……、」

「くちゃくちゃ、まあ簡単に言えば丸々一つ分の演算基地が残っている訳だが、これで今さらサソリどもの制御を取り返そうなんて考えないよ。はっきり言って非効率だし、もっと面白いものとリンクしているからさ」

リンケージプラグのボウガンの先へ、アヤトはゆっくりと目をやる。

そこに浮かんでいたのは、

「モノ自体は単なる気球《ききゅう》バンガローだ。ぐちっ、ちょっとした街ならどこでだって見繕えるが、管制の光点からは消してある」

「なるほどな……」

「そして今この場の天空に襲来しているものは何か。答えは紅蓮《ぐれん》の竜。ぐちぐちち、さて続けて第二問、ヤツの鼻先で目障りな異物をハエのように飛ばしたら、一体何が起きるでしょう?」

答えはシンプルだった。

最大規模のドラゴンブレスが、人の手で誘導されるままにランドマークの巨大クレーンを蒸発させ、フレイアード火彩城下《かさいじょうか》の一点へ正確に襲いかかってきた。

6

光も音も吹っ飛んだ。

まともに浴びれば軍事用に調整された飛行船だって一発で撃墜させるであろう、戦争規模の攻撃。魔導銀《まどうぎん》のサソリ達がどれだけ折り重なって保護対象を守ろうとしても、それら全てを溶解させてしまう事だろう。

建物の遮蔽も魔導のシールドも関係ない。

天から地へ突き刺されば、天空都市《てんくうとし》をそのままぶち抜いて串刺しにしてしまうほどの高火力。

「な……」

しかし実際には思惑通りにはいかなかった。

世の理不尽に戸惑う声を上げたのは、この状況を作った魔導《まどう》ハッカー、『ファニースナッチ』の方だった。

「ぐっ……ちゃ。な、んで？　あれだけの事があって、誰も死んでいない!?」

「は、はうう？」

ショックで転びそうになっていたはずのテレリアは、何故《なぜ》だかいつの間にかアヤトの腕に抱かれていた。そして一番に狙われていたはずのアヤト本人は逃げも隠れもしていない。

彼は笑って言った。

「わすーれたーのかー？　俺は鐘楼を破壊する時にサソリを一機拝借していたが、鐘楼を破壊した時点でズートキシン三式は全機、機能を復旧している。ただし、俺が独自に乗っ取っていたサソリは除いて、だ」

「あ」

「原始的な弾丸は容易《たやす》く紙を突き破るが、その『接触』の際には弾道をわずかに曲げる。何百枚も束ねれば、鉛の弾丸そのものを食い止めてしまう事もできるだろう。ま、流石《さすが》にそこまでは期待しちゃいなかったが」

つまり、だ。

「屋根の上を自由に動けるサソリにはこう命令していた。ありったけの煙突に鐘楼に、とにかく何でも良い。屋根から突き出た背の高いオブジェクトを薙《な》ぎ倒《たお》せと。紅蓮《ぐれん》の竜のブレスは斜めに倒れていく障害物を貫通していくが、そのたびに少しずつ軌道を曲げていく。ほんの小さな誤差だって、積み重なれば無視できる値を超えていくぞ。つまり、つまり、つまりだ」

「ぐちっ、ドラゴンブレスの軌道を意図してねじ曲げたとでも言うのか!?」

「ま、元々大砲どころかあのデカブツまで隠《かく》れ蓑《みの》に使って人身売買やらかす連中だ。万に一つも自分に当たっちゃ困る訳だし、生態や行動パターンだって調べ尽くしているだろ。だから虎の子もそこに集約されるんじゃないかとは思っていた。とはいえ、単純に逸《そ》らすだけならともかく、流れ弾が周りの民家に突っ込まないトコまで考えておくのは大変だったよ。褒めてくれても構わない」

そんな簡単な訳がない、と抱き寄せられたテレリアは考える。

そもそもあれだけの高威力のブレスを逸《そ》らした時点で神業なのだ。さらにそこから、当事者以外の不特定多数まで気に掛けるなど評価の言葉が見当たらない。

しかし現に結果は出た。

相手が巨大な犯罪組織だろうが腐り切った行政システムの使い手だろうが、その男は納得できなければ真正面から踏み倒していく。そうやって世を渡り歩いて各地に必ず大きな混乱をもたらし、所によってはいくつかの笑顔を守る、そう、人の形をした災いそのもの。

魔導《まどう》ハッカー。

アヤト＝クリミナルトロフィー。

『ファニースナッチ』の間違いは、そもそも災いをねじ伏せられると考えた事だ。

「こちとら世界の運命より大切なパートナーを巻き込んでいるんだ。半端な策で挑むとでも？」

そしてこういう事を真顔で言っちゃうから、抱き寄せられた金髪少女の体温上昇が留《とど》まるところを知らなくなるのだ。

「さあてドラゴンの鼻先でちらつかせる気球《ききゅう》バンガローは何機ある？　もしもたった一度の保険だとしたら……アンタの身を守るものは残っているのかな」

ぎょっとした『ファニースナッチ』が、今さらのように周囲へ目をやった。

「魔導《まどう》ハッカーが正義を語るなんて場違いだ。だからきちんと彼らに返そう」

当然ながら、辺り一面を取り囲むように二桁もの魔導銀《まどうぎん》のサソリ達が待ち構えている。

性悪だが奇麗ごとを忘れられない少年は、指を弾《はじ》いてこう言った。

「設計通りに正義の執行を受けるがいい、変態犯罪者」

7

格好良く決めたは良いものの、アヤトやテレリアも選抜王国《せんばつおうこく》に公認された魔導技術者《まどうぎじゅつしゃ》ではない。どれだけ腕があろうがどんな目的があろうが魔導《まどう》ハッカーは魔導《まどう》ハッカーなので、目的を終えたらやるべき事は一つであった。

つまりは、

「逃げるっ！」

「あっ、ああ、ああああーっ!!　ちょっとちょっと待ってくださいーっ!!」

わたわたしながらテレリアがついてきた。

ダークエルフの少女は放ったらかしだが、本当にズートキシン三式達が彼女の祖母が願った通りの『正しい機能』を取り戻したのなら、絶対に傷つけられる事はない。さんざっぱらフルボッコされた人身売買組織や魔導《まどう》ハッカー『ファニースナッチ』もフレイアード火彩城《かさいじょうか》下の騎士団の手で縛につく事だろう。むしろ目を覚ました下手人どもがあそこから無駄に逃走を図れば、今度こそサソリ達の手で殺害されかねない。

一応魔導《まどう》ハッカーの商売道具であるリンケージプラグ、大型ボウガンは回収しておく。敵の武器を奪うというよりは、中に残されている情報に用があるといった方が近かった。

灼熱《しゃくねつ》に煮える魔導銀《まどうぎん》の川では、相変わらずのんびりゴンドラが漂っていた。

装甲列車や飛行船から、まるで花火大会のようにドカドカ砲弾が飛び交う星空の下、危機感ゼロの顔でさっきも見た《御者》が話しかけてくる。

「おやお客さんどうしたね？　やっぱり女の子を誘ってぶらつくエリアじゃなかったろ」

「ナイス隠《かく》れ蓑《みの》！」

こちら側に接岸している訳ではないので、ちょっとした運動神経が必要だ。アヤトは及び腰なテレリアの足を払ってお姫様抱っこしつつ、

「きゃっ」

「ボウガン摑《つか》んでろ」

揺りかごの中できゅっと体を縮めるテレリア。

そのまんま助走をつけて真っ赤な川へ浮かぶゴンドラへと跳躍する。

「ぎゃああ!!」

　絶叫する金髪少女と共に乗船。

　度重なる人間側の砲撃でドラゴンの方が参っちゃったのか、束《つか》の間《ま》の静寂の中にただただ愛《いと》しいパートナーの叫び声だけが響き渡っていく。

　ちょっと困ったようにアヤトは表情を曇らせていた。

「……『きゃっ』から『ぎゃあ』か。無理強いはしないけど、女の子の地金が出る瞬間に立ち会うのは哀《かな》しいな。俺もまだまだ精進が足りない」

「アヤトさん、私のスカートはロングとミニの二重構造になっていて、外側のロングスカートは浮遊式の拡張外装《かくちょうがいそう》である事はご存じですか？」

「？」

「つまり魔法の力で自由自在に動かせばクソ野郎を巾着モードにしちゃえるんですっ！」

　生き物のように蠢《うごめ》いた腰回りの布地が不意打ちで魔導《まどう》ハッカーを包み込む。

　すっかり無様になった少年を外から眺めてようやっと溜飲《りゅういん》が下がったのか、テレリアは両手を細い腰に当てて、

「しばらくそのまま反省してなさい、ふんっ」

「ふがもが」

「ダメですよ、哀《かな》しい声を上げても許しませんからね」

「……でもなんかこれ、特に罰になってない。とってもテレリア君の匂いがする……」

「ツッツ!!!?!??」

そして真っ赤な顔で巾着を外から連打するテレリアに、呆《あき》れた声で《御者》は呟《つぶや》いた。

「いちゃつくのは結構だが目的地を言ってくんないかね？」

ぶはっ、と甘い香りとぬくもりの止まらないロングスカートの内側から顔だけ出したアヤトはひとまず荷物を運び込ませていた宿屋の方へ指示を出す。

サソリ達も追ってきたようだが、彼らが得意としているのは地面と壁面のスムーズな移動だ。溶けた魔導銀《まどうぎん》の川については管轄外なのか、微細な地面残留物――――つまり肉眼で確認できないレベルの足跡――――追跡の手が止まり、岸辺でまごついているようだった。大空を舞う巨大な殺人バチや身をくねらせて灼熱《しゃくねつ》の川を泳ぐ大蛇などとの連携がスムーズにいかなければ、これで撒《ま》けてしまえるだろう。

変に辺りを見回すとかえって挙動不審なのでアヤトは気に留めず、リンケージプラグの大型ボウガンの方をいじくっていた。

《御者》はまたもや暑さと揺れで青い顔になっているテレリアを気にしつつ、

「お土産かい？　女の子向きじゃあないなあ」

「自覚はある」

《御者》からのサービストークに生返事をしながら、アヤトはボウガンの各部をチェックし、上部のスコープを覗《のぞ》き込《こ》んだ。レンズは水晶《すいしょう》製だが、サングラスのような黒い遮光性が強く設定されていた。

巨大なドラゴンが小康状態になったためか、砲撃の少なくなったクリアな星空を眺めて、

（……なるほど。太陽の黒点を見る占いの道具をベースにしているのか）

ふと巨大な影が遮ってきたので、そこでアヤトはスコープから目を離した。ゴンドラが常にオレンジ色の川の上を移動しているので、街のあちこちに立つ水晶《すいしょう》でできた巨大な塔、真空管にも似た浸透高炉《しんとうこうろ》に差し掛かってしまったようだ。

何にせよ、魔導《まどう》ハックに使うマナの視覚化作業はここから直接行うようだ。

「さて、後味をちょっと良くするか」

「です？」

キョトンとしているテレリアの前でアヤトは商売道具のリンケージモニタ、水晶《すいしょう》タロットを取り出して、

「こいつの中にあるデータを引っ張り出して、過去に消された少女達の買い手を洗い出そう。リスト化を済ませればセレディレカ天空都市《てんくうとし》の行政に提出できる。後は暇を持て余したマッチョな騎士団にでも任せれば良い。あいつら映画の影響で兵士として志願するのか、とにかく

救出作戦が大好物だからな」

そんな風に言い合っていた時だった。

『それ』は起きた。


ふっ……と。

本当に、何の前触れもなく。一人の女性が水晶《すいしょう》タロットの一枚に指先で触れたのだ。


当然ながら、溶けた金属の川を渡るゴンドラにはアヤトと、テレリアと、《御者》の三人しかいない。川幅を見ればどう考えたって途中乗船できるような環境でもない。

だがお構いなしだった。

何度確かめても同じだった。夜を凝縮させたような紫の長髪に、露出の少ない衣服の上からでもはっきりと匂い漂う妖艶な肢体。仕事に誇りでも持っているのか、クラシックなメイド服を纏《まと》う妙齢の美女が身を屈《かが》め、アヤトに寄り添うようにして、細い指先で一枚のカードを指し示していたのだ。

当たり前のように彼女はそこにいる。

「『依頼人』、か……。心臓に悪い！」

「ここ」

知人からの悪態も気に留めず、彼女はずしりと重たい革の小袋を摘《つ》まんでアヤトの掌《てのひら》の上へと落とす。中身は金貨の詰め合わせ（注、約二〇万円）。一日の報酬としては高いのか、命を懸けた戦闘込みでは低いのか。この辺りは各人の価値観に依存する部分が大きい。

一体どこから湧いて出たのかも分からない、仕事の報酬。

その上で、彼女はもう一度ほっそりした指先でつんつんと水晶《すいしょう》カードをつついてくる。

「データがおかしいわよ。リストの中身を精査してみなさい」

「？」

言われた通りリンケージモニタの水晶《すいしょう》タロットを動かして、その配列からマナの流れを視覚化する。まるで新聞や教科書のように、人の目で追い駆けて中身を読み取れるように。

結果、『依頼人』が言わんとしている事が分かってきた。

「何だこれ……？　こいつは妙だな」

「うっぷ、うえぇ、つ、つまり何なんです？　ああ今、細かい文字とかイラストとか目で追い駆けたくない……」

カードの心得のない者にとって、複雑に配置された図柄《アルカナ》の群れは単なる神秘の塊だ。魔法はトリガー一つで発動できる世の中になったため、使う『だけ』ならジェム派《は》だマナ派《は》だの学問に精通して中で何がどう動いているかを知る必要もなくなった訳だ。

なのでアヤトは噛《か》み砕《くだ》いてこう説明した。

「人身売買組織のターゲットは基本的に年頃の女の子だ。さっきのダークエルフなんかと一緒。だけどその中に、明らかに不釣り合いなじいさんが一人交じってる」

「人身、え？　お宅ら何してきたの？？？」

《御者》がギョッとした顔になったが、今ここで拘泥はしていられない。

「ヨルベ＝アルフォベリン。年齢六五歳男性。……まあそういうリクエストを出した好事家がいるって言われれば完全否定はできないけど、普通に考えれば違うよな？」

「ちょっとちょっと」

と、しつこく声を掛けてきたのはゴンドラの《御者》だった。

だが彼はアヤト達に幸運をもたらした。

「アルフォベリン？　そんなけったいなファミリーネームなんて一人っきゃいねえだろ。ヨルベ＝アルフォベリンっつったらセレディレカ天空都市《てんくうとし》の都市設計責任者のはずだぜ。広場に銅像だって立ってるから間違いねえ」

「都市、設計……？」

「まあ天空都市《てんくうとし》の計画自体は何百固め年前からの話なのか誰にも分かんねえくらいなんだけどさ、今代、きちんと過去の設計理論を引き継いで大地の浮遊を成功に導いた野郎はそいつで決まりだ。浮遊基礎理論《ふゆうきそりろん》から細かい霧状《きりじょう》マナの配線まで一通り全部管轄してるとかで、十徳ナイフみたいな天才だって新聞に紹介されてたし。ああ、都市インフラとか防衛システムとかもがっつり噛《か》んでいたはずだぜ。ほれ、ブライティオのお城を守るオーロラみたいな無敵の壁。じゆうえっけんの、何だっけ？　あれなんかやっこさんの金字塔じゃねえか」

「……、」

「あの、うええ、なんていうかですね……」

「分かってる。超絶嫌な予感しかしない」

つまり『どこかの誰か』は好事家向けの人身売買組織を利用し、隠《かく》れ蓑《みの》にして、この天空都《てんくうと》市《し》の都市設計責任者をさらわせていた。一体どんな情報を聞き出すためかは不明だが、ヨルベ＝アルフォベリンの抱えている機密情報をフル活用すれば何でもできる。それこそブライティオ光彩王城《こうさいおうじょう》を守る『自由謁見の限度』を解除したり、いいやそもそもセレディレカ天空都市《てんくうとし》を丸ごと墜落させる方法だって……。

「天が濁ってきたわね」

『依頼人』は涼しい顔でそう言った。

オレンジ色に輝く川や天を貫く真空管に似た浸透高炉《しんとうこうろ》で潰されかけた星空を見上げて、

「これは悪いオーロラだわ。詰めを誤ったわね、魔導《まどう》ハッカー」

そっと耳元に囁《ささや》くようでありながら、しかし聞く者の心臓に確実な圧迫を与える、美しい女性が持つ独特の恐ろしさを体現したような声色だった。

直後にそれは起きた。

ドガッッッ!!!!!! と。

高所から地上に向けて、先ほどの竜に勝るとも劣らない閃光《せんこう》が突き抜けていく。

「な……」

さしものアヤト＝クリミナルトロフィーすらも絶句していた。

魔導《まどう》ハッカーとしてゲームメイクしてきた盤面が、不慮の一発でひっくり返された。

具体的には、火の街のあちこちに立つ水晶《すいしょう》の塔、巨大な真空管にも似た浸透高炉《しんとうこうろ》の一つか。

そのてっぺんから解き放たれた凶悪な閃光《せんこう》がアヤト達の頭上を飛び越え、同じ街の一角へと正確に落ちたのだ。

距離はざっと五〇〇エスール（注、約六〇〇メートル）ほど。

着弾点はすでに安全が確保されたはずの、ダークエルフやサソリ達が騎士団の保護を待っていたはずの場所であった。

「何だありゃあ!?　今さら何が起きた!!」

答える声はなかった。

気がつけば、クラシックなメイド服を纏《まと》う妙齢の美女はどこにもいなかった。ひらりと視界を一瞬何かが横切ったかと思ったら、それは紫の蝶の形を取って灼熱《しゃくねつ》の川の真上を舞い飛んでいく。妖艶なレースと宝石に彩られた、自然界には決して存在しない夜の蝶《ちょう》だ。

依頼人は依頼人だ、金を払う側はそこまで優しく協力してくれない。

こうなったら自分の目で確かめるしかない。

狙撃。

いいやいっそ砲撃とでも呼ぶべきか。

あまりにも莫大《ばくだい》な自壊鉛《じかいなまり》の弾頭と霧状《きりじょう》マナに頼った、大口径長射程を極めた破格の一撃。おそらくは巨大極まる銃弾を取り扱うため専用にカスタムした、人間の背丈よりも大きな対竜《たいりゅう》ライフルか何かだ。

発射元か着弾点か。

どちらを調べるにしても決断の時だった。激変した状況を正確に把握するためには、少しでも痕跡を消される前に情報収集を始めたい。いちいちゴンドラの接岸なんぞ待っている暇はなかった。

魔導《まどう》ハッカーは暑さと揺れでぐだぐだになった金髪少女の両肩をそっと摑《つか》んで支えながら、

「ああもう、ちくしょう!!」

「お客さん!　何だよ銅貨二枚（注、約二〇〇〇円）かよ!?」

前に中央銀貨（注、約五〇〇〇円）を渡しているので、足して二で割ればリップサービスに観光価格のドリンク代も入れたって相場通りである。アヤトは気にせず金髪少女のテレリアの足を払って抱えると、お姫様抱っこのまま岸へと跳躍する。

「わひゃあ!?」

「テレリア君ぎゅっとしたまま我慢だ!!」

どこの誰が狙撃を決めたのかも気になるが、やはり今はとにかく着弾点が『どう』なったのかだ。それ次第で、依頼の成否そのものがひっくり返ってしまう。

アヤトは歯噛《はが》みしながら、

「くそったれが!　どこの馬鹿だ人様の仕事に泥を塗りやがったのは!?」

「ちょちょちょっちょっと下ろして下ろしてくださいもう大丈夫ですからあ!!」

何やら顔を真っ赤にしてわたわた手足を動かしているテレリアだが、はっきり言えば全力疾走ならこっちの方が速い。パニックに陥った行商人達の間をすり抜け、構わず来た道を引き返していく。

「みんな見てますってばー!　こういう恥ずかしいのはせめて人のいない所でお願いしま……ハッ!?　私は今どんな下流で妥協しようと……?」

当然ながらサソリ達が通常運転ならアヤト達は追われる身だ。発見された場合はただちに攻撃される。現場に舞い戻ってもリスクしかない。

だけど、どうしても放ってはおけなかった。

そして倒壊した家屋の傍《そば》まで辿《たど》り着《つ》いた時、

「ちくしょう……」

鉄錆《てつさび》臭い液体の臭いに、髪や肉の焼ける臭いが混ざり合っていた。

単純に血抜きを終えて塩や香辛料で下拵《したごしら》えした食用肉をキッチンで焼くのとは全然違う。一切の加工なく純粋な命が焼けていく、他のどんなものにもたとえる事のできない臭気。

「……やっぱり目的は口封じか!!」

思わず頭を抱えてしまう。

竜にも勝る砲撃は真空管に似た浸透高炉《しんとうこうろ》、水晶《すいしょう》でできた塔のてっぺんから地面に向けて撃ち下ろされていた。おかげで破壊の痕跡は空飛ぶ大地に大穴を空け、真下から吹きすさぶ突風さえ招いている。石畳もその下の地面も穴の縁はまとめてオレンジ色に赤熱し、あまりの高温でガラス質に変化してしまっていた。

『ファニースナッチ』含め、人身売買組織の連中がどうなったかなど考えたくもない。

全滅。

もはや分かりやすい恐怖感を突き付けるグロテスクな死体などどこにもない。かろうじて、肉の焦げるような臭いが残留しているだけだ。これは死の匂いだ。『そう見せかけて行方を晦《くら》ました』……などという救いのある結末ではないだろう。

しかも、それでいて、

「あっ、ダークエルフの娘《こ》は大丈夫みたいですよ。まだ息があります!!」

「……、」

多くのサソリ達がとっさに防衛行動を取ったのだろう。確かに、長いストレートの髪を地面に大きく広げ、ダークエルフらしい長耳を見せつける褐色の少女には火傷《やけど》らしい火傷《やけど》はない。だがそれをアヤトは幸運とは思わなかった。これは偶発によるものではなく、明らかに狙撃手の技術によるものだ。直撃はおろか余波まで含めて繊細に計算されていたため、ギリギリの縁にありながら奪うべき命を選別して刈り取りを行った。

「誰なんだ、くそ」

まともな人間が行う魔法とは思えない。

魔法は指先一つで誰でも扱える時代になった。とはいえ、これだけの威力の魔法を手持ちで放てば、反動だけで生身の肉体が粉々になっても不思議ではない。とてもではないが、人間業とは思えなかった。

そして、

「……、あら？」

ブゥ、ン!!　と頭上、陽《ひ》の輝く星空に重なるように何か巨大な影と羽音が突き抜けた。

身を屈《かが》めて、気絶するダークエルフを介抱していたテレリアが真上を見上げれば、その先には音源があった。

セレディレカ天空都市《てんくうとし》を守護する魔導利器《まどうりき》の一つ。殺人バチの構造を模し、多種多様な『呪い』を利用した追尾弾《ついびだん》をしこたま搭載した巨大な魔導銀《まどうぎん》の塊を。

そいつは滑らかな女性の声で宣告した。

『不審者を発見、ロックオン。武装を解除し速やかに投降してください。チャンスは一度しかありません、我々セレディレカ行政警備《ぎょうせいけいび》と正当なる騎士団は私刑行為の末に対象を殺害するような魔導《まどう》ハッカーの存在を許しはしませんので。抵抗の意思ある場合は選抜王国法規《せんばつおうこくほうき》に基づいて即刻射殺します』

舌打ちするしかなかった。

何にせよ、『ファニースナッチ』の一派と先に戦っていた事が仇《あだ》となった。

鮮やか過ぎる。これではトカゲの尻尾を切るためのアドリブのリカバリー策なのか、最初からこういう計画でアヤト達を嵌《は》めるためにセッティングされていたものなのか、どちらが真意か分からなくなってくるほどであった。

どこの馬鹿かは知らないが、あの狙撃手の罪をこちらが被《かぶ》る羽目になった。

「ど、ど、どうするんですかあ!?」

「決まってんだろ。ああ、その娘《こ》の手当ては遅らせられない。しっかり抱えて落とすなよ」

息を吐いて、そして覚悟を決める。

……ひょっとしたら今日も世界のどこかでは伝説の血を引いた勇者サマが邪神とでも戦っているかもしれないし、王国の名誉を守るため騎士団が力を合わせて決死の作戦でも始めているかもしれない。

だがその少年には関係ない。

世界を守り、歴史を作って、形のないものにすがって何になる。それなら地に足を着けて現実に起きる事件に目を向けて今助けられる誰かへ全力で手を差し伸べるべきだ。

このセレディレカ天空都市《てんくうとし》でもそれは起こり、さらに大きな悲劇へと繋《つな》がりつつある。

なので。

見事に嵌《は》められはしたが、この辺はそもそもスネに傷を持っている者の宿命だ。割り切るのだって早い。

魔導《まどう》ハッカー、アヤト＝クリミナルトロフィーはクールに言ってのけた。

「とっとと逃げよう」

オプション02【情報検索】魔導《まどう》ハックの基礎知識

魔導《まどう》ハックはリンケージプラグと呼ばれるアンテナ機器とリンケージモニタと呼ばれるコントローラを用いて実行される。

一般にも広く普及している多くの魔導家具《まどうかぐ》は、大気中に薄く広く拡散しているマナを『触れずの霧』と呼ばれる程度に圧縮した上で、諸々《もろもろ》の中継器や制御理論で細く長く蜘蛛《くも》の巣のように伸ばして正確な配線を構築する。これを地中でジェム流《りゅう》が結晶化した各種鉱石をちりばめた宝石基板《ほうせききばん》に通す事で様々な効果を簡便に生み出している訳だが、魔導《まどう》ハッカーは様々な手段を使ってこの細く長い霧状《きりじょう》マナの流れへ介入し、悪意ある現象を引き起こす。

剣、鉄爪、ダーツ、弓、フォーク、アイスピック。持ち主に合わせ様々な形を取る不正なリンケージプラグだが、大衆の抱くイメージと違って最初から全てを乗っ取れる訳ではない。携帯性を重視している事もあり、各々の演算能力はさして高く設定していないのだ。

最初はレベル1から始まる事が多い。

手始めに身近な街灯や散水機など単純な魔導家具《まどうかぐ》を襲って演算領域を共鳴させ、レベルを上げてから本格的な都市インフラや軍事兵器へ狙いを定めるケースが常道となる。

ここで重要なのは、最悪、魔導《まどう》ハッカーの実力は倍々で膨らんでいく危険性が見受けられる点である。

例えばレベル1のリンケージプラグが同じくレベル1の街灯を乗っ取った場合はレベル2に。レベル2に成長したリンケージプラグでレベル2の空調ダクトを狙えばレベル4に、といった具合だ。

モノ自体は平気な顔で現場に残っていても、油断してはならない。乗っ取られたままでは魔《ま》導《どう》ハッカーへ強大な力を貸し与えたままになってしまう。

これらの条件により、魔導《まどう》ハッカーに従来までの数の暴力は通用しない。レベルが100なり1000なりまで共鳴、増幅するケースもゼロではない以上、彼ら不正な魔導犯罪者《まどうはんざいしゃ》は条件さえ整えば単独であっても都市国家の滅亡にすら手が届くものとみなすべきだ。

なお、乗っ取られた魔導家具《まどうかぐ》や魔導利器《まどうりき》などはリンケージプラグを引き抜く事で制御を取り戻し、魔導《まどう》ハッカーの力を削《そ》ぐ事ができる。仮に彼らの接近を許した場合、まずは冷静に被害機器を特定し対処するのが肝要である。

フェイズ02　シルフィーネ風彩城下《ふうさいじょうか》

1

時計を見れば夜帯になっていた。

年中星空が瞬くセレディィレカ天空都市《てんくうとし》だが、陽《ひ》が沈むとやはり雰囲気は大きく変わる。

真空水晶《しんくうすいしょう》の器の中で霧状《きりじょう》マナを炎の魔法に変えるマナ光球《こうきゅう》に、円筒形の水晶管《すいしょうかん》の中に夜光《やこう》ゴケの胞子を塗りつけてから内部に霧状《きりじょう》マナを直接通すマナ光管《こうかん》。それらの集合体によって夜は克服され、地上には星空が落ちたような夜景が展開されていた。

アヤトは頭上に目をやって、

「……また星空が潰れてる。よっぽど赤いオーロラが嫌いなのかな、ここの人達って」

「魔王の噛《か》み傷《きず》なんて名前をつけているくらいですからねえ」

「ニアヴェルファニ。名前の初めと終わりをくっつけると円環になるんだっけ？」

あちこちに街ゆかりの有名人の石像があるのが世の常だが、この街に根付いたフォーチュリアナ聖教《せいきょう》の関係者が何人か立っているのもニアヴェルファニとかいう魔王嫌いの裏返しなのか。まだ正式に『神殿移しの儀』が執り行われる前だというのに、かなり前から実効支配は済んでいるらしい。

どこもかしこも食欲をそそる匂いと賑《にぎ》やかな喧騒《けんそう》を撒《ま》き散《ち》らすどんちゃん騒ぎになっているが、アヤト達はその恩恵に与《あず》かれない。元々フレイアード火彩城下《かさいじょうか》で予約を取った宿屋はもう使えない。宙を舞う殺人バチに顔を撮られたので、今頃部屋に踏み込まれ、預けていた旅行カバンなんかも行政警備《ぎょうせいけいび》や騎士団に押さえられてしまっているに違いない。

「ああ、ああ。持ち物全部押収されてしまったという事は、ああっ!?」

そして何か現実的な事を思い出したのか、急にテレリア＝ネレイド＝アクアマリンは暗がりでうずくまって頭を抱えてしまった。

「どうせ仮の宿だろ。寝床なんてまた探せば良いさ」

「そうじゃなくて、旅行カバン！　中に何日分の着替えを詰めていたと思ってるんですか」

「また買い直せば……」

「あーもおー！　私の下着もたっぷり入っているんですよおーどこの誰に検分されるかも分かんない状態でえー!!　オトメ的に大ピンチなんですうーッッッ!!!!!」

（そういう話か。ま、俺が手を加えた『あの鍵』が部外者の手でそんな簡単に開くとも思えないけど。面白いから黙ってよう）

……と、こんな事で言い争いになっているところから分かる通り、直近の命の危機は去った。つまり魔導銀《まどうぎん》でできた殺人バチやサソリなんぞに追い立てられる段階は過ぎている。

この辺りは魔導《まどう》ハッカーサマサマだ。

単純に力勝負で倒すとなれば相当骨は折れるが、敵の機体を奪って別の敵にぶつけるなどで混乱を生み出せば、その隙に逃げ出す事も不可能ではない。

ついでにリンケージプラグの大型ボウガンから抽出した人身売買の取引データについても墜落した殺人バチの機内にぶち込んでおいた。セレディレカ天空都市《てんくうとし》の行政が回収して修理する段階で中身のデータも確実に伝わり、彼らの魔導銃《まどうじゅう》で買い手を叩《たた》いてもらって消えた少女達が救援される手はずになっていたのだが、

『ふざけやがって、俺達に華でも持たせようってのか!?』

『相手は魔導《まどう》ハッカーでしょ、歪《ゆが》んだ正義を振りかざす義賊かぶれって訳よ』

『今夜は朝帰りでも良い。騎士団召集、人海戦術行くぞお!!』

……こればっかりはクールを気取るアヤトも（あくまで自称）、ひとりでに蠢《うごめ》く水晶《すいしょう》タロットを眺めて両手で顔を覆っていた。『本物の《呪術師》があなたの呪いを請け負います』という物騒な宣伝文句のポスターが貼られた壁に背中を預けつつ、

「……どいつもこいつも暑苦しい脳筋ばっかりだ。人が親切でやっているっていうのに、何でハートに火が点《つ》いちゃうんだよう……」

『触れずの霧』とも呼ばれる霧状《きりじょう》マナは魔法に関わる品でない限り、基本的に人も物もすり抜け、光も素通りなので目にも見えない。大きな街では金属パイプを四角く箱状に組み立ててブドウや朝顔の棚を作るような格好の噴霧器や貴族どもが入り浸るゴルフ場を潤すスプリンクラーにも似た中継器を山ほど設置し、この霧状《きりじょう》マナを細く長く正確に伸ばして蜘蛛《くも》の巣のように張り巡らせる事で、様々な情報サービスの提供に結び付けている訳だ。便利なようだが基本的には点と点を結ぶ線でしかないので、始点と終点の存在する固定機器しか使えない。無線なのに有線と似たような事しかできない、という過渡期の技術なのだ。

アヤトの持つ水晶《すいしょう》タロットなどは例外的に、細く長く整えられた霧状《きりじょう》マナの流れから漏れた飛沫《しぶき》のようなものを拾って情報のやり取りをしている。当然、アクセスできた時点で違反行為。回線が弱いので本格的な魔導《まどう》ハックには使えないが、仕組みが分かっている者からすればわざわざ固定機器のある場所まで出かけるのは億劫《おっくう》だ。

霧状《きりじょう》マナは光も素通りしてしまうため、目で見る事はできない。

なのでアヤトは立てた金属パイプを四角く組み合わせたプールや海水浴場の屋外シャワーにも似た中継器と屋台のレジから概算でマナの流れ、ラインを計算し、中間地点の道路にドカリとリンケージプラグの剣を立てていた。この方法だと機材を乗っ取っていないのでレベルを稼げないが、情報を盗み取るだけなら十分だ。

そんな魔導《まどう》ハッカー、アヤト達がこそこそしているのは、先ほどまで大暴れしていたフレイアード火彩城下《かさいじょうか》ではない。そちらの包囲の輪が閉じる前に、さっさと隣のシルフィーネ風彩城下《ふうさいじょうか》の下層まで移動していた。もちろん天空都市《てんくうとし》全体で警戒態勢は敷かれているはずだが、やはり密度で言えば一段劣る。

アヤトは伝説の勇者でもなければ救世の騎士でもない。

所詮は薄汚れた裏稼業、魔導《まどう》ハッカー。

だがすでに見知らぬ誰かからケンカを売られ、今目の前に広がる街並みやそこに住む人々を巻き込む大きな事件が進行しつつある。

となれば答えは一択だった。

敵対者の正体を暴き、その全てを破壊する。

善と悪の線引きなど興味がない、悪と悪の殴り合いで結構。だがアヤトが自分で敵と決めた以上は容赦も遠慮もナシだ。相手が個人だろうが集団だろうが、完膚なきまで叩《たた》き潰《つぶ》す。

「こ、これからどうしましょう?」

「きちんと考える」

アヤトは短く言ってから、パートナーの少女の不安を取り除くには言葉が足りなかったと反省して言い直した。

「そうだな、まず一番の問題は謎の狙撃手が人身売買組織を利用してセレディレカ天空都市《てんくうとし》の都市設計責任者、ヨルベ＝アルフォベリンをさらっていた件だ。こいつはどう考えても拷問されているだろうし、全ての秘密を洗いざらいしゃべってしまっているはずだ。平たく言えば、黒幕はこの街の脆弱性《ぜいじゃくせい》を片っ端から掌握している事になる。それで終わりって話にはならないだろう。何か大きな仕事をするつもりなんだ」

「ひ、ひええ……」

「次に厄介なのは、その黒幕がやらかした人身売買組織への口封じが俺達のせいにされているって話だ。今のまんま黒幕がセレディレカ天空都市《てんくうとし》で『大きな事』をやらかすと、その罪まで俺達が被《かぶ》る羽目になるかもしれない。自分でやった事はともかくとして、見も知らない他人の罪を押し付けられるなんて当然ながら面白い状況じゃあない」

息を吸って、吐く。

アヤト＝クリミナルトロフィーは魔導《まどう》ハッカーの流儀を言って聞かせる。

「だからそうなる前に叩く。どこの馬鹿かは知らないが、誰にケンカを売ったかたっぷりと思い知らせる。これが今後の方針だ、分かってもらえたかなテレリア君？」

「と、とりあえず平和的な事にはならないってくらいは」

「よろしい」

つまりこれは逃走であると同時に闘争の下拵《したごしら》えでもあった。どちらの意味にしても、火の街を出てしまえば警戒が緩くなったのは僥倖《ぎょうこう》だ。

観光客を捌《さば》くにせよ、各種の産業を回すにせよ、人と物の流れは必須だ。どこもかしこも厳重な検問だらけにしてしまっては全てが滞り、結果としてセレディレカ天空都市《てんくうとし》全体を自分達の手で干上がらせてしまう結果に陥りかねない。

お金がなければ首が絞まるのは何も個人に限った話ではない。都市も国家も然《しか》りである。

ともあれ、

「とりあえずは、ダークエルフの娘《こ》……ええと、誰だっけ？　なんか名前を呼ばれていたような気がするけど」

「まむ、まみ、えと、まみりす？　ああそうです、マミリス＝コスター！　確か職人さんの家柄なんでしたっけ？」

「とにかくその娘《こ》の容態は？」

「えと、一応トリガー引いて回復系の魔法をぶち込んだので問題はないと思います。具体的にはセカンダリ・エクス・エイドとセカンダリ・エクス・アイシングの重ね掛け。体の中を循環するマナ流《りゅう》も安定していますし、後は静かな所でゆっくり寝かせてあげれば……」

人体の六割は水分だとする学説もある（別に人の体を雑巾みたいに絞った訳でもあるまいに、一体どうやって具体的な数値を証明したのやら）。都市インフラ構築のため蜘蛛《くも》の巣のように細く長く街の隅々まで循環する『触れずの霧』と同じく、生体の中も効率良くマナが回っているものなのだ。

水と回復は相性が良い。

テレリア＝ネレイド＝アクアマリンの本領である。

「それだけど、この娘《こ》の家は瓦礫《がれき》と化しているし、俺達の宿は押さえられているんだよな」

「えっ、そうですよそういえばこの娘《こ》の家族は!?」

「大丈夫じゃないかな。一人暮らしでなければ、人身売買組織に引っ張り出された時まず家族に助けを求めるなり何なりしただろうし。極めて高確率で同じ街のどこかで元気にやってる」

アヤトはざくっと予測を並べた上で、

「騎士団に預けてしまうって手もあるけど、功を焦る連中の頭を考えると容態を無視して夜通し取り調べなんて可能性も否定できない。落ち着くまで俺達と一緒にいた方が良さそうだな」

「うへえ。それって誘拐とか新しいヤツがつきません？」

「放り出してくたばったらナントカ遺棄がくっつくぞ。どっちが良い？」

「……、」

「現実の事件は勇者と魔王の大戦争みたいにはいかないの。俺達は国から公的に守られた救世の格闘家じゃない、金をもらって依頼を果たす裏稼業。きちんとアフターケアしないと罪状は増える一方だよ」

テレリアは人差し指でこめかみをぐりぐりしたまま沈黙してしまった。多分思考停止している。まあ、世の中には分かりやすい答えの出ない問題だってあるものだ。

そんな訳で、急務は一つだった。

「寝床を探そう。とはいえ俺達は手配されているから、人相書きだって配られている頃だろう。普通の宿屋は使えない」

「手配者を受け入れてくれるようなアンダーグラウンドの宿屋さんに心当たりなんてあるんですか？　私達、初めてこの街にやってきているんですよう」

「旅行ブログの検索だけが全てじゃない。現場にだって分かりやすいサインがあるのさ」

アヤトは言って、重たい息を吐いた。

幸い、神出鬼没の紫の蝶《ちょう》、『依頼人』の美女から報酬を受け取ったばかりなので、しばらく金には困らない。高級リゾートとは違った意味でのグレードを持った、アングラな宿の利用も難しくないだろう。

アヤトは複数の黒服に守られて夜の街を練り歩く《金貸し》やみすぼらしい《花売り》の少女が節操なくすれ違うのを横目で見ながら、

「後ろ暗い隠れ家を求める全ての逃亡者にまとまった軍資金があるとは限らない。だからそういう胡散臭《うさんくさ》い宿屋の隣には必ず換金目的の質屋が併設しているもんだ。盗品でもバンバン買い取るお店がな。目印を頼りに探そう、大きな街なら必ず見つかる」

「ふへえ。そんなに都合良くいくもんですかねえ」

「……まあ実際には質屋の他に娼館の可能性もある訳だが、これは年頃の見目麗しいお嬢さんには絶対内緒にしておくべきだよな……」

「今出てんだよ最悪な一言がですうッッッ!!!!」

2

そして騒ぎの起きたフレイアード火彩城下《かさいじょうか》では、この街の治安を守る騎士団の面々が夜の街を闊歩《かっぽ》していた。汎用性を無視してでも剛性を増すため焼き入れした酸化魔導銀《さんかまどうぎん》のプロテクターに、各種運動機能を補強するため魔獣の腱《けん》や革を組み合わせた、ダークグレイの鎧《よろい》を纏《まと》う面々。魔法の射程は銃声の距離で決まるというルールを逆手に取り、急所周辺など一部には防音の詰め物まで施した代物だ。挙げ句、大陸を丸々一つ支配する選抜王国統合王家《せんばつおうこくとうごうおうけ》が打ち立てた『学園群塔《がくえんぐんとう》』において実験段階で使用が禁じられたとされる環境蹂躙因子《アスファルト》に由来しているともされる、大自然の猛威たる魔族を景色ごと葬る意味を込めたカラーリング。腰や背中に負った大型の魔導銃《まどうじゅう》などなくとも、その立ち振る舞いだけで民衆を威圧する武力の象徴である。

そんな中の一人、ヘンリエッタ＝スプリット＝デストリウスは誰もいない宿の一室に踏み込んでいた。内部を捜索中の同僚達が作業の手を止めて軽く会釈を交わしてくる。

彼女だけは周囲とは雰囲気が違った。アスファルトカラーなのは同じ、だがプロテクターをベースにした鎧《よろい》であるものの最新式ではなく、わざと旧式モデルを纏《まと》っていたからだ。実用性では劣るが民衆に人気が高かったデザインだ。兜《かぶと》のない剝《む》き出《だ》しの頭に女性らしいボディラインを魅せる曲線の胸当て、腰回りなどは丈の短いタイトスカートである。ポニーテールからのアレンジなのだろう、美しい黄金色の髪を三つ編みにして腰まで伸ばしたその姿は、選んだ鎧《よろい》と相まって王城を彩る彫像のような完成された美を見せつけている。

月の輝く星空の下。近づいてきた若い男の同僚が声を掛けてくる。

「ご苦労様です撃士《げきし》デストリウス」

「そちらこそ、兵士シェイドリューズ」

微妙な呼び方にこだわるのは、地位と名誉を重んずる彼らなりの生き様か。

現在、セレディィレカ天空都市《てんくうとし》には一六〇名の騎士当主が在籍しているが、これだけでは街の治安や軍事は維持できないので、それとは別にセレディィレカ行政警備《ぎょうせいけいび》は一定数の兵士を一般警らとして補充している訳だ。功績次第では騎士への繰り上げもありえるので、代々続く家柄以外では順当な出世街道とも言える。

騎士道に生きる者達は宿屋の中へ踏み込み、目的の部屋へと向かう。

「部屋の中を調べていますが、やはり何も出てきません。名義は被疑者のものですが、どうやら使いの者を出してチェックインと荷物の運び込みを任せていただけのようですね。あっちのメディアサモナーにも触った様子はありませんし」

ドアを潜《くぐ》ったところで、若い男は壁際を親指で指し示した。

一抱えほどの透明な球体は沈黙していた。魔導家具《まどうかぐ》の一種で、中身は特殊な液体と細かい金《きん》属箔《ぞくはく》だ。街を蜘蛛《くも》の巣のように走る霧状《きりじょう》マナのラインと接続する事で、液中の金属箔《きんぞくはく》がマナを乱反射させて光を、箔《はく》の振動によって音を、それらを組み合わせて望んだ映像や音楽を出力する。つまり従来のテレビジョンやラジオセットの他、簡単な情報検索もできる『新聞社会を脅かす天敵』である。四角い水槽型や屋外看板向けの薄型も出回っているが、やはり一番ポピュラーなのは球形だろう。球体の外側にいくつかケーブルやチューブが繋《つな》がっているせいで妙な実験器具のようにも見えなくもないこいつの大きさが家の裕福さを決める、なんておかしなウワサも出回っていた。

「被疑者は一〇代の少年少女という話ですし、宿に入っていながら一度もアレに触らないって事はないはずでしょう」

「なるほど」

すでに記録は取っているはずだ。ヘンリエッタが無造作に掌《てのひら》をかざして水晶《すいしょう》の容器を起動すると、確かに履歴には何もない。『魔法と共生する健やかな生活を。フォーチュリアナ聖教《せいきょう》』という宗教CMを眺めていると、若い男は続けてこんな風に言ってきた。

「残念ですね。髪の毛一本採取できれば呪いの一つでも送り込めたものを、効果はなくとも呪《じゅ》詛《そ》の経路や弾《はじ》き方から逃亡者の位置情報を感知できたかもしれなかったのに。知ってます？　シルフィーネの下層に住んでいるっていう《呪術師》の噂《うわさ》。何でも全裸マントの陰気な女の子らしいんですけど、どうやら実力は本物らしくて……」

「兵士シェイドリューズ」

「失礼、騎士道に身を置く者らしからぬ発言でした」

「……『神殿移しの儀』は、一応王からフォーチュリアナ聖教《せいきょう》への試練の形を取る。それに合わせて、国教化前の最後のタイミングで足を引っ張ろうとする他宗派の《プリースト》などもこっそり視察に来ていると聞く。くれぐれも発言には気をつけてくれよ」

「重ねてすみません。家屋の倒壊現場の方はいかがでしたか？」

「こちらも第一報の通りだ。すでに匂いは消えている。魔導利器《まどうりき》のズートキシン三式はもちろん、追跡専門に訓練した犬も放ったが芳しくないな。やはり火の街は色々とやり辛《づら》い」

「すでに他の街へ移動したのでしょうか」

「天空都市《てんくうとし》外へ繋《つな》がる対外便は警備レベルが上がっているから、今この段階であちらへ乗り込もうとするほど馬鹿ではないだろう。となると警戒厳重な火の街の包囲網を越えてよその区画に移り、ほとぼりが冷めてから対外便に乗り込んでセレディレカ全体から逃げ出そうとするのが一番まともな筋書きだろうな」

「ここからだと……風か土、ですか」

「折り目のついたガイドブックかパンフレットでも見つかれば捜索の方針を決めやすかったんだが、そう簡単にもいかないか」

ヘンリエッタはポニーテールからアレンジを加えた長い金の三つ編みを軽く振るように部屋

の隅へ目をやり、堅く鍵がかかったままの旅行カバンへ目をやった。そちらでは身を屈め、禁じられたアスファルトの塊のようになった騎士達が四人五人と集まっているが、開錠作業はままならないのが一目で分かる。

「どうしても必要なら、カバンそのものを破壊してしまうという選択肢もありますが」

「よせ、大事な証拠品だ。丁重に扱うように。それに治安維持の名目なら何でも許される訳ではない。権利を行使する場合は、王から借り受けたものである事を忘れないでくれ」

敢《あ》えて民衆の人気が高い旧式モデルの鎧《よろい》を纏《まと》う美しい撃士《げきし》としては、旅行カバンの件以外は特に期待していなかったのだろう。そちらが空振りと分かった途端、きびすを返して部屋を出る。何事かと客室の扉を開けて廊下の様子を観察している他の無害な宿泊客達に軽く手を振るヘンリエッタに、必要ないのに兵士シェイドリューズがついて回ってきた。

「被疑者達の行き先に目星はついたのですか？　もう？」

「追跡に絶対の正解はない。その人の性格や気分、手持ちの軍資金や仲間の有無など個々の条件で変化していくものだしな。今日が晴れだったか雨だったかでも答えは変わるんだ。だからその都度相手の気持ちになって考えるのが得策だな」

「は、はあ」

「これは騎士道に反する思考実験だが、兵士シェイドリューズ、君が逃亡生活を送るならどこへ逃げ込むのが安全だと思うね？」

「え、ええと。卑劣漢と笑わないでくださいよ？　私の場合はそうですね、やはり人里離れた誰もやってこない山奥とか、大都市から遠く離れた離島とかでしょうか」

「もちろんそれも選択肢の一つだ。だが被疑者の旅行カバンを見たか？　彼らのセンスはかなり都会派だ。反面、デザイン重視でまともな防水加工も施していない。そういうアウトドア系じゃないよ、連中は大都市の人混みに紛れた方が安全だと考える人種だろう」

「なるほど……」

ほとんど反射で相槌《あいづち》は打つものの、シェイドリューズの表情はいまいち優れない。今のが論理的な分析か、言いがかり同然の『捜索者のカン』か、判断に迷っているのだろう。

階段を降りて小さな受付ロビーまでやってくると、やはり他のダークグレイの無骨なプロテクターに包まれた鎧《よろい》と違って華やかな旧式装備のヘンリエッタは人の目を惹《ひ》き、そして安心感を与えるのだろう。突然捜索対象にされた宿の中で不安げにしていた宿の主人や宿泊客、《メイド見習い》や《吟遊詩人》といった面々の顔がパッと明るくなる。

パンパン！　とヘンリエッタは軽く両手を叩《たた》いて同じ空間にいる全員の視線を誘導し、そしてはっきりとした声でこう喧伝《けんでん》した。

「皆さん！　こちらの人相書きにある少年に心当たりがある場合は連絡をお願いします。通報しても直接逮捕しても報奨金は変わりません。彼は光闇二元論《こうあんにげんろん》の悪に属する、非常に危険な性質を有します。くれぐれも一人で何とかしようとは考えないように。フレイアード火彩城下《かさいじょうか》、そしてセレディレカ天空都市《てんくうとし》全体の治安は我々騎士団にお任せください！」

わっ、と人が集まってきた。

道端では毛嫌いされる向きもあるビラ配りも、彼女の手にかかればご覧の通りだ。慌ててシェイドリューズが取り出した人相書きの紙束が、白紙の小切手のように奪われていく。

「んんっ」

一足先に用済みの宿を出たヘンリエッタは両手を頭より高く上げて背筋を伸ばす。

ややあって、すっかり揉《も》みくちゃにされたシェイドリューズがようやっと出てきた。

「い、今さらビラ配りなんて効果を出しやしませんよ。そもそも被疑者は一度もここへは足を踏み入れていないんでしょう？」

「それは重要じゃない。肝心なのは、頼りになる騎士団の顔を周囲へ強く印象づけておく事なんだ、兵士シェイドリューズ。君は聖泉水都《せいせんすいと》の通り名で知られるリキッドフローラの話は耳にしているか」

「ああ、ここ最近急激にスラムへ様変わりしていった犯罪多発都市国家でしたっけ」

「原因は色々あるが、向こうの治安を守る管理隊《かんりたい》がおしゃべりなせいで『通報してもそのまま犯罪組織へ筒抜けになる』という話が出回ったのが一番大きい。街の平和を守る者として第一に必要なのは民衆の協力だ。騎士団に任せておけば安心だ、という簡単な公式を誰しも頭に浮かべられる環境作りだ。そのためには必要のないポーズも拡充して損はない」

ゆっくりと息を吐いて、ヘンリエッタは腰に差した大型の魔導銃《まどうじゅう》を軽く指先でなぞった。

「……いつの世も民衆は最大の警報装置だよ。私はこれからシルフィーネ風彩城下《ふうさいじょうか》に的を絞る。そちらでもパフォーマンスを注入して区画全体の警戒度を押し上げ、民衆を味方につける事で、被疑者の行動の自由を奪っていこうじゃないか」

と、その時だった。

こんな夜更けにも出歩いているという事は、よそから来た観光客だろうか。おそらく兄妹と思《おぼ》しき小さな男の子と女の子がこちらに手を振ってきた。

「きしさまー」

「だめだよお兄ちゃん、おしごとちゅうだよ」

わざわざその他大勢と区別をつけるように旧式で民衆の人気が高い鎧《よろい》を選び続けるヘンリエッタは、柔らかい笑顔を作って手を振り返し軽く挨拶を交わしながら、誰にも気づかれないよう口の中で小さく呟《つぶや》いていた。

「……騎士なんかもう滅びたよ」

3

そんな訳で宿であった。

「ふう……」

背丈が伸びない割に胸の成長著しい金髪少女のテレリアはそっと息を吐いていた。

条件に見合った部屋はなかなかないようで、ようやっと見つけたアンダーグラウンドな宿屋では若い男女が入り乱れているのに当然の如《ごと》く一部屋押さえるので精一杯だった。挙げ句、怒濤《どとう》のシングルベッドである。一体全体、あの三人くらい殺してそうな人相の宿の主人（じいさん）はどんな想定をして鍵を手渡してきたのか。まともに全員でベッドを使おうとしたらくんずほぐれつどころかちょっと動いただけで誰かが転げ落ちそうな有り様になるだろうに。

部屋へ向かう間、ボロボロの狭い廊下を歩くだけでやたら色香を振り撒《ま》く《バニーガール》やどっちが犯罪者なんだか分かんない《賞金稼ぎ》とすれ違ったものだ。同じ引き出しにぶち込まれたと思うと心が苦しい。

ちなみに立地的には質屋の隣ではなく、娼館の隣であった。

月の輝く星空にぴったり。

ここはシルフィーネ風彩城下《ふうさいじょうか》随一のランドマークである、宙に浮かぶ真ん丸の球形劇場《きゅうけいげきじょう》のすぐ傍《そば》だっていうのにこの体たらくである。どうも客さえ集められれば職種は問わないというカラーの街並みらしかった。

でもって真面目くさった顔で彼女のパートナーはこう告げたものだった。

『いやだって、質屋よりは娼館の方が好きだから』

大変結構な答えで思わず平手打ちが飛んでしまった訳だが、背に腹は代えられないのである。厳重警戒のフレイアード火彩城下《かさいじょうか》を脱出しているとはいえ、一応は各区画に人相書きくらいは出回っているはずだ。無防備に夜の街をうろついていても得する事は何もない。安い三等小麦のパンに名前も知らない白身魚を挟んだだけの雑な簡易食を買ってくるだけでも命懸けだったのだ。

ばたんっ！　という馬鹿デカい音にテレリアがびくついて振り返ると、アヤトが床の上で突っ伏していた。誰よりも入念に部屋の安全確認を済ませた途端にこうだ。さしもの魔導《まどう》ハッカーとて、色々と予想外が重なったのか。

「アヤトさんっ、こんな所で寝ないでくださいよ！　ご飯も食べたばかりですし、体に悪いですよう!!」

「うぐお、ぐげえ……」

直接武力もなく危険な現場を走り回り、頭も体も酷使する魔導《まどう》ハッカーはやはり緊張の密度が違うらしい。うつ伏せのまんまイモムシみたいな動きでアヤトの指がどこかを指差した。一つしかない小さなベッドの上には、未《いま》だ意識を取り戻さないダークエルフが寝かされている。どうやらふらふらの状態でも、最低限のレディファースト精神は残っているようだ。

とにかくゆさゆさ起こそうとしたところで、ふと金髪少女は気づく。

（いや、このまま寝かせておけば、バスタイムを覗《のぞ》かれる心配が万に一つもなくなるのでは？）

実際にそういう事があったためしはないはずなのだが、何しろ相手は隠密《おんみつ》行動主体の魔導《まどう》ハッカー。こちらが気づいたか気づいていないかの他に、こちらに気づかれない形でやっちまってるという第三の選択肢を完全に否定する事はできない。スパイとストーカー、狙撃手と覗《のぞ》き野郎は紙一重とも言うのだし。

何にしてもこの小さな部屋に若い男女が三人も。まったくオトメのプライバシーも何もあったもんではないが、不幸中の幸いだったのはこんな安宿でもバスルームは各部屋に設置されていた点だ。おかげでどうにかこうにか一人の時間を確保できそうだ。別にアヤトやマミリスに落ち度はないが、それとは別に自分の空間が欲しいと願うのは殊更におかしな心の動きではないと思う。

（真剣な話、今夜の寝床はどうなるんでしょう……）

床に転がって潰れてしまったアヤトを見る。

こういう時、大体いつもはテレリアがベッドでアヤトがソファというのが相場と化しているが、今回は一部屋に三人である。しかも調度品はほとんどない、壁で区切って外から見えなければ構わないだろうくらいの感覚の安宿。足りない。というか普通のソファがすでにない。一体どこで横になれと言うのか。

ていうかそれ以前に同じ空間で若い男女がぎゅうぎゅう詰めである。気球《ききゅう》バンガローの時と違って最低限の壁もドアもない。これが仕分けを間違えた実験《じっけん》ネズミの籠だったらもう大繁殖が止まらない事態だ。

どうしよう。

真剣にどうしよう。

（まあベッドはこのまま怪我人《けがにん》のマミリスさんにお譲りするのが当然として、さあてどうする今夜の寝床。どうなる、などと受け身の考えではいけません。こちらから率先して確保するくらいの心構えがなくては！）

そもそもアヤトは昼夜の概念が崩壊した魔導《まどう》ハッカー。そして暇さえ見つければセルフマニュアルなる作業に没入して辺り一面に被害を撒《ま》き散《ち》らす悪癖の持ち主でもある。あれで本人は外界から切り離した精神作業だと思っているから恐れ入る。意外と繋《つな》がっているのだ、ヤツの頭と体は!!　漠然と寝転がっている時など超危険だ。寝ているのか、作業中なのか、テレリアにも区別がつかない。気球《ききゅう》バンガローでの事を思い出した。今夜は油断ならない。ベッド、ソファ、テーブル、机、何でも良い。最低でも一段高い場所を陣取りたいところだ。

しかし具体的な方策はあるのか、という部分で思考が止まってしまう。

「う……」

と、その時だった。

ベッドの方で呻《うめ》き声《ごえ》があったのだ。

4

見知らぬ場所で目を覚ました、という事への恐怖はほとんどなかった。

感じる余裕もなかった、の方が正しいかもしれない。

実際のところ、マミリスもマミリスでどん詰まりから抜け出せずにいた。命や身柄こそ救ってもらったが、どっちみちこれまで暮らしてきた家はもうない。家族とはちょっと距離を離れての一人暮らしだったので他に誰かが生き埋めにされている心配はないが、事実として住居を失ったのは大きい。

砲撃の流れ弾で住居を失った場合は行政が手厚い保護をしてくれる。

そんな話だったが、対象がダークエルフまで含まれるのかは謎が多い。調査の過程で変に悪目立ちをしてしまえば、一転して狩りが始まってしまうかもしれない。これまでは魔導利器《まどうりき》の職人だった祖母を中心とした危ういバランスでの調整が行われていたはずだが、今回の件で天秤《てんびん》をひっくり返された感じがするのだ。

同じ理由で、フレイアード火彩城下《かさいじょうか》に住む家族達《たち》を頼るのも危ない。最悪、マミリスに投げたはずの石が同じ屋根の下にいる家族達に当たってしまうリスクもある。

そうなると、選ぶべき道は限られてくる。

(……一人で生きていく方法を考えないと)

そもそも最初からそうすべきだったのだ。しかし具体的な方法が思いつかなかったから、ずるずると祖母達を頼ってしまった。この天空都市《てんくうとし》に留《とど》まってしまった。そのまま甘え続けてしまった。

そこに来ての、依頼に応じて暴力を提供する『フォワード』達の登場。

しかも彼らは、ダークエルフの長い耳を見ても構わず助けに来てくれた。魔族だからという理由で石を投げてくる人達ではなかった。

まさに天啓だったのではないかと、そう思う。

(最初は助手でも下働きでも何でも良い。とにかくノウハウを間近で見て目で盗んで、世界を自由に渡り歩く方法を身につけないと。これがきっと最初で最後のチャンスなんだから！　誰にも、そう、同じ家族にも迷惑をかけずに生きていけるかもしれない唯一の機会なんだから!!)

そんなものはおとぎ話の世界にしか存在しないと思ってきた。人は……いや、人ならぬ存在は生まれ落ちたその瞬間から種族に縛られ、土地に縛られ、自らに課した枷《かせ》を取り外せずに生きていくものだと考えてきた。

だけど実際問題、すぐそこにいるのだ。

皆目見当もつかない事を悠々と実行していく者達が。

その行いの全てが人生の先達となる、ダークエルフにとっての『こ、ー、ち』が、だ。

（……喰《く》らいつく）

長い銀髪の少女には、何の力もない。

胸の内で誓った内容を貫き通すだけの力すら。

いいや、でも、だからこそ、なのだ。

今できない自分を認め、これからの自分を考えなくてはならない時が来たのだ。

（絶対に、何があっても、彼らに、こーち達に喰《く》らいつく!!　何もできずに耳を引っ張られていただけの自分とはさよならするんだ、今ここから!!）

「んぐぐ。まあ、良いんじゃゃない？」

「っ」

そして、そんな決意のダークエルフの腰を砕くような声が飛んできた。ソファもないボロボロの宿で情け容赦なく床に転がっているアヤトがベッドに腰掛けるこちらを見上げていた。

「時にマミリス君。君は裁縫はできる方かな？　うちのテレリア君は針仕事については致命的でね。この穴を埋めてもらえると非常に助かる」

「えっ、え？　そ、そんな理由で決めちゃうの……？」

「うふふそれにしたって素敵なアングルだ、ズボンなんて残念かと思ったらぴっちり革素材だとこれはこれでなかなか」

「ま、真面目にして」

早くも脱線していきそうなアヤトに必死の抵抗をしていると、壁に背中を預け（適度に距離を取ってローアングル攻撃を警戒している）テレリアが呆《あき》れたように息を吐いていた。

「その人は周りが真剣になるほど崩しにかかるから要注意ですよ。ほらほらアヤトさん」

「そっちのバッグ開けてみて」

転がったまんまのアヤトが部屋の隅を指差していた。ダークエルフの少女が気を失っていた頃、少年少女がおっかなびっくりマーケットで購入した生活物資を詰め込んだ安い革のリュックである。

言われた通りベッドを降りたマミリスが中を漁《あさ》ると、様々な生活物資の中から無骨なショットガンが出てきた。ドラムマガジンを取りつけたフルオート式。正確にはそういう方式の魔導《まどう》銃《じゅう》だ。

門外漢のダークエルフより、まず金髪の少女の方が噴き出した。

「ぶぶはあ！　なっ、なん、一体どうしてそんな危険物がポンポン出てくるんですかあ!?」

「んー？　露店のおっさんが初心者向けってがなり立てていたからつい」

「ま、マーケットに足運んだのって宿に来る前のタイミングしかありませんよね？　あの簡易食一つ買ってくるだけで命懸けだった手配中のお買い物で一体どこまで寄り道してんですか!?　人がちょっと目を離した隙に!!」

「ははは。正直、臨時報酬も手に入った事だし気が大きくなってたところもある。今さら、魔導銃なんて使う気もないけど、でも分かりやすい武器を振りかざせば撃たなくても脅しに使えるんじゃないかなってね」

「……アヤトさん」

「いやはやトラウマとはまったく恐ろしい」

テレリアの顔色がわずかに曇るが、当の本人のアヤトの表情は読み取れない。

「だが初心者向けって謳《うた》い文句《もんく》自体は間違ってない。使い手が俺でなければ間違いなく良い銃だよ、今の時代ってヤツにマッチしてる。個々の魔法の構成は甘くても、とにかくトリガーを引き続けるだけで高密度の弾幕が出来上がるから数で押し流せるんだ」

魔導銃《まどうじゅう》にも様々な形式があるが、ショットガンは指定した一つの魔法を銃弾側で自己複製して扇状に撒《ま》き散《ち》らす、という特殊な効果がある。

さらにそれをフルオート化して立て続けに撃ち放つとなれば、前面はあっという間に隙間のない魔法の弾幕に覆い尽くされていく訳だ。

欠点は減衰が激しく近距離でないと有効打にならない点と、人質を取られた場合などの精密射撃が不得手な点。よってソロで動くと意外に痒《かゆ》い所へ手が届かない場面に直面したりもするのだが、当面は二丁拳銃のテレリアがサポートに回るので欠点も十分に補えるはずだ。

「ぶっちゃけ、中の下くらいまでの獲物なら酸化魔導銀《さんかまどうぎん》で全身を覆った上でこいつを摑《つか》んで真正面から突っ込むだけでごり押しできなくもない。流石《さすが》にそればっかりだと成長は見込めないがね。常に残弾を数える事と自分の足の置き場を意識する事だけ注意していれば、そうそうヘマはしないはずだ。『フォワード』を目指すなら是非」

「は、はあ……」

相手が本気なんだか冗談なんだか摑《つか》みかねる、といった曖昧な顔でフルオートショットガン式の魔導銃《まどうじゅう》を両手で抱き締めてしまうダークエルフのマミリス。譲ってもらったのに使わないのが逆に気になるのか、わざわざベッドに戻って腰掛ける辺りは見た目に反して小市民だ。

「戦闘のイメージは抜きで良い。『生活用品』として魔導銃《まどうじゅう》を握った事くらいはあるだろう。得意な元素はあるかな」

「えと、火？」

疑問形で返されてしまったが、この辺りはやはりフレイアードの住人だからか。それとも高温の中で魔導銀《まどうぎん》と格闘する彼女の祖母の影響か。

「なら弾頭の組成は火に強いものにしておこう。本気でやりたいなら、基本的な撃ち方、マガジンの装塡《そうてん》、分解整備の仕方なんかはおいおい教えていくとして」

だがそこで、ぺたりと床に転がってベッドに腰掛けるマミリスをえらいアングルから見上げているアヤトの言葉が、ふと低くなった。

「……ひとまず最初に一つ覚えとけ。『フォワード』の握る魔導銃《まどうじゅう》は、台所で火を点《つ》けるためのトリガーとは勝手が違う。どんな言葉で着飾ろうが、君は生活のために殺しの道具を求めた。実際に殺すかどうかは関係ない、『殺すために作られた力』を求めちまったんだ」

「っ」

「だからってそう脅《おび》えるな。街を警らする騎士団が腰に銃をぶら下げているのは市民を殺すためじゃない。確実なホールドアップを促せば犯罪者を殺して止めずに済むからだ。怖いからって目を逸《そ》らすんじゃない、ここだけは直視しろ。まず本質としての恐ろしさを理解した上で、道を踏み外さない方法を自分で考えろという訳さ。その要点ってのを摑《つか》んでいれば大丈夫、魔《ま》導銃《どうじゅう》は君の手足のように振る舞ってくれるだろうよ。残念ながら、おそらく俺にはもう一生馴《な》染《じ》む事のない感覚だろうがね」

　それまでだった。

「うー、駄目だ駄目だ。やっぱりお風呂に入ってシャッキリしよう」

「こーち、あのっ、もうちょっと……」

「一緒に入りたいなんて言い出さないでくれよ、ちょっと照れてしまう」

　アヤトがバスルームに向かってしまうと、それ以上褐色少女は手出しできなくなってしまう。

　しばしの間、ダークエルフのマミリスはうろたえたように目線をさまよわせていた。

　やがて、恐る恐るといった調子で金髪少女に声を掛ける。

「あのう……あれ、どこまで本気なの？」

「もし本当に分からないなら、それが分かるまで情報の仕分けをするのが最初の宿題です」

やっぱり全部が全部本気のようであった。

5

アヤトと入れ替わりのように、テレリアはバスルームへ向かった。

問題は山積。謎の狙撃手だの冤罪《えんざい》を押し付けられただのも大きいが、金髪少女としては今夜この狭い一室での時間をどう乗り越えていくかも地味にクライシスである。

「ふう……」

ひとまず、せっかくお風呂はあるのだ。明日はどうなるか分からぬ身なのだから、身奇麗にできるチャンスがあったら率先してお風呂に入っておくべきである。

特に、彼女の場合はこうやって個室で区切られていないとまともに入浴できない事情があるのだから。

洗面所と浴槽が一体化したバスルームで、彼女は鏡の前に立つ。青いブレザーに手を掛け、ボタンの弾《はじ》け飛《と》んだブラウスに指を伸ばし、さらにはお姫様ドレス状の拡張外装《かくちょうがいそう》の浮遊機能をカットする。後には革のホルスターと、ワインレッドのミニスカート。こちらの留め具を指で弾《はじ》くと、いよいよ下着と黒いタイツしか残らなくなる。

「さて」

腰の横に両手を当て、タイツの縁に親指を挿し込んで、思わずテレリアは一拍置いてしまった。意図して自覚しないつもりではあったが、それがかえって歯車の欠けたからくり人形のように動きをガタつかせてしまう。

もう慣れたと思っていたのに。

口の中だけで呟《つぶや》いて、それから一気に黒いタイツを引き下ろす。

直後に変化はあった。


にゅるんっ!!　と。

繊細な脚線美を見せつけていた二本の細い脚は消《き》え失《う》せ、代わりに巨大な魚のような下半身が表に出てきたのだ。


ミミックオプション、と呼ぶ。

その機能が失《う》せた途端にマーメイドの全身からは直立能力すら失われ、ぺしゃりとテレリアは床にへたり込んでしまう。

お風呂と呼ぶには温度の低い、とりあえず水だけ張った浴槽が呼んでいる。

(ひゃー、丸一日隠していると流石《さすが》にむくんできちゃうんですよねえ。マッサージは必須です

う……）

こればっかりはアヤトにも打ち明けられない。二人旅して長い時を共にしようが、どこかで一人の時間が必要な訳であった。

狭い浴槽に入る事なく、その縁に腰掛け、魚の部分だけ水の中に浸《つ》け込《こ》みながらそんな風に考える。やはり水があると違う。むにむにと細い指で自分の下半身を軽く揉《も》み込《こ》んでいくと、一日の疲れが抜けていくようだった。

詳しい原理は愛用する少女自身にもいまいち分かっていないが、とにかくこの魔導の品があってこそ、テレリアは人間社会から問題なく受け入れられているのだ。他にもラミア、エキドナ、ハーピー、セイレーン……。兎《と》にも角《かく》にも、比較的人間に近い同族なら各々に見合ったミミックオプションを纏《まと》う事で、人間社会の中に溶け込んでしまう事ができる。

あのダークエルフのマミリス＝コスターの長い耳を隠していたのも魔法の効果によるものだった。耳だけなら偽装体積は少なくて済むので、おそらく宝石の耳飾りなどの形を取った超小型のミミックオプションの一種だったのだろう。

魔族なんて呼ばれているモノの長《おさ》、誰が決めたんだか分かりもしない魔王と呼ばれる存在が公的に消失してからどれだけの時が過ぎたのかなんて、もはや正確な記録すら残されていない。やれ人間の勇者が倒して祠《ほこら》に封印しただの、魔王自身がさらなる力を求めて魔導実験を繰り返した結果大失敗して爆散しただの、噂《うわさ》だけなら飛び交っているが、物的な証拠なんて一つも出てきていない。

だけど魔王の消失という確かな事実だけが、テレリア達を縛り付けていた。

頂点がいなくなったところで魔族全体の総数が絶滅した訳ではないのだが、統治者を失った烏合《うごう》の衆《しゅう》は脆弱《ぜいじゃく》なものだった。魔王に代わるカリスマを目指した存在もいたが、下手に強くても悪目立ちするだけだ。未《いま》だにフレイアード火彩《かさい》城下《じょうか》にしがみついている巨大なドラゴンなどが良い例だろう。

結局、テレリアやマミリスのように溶け込むしかないのだ。

光闇《こうあん》二元論《にげんろん》の悪などと呼ばれないように、細々と。

おとぎ話の中には、お決まりとなるこんな一節がある。いわく、『私の正体がバレてしまったからには、あなたの元を去らなくてはなりません』。つまりこういう事だ。ミミックオプションによる偽装が発覚した魔族は行方を晦《くら》まさなければ狩りの対象になりかねない。

あまりに姿形が違い過ぎて溶け込む事のできない者達は可哀想《かわいそう》だが、それでも人間達が狩りの包囲を狭めていると聞き及べば、現場まで出向いて脱出のチャンスを作ってやるくらいは努力した。逆に言えばそれ『くらい』しかできなかった。テレリア達はいつでも追われる側で、正体がバレないよう消え入るように生きていく側なのだ。……こんな形で生まれてしまった、たったそれだけの理由で。

流石《さすが》に、今さら生まれの理不尽を呪うほど幼くはない。

魔族が生まれて最初に直面するのがその理不尽だ。元は魔王が産み落としたはずの魔法を使って人間達から追い立てられる、そんな最悪の理不尽を乗り越えなければ地に足を着ける事も叶《かな》わずに命を落とす。

（いつか……）

テレリアは床に落としていた衣服の中に混じっていた、ホルスターや魔導銃《まどうじゅう》に目をやる。人間達の叡智《えいち》の結晶。

本来ならば体一つで超常現象を起こせるはずなのに、こんなものを中継しなくてはあっという間に狩り場の獲物に身を落とす事になる。重たい枷《かせ》の象徴を。

（それでもいつか、お天道様に向かって両手を伸ばして生きていける世の中を……）

真の姿を鏡に映すたびに、マーメイドのテレリアは益体もない願いを浮かべてしまう。実際にはどんな風に時代を変えていこうなんて具体的なビジョンは何もないのに、だ。

「……まあもちろん、簡単に思いつくはずもないんですけど」

半ば自嘲するように呟《つぶや》いて、今度こそテレリアは鏡に映る自分自身から目を逸《そ》らした。両手を背中に回し、中途半端に残っていた清楚《せいそ》なブラを外してしまおうとする。

が、その時であった。

ヤツは来た。

ずばーん!!　と何の前触れもなくバスルームの扉が開け放たれた。

そして床をのたくる少年がごろんごろんと転がり込んでくる。

「ちょ、ばあぁ!?　何がっ、あれ、何があ!!　だって、その鍵ィいいいい!?」

頭が真っ白になる。意味が分からなかった。バスルーム突入、人魚の下半身を見られた、そもそも何きっかけ、人魚だろうが人魚じゃなかろうが下半身を見られるってそれだけでダメでしょオトメ的に!!　とぐるんぐるん頭の中で情報が渦を巻いていく。完全に処理能力の限界を超えたオーバーフローと化す。

ドアなんか関係なかったのだ。

やはり明確にもっと高い位置へ避難しておくべきだった。

一方転がり込んできたアヤト＝クリミナルトロフィーは床に留《とど》まらず、勢い余って回転しながら浴槽に突っ込んできた。というか絵画の中で岩場に佇《たたず》む人魚のように浴槽の縁へ腰掛け、浴槽の中で魚の部分を折り曲げていたテレリアの、そのまさに魚部分に顔を突っ込んで裸の腰に両手を回している。神がサイコロを振ったらこうなるのか?　一体全体どんな偶然が重なればこんな体勢になるというのだ!?

そして何周遅れかも分からない低速思考で、ようやくアヤトがぼんやりした声で言葉を返してきた。おかしい。こいつ全身ずぶ濡《ぬ》れになっても両目がシャッキリする気配がない。

「うう、鍵ぃ？　右目と左目を交互に、なんだっけそれえ……？？？」

「あァ!?　もしや回しても回しても感触ナシの故障中だったっていうんですかあ!?」

そもそもアングラなボロ宿なので、壊れていると気づいても直す気はあったのやら。あの三人くらい殺してそうな宿の主人が宿泊客のクレーム対応に奔走させられるところはどうあってもイメージできない。

でもって、

「なんかナゾっぽいフレーズが混じってましたが死にたいんですか過労で！　あれだけ激戦を繰り広げ妙な冤罪《えんざい》を押し付けられダークエルフを抱えてほうほうの体でそこらじゅう逃げ回ったのに、さらにここからセルフマニュアルに手を伸ばすとか!!」

その作業の詳細は、実はテレリアにはピンときていない。プラシーボ効果に火事場の馬鹿力。人は意外と自分の『重さ』に自覚がない。そして基準値がズレていては頭の中にどんな技術があっても存分に体を動かせない。だから意識の濃度を下げ、いったんフラットにして横たわる自分の体の『本当の重さ』を思い知る事で、イメージ通り正確無比に体を動かす一助になるのだとか。この作業は魔導《まどう》ハッカーだけなのか、アヤトだけなのかもはっきりしない。分かっているのはただ一つ、傍《はた》で見ているテレリアが甚大な被害を受ける事だけだ!!

本来なら動き回っている方がおかしいはずなのだが、アヤトはアヤトで、

「うー」

「(いよっしギリセーフ!!　いや、なんというかオトメ的にお風呂場に突撃仕掛けられただけで全然アウトな気もしますけど、このままあやふやになっちゃえば私がマーメイドだって事はバレないはず……!!)」

自分の体の『重さ』をかき乱す見栄《みえ》や恐怖は、記憶の刺激で表れる。意識の濃度を下げるのもそのためだ。痛い目を見た記憶がなければ火を恐れる事もない、という感覚か。

頭の動きと体の動きがどう繋《つな》がっているかは知らないが、そもそもセルフマニュアルの間、何かの罠《わな》みたいに床を転げ回っているのがおかしい。

これはあくまで過去色々見てきた推測だが、何しろ調整用のフラットな状態はアヤト自身がそう定義づけている通り、印象が極めて薄いのだ。厳密には寝ている訳ではないので記憶は地続きのはずだが、意識の濃度が上がってアヤトが瞼《まぶた》を開けたとしても、おそらく三日前の夕飯のように彼が自分で決めた『印象の薄い記憶』は思い出せなくなってしまう。今回もそうであってくれと願うしかない……!!

「……そっか」

「あ、あれ?　今のそっかは何やら落胆しているような響きが、でも一体何故《なぜ》……」

「ネレイドかあ」

びくっ!!　と上半身は半端に残った清楚《せいそ》なブラ(防御力2)下半身はまんまお魚(防御力?ねえよゼロだゼロ!!)の金髪少女の肩が驚きで軽く跳ねた。

（えっ、なに？　え？　どうして今ここで古代語的に意味のあるミドルネームが!?　そ、そのう、四天王の紅一点から続く水の一族的な深いトコまで突っ込んだ発言なのかこっちの考え過ぎなのか……!!）

「……、――――」

「そしてまさかの投げっ放しタイム!?　いや真偽を問いただすのも怖いですけど!!」

すっかりおめめがぐるぐるしているテレリアだったが、一方のアヤトは呑気《のんき》なものだった。

人魚の細い腰に両腕を回し、お魚部分に頬を乗せたまま、ぐったりと力を抜いていく。動いている方がおかしかった。またもや自分の実験に没入していったのだろう。

これだけ見れば仲睦《なかむつ》まじく膝枕でもしているようだ。

まるで、魔族の自分が人間から受け入れてもらっているような。

「……、もう」

そしてしばしの間、テレリア＝ネレイド＝アクアマリンはゆっくりと目を細めていた。そういえばこの少年と出会った時にどうしてとっさに偽名を使わなかったのか、考えた事もなかったのを今さらのように思い出す。

しばし少年の髪を撫《な》でていると、ふと人の視線を感じて顔を上げた。

すっかり開け放たれたバスルームの扉の辺りから、顔の右半分だけ出して長耳を動かし、こっそりこちらを観察している無表情のダークエルフがいた。

「お盛んな事で、こ、ー、ち。いや純粋に羨ましい部分もあるけど」

「……ッッッ!!??!??」

6

翌朝。

チンッ、というベルに似た音と共に、四角い金属の塊から焼きたてのトーストのように遠隔印刷された今日の新聞が飛び出してきた。一面の記事はトーマスとかいうじいさんの公開処刑の話だったが、きっと目を皿のようにして読み進めていけば、どこかに少年達に関する記事も載っている事だろう。『困った時は、光闇二元論《こうあんにげんろん》で考えてみよう』というフォーチュリアナ聖《せい》教《きょう》の広告欄よりも小さな、だ。

人が入れる四角い箱があれば満足だろう、くらいの感覚しかない安宿には当然ながら朝食などはついてこない。

「うー」

バキバキと全身の関節を鳴らしながら、アヤトは薄汚れた床から直接起き上がった。昨日の夜、強引にセルフマニュアルへ手を出した無理がたたったようだった。こういう時はまともな結果にならない。体は不自然に重たく感じられ、頭の中ではなんかでっかいお魚を抱き抱えていたあやふやなイメージが乱舞している。

「……おさかな？？？」

まあ思い出そうとしても何も出てこないなら拘泥はすまい。兎《と》にも角《かく》にも体の覚醒に合わせてお腹《なか》がすいてきた。

「うーいテレリア君」

「おはようございます寝ぼすけさん、ほら寝癖寝癖」

「んー」

こういう時、基本的にアヤトは相方の少女の為《な》すがままだ。

「で、何かご用ですか？」

「今日の朝はお魚にしない？　何だかとってもむしゃぶりつきたい気分。自分でも良く分からんがとにかくお魚欲でむらむらが止まらないんだ」

「ぶっふぉおっっっ!!?!??」

「？」

「がはごほっ、げふんげふん！　いっ、良いんじゃないですかお魚!!　獣の肉と塩の塊ばっかりよりかはずっとヘルシーですし!!」

「……何だろう、時折くびれた、砂時計？　いいや、おへそみたいなイメージがお魚に重なるんだけど、魚類なのにへそ？　一体何なんだこれ……？？？」

「忘れて良いんじゃないですかね昨夜無理してセルフマニュアルなんて怪しげな作業に手を出すから色々頭が誤作動起こしただけでしょうしッ!!」

アヤトは朝シャン派ではないので、とりあえずしょぼしょぼした目を何とかするべく洗面所へ向かう事になった。髪についてはもう完全にテレリアのセンスを信じる事にする。

特に何かを食べた訳でもなかろうに、すでにざらついた歯磨き帯を人差し指に巻いて歯を磨いているダークエルフのマミリス＝コスターと鉢合わせた。人前ではないからか、特徴的な長耳も放り出している。

寝起きのネバネバが気になる人、という訳でもないようで、

「おばあちゃんに言われていたのよ、歯は大切にしなさいって。まあ、エルフ系の種族は寿命が長い事でも知られているから、最初の一〇〇歳二〇〇歳で歯を失うと後の人生が辛《つら》くなるだろうしね」

「……色抜きの革ベストに両サイドばっさりスリット入れた細パンツなんてパンクを極めた格好なのに、意外なくらいおばあちゃん子なのな？」

「これくらいしかまともに着られる服がなくてね、こーち」

「うん、コーチ？」

「昨日の夜の『フォワード』についての話。基本の基本くらいは教えてもらう手はずになっていたでしょ。だからこーち」

「何だかピンとこないな。勝手に目で見て盗んでくれれば良かったんだけど、まあやるだけやってみますか」

ぽやぽやしているアヤトの（無遠慮な）視線の先に気づき、彼女は遠い天体の輪のように太い革ベルト式の拡張外装《かくちょうがいそう》を浮かばせている腰に両手を当ててため息をつく。

「これ？　少しでも見る人にウェストのくびれを錯覚してもらいたいだけよ」

「？？？」

錯覚も何も、長身でスレンダーなマミリスは痩せすぎなくらいに見えるのだが、

「メリハリがないとこの辺色々ロスするの。やっぱり砂時計が分かりやすいものね」

ふうん、とまだまだ頭の回転の低いアヤトはマミリスのおへその辺りに視線をやり、

「細くてもエロいのになあ……」

「ぶふっ！　なんか口から煩悩が出て、る……きゃっ⁉」

動揺が災いした。

天体の輪のような腰回りの拡張外装《かくちょうがいそう》がコントロールを失い、いきなり革のベルトの輪が解けたかと思ったらアヤトを巻き込む。二人してぎゅうぎゅうに締め上げられた。

「マミリス君」

「うっぷ！　ちょ、待って、落ち着く、今落ち着くから。ゆっくり外しましょ」

「……何だかんだで意外と『ある』じゃないか。なんていうか、幸せが」

「むぎゅう!?　こーちこのまま暴走を進めて搾り上げられたいの!?」

　率直に言えばやぶさかでもないアヤトだったが、ダークエルフの方が両目を閉じ、躍起になってクールダウンしていく。おかげで朝っぱらから洗面所に変死体が二つ転がる事態だけは避けられた。

「(……なるほど、これがアヤト=クリミナルトロフィーか。確かに差別感情はなさそうだけど、滅法無差別だってのもそれはそれで恐ろしい……)」

「?」

　ジト目のまま歯磨き帯でくるんだ人差し指を咥《くわ》えるダークエルフとちょっと場所を代わってもらって、アヤトは冷たい水で顔を洗う。元々中性的な顔の作りをしているので、ひげを剃《そ》る必要はない。何もしなくても顎のラインはつるりとしたままだ。

「お魚食べたら事件を追い駆けよう。俺達に殺しの罪を着せて逃げた狙撃犯のクソ野郎の足取りを辿《たど》っていくんだ」

「どうしてお魚限定?」

「何だかむらむらしちゃって。今は鹿肉でも鳩《はと》料理でもなくお魚じゃないと気が済まん」

「……お盛んな事で、こーち。まあヘルシーだから良いけど」

　そんなこんなで安宿の部屋をひとまずキープしたまま、アヤト達は改めて早朝のシルフィーネ風彩城下《ふうさいじょうか》へ出る。マミリスは宝石の耳飾りの形を取ったミミックオプションで長耳を隠していた。

セレディレカ天空都市《てんくうとし》の中心に位置するブライティオ光彩王城《こうさいおうじょう》を取り囲む火、水、風、土の城下町はそれぞれ独自のカラーを構築していた。このシルフィーネの場合はとにかく石とガラスの高層建築が軒を連ねる。ざっと見ても二〇〇〇エスール（注、約二四〇〇メートル）程度は当たり前、大きなものになれば三〇〇〇エスール（注、約三六〇〇メートル）に達するものさえ存在する。もはやちょっとした山脈規模であった。中央の光城《こうじょう》そのものよりも背が高くなってしまっている事は若干の議論の的にすらなっているらしい。

それら隣り合った超高層建築同士を繋《つな》ぐ渡り廊下もあちこちにあるため、不均一なジャングルジムのようにも見える。それでも上下の間隔は短い所でも一〇〇エスール（注、約一二〇メートル）は下らないだろう。

そんな中を移動するのも、普通の六本脚の魔導脚車《まどうきゃくしゃ》では足りない。ハチやトンボのような羽を備えても効率が悪い。

そこで、シルフィーネ風彩城下《ふうさいじょうか》では大胆な交通インフラが敷設されていた。

「わわわっ!!　ちょ、まっ、スカート、スカートがっ!?」

「心配するなテレリア君ちゃんと奥まで見てるよ」

「どんな特等席ですか!?　そのローアングルが困るっつってんですう!!」

「しっかり目に焼きつけているから分かる、どうせ不透明度一〇〇％のザンネン黒タイツで完

えーっ!!」
「そういう問題ではなくオトメ的にこの大嵐の日の壊れた傘みたいなビジュアルがもうですね
全防御だよ。ほら行くぞ」
文句は聞かず、都合一四九階の窓からアヤトとマミリスがしつこい金髪少女の両腕を摑《つか》んで
そのまま虚空へダイブした。あれだけボロ屋に見えたアングラ宿屋もまた、一四九階と一五〇
階の一部四角く切り取った空間を縦に繫《つな》いだものだった。内装の保守点検が狂っている。
身を投げた途端に凄《すさ》まじい上昇気流が彼らの体を摑《つか》み取《と》る。不可視の風は色とりどりの花び
らを流す事で疑似的に彩色されていた。縦に横に、それこそ縦横無尽に人工気流が生み出され、
その中を人や物や車が複雑に交差していくのが見て取れる。……時折金貨（注、一枚約一万
円）や銀貨（注、一枚約五〇〇〇円）が混ざっているのは、義賊を気取る《盗賊》辺りがどこ
かの屋上から戦利品を民衆に向けてばら撒《ま》いているからか。普通の塔なら凶器になっている。
太陽と星々が同居する、陽《ひ》の輝く星空であった。
元々、飛行船や気球などは高空大気をたなびく大規模なマナ流《りゅう》に乗って大陸の中を移動して
いくものだが、そこからヒントを得たのだろう。マナそのものではなく、一度風のエレメント
に変換しているのは魔法の心得に乏しい『トリガー引いて使うだけ』の人々にも分かりやすく
イメージできる形に整える意味合いが大きいのだ。事実こうして見る限り、専門機材がなくと
も『風に乗って空を飛ぶ』コントロールに失敗して墜落する人物は一人もいない。絵本の中に

描かれているほど分かりやすい、万人共通のイメージなのだろう。

　お店については、人工的な暴風のせいか屋内と屋外できっちり区切る印象だった。非常階段から超高層建築の各階層に入る他、空中に留《とど》まる六本脚のカブトムシやトンボを模したキャンピングカー、不均一なジャングルジムの横棒にあたる渡り廊下の屋根やビル壁面へ垂直に張り付いた出店なども多い。こちらで取り扱っているのは実用無視のアクセサリー系のようだった。テレリアやマミリスが着飾っている拡張外装《かくちょうがいそう》の他に、魔獣の翼や鱗《うろこ》を使った装飾品も多い。魔導銃《まどうじゅう》で命令を送ればパタパタ動いたり発光したりするのだろう。完全に仮装の道具である。魔王嫌いな割に、悪魔系のアクセサリーなら構わず受け入れるようだ。

「……、」

　長耳を隠して生活するダークエルフからすれば、趣味実用であああいう品が捌《さば》かれるのは必ずしも良い気分がするものではないらしい。彼女のおばあさんが火彩城下《かさいじょうか》を選んだのはそれなりに意味があったのかもしれない。そして金髪少女のテレリアは真っ赤な顔で目を回していて、周りを気にしている余裕もなさそうだった。

「やあーっ!!　オトメ的にあんまりじゃないですか私一人だけスカートだなんてえ!!」

「テレリア君、嘆く前にまず姿勢の制御だ。そういう恥じらいコメントはせめて一八〇度逆立ち状態を脱してからにするべきだと思うぞ」

「ぎゃあー!!」

大騒ぎの少女を引き連れてアヤト達は高度を上げる。ここは風の街で最大のランドマークである、巨大な真ん丸の屋内劇場のすぐ傍《そば》だ。やはり都市インフラである上昇気流を利用して浮かべているのだろうが、それでも直径四〇〇エスール（注、約四八〇メートル）もの石材とガラスの塊が重力を無視して浮かび上がっている光景はなかなかに圧巻だ。……まあそれを言ったら、そもそもセレディレカ天空都市《てんくうとし》全体が大気をたなびくマナ流《りゅう》に乗って浮かんでいる訳なのだが。

大陸の卵などという愛称でお馴染《なじ》みの劇場から無事に離れた辺りでマミリスが告げた。

「スカートが広がるのが嫌なら、こーちが腰に抱き着いてあげれば良いじゃない」

「あ」

「なるほどって繋《つな》げるのはナシですからねどこに顔突っ込もうとしてるんですかあー!?」

あちらこちらの空中には一抱えのボールくらいの機材が浮かんでいた。規則的に赤と緑の光を切り替えているそれらは風の街の信号機だ。人や車に制止を促すというより強制的に風の向きを変更する事で、行き交う人々がぶつからないよう気流の糸を丁寧に編み込んでいる、といった方が近いのかもしれない。おかげで驚くほどの交通量なのに渋滞らしい渋滞は起こらない。

「あそこらへんで良いか」

「ん？　何が？？？」

「朝ご飯だよ」

　そんなこんなで高層建築一五五階の壁面へ張り付くように並べられたオープンカフェへ立ち寄る。そこらの出店と同じく、いわゆる気流の吹《ふ》き溜《だ》まりのような場所で、髪のセットさえ気にしなければ優雅なモーニングを楽しめる。

　いちいち並んでいられないので客足の多い店は避けたつもりだが、雰囲気は悪くない。眼帯にミニスカートの《空賊》少女や薄いヴェールで顔を隠す《占い師》なども、スカートを気にしながら朝食を味わっているようだった。隠れた名店なのかもしれないし、特に何でもないのかもしれない。

「……白身の魚か赤身の魚か。イメージの源泉はどっちだ。俺は俺自身の深奥を見据えよ、どっちのお魚にむしゃぶりつきたい……？」

「あうう、まだお魚ネタ引っ張るんですかね。し、しかもセルフマニュアルがどうなったんだか、あの時の記憶がどういう扱いになってんだか分からないままだんだん欲の種類がおっかなく変換されてきてるような……」

「(……つまりこーちからストレートに獣の欲を向けてくれれば安心、と)」

「げぶっ、げふんごほん！　警告ですそこの弾《はじ》ける小麦肌っ、妙な邪推はやめるように!!」

「あと、チップを渡す時は気をつけろよ。しっかり店員さんの掌《てのひら》に握り込ませないと、コインくらいなら渦を巻いた気流に呑《の》み込《こ》まれて吹っ飛んでいくぞ」

結局オススメとして紹介されている白身魚と温野菜のパスタを選ぶ事になった。魚介ベースの透き通るように薄い色のソースをウリにしているらしく、モーニングにぴったりのあっさり風味だ。お出汁《だし》を嗜《たしな》む文化である。

「あれ、でも何で風の街でお魚をオススメしてるんでしょう？　水彩城下《すいさいじょうか》でなく」

「それを言ったらそもそもここは天空都市《てんくうとし》よ」

テーブルの真ん中には握り拳くらいの水晶《すいしょう》でできた球体が収まっていた。テレビジョン、ラジオセット、情報検索なんかをまとめて行うメディアサモナーのポータブル版だ。テレリアが検索のためスノードームのような装置へ手を伸ばすと、同じ事を考えたアヤトの掌《てのひら》がそっと重なり合った。

「ひゃっ」

「おっと」

さて甘酸っぱい展開になるのかな、とダークエルフは傍観者を気取っていたのだが、

「ふうむ、これは勉強になる。テレリア君はBWHなんて分かりやすい三点セットだけでなく、本当に隅々まで幸せが行き届いているなあ」

「そして一向に手を離そうとしませんよこの人!?」

「……なるほど。これがこーち、アヤト＝クリミナルトロフィーか」

ダークエルフが老いた賢者みたいな口振りで呟《つぶや》く中、顔をまっかっかにした金髪少女がよう

やっとアヤトの手を振り払い、苦し紛れに再び水晶《すいしょう》の容器に触れて液中の細かい金属箔《きんぞくはく》を操作し、メディアサモナーの検索へ没頭していく。

「ごほんっ！　ええと、空飛ぶ魚っていうのがあるみたいですね。人工気流に逆らうように飛ばして身を引き締める養殖で有名なんですって」

「同じ天空都市《てんくうとし》に住んでいるのに聞いた事ない。やっぱり火と風では全然カラーが違うのね」

食後の一杯はコーヒーにするか紅茶にするかで軽めに揉《も》めたりもしたが、パンくずをもらってパスタ皿の底に残ったソースまで奇麗にいただいておいた。

「素直に美味《おい》しかったな。レシピ分かった？」

「まあ大体は。ただもっと簡単に手に入る材料でも再現できそうですけど」

「……二人とも。レジ打ちのお姉さんの笑顔が凍りついているから、そういう話はお店の外でしてちょうだい」

朝食を済ませてお腹《なか》を満たすと、いよいよ本格的に調査開始だ。

とりあえず適当な上昇気流を捕まえて高層建築の屋上まで飛び上がる。高さがまちまちの屋上は気流の発生しない『止まり木』と呼ばれる憩いの公園と化していた。当然ながら、この辺りはキャンピングカーを改装した移動店舗の数も多い。金髪の少女のテレリアは一面に広げられた魔獣の翼や鱗《うろこ》を使ったアクセサリーを眺め、何故《なぜ》だか青い顔で口元を押さえている。

昨夜アヤトやテレリアがうろついていたのも下層の屋上だ。発声練習と度胸付けを兼ねてい

るのか、その歌声で人目を集める《歌姫》へアヤトは目をやりながら、

「まずは一応、情報共有しておこう」

目的はフレイアード火彩城下《かさいじょうか》での顛末《てんまつ》について。人身売買組織の件はせっかく誰も殺さずに事件解決したにも拘《かか》わらず、正体不明の第三者からの余計な横槍《よこやり》のせいでアヤト達はすっかりやり過ぎちゃって暴漢達を殺害した私刑集団扱いだ。

ネックとなるのは一点。

「おそらく天空都市《てんくうとし》全体の都市設計責任者、ヨルベ＝アルフォベリンがさらわれている事を知られたくないって考えからの口封じの線だろうな。この街のシステム構成を聞き出して下手人が何をしようとしているかまでは謎だけど」

「何にしたってろくでもない事っていうのは想像がつくね。そもそも手段のための手段の時点で人を殺しているんだもの」

「あうう……。でも、具体的にどこから調べるんですか？　私達は相手の顔も名前も分からないじゃないですか」

確かに、こんな状態から選抜王国《せんばつおうこく》随一の天空都市《てんくうとし》、つまり大勢の人でごった返す人口密集地をひっくり返して人探しを成功させられるなら、占い師にでも転職した方が良い。

だがアヤトは冷静に言った。

「一応ヒントならある」

「ふえっ？」

「ヤツの使っていた魔導銃《まどうじゅう》だ。あそこまでの出力となると、おそらくは俺達の背丈よりも巨大な対竜《たいりゅう》ライフル式。それもまともなカスタムじゃ説明がつかない。あんなもんまともな人間が使ったら霧状《きりじょう》マナが魔法の形に変化する際の反動だけで肉体がバラバラになりかねないんだ。つまり一般に流通しているような品じゃない。こいつの調達元を追い駆けていけば、おそらく持ち主の狙撃手まで辿《たど》っていけるはずだ」

「うーん」

褐色のダークエルフは細い顎に手を当てて、

「……確かに真っ当な線だけど、でも、だからこそ『らしく』ないんじゃないかしら？　誰の仕業と思っているにせよ、騎士団だって凶器の出処《でどころ》くらいは一通り洗ってみるでしょ。その過程で捜査線上に浮かぶようなヘマをする人物なのかしら。それじゃあこーち達を嵌《は》めた意味が分からなくならない？」

「てか、あいつらそもそもどうやって出処《でどころ》を洗ってんだろ」

何度でも再利用して毎日遠隔印刷される新聞に手を伸ばす感覚で、アヤトは青いブレザーの胸ポケットからリンケージモニタ、極薄の水晶《すいしょう》タロットを取り出してばら撒《ま》く。

多数の情報をやり取りする霧状《きりじょう》マナは細く長く整えられ街のどこにでも蜘蛛《くも》の巣状に走っているが、魔法の品が関わらない限り人も物もすり抜け目にも見えない。なのでアヤトは金属パイプを四角く組み合わせた屋外シャワー状の中継器と昼夜を自動で判断し光量を切り替える街灯の位置からおよその流れを読み取り、間の地面にリンケージプラグの剣をドカリと突き立てて霧状《きりじょう》マナの流れに己の刃を重ねて、侵入。マナの流れから騎士団達の伝達事項を盗み見る。

基本的に霧状《きりじょう》マナの飛沫《しぶき》を掠《かす》め取《と》る魔導《まどう》ハッカーのオモチャなので、アヤトの水晶《すいしょう》タロットのような個人携行の無線機器はニッチな部類から抜け出せず、規格も統一化されていない。整備された街の中で公的機関が動く場合、出先であっても星空のように敷設された固定の接続ポイントからクリップで有線接続する方が多い。

『魔導《まどうじゅうほうてん》銃砲店のリスト作成終わりました。第二次人海戦術の準備も完了です、指示を』

『露店で売り捌《う　さば》いているモグリもいるから気をつけろ。抜け穴はどこにだってあるんだ』

『昼飯までには終わらせるわよ。久しぶりに一等小麦を入荷できたって話だし、今日はモビルトラットリアの揚げパスタを食べるって決めているんだから。ほら号令!!』

あーあ、とアヤトはため息をついて、最後まで聞かずに接続を切った。究極の食材を求める《料理人》と、もはや実戦というより大道芸になりつつある《飛竜兵》とがサーカステントみたいなペットショップで取っ組み合いになるのを横目で見ながら、

「……馬鹿正直に魔導《まどうじゅう》銃売ってる店をそのまま虱潰《しらみつぶ》しにするつもりのようだ。あれじゃあ人類が化石になって地層から発見される時代になったって犯人捜しは終わらないよ」

「えっ、えっ？　でも何であれ、狙撃手が使っているのは魔導銃《まどうじゅう》ですよね。だとしたら」

「別に完成品の商品の形で取引する必要なんかないだろ。金属加工の業者とかは？　魔導銀《まどうぎん》のパイプを切り落として内部に陣形《じんけい》ライフリングを設け、霧状《きりじょう》マナの爆発力を通せるよう加工する腕の持ち主に図面通りの特殊な魔導銃《まどうじゅう》をゼロから作ってもらえるかもな」

もちろん一口に金属加工業者と言っても千差万別なので、ここから容疑者を絞るのは難しい。だがアヤト達はその道のスペシャリストの関係者と顔馴染《かおなじ》みでもあるのだ。

そう。

フレイアード火彩城下《かさいじょうか》で魔導銀《まどうぎん》を使ったサソリ型のズートキシン三式を設計製造していたのは、マミリス＝コスターの祖母ではなかったか。

「まあ、おばあちゃんなら魔導銃《まどうじゅう》の加工くらいできると思うけど、そもそもおばあちゃんは行《ぎょう》政警備《せいけいび》からの仕事以外は引き受けなかったはず」

これだけ聞くと役人の腰巾着みたいな印象があるかもしれないが、その『おばあちゃん』が元来取り扱っているのは大掛かりな兵器開発だ。むしろ行政警備《ぎょうせいけいび》や騎士団以外に卸している方が異常事態である。

「その手の頑固な職人さんなら、普通の人には見えない形でギルドを形成しているんじゃないかな。一見《いちげん》さんのチャラいアクセサリー依頼とか、税金だの場所代だの諸々《もろもろ》世俗の問題を総合窓口に任せて、所属する職人達は製品開発に集中できる環境を整えるためにさ」

「うん……。ウチだと『銀のカナトコ』とかって呼ばれていたけど」

「あれ、でも、だとするとですぅ……？？？」

「そう。ギルド所属の職人には犯罪臭の漂うブラックな依頼なんて届かない。引き受ける事で不利益を被る依頼は総合窓口が察知して脇に弾《はじ》いてしまうからだ。最低限ここが機能しなくちゃ、そもそも職人がギルドに属する意味がない」

アヤトは指を一本立てて、

「かといって、全くの独学で素人に毛が生えた程度じゃ、プロフェッショナルの依頼に応えられる特殊な魔導銃《まどうじゅう》は製造できない。だとすると答えは一つだ。元々ギルドに所属していたが、何か大きなヘマをした職人が組織から弾《はじ》き出《だ》されて、糊口《ここう》を凌《しの》ぐためアングラな仕事を請け負っているパターン。いわゆる闇医者と同じケースだな。これなら一定の実力をキープした上で、ブラック依頼に対するフィルターもガバガバになってるはずだ」

「うーん」

今度の声は間延びしてしまった。

ダークエルフは偽装した耳を指先でちょっといじくりながら、

「おばあちゃんは身内の不祥事とか話したがらないから、あくまで風の噂《うわさ》程度なんだけど」

「それでも良い」

「アロンソ＝ベルクーリのようにはなるな。そんな話を聞いたような？　ぽろっと出た話だからあんまりあてにはならないかもしれないけど」

「ビンゴ。そこから調べていこう」

「えっ？　でもこーち、そんな都合良く進む保証なんてできないよ？？？」

「構わないよ。仮にアロンソが白でも、こいつはこいつなりにアングラな職人達の連絡先を交換しているはずだ。どこから追放されようが、結局人は一人では生きていけないからな。アロンソが黒ならもちろん、白でもアングラ職人の名簿が手に入れば次のヒントに繋《つな》がる。神経衰弱でわざわざ表にめくったカードが一枚あるんだ、分かっている名前から攻めてみて損はしないだろ」

……この辺りが、疑わしきは罰せずの精神でたった一度の冤罪《えんざい》も許されない行政や騎士団とは勝手が違うところだ。『フォワード』は基本的に過程を問わないのである。最終的に結果の帳尻さえ合わせれば報酬が支払われる。道理で『どっちが犯罪者か分からない』などと言われるのだ。それとは別に、魔導《まどう》ハッカーは立派な（？）犯罪者なので特に反論をする気もないが。

「さて、腹ごなしに一丁派手にやりますか」

7

名前が分かっているか否かはとても大きい。

人の口に戸は立てられないもので、特に専門的な魔導《まどう》ハックなんて仕掛けなくても地道な聞き込みが成果を上げる時もある。

　アヤトは傍らで何も知らずに突っ立っていたテレリアを親指で指し示して、

「この娘《こ》の趣味が手錠集めなんだけど鍵をなくしちゃってさ」

「ぶっ!? ちょ!!」

「合鍵を作れる職人にアロンソってのがいるらしいんだけど、どこにいるか知らない？」

　ガラの悪い兄ちゃん達から下卑た笑みと共に目撃情報を聞き出したのち、金髪少女が顔を真っ赤にして抗議の声を放ってきた。

「(……ちょっとひどすぎる設定じゃないですか!!)」

「(……テレリア君、俺達は騎士団じゃない。そして公権力を振りかざせないケースでの聞き込みの基本は相手のレベルに話を合わせて質問内容を調整する事だ。けどまあ貞操帯の鍵よりはまともな口上だったと思うけどなあ？)」

「(んー！　んんんーっっっ!!)」

　まっかっかのままきゅっと両目を瞑《つぶ》った涙目テレリアから危うく爪で顔を引《ひ》っ掻《か》かれそうになったので、こればっかりは距離を取って安全を確保するアヤト。

　傍《そば》では長い銀髪をたなびかせるダークエルフが冷たい目を向けていた。

「こーち、いちゃつくなら問題を解決してからにしない？」

「だそうだ」

「永遠に保留ですよこんなもんッ!!」

ともあれ、いくつかの情報を統合して、ようやっとアロンソ＝ベルクーリの隠れ家が浮かんできた。同じシルフィーネ風彩城下《ふうさいじょうか》の下層エリアだ。人工気流に乗って地面に向かってみると、そちらで待っているのは澱《よど》んだ闇。陽《ひ》の輝く星空、その太陽の光も届かない。特に頭上が塞がっている訳ではないのだが、とにかく高層建築が多いのでどの時間帯でも何かしらの建物の影が地面を覆ってしまうのだろう。全体的にじめっとしていて、好んで居を構えたいとは思えない。わざわざ高度三万エスール（注、約三万六〇〇〇メートル）地点で居住環境を整えているのに、こうも劣悪にするのはかえって手間なようにも見える。

「シルフィーネAX、最下層トランクエリア」

「……誰も人が入らないから、物置代わりになっちゃったって感じなんですかねえ」

「そこを再びアングラな職人達が隠れ住んで作業をするようになったんだから、先祖返りでも起こしているのかもしれないね」

全裸マントの幼い《呪術師》や三叉槍《みつまたやり》の銃剣付きアサルトライフルを肩に担ぐ長身の《暗殺者》などが肩を並べて仲良く闊歩《かっぽ》している時点で色々と世紀末だ。……あの組み合わせはきっと広告を見て安易な呪いの依頼をしてきた者を世のため人のために誅殺《ちゅうさつ》するハニートラップか。大きなスリットの入った異国情緒溢《あふ》れるドレスの美女は強敵を求めて彷徨《さまよ》う血に餓《う》えた《格闘家》かもしれない。

確かに安宿一つの調達に苦労させられているアヤト達からすれば、劣悪環境とはいえ人の住める部屋を潰して物置にするなんて贅沢《ぜいたく》の極みである。宿の部屋が見つからなければこちらの物置に居着いていたとしても何ら不思議はない。

そして目的の部屋はすぐに見つかった。

最初は隠す気があったのだろうが、次第にそうも言っていられなくなったのだろう。地上に面した出入口の外まで鉄くずや残骸が溢《あふ》れ返《かえ》っている。どうやら冷蔵庫やオーブンなどの魔導《まどう》家具《かぐ》を拾って内部の宝石基板《ほうせききばん》を抜き取っているようだ。

「テレリア君、マミリス君。魔導銃《まどうじゅう》を準備」

「えっ？　はい」

「こーち、いきなり銃を握ったらかえって警戒されそうだけど」

「考えが甘い。何をどうしたで変化するんじゃなくて、最初っからアングラ関係者は年中無休で警戒してる。誰にだってな」

(真空水晶《しんくうすいしょう》と霧状《きりじょう》マナの街灯、自動分別のゴミ箱、大気汚染観測器、自販機、公衆受話機、ネズミ用公共トラップ、まあ事前準備はこんなトコか)

「ちょ、ちょ、アヤトさん。アヤトさんってば。あなたは鉄砲持ってないんですからあんまり前に出ちゃダメでしょう？」

「何を言っているんだ。誰かが魔法を受けるなら俺の仕事だよ、レディファーストくらい気取らせてくれ」

もちろん相手がいきなり撃ってくるような危険人物だった場合、直接戦力である二人の少女が先にやられると残るアヤトは無抵抗で嬲《なぶ》り殺《ごろ》しの憂き目に遭うので絶対死守といった事情もあるにはあるのだが。

まるで何かのスイッチのように、アヤトはこう囁《ささや》いていた。

「テレリア君、マミリス君も。君達以外に誰も頼れない。……だから、とても期待してる」

「うっ、も、もお……」

「？」

何故《なぜ》だか顔を赤くするテレリアに対し、新参のマミリスはキョトンとしたままだった。個人の感想であって必ずしも効果を保証してくれるものではないらしい。

「(ううう。何でしれっとこういう事言えるんですかねこの人。アヤトさんてばテイマー系の才能でも持っているんじゃないでしょうねえ)」

「(多分それはサッパリないと思う)」

二人の少女がコソコソ言い合っている中アヤトは現場近くの魔導利器《まどうりき》へ次々にリンケージプラグの剣の刃を突き刺してアンテナを確保し、演算領域を拡張させていく。宙を舞うリンケージモニタの水晶《すいしょう》タロットの表示を目で追い駆ければ、今はざっとレベル15。魔導《まどう》ハックに具体的な殺傷力を与えられるくらいの自由度は得られた。

ここからが本番だ。

「アロンソ＝ベルクーリさん？　話がある」

ゴミの山で半分埋まった出入口はドアではなく、金属製のシャッターだった。半分開いたそちらに向けて声を掛けながら、アヤトはゆっくりと近づいていく。

反応は劇的だった。

ガカァッッッ!!!!!　と。

魔導銃《まどうじゅう》から放たれた恐るべき稲光が、シャッターを溶解させながら突っ込んできた。

不意打ちの一発だった。

だが同時に向こうにとっても予想外だっただろう。本来ならば稲光がシャッターを貫通する事はなかった。アヤトがとっさに腰の剣を家屋の壁に突き刺し、シャッターの制御を奪って引き下ろしたからこそ、遮蔽を一枚嚙《か》ませる事ができたのだ。

かつてのドラゴンブレスと同じ。

遮蔽が貫かれる事で弾道がわずかに逸《そ》れ、かろうじてアヤトは事なきを得る。

(何だっ、雷光!?　ターシャリ・ハイボルテージ辺りの強化版か!?)

「チッ！」

奥からしわがれた舌打ちがあった。

初撃で失敗すれば速やかに逃走へ移る。生きるための術《すべ》を心得た男の動きだった。しかし、やはり甘い。すでにこちらは家屋の配線に割り込んでシャッターを操っているのだ。何故《なぜ》、他の出入口にも同じ事が適用されないなどと考えた？

裏口のドアをロック、なんて生ぬるい事はしなかった。

（出入口のレベルは7。普通にいける！）

相手が自動開閉式のドアを大きく開け放つのをしっかり待ってから、改めて遠隔操作で勢い良く閉ざす。まるでバネ仕掛けの罠《わな》であった。ドア越しにタックルでも喰《く》らったように、舌打ちの主はもんどりうって屋内に引き戻された。

「ばっは!?」

「テレリア君、マミリス君も」

床を転がる人影に、ガラクタだらけの屋内へ踏み込んだアヤトは冷徹に言い放った。

「銃口」

「わっ、分かった、分かった!!　話すよ!!」

元から魔導銃《まどうじゅう》は手放していたが、初老の男は倒れたまま両手を上げていた。

遅れてやってきたテレリアはサプレッサー一体型のフルオート拳銃を二丁同時に構えながら、ダットサイト越しに床に転がっている魔導銃《まどうじゅう》へ目をやって呻《うめ》いていた。

「うへえ、単発式のグレネード……」

「いいや、そういう口径のマグナムだよ」

本来、グレネード砲は指定した魔法の出力を自己増幅させる特殊な効果を持つ。つまり着弾点を中心に爆発したような破壊を広げていくものなのだ。

ただ、この老人が放った雷光は金属シャッターを貫いて直線的に襲いかかってきた。全方向への爆発的な膨張は確認できていない。だとすると、正体はテレリアの腕が丸々入りそうなくらい太い砲身を採用し、大容量の自壊鉛《じかいなまり》の弾頭と霧状《きりじょう》マナを消費する貫通力一点突破のモンスターマグナムだったと推測される。

「こんなもん持ち出して出会い頭に人様の顔面を狙ってくれたんだ。覚悟はできているんだろうな？」

「何をしたらここから出て行ってくれるんだ？　言ってくれ！　それとも俺がここを出て行けば気が済むのかッ!?」

もはや自暴自棄な感じで初老の男が叫ぶのを見て、ダークエルフが顔をしかめるのをアヤトは確かに見た。そういえば彼女はおばあちゃん子だ。それなり以上に理想像を抱えているから、アロンソのように『年老いてなお、どっしりと構える事のできない誰か』を見ると、哀れで仕方がないのかもしれない。雛《ひな》に孵《かえ》る事なく、卵のまま腐っていった何かを眺めるように。

思わず目を逸《そ》らしたダークエルフだったが、おばあちゃん子の受難は終わらない。

「なに……これ？　ひっ！　こ、こーち……!!」

「マミリス君、辛《つら》いなら見なくて良い」

暗がりに置いてあった工作機械を見て絶句。足踏み回転の旋盤には三日月のような魔獣の牙が、蒸留器にはフェニックスと思《おぼ》しき胃袋が内張りされていた。

効率的ではあるものの、メジャーな方式ではない。

おそらくマミリスの祖母も、こんな設備は使っていなかっただろう。アンダーグラウンドに身をやつし、一級の機材を揃《そろ》えられなくなった者達の代用品だ。

『同じ』魔族のはらわたに見えているのか。よろめくダークエルフの肩をテレリアがそっと支えるのを横目で見ながら、アヤトは手早く用を済ませてここを出ようと決めた。

「持ち主を探してる。対竜《たいりゅう》ライフル、おそらく口径は〇・〇一エスール＋（注、約一二・五ミリ前後）。出力最重視で反動なんか考慮しちゃいない、自殺志願みたいなバケモノライフルだ。条件に合致する人物は？」

「……、」

目を泳がせて沈黙する老人に、アヤトはガレージの片隅へ目をやった。一抱えほどもある四角い水槽、変則的なメディアサモナーにおかしな細工が施してあるのが一目で分かった。

「せっかく手に入れた安寧の地を、『銀のカナトコ』に報告してほしいのか？　ギルドは自分達の看板を汚すアングラ職人の存在には寛容じゃないぞ。今は霧状《きりじょう》マナの接続ターミナルに一枚プロキシ用の攪乱膜《フィルター》を噛《か》ませて追跡阻止したメディアサモナーを通して後ろ暗い依頼を受けているようだけど、ギルドが本腰入れたらこんなのじゃ誤魔化《ごまか》し切れなくなる」

「それじゃ『彼女』がキレちまう……」

「アンタが魔導銀《まどうぎん》の鋼管を切り出してゼロから作ったハンドメイドで人身売買組織がくたばったかもしれないんだが？　きちんと仕事を果たした仕事仲間を労《ねぎら》うため、自分に繋《つな》がる線だと判断された連中を一人残らずな。さて、お次は誰だと思う。誰がヤツと繋《つな》がっている？」

「……、」

「ヤツのトリガーは、軽い。アンタが信仰している安全神話よりもずっとだ。職務に忠実か否かは狙撃手の評価基準になってないぞ。生き残りたければ協力すべきじゃないかな？」

くそ……とアロンソは小さく吐き捨てた。

それから首を横に振って彼は言う。

「名前はほんとに知らん。向こうが自分であれこれ名乗っちゃいたが、一言言う間に二つも三つも別々の名前が出てくるんだぜ。信用なんかできるかってんだ」

「何か一つくらいないのかよ」

「クリティカルディザスター。俺が作った対竜《たいりゅう》ライフルの名前だ。設計仕様は渡すからそっちで勝手に照合してくれ」

「……狙撃手の女は弾薬もここで調達していたのか？　市販の規格に頼っていない完全ハンド

メイドなら薬莢《やっきょう》の口径も合わないはずだ」

「何かの引っ掛け問題か？　弾薬も薬莢《やっきょう》も全部含めて霧状《きりじょう》マナだ。実包機材さえあれば鋼の円筒の内側に不純物の粉末を塗ってから霧状《きりじょう》マナを注入して激しく熱する事で表面に膜を張って薬莢《やっきょう》を作る、一連の作業にも手が届く。これくらいならメディアサモナーで検索すればやり方だって分かるはずだ」

「ヤツは反動については完全に無視している。あれだけ衝撃の大きな精密狙撃を昆虫型の背中に載せて任せきりとも思えない。狙撃手は自分の肩で反動を受けているはずだ、医薬品や鎮痛剤についての出処《でどころ》は？」

「俺の管轄じゃあねえ」

「ならこれまでだな。今から適当な広場へ行って大々的に宣伝してこよう。騎士団の皆さん、アロンソ＝ベルクーリさんのおかげでクリティカルディザスターの持ち主が見つかりました。……多くの人にとっては何のこっちゃ理解されないだろうけど、スネに傷持つ当のご本人様だけは絶対に別だ。あいつはお前を殺しに来る、アンタが自分で作ったご自慢の魔導銃《まどうじゅう》で。そこを待ち伏せして捕らえる計画に変更するよ」

「……、なあそれ、成功率は？」

「前はしてやられた。今回はどうなるか予測できない」

「くそっ!!」

盛大に吐き捨て、それから初老の男は重たい息を吐いた。

「一度だけ鎮痛剤の錠剤を満杯にした茶色い瓶の詰め合わせをヤツの隠れ家へ届けた事がある。今も同じ場所を使っているかどうかは知らん。これで良いか？　おかげでこっちは人生の門出がやってきた。つまり夜逃げを決意しなくちゃならなくなったって事だよ、本当にありがとさん!!」

8

「撃士《げきし》デストリウス！」

「話は聞いてるよ兵士シェイドリューズ、こいつは当たりかな」

陽《ひ》の輝く星空の下。シルフィーネ風彩城下《ふうさいじょうか》で地盤固めを進めていた、ポニーテールからアレンジした金髪三つ編みに、旧式だが民衆の人気が高いアスファルトカラーのプロテクター式鎧《よろい》を纏《まと》うヘンリエッタ＝スプリット＝デストリウスは軽く手を上げていた。場所は風の街でも随一となるランドマークの球形劇場《きゅうけいげきじょう》。大陸の卵などという愛称でお馴染《なじ》みの直径四〇〇エスール（注、約四八〇メートル）もの石材とガラスの塊の頂点部分だった。人工気流が縦に横にと走り回るこの街なら壁面に直接張り付く事もできるが、やはり地面というのは恋しいものだ。

敷地内に降り立って記念撮影している観光客相手の、成果自体には期待していないパフォーマンスの聞き込みを切り上げると、美しい撃士《げきし》は正規の報告へ移る。

風の街で派手な魔導銃撃戦《まどうじゅうげきせん》があったとの通報が入った。

場所は治安最悪の最下層。普通に考えれば偶発的に多少のいざこざが起きても何ら不思議はないのだが、通報内容の中には気になる一文が混じっていたのだ。

いわく、派手な銃声は聞こえたが、敵対者が撃ち返すような音はなかった。かといって一方的な処刑という感じではなく、しばらく暴れ回るような騒ぎが継続していた、と。

つまりは、

「魔導銃《まどうじゅう》を使わないで魔法の撃ち合いを制した者がいる」

「魔導《まどう》ハッカー、ですか」

若い男の言葉は正しかったが、しかし途端にヘンリエッタの美しい瞳が冷徹に細められた。

怒りが満ちれば満ちるほど凍えていく、恐ろしい美女にしか許されない眼光だ。

「ヤツらがこの街で何をしようとしているかは知らない。それは豪商の財産を盗み出したり都市インフラを破壊する悪行かもしれないし、王侯貴族の癒着を暴いたり口封じされた新聞記者の無念を晴らす善行のつもりかもしれない」

「はあ」

おっかないので兵士が思わず目を逸《そ》らすと、寄贈書でも受け取りに行く途中なのかメガネの《司書》のお姉さんや、意味もなくホウキにまたがる《魔女》の女の子が、巨大なランドマーク脇を流れていくところであった。

「だが善だろうが悪だろうが何にしても、ヤツらにこの街の事を任せる訳にはいかない。天に浮かぶ巨大な街で自由に火力を取り回せるのは、王に認められ治安を守る権利を借り受けた私達だけだ。そう民衆に強く印象づけられなければ信頼が揺らぎ、一気に秩序は崩壊していく。何としても止めなくてはならないのだよ、そうなる前にだ」

そんな風に話し合っていた時だった。

唐突に横から、ぬっと別の影が踏み込んできた。人に不快を与えるテリトリーの破り方だった。わざとやっているのか無自覚なのかは知らないが。

頭と顎の比率を間違えているんじゃないかと疑いたくなる、つるりとした禿頭《とくとう》とふさふさのひげ面。首から両肩にかけて、太いテープのようなものが貼ってあった。僧侶の調合液を皮膚吸収するための増強湿布薬だ。筋骨隆々ではあるものの、高度な実戦と戦闘訓練で鍛えたとは到底思えない、健康的なジム通いと不健康極まる薬剤で膨らませた全く無意味な代物だった。

それでいて、身に纏《まと》っているプロテクターは中央のブライティオ光彩王城《こうさいおうじょう》から正式に支給された、アスファルトカラーなどとも揶揄《やゆ》される戦闘装備の鎧《よろい》だ。……だからこそ、ヘンリエッタはわざわざ華美で露出が多く、民衆からの人気が高い旧式モデルを頑《かたく》なに選択し続けているとも言えるが。

「やあやあ騎士ヘンリエッタ殿」

「撃士《げきし》デストリウスだ」

「済まない済まない、こっちも徹夜続きで頭が回っていなくてね。どうも色んなルールを頭の引き出しから取り出せん状況が続いてやがる。……ふわ、あ」

「君みたいな夜型なら、こういうのは慣れていると思ったんだが？」

「そりゃあ偏見だな」

にい、と禿頭《とくとう》にひげ面を歪《ゆが》めて笑う騎士サマの腰の横には、王から貸与されたものとは違う得物が差してあった。

登山用のピッケルの細部や強度を戦争仕様に作り替えたウォーピック。分厚い酸化魔導銀《さんかまどうぎん》の兜《かぶと》を打ち抜くために開発され、あまりの残酷性から各都市国家で使用が禁じられつつある品だが、彼の場合は人間相手に扱うものではない。

魔導《まどう》ハックに使うリンケージプラグなのだ。

同じく、手の中で水晶《すいしょう》でできたサイコロを三つほどじゃらじゃら鳴らしながら彼は言う。

「昔はどうあれ、今の俺は王家から紋章を授かった騎士様だよ。アンタと同じように。同格の騎士を色眼鏡で見るのはやめてもらおうか」

「……、」

そういう訳で、ヘンリエッタは自らを撃士《げきし》と呼ぶ。

セレディレカ天空都市《てんくうとし》で戦力不足が嘆かれるのは今に始まった事ではない。だがつい最近になって大胆な解決策が中央から提示された。監獄にいた腕利きの魔導《まどう》ハッカーどもに爵位を与えて一時釈放し、この街のために戦う事でその罪を凍結処理するという訳だ。それもシェイドリューズのように地道に功績を積んで地方王に認めてもらおうとする下積みの兵士を差し置いて、治安維持どころかまつりごとに一部関われる立場を、である。

つまり。

おかげで代々王家に仕えてきた敬虔《けいけん》な騎士と犯罪者崩れとの区切りは消失した。いいや、古参は王の騎士を名乗る事に嫌気が差し、王が時流に乗るなら我らも時代の流れに合わせて変化すると考えて『撃士《げきし》』を自称するようになっていったのだ。

セレディレカ天空都市《てんくうとし》で騎士と言えば、もはや檻から出した知能犯《ホワイトハッカー》の蔑称でしかない。もっとも、貴族階級にない一般市民や遠くから来た観光客には分かるよしもないのだが。

「それで、騎士ゲルロス」

わざわざヘンリエッタが形骸化した呼び名を使った理由は一つだったが、ダグレガ＝ブル＝ゲルロスなるごろつき湿布野郎は特大の皮肉に気づく様子もない。おそらく適当につけた偽名だろう、とヘンリエッタは考えていた。本名なんてないかもしれない。アバターだの何だの、この手の連中が静態大陸《せいたいたいりく》以外の文化・文明のネーミングセンスを好んで使う事くらいは耳にしていた。

一般支給品をカスタムしてより着膨れたように見えるのは、おそらく防音素材を余計に注入していたからだろう。現場に出たがりのくせに、傷を負うのが怖いのだ。これだけで武の鍛錬の未熟ぶりが見て取れる。

不快感で埋め尽くされたヘンリエッタは、それを顔に出さずにいるので精一杯だった。

「お忙しい中、わざわざご足労してもらった理由は何かな？」

「なぁに、何事にも新しい風は必要かなと思ってな。こっちも旧来の古臭い方法に付き合わされて、この先何日も何日も仕事漬けってのはつまらねえ。さっさと包囲の輪を狭めてケリつけちまおうぜ」

「具体的な方法は？」

「おいおいおい。俺達の得意技を忘れてんのか？」

ダグレガという名のひげもじゃは下卑た笑みを浮かべて、

「……地道な聞き込みなんて時間の無駄だぜ。ヤツはこのエリアにいるんだろ。しかも逃亡中に軍資金を得るため強盗へ押し入るなんて真似《まね》もしちゃいねえ、良い子ちゃんだ。だったらこっちから追う必要なんかねえ、向こうからやってくるように仕向けりゃ良い」

「具体的に、と言ったはずだが？」

「順に追っていけば良いのさ。フレイアード火彩城下《かさいじょうか》の空港だ。気球《ききゅう》バンガロー使って入ってきたんだろ、レンタル業者を逮捕して拷問にかけよう」

あまりにもあっさりと、であった。

人間一人の人生を丸ごと奪う事に対し、そこに王から借り受けた権利を使う事にさえ、ごろつきは全く気に留める素振りもない。

「次は魔導《まどう》タクシーの営業所、マーケット、土産物屋、果物の商店、ヤツに関する目撃情報を洩《も》らしてきた者、つまり接触者を順繰りに逮捕拘束していけば良い。被疑者のガキの関係者は容赦なく拷問される。この図式さえ匂わせられればこっちの勝ちだ。ある程度数がまとまったら、無関係の店や宿を適当に逮捕してお取り潰しにしちまっても構わない」

「……、」

「ようは、『被疑者を庇《かば》うとろくな事にならない』って恐怖を染み込ませられれば何でも良いのさ。情報が少なくて難儀してんだろ、ちゃちゃっと絞り上げて出し惜しみを潰していk
言葉は最後まで続かなかった。

それより早く撃士《げきし》ヘンリエッタ＝スプリット＝デストリウスが動いたからだ。


ガッッッ!!!!!!　と。

彼女の掌《てのひら》がゴロツキの顎を掴《つか》み、そのまま細腕一本で真上へ吊《つ》り上《あ》げる。

束《つか》の間《ま》、その美しい女は華々しい旧式モデルの笑顔をかなぐり捨てた。

貼り付けた湿布薬ごと首全体を握り潰しかねない勢いで、だ。

生粋の戦闘職としての顔を表に出したのだ。

「おい、いい加減にしておけよ増強剤漬けのぶくぶくモヤシ」

「……ぁ、かっ……!?」

突然の事に訳が分からず目を白黒させながら自分の顎を両手で押さえ、宙に浮いた両足をばたつかせるダグレガだが、鋼のように硬いヘンリエッタの腕は全く解けない。そしてここまでやられてもまだ分からないゴロツキに、民衆の盾となるべく教育されてきた撃士《げきし》は本当にため息をついていた。

「どぶねずみにも劣るゴロツキ風情が騎士の位を奪ったのは構わない。そもそも端を発したのは我ら古参の戦力不足にあったのだから、我らの凋落《ちょうらく》は我らの自業自得だろうしな。だから今さら中央の光彩王城《こうさいおうじょう》の決定に異を唱える事はない。騎士はくれてやる。我らは撃士《げきし》を名乗れればそれで良い」

「はっ、はっ……!!」

「だがこの天空都市《てんくうとし》の『空気』を作ってきたのは我ら古参だ。私が生まれるよりはるか前から連綿と続く民と貴族の信頼が、治安を守る太い柱を構築していった。おい犯罪者崩れ、貴様如《ごと》きに付け入る隙があるとでも思っているのか？　なあおい、おいおいおい。たかだか叙勲から数固め年如《ごと》きのゴロツキが、数百固め年来の信頼に亀裂を入れる隙を作れるとでも本気で信仰してやがったのか？　何の権利でだ馬鹿野郎!!」

ようやっと、ヘンリエッタはご立派な身分に書類を書き換えた魔導《まどう》ハッカーの顎から細くしなやかな五指を離した。地面に崩れ落ちて激しく咳《せ》き込《こ》むダグレガが恨めしそうな目で、ポニーテールからアレンジを加えた金髪三つ編みの美女の顔を見上げている。

「おっ、おでは、俺だって、今じゃ立派な騎士……」

「ああそうだろうさ騎士様。貴様は立派な騎士だ、もはや誰も名乗りたがらぬご立派な騎士様。君自身がそうして徹底的に貶《おとし》めた騎士の代表格だって事はようく分かっている」

魔導《まどう》ハッカー当人そのものよりも、得体のしれない湿布薬の匂いがこびりついた己の掌《てのひら》へ汚物でも眺めるような目を向けているヘンリエッタを見て、ダグレガは騎士という言葉にどんな意図が込められているのかを悟ったらしい。ますます顔を真っ赤にするゴロツキへ、全面剝《む》き出《だ》しの侮蔑を込めてヘンリエッタは吐き捨てる。

「だが忘れたのか？　君の罪は減免されたのではなく凍結されているんだ。中央の光彩王城《こうさいおうじょう》の監査はいつでも背中について回っているぞ。役に立たないと判断されれば爵位は没収されて監獄に逆戻りだ。こんな所で油を売っている場合かな？」

「……っ⁉」

「私は君が思っているより、顔が広い。長い時間をかけて構築していった信頼があるからな。監査の知り合いに耳打ちしてほしくなければさっさと持ち場に戻れ。いいか、魔導《まどう》ハッカーらしく近道抜け道なんぞ探して楽をしようと思ったら即座に消えてもらう。私がそうする、必ずな。分かったか奴隷の騎士様!!」

もう誰も何も言えなかった。

へたり込む騎士のダグレガはもちろん、傍《はた》で耳にしていた兵士のシェイドリューズも。

この程度で腰を抜かすようでは、本当の危難、滅ぶか滅ぼされるかの戦など馳《は》せ参《さん》じる事もできまい。そもそも犯罪者崩れかどうかなど関係なく、騎士や撃士《げきし》の権利はすべからく『王からの借り物』だ。常に剝奪《はくだつ》の可能性を視野に入れ、だからこそ王の信頼に応えるべく日々一層の精進を重ねるべきなのに、それを一度認められれば永遠に安穏とできるなどと考えるのがすでに思い上がりも甚だしい。王に仕える者の道に肩の力を抜く瞬間があるとでも思ったか。

ほとんどすすり泣くような声だけがあった。

まるで世界で自分だけが不幸を背負っているような、うじうじした声が。

「何で……俺だって、どうしてこんな……」

対する答えは一つだった。

まるでここにはいない別の誰かに憎悪をぶつけるような声だった。

「魔導ハッカーだからに決まってるだろ、ゴロツキ」

9

結局、対竜《たいりゅう》ライフル・クリティカルディザスターを持つ謎の狙撃手の隠れ家の情報を得るまでで昼を過ぎてしまった。

相変わらずテレリア＝ネレイド＝アクアマリンのスカートを派手に膨らませ、アヤトはそんな涙目の金髪少女を引き連れてシルフィーネ風彩城下《ふうさいじょうか》の上昇気流に乗っかる。巨大な渡り廊下の下を潜《くぐ》り抜《ぬ》けつつ、昼食を取る時間がもったいないので、目的地へ向かう気流に沿って流れていた屋台を利用する事になった。とはいえ、形自体はザリガニ型の多脚マイクロバスを利用していたので、朝食の時と違って絶えず突風に嬲《なぶ》られる心配はない。

「……やっぱりランドマークだな。ここからでも見えるのか、大陸の卵。そりゃ高層建築の隙間からになるけど」

「ほらアヤトさん。髪、髪」

「んー」

「ふひゃー。この街って雨が降ったらどうなるんでしょうね？　前後左右上下全方位から土砂降りが襲いかかってきそうなイメージしかないんですけど」

「雲の上まで出ちゃったセレディレカじゃ雨は降らないと思うよ。こっちに来てから見た事もないし。よっぽどすごいブリザードが『庇護《ひご》の傘《かさ》』とかいう大気シールドを貫かない限り、天気予報も見る必要ない」

ちなみに昼食については油で揚げて薄っぺらいお煎餅みたいに整えたパスタの下地に、野菜や獣の肉などをすり潰して作った思い思いのディップをつけてパリパリ食べる謎のアイデア料理だった。同じ麺類でも扱い方次第で大分イメージが変わるものだ。

「……た、炭水化物に揚げ物のダブルパンチ……」

「？」

何気に金髪少女がげっそりしていたのも気になるが、味自体は悪くない。

基本的にジェントルマンだがお行儀が良いとは限らないアヤトはカウンターに置いてあった遠隔印刷の新聞に手を伸ばし、

「んー、やっぱフォーチュリアナ聖教《せいきょう》強いね。こっちじゃ勇者じゃなくて聖者が魔王をやっつけたとかって話になっていたんだっけ？『神殿移しの儀』も終わっていないっていうのに仲良しな事で」

「アヤトさん」

テレリアがやんわりとたしなめようとする中、ちょっと離れた椅子に座っていた《プリースト》のお姉さんがピクンと肩を震わせていた。フォーチュリアナとは僧服のデザインが違うようだ。あまり気にせず会話は続く。

「天空都市《てんくうとし》はどこもそれ一色だけど、地上の大陸だとどうなの？　こーち」

そう、銀髪のダークエルフの方が喰《く》いついてしまったのだ。

「大体、三位か四位くらいの影響力だったかな。強い宗派なのは変わらないけど」

「はあ、あああもう。魔法の普及で勢力を伸ばしている感じですよね。表向き殺傷兵器には手を伸ばしていないって話ですけど、魔導銃《まどうじゅう》の研究にも寄与していたような」

「『生活用品』のって建前だけどね。でもあれってほんとなのかなあ」

「？」

「フォーチュリアナはたまに魔法《まほう》の反動病《はんどうびょう》だのマナのアレルギーだのの相談にも乗っているんだけど、現場でそんな話聞いたためしもないいんだよなあ……。勢力は大きいけどやる事なす事派手派手だから、実は赤字になってんじゃないかなって踏んでいるんだけど」

そんなこんながありつつも、腹を満たせばいよいよケタ外れの狙撃手の掃討作戦に入る。

「相手の火力を考えると、トリガー一つで下手な結界を展開してもまとめてぶち抜かれるのがオチだ。防御は考えない事。確実に回避できないようなら命はないぞ」

「まっ、マミリスさんは今日が初陣なんですよっ？　ちょいと難易度高過ぎませんか!?」

「確かに。そもそも『フォワード』としての手順を覚えるだけならいきなりこんな死地までついてくる必要はない。俺達は自分の経歴に塗られた泥を落とすため、都市計画責任者から機密情報を入手しセレディレカ天空都市《てんくうとし》全域に致命的な影響を及ぼすであろう凶悪な狙撃手の計画を潰す目的で向かっている。でもマミリス君、君にはそれがない。正直、無理してついてくる理由はないと思うけど」

「それでも行く」

「なら止めない」

あっさりしたものだった。進むか退くかの判断もまた、自給自足でサポートなしが前提の『フォワード』には大切な素養だ。何事も独学のこの業界では、一番最初の癖は最後の最後までついて回る事も多々ある。マミリスにとって必要なハードルを取り除いてしまう行為は、必ずしも彼女の人生のためになるとは限らない。たとえ短期的なリスクを被っても。アヤトはそう判断した。

屋台のマイクロバスが目的地に最接近したところで、彼らはだらだらしていた長話をやめて外へ飛び出した。

上昇気流に揉《も》まれながら、テレリアは無駄な努力として両手でスカートを押さえつつ、

「ぐっ、具体的にどうするんですか!?」

「いつも通りだ、魔導《まどう》ハッカーの流儀に従う。つまり相手が本気出す前にケリをつけよう！」

幸い、シルフィーネ風彩城《ふうさいじょう》下《か》は多数の人工気流を操るため、あっちこっちに魔導利器《まどうりき》の信号機が浮かんでいるので演算領域を確保するのに苦労しない。アヤトは辺りを飛び回りながら腰の剣を抜き、一抱えのボール状の機材へ次々と突き刺して己の力を増やしていく。

青いブレザーの胸ポケットからばら撒《ま》いた水晶《すいしょう》タロットと一緒に併走しながら、

「レベル9、まだちょっと共鳴が不足気味か」

アヤト、テレリア、マミリスの三人は高層建築の群れの裏手に回り、その壁面に張り付く。地上まで軽く見積もっても一〇〇〇エスール（注、約一二〇〇メートル）以上あるはずだが、この風の街ではまだまだ低層に属する高さでしかない。

「慎重に行くぞ」

窓からするりと中へ入っていくが、ここが危険な狙撃手の隠れ家なのではない。人工的な暴風は便利だが、屋内に潜り込むと石とガラスで隔絶されたこの静けさが心地《ここち》好い。人の生活感はなく、家具らしい家具も置いていない空き部屋をアヤトは横断していく。裏手から表の窓へ。位置関係を確認し、そして静かに頷《うなず》いた。

「……よし、通りを挟んで向かいが例の狙撃手の隠れ家だ」

ざっと見て四〇エスール（注、約四八メートル）程度。狙撃としてはもはや短距離とも呼べないような距離だが、問題なのは縦横無尽に行き交う無数の人や物や車だ。今のままだと下手に魔法を撃ち込むとアクセサリーショップや魚介パスタの移動店舗など、民間人を巻き込みかねない。

「どうするんです？」

「ここに来るまでに信号機をいくつか乗っ取っておいたから、狙撃のタイミングに合わせてそいつを操作すれば通りから人は消せる」

言いながら、アヤトはいったん窓から離れ、ミミックオプションを切って特徴的な長耳を出しているマミリスの横をすり抜ける。やはり窮屈なので、人目につかない場所に入るとダークエルフとしての自分を解放したくなるのかもしれない。

家具も何もない空き部屋だが、壁の中まで何もないとは限らない。柱やダクトの位置からおよそのあたりをつけると、腰にあるリンケージプラグの剣を抜いて簡素な壁紙だけで埋め尽くされた壁へ向かう。先端を突き刺して縦に引き下ろし、まるで大きなパネルでも取り外すように壁を『開けて』しまった。

その奥に待っていたのは、縦に長い空間と、一直線に走っている配管の群れ。

「……行けそうだ。上はレストランだから不慮の事態に備えて大規模な消火設備を備えているな。この演算領域を共鳴させてしまおう。一つレベル5くらいなら手頃だし」

「ん？　んん？？？」

「二人はここで待機。ちょっと適当な屋上にあるバリスタクレーンを拝借してくる」

柄の中に圧縮してあった新たな刃を補充しながら、アヤトは元の裏口に戻っていく。

「それからテレリア君は炎の魔法は得意じゃなかったよな」

「普通、わざわざ苦手を確認します？　うー」

「ならマミリス君のデビュー戦に賭けよう。フルオートショットガンの準備を」

た。

「？？？」

突然の大抜擢《だいばってき》に頭の中が真っ白になっているダークエルフに、アヤトはこれからの事を話し
「まずバリスタクレーンの先に鉄骨の束でもくくりつけて、クリティカルディザスターの持ち主の隠れ家を思い切り叩《たた》く。普通に考えればヤツは別の窓から外へ脱出しようとするだろう」

「こーち、バリスタクレーンっていうのは？」

あれ、とアヤトが建設中のビルのてっぺんを指差すと、巨大な弩《いしゆみ》のようなものがあった。

「ここは超高層で、しかも縦横無尽に暴風が吹き荒れているだろう？　普通のクレーンじゃ使い物にならない。不均一なジャングルジムみたいになってる横棒の渡り廊下は跳ね橋みたいに操作できるようだけど、それだって限界はあるからね。バリスタ、城攻めの弓で太いワイヤーを撃ち込んで時間短縮しながら、フックの両脇についた魔導利器《まどうりき》の羽根で風を捉えて、ジャングルジムの格子の隙間を縫う格好で正確に突き進む。ハチをモデルにしているから、目的階層でピタリと動きを止めたり、リールで巻くだけと違って絡まらずに元の場所へ戻す事もできるはずだよ。まあ空中移動がこれだけ市民権を得た街でワイヤーをピンと張るんだから、それでも注意は必要だけど」

マミリスの顔が曇る。基本的に兵器設計者のおばあちゃん子ではあるものの、魔導利器《まどうりき》そのものまで無条件に好きになれる訳ではないらしい。抱えているショットガン自体も、どういう

スタンスで付き合っていけば良いのか迷っているようだ。板挟みのダークエルフには申し訳ないが、何も考えず無邪気に摑《つか》んで受け入れてしまうよりは可愛《かわい》げがある。

「そこの建設現場から奪う。囮《おとり》としてね。ヤツの移動ルートが事前に分かっていれば百発百中だ。そこへマミリス君、君の魔法でケリをつけてもらう。窓についてては心配しなくて良いよ、屋内で普通に構えておいて。タイミングを合わせて俺が開け放つ」

「え、でもこーち。初めてなのにそんなに簡単にいくものなの？？？」

「当てる必要はないよ、そもそもショットガンだし。台所でコンロに火を点《つ》けるのと一緒で、トリガーさえ引いてもらえればそれで良い」

アヤトは魔導《まどう》ハック専門で、分かりやすい魔導銃《まどうじゅう》は使わない。

その上で彼にできるのは、

「魔法の火種さえ用意してもらえば、後はこっちで周辺の信号機を操る。忘れているかもしれないけど、辺りを流れているのはただの風じゃない。魔法で作った風だ。莫大《ばくだい》なマナ流《りゅう》を風に変換させず凝縮させ、液状の飛沫《しぶき》の状態で通りへ送り込めば、マミリス君の生み出した魔法の火と結合して大爆発を起こしてくれるはずだ。それこそ、フレイアードに居座っているドラゴンに匹敵するレベルでね」

10

「……、」

「ふぃー、やっと戦場タイムが終わりましたねえ」

陽《ひ》の輝く星空の下。人工気流に乗って漂う、ザリガニに似たフォルムのマイクロバスの屋台ではそんなやり取りがあった。言うまでもなく戦場タイムとは昼時の事だ。飲食店は客が出入りする時間帯に極端な波があるため、平均的に地均《じなら》しした仕事量を書き記しただけの募集要項を眺めて職場選びをするとえらい目に遭う事でも知られている。

乗り物ベースの屋台は安価で商売を始められるが、移動式なので蜘蛛《くも》の巣のように張り巡らせた霧状《きりじょう》マナと接続するメディアサモナーを設置できないのが難点だ。無線式なのに始点と終点を必要とする、点と点を結ぶ線の形を取った、いまいちかゆい所に手が届かない固定機材向けの半無線接続。巨大な渡り廊下の屋根に張り付いている出店が羨ましかった。なのでテレビジョン、ラジオセット、情報検索、これら若者の必需品がないので、頭にタオルを巻いた童顔の弟子は自然と興味の矛先を自分で見つけるしかなくなる。

若者は肩に手を当ててぐるぐる腕を回しつつも不思議そうな顔で、

「おやっさんどうしたんすか?」

「いや」

かきいれ時が終われば売り上げの確認に移る訳だが、無骨な店主が気に留めていたのは一枚の硬貨だった。

「ウチは安くて満足がウリだぞ。なのに王侯金貨（注、一枚約一万円）で支払いなんて珍しいと思ってな」

「そういやそうすね。けど両替目的だったんじゃあ？　そのまま頼むとどこも渋い顔をするでしょ、だから……」

「……、」

「表に裏にひっくり返しちゃって、偽造コインでも疑ってんすか？　ははっ、俺達みたいな馬鹿にゃあ物事の真と偽、光闇二元論《こうあんにげんろん》なんて目利きできやしませんよ。あ、なんか噛《か》んでみると本物か偽物か分かるって話はマジなんすかね」

「いかいかいか、本物の偽造コインはそんなのじゃ見分けなんてつかねえだろうよ」

店主が気にしている要点もそこではないようで、

「さっきの三人組、顔ぶれを見る限りさほどリッチじゃなさそうだった。だけど金貨の表面は特に擦り切れてねえ、後生大事に抱えてるって訳でもなさそうなんだよな。何だか嫌な感じだ。橋の下で寝てるおっさんが不自然に金の懐中時計をぶら下げているような……」

「えと、マジで連絡します？」

「……どうすっかな。面倒事にもしたくはねえんだが」

天秤《てんびん》は行ったり来たり。

そしてこういう時、とっさに浮かぶのはあの顔なのだ。

「やっぱりここは彼女ですかねえ」

「何でもかんでも相談しちまうってのも負担にならねえか心配だがなあ」

そう。

民衆は最大の警報装置。そうなるよう不断の努力を続けてきた一人の撃士《げきし》の思惑通りに。

11

どこぞの屋上にあったバリスタクレーンに自前の剣を突き刺してきたアヤトは魔獣の羽や鱗《うろこ》を使ったアクセサリーショップや貝類専門のパスタ移動店舗などの間を危なげなくすり抜け、再び攻撃予定地点の空き部屋まで戻ってきた。

ケタ外れの狙撃手が潜む隠れ家は目と鼻の先だ。

多くの人や物や車が行き交う空中の通りを挟み、暴風のない屋内で分厚い窓越しにテレリアとマミリスが観察を続けていた。アヤトは後ろからテレリアの両肩に手を置いて自分の方へ引き寄せてみる。

「ひゃっ!?」

「あんまり窓辺に近寄り過ぎると察知されるよ」

「まっ、またそういう事をナチュラルに……。本気でそう思っているならもうちょっと焦っているはずですぅ」

「ヤツは?」

「何度かチラチラ見えてる。今日はどこにも行かないのかしら」

この辺になると、自前の銀髪を割り裂くように長耳を伸ばすマミリスはいちゃつく男女如《ご》きでは動じなくなったらしい。

アヤトも注意して観察する。

「……問題の狙撃手はあいつで確定、か。それにしても」

窓辺に浮かぶのは赤い影だった。流れるような長い髪にメリハリのついた肢体。勝気な美女、といった趣の下手人の全身を包んでいるのは、ベストとスリットの入った長めのタイトスカートの形に整えた赤い革の衣装だった。テレリアのロングスカートと同じく浮遊式の拡張外装《かくちょうがいそう》も身に着けているが、こちらは巨大なコウモリの翼に見えた。いいや、よくよく見れば角や太い尾のようなものも付け足されている。

風の街ではあれくらいでちょうど良いのか。下手にコソコソした方が目立つというのはアヤトも良く知る理《ことわり》ではあるが、それにしてもボディライン全開の自信家だ。

そこで、魔導《まどう》ハッカーはふと眉をひそめた。

(あの翼……。いや、まさか……考え過ぎ、か……?)

例の対竜《たいりゅう》ライフルは見えない。流石《さすが》に年中無休で寄り添っている訳でもないらしい。

「他の人間の有無。例えば同居人がいるとか、ご近所付き合いの真っ最中とか、ピザを取っているとか」

二人の少女は首を横に振った。

アヤトは宙に浮かぶリンケージモニタの水晶《すいしょう》タロットを指先でなぞり、窓辺の端へ寄る。

「じゃあ始めよう。マミリス君、魔導銃《まどうじゅう》の用意を。テレリア君はしくじった時のサポート」

「えっ? 前も言いましたけど私は炎系全くダメですよ?」

「そうじゃなくて、何分初めての事なので、ヘマして爆炎を制御できなくなった時には窓辺の俺が丸焼けになる前に回復魔法お願いねって話なんだけど」

ひいいいいいいー……と必要以上に脅《おび》え始《はじ》めた金髪少女を横目で見ながら、アヤトは最終確認を取る。

「手順はこうだ。信号操作で往来から人や車を消す、バリスタクレーンを隠れ家に撃ち込む、窓を開けて射線を確保する、狙撃手の女が出てきたところでマミリス君の生んだ魔法の炎を液状化したマナ流《りゅう》で膨らませて叩《たた》き込《こ》む。やる事は多いように聞こえるかもしれないけど、全部合わせても頭の中で五つ数える間には済ませたい」

「え、ええ」

立地的に風の吹きだまりがないからか、この辺りの壁面には出店が張り付いている事もないので、信号さえコントロールすれば一般人を巻き込む心配はない。

「つまり一つ一つの作業が終わるのを確認してから次に移るんじゃなくて、互いに重なり合っている事だけ意識してくれ。例えば信号を操ってから人が消えるまで、バリスタクレーンを発射してからフックにくくりつけた鉄骨の束を隠れ家にぶつけるまででそれぞれ時間がかかるから、その間にも次の行動を先出ししておきたい。見た目の現象よりも頭の中のカウントを優先して行動するように」

「分かった、こーち」

「ま、料理みたいなものさ。鍋のお湯を沸かしている間にまな板で野菜を切っておけば時間を短縮できるだろ。あんまり肩肘張らずに自分の仕事を全うしてくれ」

「ふうん」

「では始める前に、マミリス君に魔法の言葉を授けよう。……期待してるよ」

「多分それ、私には効かない」

「(さらっと無表情でかわしているフリして長い耳はぴこぴこ動いていますがね!!)」

狙撃だからと言って窓辺に張り付く必要はない。スコープやバイポッドなどをゴテゴテつける必要もない。部屋の中央でまだ閉じている窓越しに外へ向けてドラムマガジンを取り付けたフルオートショットガンを構えるダークエルフを横目で見ながら、アヤトは窓のフレームを片手で摑《つか》みながら、宙に浮かぶ水晶《すいしょう》タロットの一枚を指で弾《はじ》いて配置を変える。

ばぢっ!! と。

宙に浮かぶ一抱えの球体のような信号機が、一斉にその表示を変えていく。

「フェイズ1」

その結果を目で追い駆ける事なくアヤトはさらにカードを操る。今度は屋上に設置されたクレーンを振り回し、太いワイヤーの先にくくられた太い鉄骨の狙いを定める。

この距離だ。撃ち込んでも着弾までには若干のラグがある。

それまでに空中の通りから人や物や車が消えれば問題ない。

「フェイズ2、マミリス君」

「っ」

人々と入れ替わりで奇麗に鉄骨が向かいのビルの壁面に突っ込んだ。

パレードの行進のような鮮やかさに思わず見惚《みと》れかけていたマミリスは、アヤトからの声に慌ててフルオートショットガンの照準を覗《のぞ》き直《なお》す。

外からの刺激に押し出されるように、窓の辺りで何かが蠢《うごめ》いた。

赤い革衣装の悪魔。

破格のクリティカルディザスターを実際に街中で発砲する、現実の脅威。

無理矢理《むりやり》大きな窓を開け、虚空へ身を投げようとしている。

狙撃とは言っても直接当てる訳ではない。ダークエルフの役割は奥さんがキッチンで料理のために火を点《つ》けるのと同じ、着火のトリガーでしかない。

だから、人影の詳細を凝視する必要がなかったのは幸いだった。

おそらく同じ五体満足だと知ってしまえば人差し指はそこで止まっていただろうから。

アヤトが最後に背中を押した。

窓を大きく開け放ち、外からの暴風がマミリスの顔にぶつかっていく。

ガドンッッッ!!　と。

ほとんど驚いて引き金を引いたようなものだった。そして炸裂《さくれつ》した赤のマズルフラッシュが空間を彩り、その中を突き抜けた霧状《きりじょう》マナの奔流が力ある超常現象へと形を変えていく。銃身横の排莢口《はいきょうこう》から霧状《きりじょう》マナの表面を不純物の粉末と高温で膜のように固めた用済みのショットシェルが光を失いながら吐き出される。テレリアには不得手な、紅蓮《ぐれん》の炎《ほのお》となって窓の外へと突き抜けていく。

「フェイズ3」

後は信号機の制御を切り替え、人工気流を止めて高密度のマナ流《りゅう》を飛沫《しぶき》のまま叩《たた》き込《こ》めば良い。凝縮されたマナはそのまま火を点《つ》けても燃える事はないが、それが魔法の火や水なら話は変わってくる。元々薬莢内《やっきょうない》で水滴化したマナは暴発の原因にもなりかねない危険な代物だが、過度の干渉も使いようだ。街の交通インフラを支えるマナ流《りゅう》を丸々使って怒濤《どとう》の勢いで大熱風を作り出せば、オレンジ色の竜が標的を丸呑《まるの》みしてくれるはずなのだ。

全て順調だった。

宙を浮かぶリンケージモニタ、極薄の水晶《すいしょう》タロットを一枚弾《はじ》けば終わるはずだった。

しかし。

ふっ……と。

直後に、アヤト＝クリミナルトロフィーの操っていた全ての糸が切れた。

信号機も風になる前のマナ流《りゅう》も操作できない。

水晶《すいしょう》タロットの図柄《アルカナ》が全て消え、ただの透明な板に変じてしまう。

マミリス＝コスターの放った火種は窓の外へ漏れ出て、そのまま身をくねらせて虚空に消えていく。だが銃声と魔法は確実に相手の注意を引いただろう。

明確に目が合った。

作り物の翼を大きく広げる赤い革衣装の女と。

「不発⁉　あの、こーち、私……‼」

「君のせいじゃない！　くそっ、誰かが風の変換作業を行う信号機全体に干渉した⁉」

最初は窓から逃げようとした赤い革衣装の狙撃手がこちらの動きに察知して反撃してきたのかと思った。つまりヤツも魔導《まどう》ハッカーだった可能性を考えたのだ。

だが様子がおかしい。

ガチャガチャガチャ!!　と窓の外、壁の裏側から重たい金属音が複数取りつくのを確かに全員が感じ取っていた。

「きゃあっ!?」

金属質の虫が一面に這《は》い回《まわ》るような嫌悪感にテレリアが驚き、バランスを崩した金髪少女を腕一本で抱き寄せながらアヤトが口の中で呟《つぶや》く。

「騎士団の方か」

『魔導《まどう》ハッカー!　フレイアード火彩城下《かさいじょうか》での一件で話がある!!』

(……そっちは分かりやすい陽動。裏手からもひっそり突入部隊を忍ばせている。声に脅《おび》えて裏口から逃げようとすれば不意打ちでズドン、か)

どこかから通報されて駆けつけた騎士団の連中は、アヤト達が何をしようとしているかは考えず、とにかく信号機の制御を取り戻すため、一度全てをリセットさせたのだ。そのせいでマミリスの火種に過度の干渉を行う予定だったトドメのマナ流《りゅう》を使えなくなった。

窓の外、向かいの建物では、長い髪の悪魔が悠々と開け放たれた窓枠に足を掛けて身を投げたところであった。太い尾を小さく左右へ振って、こちらを挑発するかのように。肩から下げているのは釣《つ》り竿《ざお》を収める細長いケースか。風の街には明らかに不釣り合いな品だ。中に何を隠しているかは言うに及ばずだろう。ヤツは本職の狙撃手なのだ。

「どっ、どうするんですか!?」

このままでは取り逃がす。

もはやアヤトも容赦をしなかった。涙目のテレリアを抱き寄せたまま耳元で囁《ささや》く。

「バリスタクレーンがある」

ゴドンッッッ!!!!!! と。

巨大な弩《いしゅみ》が放ったワイヤーの先の鉄骨が、こちらの高層建築へと突っ込んできた。

表は陽動、裏が本命。

つまり表の窓から堂々と脱出する可能性を騎士団の連中は想定していない。今、外壁に取りついている連中さえ排除してしまえば場を引《ひ》っ掻《か》き回《まわ》すのは十分に可能だ。マミリスが宝石のついた耳飾りを装着して特徴的な長耳を覆い隠すのを横目で見ながら、アヤトは冷静に状況を分析する。

不均一なジャングルジムをすり抜けて、容赦なく超重量の束が壁面を吹っ飛ばす。

混乱の時間は短い。

陽《ひ》の輝く星空の下で、少年は右にテレリア左にマミリス、両手に華でそのまんま高層建築の窓から飛び降りた。

「わあああっ!?」

「テレリア君、叫ぶのは結構だが目的を忘れるな。逃げた狙撃手を追う!!」

間抜けな騎士団が周辺一帯の信号機をリセットしてしまったので、今の気流はどこか均一で個性がない。影響は多岐にわたっているようで、普段は絶対激突する事のない人や物や車が珍しく自力で身をひねって危険を回避しているのが見て取れた。

そんな中、

「速いッ!!」

縦に横にと編み込まれた人工気流を次から次へと乗り換えて逃げる女悪魔の狙撃手を追い駆けるが、相手との距離は縮まらない。常に五〇エスール（注、約六〇メートル）ほど先をヤツは泳ぎ続ける。別に装飾の大きな翼で風を蓄えているという訳ではないのだろう。限りなくロスをなくした鋭角なカーブを切る作り物の翼の狙撃手を観察すれば答えは出る。

「なるほど」

「なっ、何がですう!?」

「素早く行動したいならとりあえずスカートから両手を離すんだ。そしてヤツの肝はお飾りの羽じゃない。カーブの際に辺りの壁面に足を乗せているんだ。ただ浮かぶよりやっぱり足場がある方がコントロールは上がるようだ。そうした方が鋭く切り返せるらしい！」

時にビルの壁面そのもの、時に垂直に張り付くテント状の出店の屋根や看板、のぼりの先まで利用して。

もちろん高速移動中の接触だ。スリットから飛び出した足、そのハイヒールで撫《な》でるような動きの中で、ほんのわずかに力加減を誤ればそのまま足首を粉砕骨折しかねない神業である。

仕組みが分かったからといってそうそう簡単に真似《まね》のできる事でもなかった。

しかも問題は拡張外装《かくちょうがいそう》の翼を羽ばたかせ、前方を逃げる狙撃手だけでもない。

人工気流に乗って移動を続ける褐色のダークエルフが後ろを振り返って叫んでいた。

「私達も追われてる……!!　こーち、騎士団の人達が来てるよ!!」

「っ!!」

そのマミリスの肩を掴《つか》んで目の前の十字路を大きく右折していく。

途端に激しい魔法の乱打があった。

撃ち込まれる白い閃光《せんこう》の正体は『風化』だ。おそらくは体調異常《ステータス》が得意な風属性のターシャリ・エクス・ウェザリング辺り。当たったもののミクロな組成を崩し、隙間を広げ、風に流れる綿埃《わたぼこり》のように吹き散らす。生体も金属もお構いなしだから、もはや生きたまま捕縛するという考えもないようだった。

騎士団が使うのは一度は現役を退いたものの、中距離狙撃での命中率と威力を見直され復帰・改良されたセミオートライフルだ。分かりやすい大口径、誰が扱っても一定以上の成果を上げる利便性から、民間へ卸されるのを固く禁じるお触れが出た事でも知られている。が。

「バッ、ダメだ。逃げろォ!!」

とっさにアヤトがそう叫んだその真意を、果たして追いすがる騎士達は理解できたか。

ドゴアッッッ!!!!!!　と。

竜の一撃めいた恐るべき閃光《せんこう》が、そんな脅威を木っ端のように吹き散らす。

アヤト達が十字路を慌てて曲がった事で、追いすがる騎士団が放った風化の魔法が流れ弾となって拡張外装《かくちょうがいそう》の翼を羽ばたかせる狙撃手の方へ飛んでいったのだろう。そして自分が攻撃されたと判断した角ありの悪女が致死の反撃をぶちかました。石を投げて蜂の巣を落とそうとするのは勝手だ。だがその奥に冬眠中の熊が眠る巣穴があったら？　騎士団が被ったのはそれだ。

（あの威力、あの閃光《せんこう》は忘れもしない……）

十字路から離れ、テントウムシ型の移動店舗を追い抜きながら、嫌な確信がアヤトの胸を埋めていく。

辺りの壁面に張り付いていた出店が削り取られなかったのは奇跡でしかない。

(フレイアードで『ファニースナッチ』達を葬った、全ての元凶となる対竜《たいりゅう》ライフル。となるとやっぱりヤツが俺達に罪を被《かぶ》せた真犯人で決まりか!!)

改めて思い知らされる。あれは世界が違い過ぎる。

陽《ひ》の輝く星空さえ塗り潰される勢い。

もはや元が何の魔法だったのか想像もつかないほどの増幅っぷりだった。原形なんぞ欠片《かけら》も残っていない。釣《つ》り竿《ざお》ケースの中に隠していた対竜《たいりゅう》ライフルはもちろん、地に足もつけられない高速移動中にあんな馬鹿げた反動を制御できる赤い革衣装の女の腕も破格だ。

「わあ、わあ、わあ!!」

「落ち着くんだテレリア君、今ぎゅっとしてやる」

「~~~っっっ!!!?!??」

「こーち、おそらくそれ逆効果になってると思う。いっそ頭が真っ白になって体が固まっちゃえばそれでも良いかもしれないけど」

ルーキーのダークエルフの方がツッコミを受け持つようになっては、顔を真っ赤にして目を回す金髪少女の立つ瀬もない。

「テレリア君、人の言葉で話そう。それに騎士団の連中はダークグレイの鎧《よろい》を纏《まと》っていた。あれは運動補助と魔法防御を同時に併せ持つ、酸化魔導銀《さんかまどうぎん》のプロテクターと大型魔獣の腱《けん》や革を組み合わせた戦闘装甲だ。急所付近の防音加工は完璧じゃないけど、生命維持に関しては折り紙つき。そうそう簡単には死なないさ」

「魔獣の、うっぷ、うえええええー……」

「？」

騎士団と狙撃手の女が勝手に戦って足止めをしてくれるなら、こちらとしては困らない。騎士団からの追撃を避けるため、最短ルートを外れて十字路を曲がってしまったので、再びケタ外れの狙撃手を追い駆ける必要が出てきたのだし。

ゴン!!　ドドン!!　という激しい衝撃音が、背の高い高層建築を挟んでいてもヤツの居場所を教えてくれた。騎士団も騎士団で、本来の獲物である魔導《まどう》ハッカーから横道に逸《そ》れつつあると分かっていても、あまりの脅威に無視できなくなってしまったのだろう。アヤトはテレリアやマミリスと一緒に音源の方へと曲がっていく。

「ひいいいい、騎士団の組織力が個人に削り取られていくって感じの響きなんですけどお」

「逆に言えば、騎士団を蹴散らす程度の力じゃ叶わないような事を考えて準備を積み立てているって事なんだよな。人身売買組織を使って都市開発責任者を捕まえたりとか、一体何をしようとしているんだあいつ……」

高度のせいか、あるいは中央に近づくにつれて、なのか。

角を曲がった途端に巨大な風車の羽根がお目見えした。一枚で三五エスール（注、約四二メートル）もある羽根を四枚合わせた風車が人工気流を受けて重たく回転している。大気中に薄く広がるマナを霧の形になるまで圧縮し、地下のパイプラインから中央のブライティオ光彩《こうさい》王城《おうじょう》へ献上するための動力だろう。思わず悲鳴を上げるテレリアの腕を掴《つか》み、アヤトは頭上から迫るギロチンのような羽根の真下を潜《くぐ》ってさらに凶悪な狙撃手との距離を詰めていく。

フルオートショットガン式の魔導銃《まどうじゅう》を両手で抱えるダークエルフがごくりと喉を鳴らす。

「音が消えたよ、こーち……」

「もう追い着く。次の十字路で交差するぞ！」

しかしアヤトは赤い革衣装の悪魔の位置を捉え続けるので精一杯で、魔導《まどう》ハッカーとしての戦術を先送りにしていたのも事実だった。信号機を騎士団側にリセットされた事で共鳴していた演算領域の大半を失い、空き部屋の壁を開けて乗っ取った消火設備分しか残っていない。しかもそれを使って唯一操っているのは固定のバリスタクレーンで、巨大なハチの羽根がついたフックを撃ち込める範囲には限りがある。無秩序にワイヤーを伸ばしても周りを巻き込むだけだ。こちらももう役に立たないと見るべきだった。

（可視化用の花びら散布機、照明器具、ええい壁に張り付いてる出店が邪魔だっ！）

一からリンケージプラグの剣を刺して積み直しをしなくてはならないため、その間、真っ当な魔法を扱えるテレリアやマミリスに時間を稼いでもらう必要がある。だがそれは組織の力で他を圧倒する騎士団を正面切って蹴散らすほどの高火力を振り回す、あの派手な狙撃手の前に少女達を立たせて盾として扱う事を意味しているのだ。

狙いは一つしかなかった。

(人工気流は低レベルの信号機によって操られている。こいつに直接剣を突き刺して操れば、気流の流れや強さそのものをかき乱せるはず。あの狙撃手の乗ってる流れを乱して失速させる以外に足止めの策はない!!)

十字路の真ん中に一抱えのボールに似た信号機はあった。

アヤトは腰の剣に意識を集中させる。

そして交差の時が来た。


ゴッッッ!!!!!!　と。


高度にして都市基部から一五〇〇エスール（注、約一八〇〇メートル）。

それこそ縦と横で交差するように、アヤト達と暴風で拡張外装《かくちょうがいそう》の翼や尻尾を揺らす狙撃手はギリギリの位置で時間を共有していた。体感時間がじりじりと引き延ばされる。お互いの髪の匂いが分かる距離まで接敵しながら、彼らの心が交わる事は決してなかった。

「ッ!!」

「っ!?」

信号機の制御を奪って人工気流を局所的に操ろうと腰からリンケージプラグの剣を抜いたアヤトに対し、悪魔の角を頭につけた女は自分の背丈よりも巨大な対竜《たいりゅう》ライフル式の魔導銃《まどうじゅう》を振り回してかち合わせ、その刃《やいば》の軌道を大きく変える。だが距離が近すぎた事が災いし、赤い革衣装の悪魔の大き過ぎる魔導銃《まどうじゅう》では極至近にいる標的を狙えない。

両者ともに痛み分け。

体感時間が元に戻る。

ぐんっ!!　と景色が一斉に流れ、彼らの距離が再び無限に開いていく。危うくジャングルジムの横棒にあたる渡り廊下に激突しそうになりながら、何とかして高速移動のバランスを取り戻す。

「もう一度ッ!!　見失う前に狙撃手の移動ルートと合流するぞ!!」

叫んだ直後だった。

予想よりも早く次の動きがあった。

ガカッッッ!!!!!　と。

対竜《たいりゅう》ライフルの恐るべき閃光《せんこう》が、人工気流の作る通りや高層建築の並びを無視して襲いかかる。そう、その破壊力を頼みに、間に挟んでいた建物をまとめてぶち抜く格好でだ。

(……ッ!?)

完全に意識の外からの不意打ち。

　さしものアヤトも心臓を冷たい手で握り締められたような気分になったが、しかし狙いは魔《ま》導《どう》ハッカーでも、辺りの壁へ垂直に張り付いている一般人でもない。砕けた壁面に煽《あお》られて暴風の中を流れていくが、出店の人達は奇跡のように無事だ。ヤツの腕はまさしく天才的だった。では何を撃ち抜いたのか。

　宙に浮かぶ一抱えのボール状の魔導利器《まどうりき》。

　人工気流を担当エリアごとにコントロールする事で交通整理を行う信号機が蒸発した。

「なっ」

　ついさっき、これを操る事で狙撃手を失速させようとしたのは他ならぬアヤト自身だ。だが拡張外装《かくちょうがいそう》の尻尾を振る女は『操る』ではなく『破壊する』事で干渉してきた。

　信号機が消失してしまえば、人工的に調整されていた気流もまた掻《か》き消えてしまう。

　高空を自在に泳ぐ格好で舞い飛んでいたアヤト達の動きが明確にブレる。

　落ちる。

「きゃあああああああああああああっ!?」

　テレリアの悲鳴があった。

　ほとんど反射的にアヤトは金髪少女の方へ手を伸ばす。抱き寄せる。

　重力に胃袋を摑《つか》まれる本能的な恐怖がアヤトの背筋に襲いかかるが、流石《さすが》にいきなり地面まで墜落する事はない。シルフィーネ風彩城下《ふうさいじょうか》はそれこそ編み物の毛糸のように無数の気流が交差しているのだ。一つが失われても、その下を走る別の気流に乗るだけである。

だが、滑らかな制御が失われたのは事実だった。

知らない間に列車の乗り換えを失敗したように、彼らはあらぬ方向へと飛ばされていく。

「あの狙撃手は……ッ!?」

「ダメっ、もう見えません!!」

路線が変わった事で焦りでも芽生えたのか、近くにあったカミキリムシ型の魔導脚車《まどうきゃくしゃ》を改造した移動店舗へ手を伸ばして摑《つか》もうとしたマミリスをアヤトは慌てて止める。粉砕骨折などさせられない。

目の前が真っ暗になりそうな結果だが、赤い革衣装の悪魔が質量ごと消えてなくなった訳ではない。ヤツはまだこの風の街にいる。今からでも追い駆ける事はできるはずだ。

そう思っていた。

なのに、

「何だあれ……くそっ!?」

ようやっと、アヤト＝クリミナルトロフィーは自分達がケタ外れの狙撃手の手で『どこに』流されていったのかを悟った。

巨大な高層建築の壁面、人工気流の吹き溜《ふだ》まりのような場所へ垂直に張り付いている複数の人と甲虫《こうちゅう》のような魔導脚車《まどうきゃくしゃ》の群れ。

皆が一律で酸化魔導銀《さんかまどうぎん》のプロテクターと大型魔獣の革や腱《けん》を組み合わせたアスファルトカラーの鎧《よろい》を纏《まと》い、大型の魔導銃《まどうじゅう》を抱えたその異彩。

「騎士団の現場指揮所か、ちくしょう!!」

嘆いたところで間に合わなかった。

強烈な人工気流でできた透明なスライダーの出口。あらかじめ決められた予定地に辿《たど》り着《つ》いたアヤト達は、まんまと敵陣ど真ん中の壁面へ足を着ける羽目になってしまった。

12

ヘンリエッタ＝スプリット＝デストリウスもまた、奇妙な『流れ』の変化を感じ取っていた。

街の治安を守る騎士団から逃げていたはずの魔導《まどう》ハッカーどもが、何の理由もなくこちらの本陣へ突入してくるとは思えない。おそらくは何かしら第三者の意図が介在している。敵の敵は味方、と考えるほど金髪三つ編みにダークグレイのプロテクター式鎧《よろい》とタイトのミニスカートを纏《まと》う撃士《げきし》も短絡思考はしていないが。

しかしどんな事情があれ、相手が魔導犯罪者《まどうはんざいしゃ》である事は間違いない。

それも火の街では犯罪者同士の抗争を起こし、相手方を高威力の魔法で蒸発させた私刑集団の可能性が極めて高い。

腰に下げた大型魔導銃《まどうじゅう》の重さに、ついついヘンリエッタは好戦的な頼もしさを覚えてしまう。

(殺しの道具に背中を預けて安心を得るなどと。慈悲と礼節を重んじる撃士《げきし》らしくもない)

(いけないいな)


父は戦で死ぬ事ができなかった。

平和な世の中では王侯貴族が連日連夜パーティを開く関係で、敵の刃《やいば》を浴びるよりも大量のアルコールと塩気の強い肉料理の山の方が彼らの命を奪っていく。愚直に刃《やいば》を振るう人種であった父は柔らかい牙ばかりが並ぶ権謀術数の付き合いは得意でもなかったのだろう。ストレスと贅沢病《ぜいたくびょう》で病床から起き上がる事もできなくなった父の最期は見ていられなかった。戦って死にたい、誰かのために刃《やいば》を受けたいと、それればかりをうわごとのように呟《つぶや》いてこの世を去っていった。

彼の願いは叶《かな》えられなかった。

だが若き当主としてその跡を継いだヘンリエッタは、家名を負う事で亡き父と共に彼の願った命を削り合う仕事場へ身を置いている。

格式ある騎士の名を薄汚れたホワイトハッカーどもに奪われ、撃士《げきし》などという時間の重みを感じられぬ仮置きの名に身をやつそうが、知った事か。

やるべき行いは変わらない。

今動かせる体があり、倒すべき敵がいて、それが民の身命と王の名誉を守る事へと繋《つな》がるなら、これ以上の喜びは他にあるまい。

「撃士《げきし》デストリウス」

「兵士シェイドリューズ、気を乱すな」

ゆっくりと息を吐き、獲物を見据えてヘンリエッタは告げた。

「いつも通りにやろう」

13

時間はない。

こうしている今も悪魔の羽を広げる狙撃手は遠くへ遠くへ逃げている。

だが女性の声で鋭く問《と》い質《ただ》され、流れのようなものが切り替わったとアヤトは感じた。

「魔導《まどう》ハッカー」

レールが替わった。

今すぐ赤い革衣装の女を追い駆けたいのに、どうしてもここを無視できない。

プロテクターベース、戦闘装備のダークグレイの鎧《よろい》の一団は一〇人前後。それとは別に一人、華美な装甲を纏《まと》う美しい女性がいた。敢《あ》えて技術的に劣る鎧《よろい》を選んでいるのは何故《なぜ》だろう。ポニーテールからの派生か、長い金髪を三つ編みにして腰まで伸ばし、腰の横に差した大型の魔《ま》導銃《どうじゅう》へとゆっくりと手を伸ばすその人物が全てを主導しているらしい。

ガンガンガガン!! と硬い物同士のぶつかる音が、真後ろからも響いてくる。あれだけの対《たい》竜《りゅう》ライフルの猛威の中でも生き延びた精鋭達が背後から追い着き、高層建築の壁へと足を着けたのだ。

しかし、真正面から目を逸《そ》らせない。

金の髪を三つ編みにした、あの女性騎士。圧が違った。実戦に前哨《ぜんしょう》も本番もない。どこでだって温存なんてできない。ここでわずかでも注意を散らせば、即座に喰《く》われる。

それが分かる。

「武装を解除し今すぐ投降しろ。チャンスは一度、我々は君達全員を射殺して事態を終息しても何ら構わないと考えている」

「……絵本の中とはえらい違いだな、リアルの騎士様ってのは」

「失礼、撃士《げきし》ヘンリエッタ＝スプリット＝デストリウス。爵位は第四位の子爵にあたる。君達と違いハンドルだの何だので顔や名前を隠す必要のない身分の者だ。お見知りおきを」

「住んでる世界が違い過ぎる。自殺行為にしか見えないよなあ……」

ゆっくりと両手を上げながら、アヤトは首を振らずに目の動きだけで周辺状況を観察する。

ここは高層建築の壁面。辺りにはアスファルトカラーの鎧《よろい》の騎士団の他に、彼らのアシとなっている六本脚の魔導脚車《まどうきゃくしゃ》もいくつか停《と》まっている。マナの流れさえあれば魔導《まどう》ハックの対象

となりえるが……、

（一番安い車でもレベル8はいるな。こっちが自由にできるのは6。今のままじゃどうにもならない。まして騎士達が着ているプロテクターの鎧《よろい》なんて二倍以上の開きがあるし）

向こうのレベルが高い。前後も塞がれてしまっている。あちこちに剣の刃《やいば》を突き刺して演算領域を蓄える事のできなかった今のアヤトには捌《さば》き切《き》れない。

（何はともあれレベルの確保か。こいつをどうにかしないと何もできん）

かん、かん……キン……と、足音を鳴らし、アヤトは両手を上げたままゆっくりと正面の一団へと歩いていく。

ヘンリエッタは腰から大振りな魔導銃《まどうじゅう》を抜いていた。

もの自体は大口径のボルトアクションライフルをベースに、銃口付近に儀礼や演武用の巨大な斧《おの》に似た銃剣を取りつけ、肩当て部分を金属の折り畳み式に付け替えたカービン銃であった。

だがいまいち狙いが読めない。スコープに頼って長射程大口径を利用した貫通力や精密性を追求しているのかもしれないが、そうなると例の斧《おの》は？　やはりミニスカートの鎧《よろい》同様にどこか装飾過多な印象があった。

「生き残る意思はあるか？」

「投降の意思はないけど」

ガッシャ!!　と無骨な音を立て、ヘンリエッタがボルトアクションのコッキングレバーを引いて銃弾を薬室へと装塡《そうてん》させた。

「(マミリス君)」

構わずアヤトは両手を上げたまま傍らのダークエルフの耳元で囁《ささや》いた。

「(今込めている魔法は何かな)」

「(一番扱いやすいヤツ。プライマリ・ブレイズ)」

なら、とアヤトは前置きした上で、

「(期待してるよ。真下の窓へ、、、撃て)」

ドッッッガッッッ!!!!! と。

ドラムマガジンを挿し込んだフルオートショットガン型の魔導銃《まどうじゅう》が足元へマズルフラッシュを噴いて炎の魔法を爆発させた途端、三人が消える。彼らがいたのはあくまで高層建築の壁面、つまり足場は壁と窓が等間隔に並んでいた。アヤト、テレリア、マミリスの三人は分厚いガラスの上に足を着けており、それを砕けばどうなるかは言うに及ばずだろう。

指定した魔法を銃弾自身が自己複製して扇状にばら撒《ま》くショットガンだ。いかに強風や人工気流に耐える分厚い強化ガラスであっても耐えられるはずがない。

「きゃああっ!!」

金髪少女の悲鳴が響く。人工気流の吹《ふ》き溜《だ》まりで壁面へ押し付けられていたアヤト達はそのまま高層建築の屋内へと滑り込んだ。今さら外壁辺りで銃声が連続するが、もう遅い。

悲鳴に反応してアヤトが反射的に金髪少女を抱き寄せようとしたが、それより早く反応があった。ルーキーのマミリスがテレリアの手を摑《つか》み、フォローに回っていたのだ。

「……あら？」

「まずい出来の良過ぎる教え子に役割取られると今後全ての幸せ感触が手の中からすり抜けていくッ!!」

「別にどこにも行きませんからこんな事で全力の危機感顔にならないでくださいよっ!!」

キンキン、と甲高い音を立てて光を失いつつある赤のショットシェルがようやっと屋内に落ちていく。

アヤトは辺りをぐるりと見回す。

テレリアはテレリアで褐色肌のダークエルフと抱き合ったまま、ホルスターから引き抜いた二丁拳銃を立ててスライド部分を額に押し当てて、銃弾を構成する自壊鉛《じかいなまり》の弾頭の文字や数字を意志の力で戦闘向けに変更させていた。

ピカピカに磨かれた床に観葉植物の鉢植え。メディアサモナーの巨大な球状水晶《すいしょう》容器。お店の真ん中には六本脚の新車がでんと置いてある。元々は外の暴風とは無縁の高級店舗だったのだろう。

「魔導脚車《まどうきゃくしゃ》の展示販売店か」

「うっ、走る凶器……」

「マミリス君、そんなに機械を怖がる必要はないよ。それからテレリア君、従業員とお客さんに威嚇射撃。絶対に当てるなよ。マミリス君は残弾を数えながら窓に向かって連射！」

「ああもう、セカンダリ・ウォータージェット!!」

指示通りに金髪少女が天井に向けて二丁拳銃で直線的な高圧水流を撃ち放ち、チョコレート色のダークエルフは自分達が入ってきた窓に向けて火魔法のプライマリ・ブレイズの小規模な爆発の弾幕を何重にも重ねて巨大な壁を構築していく。

霧状《きりじょう》マナの表面を膜状に固めた赤のショットシェルが大量に床へ散らばっていく。火花のような散りゆく瞬きを放ちながら。

余計な人員をよそへ逃がし、騎士達が飛び込んでくるまでの時間を稼いでもらった。その間にアヤトもアヤトで動かなくてはならない。彼は腰から抜いたリンケージプラグの剣を床に突き立て、奇麗に隠されていた正方形のパネルを取り外す。床下には何本もの配管が走っていた。

（スプリンクラー制御に空調設備、レベル５。まずはこの辺りから演算領域をいただくか）

剣を突き刺し、トリガーを引いて刃を切り離すと、もう一度蓋を閉める。

今回は狭いフィールドでの戦いになる。せっかく演算領域を拝借しても、突き刺さったブレードを騎士団に発見されて引っこ抜かれたら元《もと》の木阿弥《もくあみ》だ。つまりある程度は隠しておく必要があった。

壁際には細く長い霧状《きりじょう》マナと接続し、テレビジョン、ラジオセット、情報検索をまとめた巨大なスノードーム状のメディアサモナーがそのまま新車のディスプレイ広告として設置されていた。やはり裏面に手を伸ばしてブレードを刺しておく。

（メディアサモナーはレベル3。これで合計14、ここまで共鳴させれば展示用の魔導《まどう》脚車《きゃくしゃ》はもちろんブレードさえ刺されば騎士様を包むプロテクターの鎧《よろい》もいけるはず！）

「わっわっ、アヤトさん。なんか向こうからバタバタ足音が聞こえてきましたよ？　廊下！」

「そりゃ正面が弾幕で塞がれてるなら裏口を探すだろ」

「んっ？　じゃあこーち、私はもう用済み？」

「いいやマミリス君はそのままで良い。テレリア君、合図と共に構えろ、カウント三！」

威嚇射撃で従業員達が逃げていった方のドアから、勢い込んで重装備の騎士が飛び込んできた。そのタイミングでアヤトは奪ったスプリンクラー制御を利用して、天井から人工の豪雨を降り注がせる。

ザッ!!　と。

凄《すさ》まじい雨と共に鎧《よろい》の足が滑ったのか、

「ああ、うっ……!!」

「テレリア君、トドメ」

レーザーガイドやダットサイトのサポートはいらなかった。派手に転んだダークグレイの騎士へ、金髪少女の二丁拳銃の引き金を引く。銃口から火を噴いて自壊鉛《じかいなまり》の弾頭が花火と同じく鮮やかな青のマズルフラッシュを構築する。霧状《きりじょう》マナがフルオートで青い火花をぶち抜き、ドドスドスドスッッッ!! と銃身の中に組み込んだサプレッサーでくぐもった銃声と共に高圧放水の槍《やり》が生み出される。セカンダリ・ウォータージェット。それらは次から次へと無防備な騎士へと突き刺さっていった。所詮は携行装備、急所周辺の防音加工も完璧ではない。

「追い討ち！　可能ならずぶ濡《ぬ》れの鎧《よろい》どもを凍結!!」

「中の人が普通に死ぬから絶対に無理ですう!!」

奇襲はどこまでいっても奇襲なので、流石《さすが》に二度も三度も通用する手ではない。

だがアヤトにはまだ勝算があった。

「そのまま廊下に身を乗り出して銃撃。蹴散らせる時にできるだけ蹴散らす」

「うっ、うええ!!　あーもおー!!」

指示通りに体を動かし、ずぶ濡《ぬ》れの金髪少女がドアから直線的な廊下に向けてさらにフルオートの連射を解き放っていく。

霧状《きりじょう》マナの表面を不純物の粉末や高温で膜状に固めた空薬莢《からやっきょう》が小さく山なりに連なっていく。消えゆく青の光を足元で散らし、花が枯れるように退色しながら。

相手とて治安を守るための専門職だ。普通であれば考えなしの魔法の連射などがクリーンヒットに繋《つな》がるはずもないのだが、今は違う。

『ぎゃっ!?』

『くそ何だ、見えない!!』

『水魔法だっ、スプリンクラーの水流の中に紛れているから視認性が……!!』

ようは赤いランプの中では赤い文字が読み取れない、と同じ理屈だ。スプリンクラーでざあ水が降り注いでいる中では、テレリアの得意とする水の攻撃魔法《こうげきまほう》は風景の中に消えてしまうのである。

(騎士団全員を倒す必要はない。一人手当てするのに一人、半分も減らせばよし。逃げ出すだけなら大ボスを倒す必要すらないんだ。下っ端を潰して足を引っ張らせれば、その隙に逃げ切れる!!)

多勢に無勢であってもきちんと勝算は組み立てていた。

相手の実力を認めているからこそ、真正面からなんて戦わないのだ。強敵に敬意を払うほど策を練って卑怯《ひきょう》になるのが魔導《まどう》ハッカーである。激突しないならしないに越した事はないのだ。勝負の種類は殴り合い一つに留《とど》まらない。あのポニーテールから変異した金髪三つ編みの騎士様、いや撃士《げきし》様がどう思っていようが、アヤト達にとっての勝ち負けとは安全に逃げ切れるか、否かでしかない。

そう思っていた。

だが。

ゴッッッバッッッ!!!!!　と。

突如としてアヤトのすぐ横にあった内壁が、向こう側から力業で粉砕された。

「な……」

完全に順路を無視した突入作戦。

爆発めいたその破壊は、少年の頭よりも大きな建材の塊をそれこそ散弾のように撒《ま》き散《ち》らしてきた。ドアの近くにいて廊下の相手をしていたテレリアはともかく、展示販売店のど真ん中でフルオートショットガンを腰だめに構えて窓の面倒を見ていたマミリスは危険域にいた。アヤトはとっさにダークエルフの細い腰を抱き締めて床に倒れ伏す。

「むぎゅ!!」

「マミリス君……やっぱり君は細いようでいて『ある』なあ、幸せが」

「……それ私のためにやせ我慢を挟んでくれてるつもりなの？　今のでこーちの背中に一発、瓦礫《がれき》の塊当たっていたでしょ」

アヤトは笑って答えなかったが、いまいちワビサビを理解してくれない金髪少女が水の魔法の威嚇射撃で横槍《よこやり》を入れてきた。

「ほらほらさっさと起きる起きてください!!　真面目な場面!!」

「はいはいっと……痛《い》っつ」

ゆっくりと息を整え、アヤトは再び身を起こそうとする。

壁を壊し、隣の大部屋から悠々と踏み込んできたのは、おそらく敢《あ》えて旧式モデルのタイトスカートのプロテクター鎧《よろい》を選び、斧《おの》に似た銃剣付きのボルトアクションカービン銃を携えた、ポニーテールから派生した金髪三つ編みの撃士《げきし》。

ヘンリエッタ＝スプリット＝デストリウス。

この屋内戦ではスコープ付きの狙撃銃など利点ゼロだろうに、お構いなしの極至近。

「んっ!!」

押し倒されて仰向《あおむ》けに転がったまま、ダークエルフのマミリスがドラムマガジン付きのフルオートショットガンを連射する。ショットシェルと共に吐き出されるのはプライマリ・ブレイズ。鮮やかな赤のマズルフラッシュが広がり、そこを突き抜けた霧状《きりじょう》マナが爆発の魔法を生み出し、自己複製された多数の火魔法が扇状に撒《ま》き散《ち》らされ、濃密な爆破の壁を築くはずだった。

だがそもそも当たらない。

魔法の射程と銃声の届く距離はイコールだ。だがこれは、急所付近の生半可な防音素材によるものではない。もっと大規模な仕組みで魔法の行使を妨害されている。

砕けた窓から膨大な風が入り込んだかと思ったら、ヘンリエッタの痩身をぐるりと取り囲んだのだ。小型の竜巻はマミリスの火線を次々と捻《ね》じ曲《ま》げ、あらぬ方向へと逸《そ》らしていく。見当違いの壁や観葉植物が爆発に巻き込まれていくが、ヘンリエッタには傷一つない。浪費の証《あかし》として指一本に匹敵するショットシェル型の空薬莢《からやっきょう》だけが散らばり、火花のような残滓《ざんし》を散らせる。花が枯れるように退色しながら。

「魔導《まどう》ハッカー、君は所詮この街の仕組みを部分的に悪用する害虫に過ぎない」

「ッ」

「だが我ら撃士《げきし》は街の仕組みを構築する側だ。誰に憚《はばか》る事もなく正規ラインから万全の力を引き出すジャックポットの私が、ちまちまとチップを吸い出すだけの君達に力の大きさで負けるとでも思ったのか?」

それ以上は聞かなかった。

(こっちのレベルは14。ディスプレイされている見本品は7!!)

アヤトは近くに飾ってあった六本脚の魔導《まどう》脚車《きゃくしゃ》のヘッドライトへ手にしたリンケージプラグの剣を突き刺し、グリップから刃《やいば》を外す。床下のスプリンクラー制御やディスプレイ広告などを乗っ取った事で演算領域は確保してある。そのままイグニッションを作動させ、容赦なくヘンリエッタに向かって突っ込ませる。

恐るべき激突音が炸裂《さくれつ》する最中、アヤトはストレートの銀髪を揺らすダークエルフの細腕を掴《つか》んで床から引き上げる。そのままテレリアのいる廊下に面したドアへと走る。

だが脅威は去っていなかった。

ゴンッッッ!!!!!!　と。あまりにも派手な音と共に、撃士《げきし》を叩《たた》き潰《つぶ》すべく全力疾走させた甲虫《こうちゅう》のような魔導《まどう》脚車《きゃくしゃ》が真横に薙《な》ぎ払《はら》われたのだ。

片手一本で、払うように。

チョコレート色の肌のマミリスがごくりと喉を鳴らす。

「何あれ……？　酸化《さんか》魔導《まどう》銀《ぎん》と大型魔獣の腱《けん》や革を使った戦闘装甲だって、あんなにも運動機能が補強される訳ないのに!!」

「都市インフラを利用した風の防御、でもないですよね……!?」

それ以外だとすれば、答えは一つだ。

ヘンリエッタは斧《おの》に似た銃剣付きのカービン銃を携えていた。ただしいちいちこちらへ照準を合わせない。彼女は真上に向けて銃口を掲げたのだ。スコープを覗《のぞ》きもしなかった。

そして一発。


「強化。プライマリ・エクス・マッシブ」


ドンッッッ!!!!!!　と。

自壊《じかい》鉛《なまり》の弾頭に意志の力で細かく刻み付けた文字や数字に基づき、真紅の花火のようなマズルフラッシュが咲き乱れた瞬間、ヘンリエッタの全身が爆発的に膨らんだ。いいや、その靴底で床を踏み締め、恐るべき速度でアヤトの懐まで飛び込んできたのだ。

（……あの魔導銃《まどうじゅう》、火水風土の魔法を遠くから安全に撃ち込むための飛び道具じゃない。自分の身体機能を強化《バフ》して殴り合う、それだけに特化した……ッッッ!!?!??）

魔導銃《まどうじゅう》単体としての威力や精度など関係なかったのだ。

敵に当てる事など考えてもいなかったのだから。

「ふっ!!」

傍らのダークエルフを抱き寄せ、その背に金髪少女を庇《かば》ったまま、かろうじてアヤトは魔導《まどう》ハックに使うトリガー付きの剣を振るった。ヘンリエッタの斧《おの》に似た銃剣は儀礼や演武のための飾りではない。こいつを振り回して決着をつけるために他の全てのアクセサリーを固めた、超近接ゼロ距離戦術の使い手だったのだ。

それ専用に整えたプロになどゼロ距離の殴り合いで勝てる訳がない。

ブレードと銃剣の斧《おの》がかち合った瞬間に、アヤトの全身が真横へ大きくバランスを崩す。

（くそっ、『刺されば』魔導銃《まどうじゅう》を乗っ取れるのに!!）

ぐるりと翻ったヘンリエッタの斧《おの》の刃が少年のリカバリーより二〇倍以上速く、全く別の角度から再度叩《たた》き込《こ》まれてくる。当たれば即死だ。

「（セカンダリ・ラプチャー。ええとそれから……!!）」

そして彼の背後に庇《かば》われていたはずのテレリアが拳銃のスライド部分を額に押し当てて扱う魔法に変更し、極至近でトリガーを引いた。

ドドスドドスッッッ!! と銃身一体型サプレッサーのくぐもった音と共に超高圧の直線水流が飛び出し、弾《はじ》け、水の爆発が巻き起こり、ヘンリエッタというよりはアヤト達三人の方がドアから廊下へと吹き飛ばされていく。

ところで彼女は『二丁』拳銃の使い手だった。

片方は水魔法、そしてもう片方は派生形の回復魔法を込めていたらしい。

抱き抱えられたまま、ずぶ濡《ぬ》れで健康的な肌の色を透かすダークエルフは語る。

「ヒリヒリする」

「あれだけの暴発に巻き込まれてその程度なら御の字です!!」

廊下には撃破し切れなかった他の騎士達も待ち構えていたが、これについては倒れ込んだまま左右それぞれの先をテレリアの水魔法、マミリスの火魔法の連射で薙《な》ぎ倒《たお》していく。赤や青、光を失い花が枯れるように退色していく薬莢《やっきょう》が大量に足元へ散らばっていく。

場当たり的では追い詰められるだけだ。

アヤトには考える必要があった。

「外へ!! 入り組んだ屋内じゃ近接特化のヘンリエッタの独壇場だ!!」

方針は決まった。

左右に延びる廊下の内、非常口のサインがある方へ全員で走る。

ゴッ!! と。

ついさっきまで彼らがわやくちゃになっていたドアの辺りの壁がまとめて突き崩され、多数の粉塵《ふんじん》を引き裂いて、プロテクターベース、敢《あ》えて一段技術を落とした鎧《よろい》と斧《おの》に似た銃剣付きカービン銃を携えるヘンリエッタが悠々と廊下へ出てくる。

思わず頬を引きつらせながらアヤトは歯噛《はが》みする。

「本物の騎士様は一味違うって訳か……ッ!」

「君のような自前の魔導銃《まどうじゅう》も持たない魔導《まどう》ハッカーに言われると腹が立つな。八つ当たりとは分かっているが」

「散々仲間に頼っておいてあれだけど、もう俺はそいつにゃ触れないって決めているんだ」

「そんな自分ルールで善なる立場に立てると思ったのか、魔導犯罪者《まどうはんざいしゃ》」

ボルトアクションコッキングレバーを引いて、金色の輝きを失い花が枯れるように退色しつつある空薬莢《からやっきょう》を排出し、霧状《きりじょう》マナの表面を膜のように固めた次弾を装填《そうてん》して、やはりスコープなど無視して、斜め上へ銃口を上げて祝砲のように一発撃ち鳴らす。

「さらに強化。プライマリ・エクス・マッシブ」

またもやヘンリエッタの美しい体が爆発した。

走っても逃げ切れない。

「テレリア君、ドアだ!!」

「セカンダリ・ウォータージェット!」

指示出しに従って額に銃のスライド部分を押し当てて魔法を変更させてから背後を振り返った金髪少女の二丁拳銃が、そこから生み出された高圧放水の槍《やり》が、レーザーガイドやダットサイトの導き通りに長い廊下の途中にあった鉄扉のドアノブを撃ち抜いた。

大きく開いたドア板にヘンリエッタが直撃し、食い破り、しかし猛烈なタックルの軌道が狂う。直進性を失ってプロテクターの鎧《よろい》を建物の内壁へとぶつけ、ガリガリゴリゴリと壁面を抉《えぐ》り取《と》りながら火花まみれでアヤト達を追い抜いていった。

「マミリス君、連打!!」

初心者らしく最初に込めたプライマリ・ブレイズ一点張り。フルオートショットガン式の魔《ま》導銃《どうじゅう》が小さな爆発を生み出す火線を自己複製して大量にばら撒《ま》くが、こちらについてはやはりヘンリエッタの周囲を複雑に渦巻く風の塊が周囲へ逸《そ》らしてしまう。

用済みとなったカラフルなショットシェルだけが排莢《はいきょう》されていく。

だが構わない。

激しい爆発の連打によって周囲の外壁が完全に崩れ、建物の外が見えた。至近の壁を狙ったため、危うく舞い戻ってきた味方の炎に焼かれそうになるが、それでも僥倖《ぎょうこう》。非常口までの直線ルートをヘンリエッタに塞がれても、これで外へショートカットできる。

迷う必要はない。

内壁側からヘンリエッタが半身を引っこ抜く前に、アヤト達は一〇〇〇エスール（注・約一二〇〇メートル）以上の高さから躊躇《ちゅうちょ》なく飛び降りる。

陽《ひ》の輝く星空の下へ躍り出る。

舞い散る花びらによって疑似的に視覚化された人工気流に乗って急いでその場を離れる。

「こんなのじゃ振り切れませんよ!?　どうするか考えないと!!」

「……ぶつかってみて手に入れた実感としては、あのヘンリエッタっていうのが別格なんだよな。逆に言えば他の騎士様連中は大した事ない。真正面から殴り合うならともかく、策を弄すれば簡単に掌《てのひら》の上で踊ってくれる」

「こーち、あの三つ編みポニーを倒せば全体の士気をへし折れるって事?」

「それ以前に、向こうが不戦勝を許してくれなそうだ！」

ボンッ!!　という爆発音と共に、高層建築の壁を突き破ったヘンリエッタもまた人工気流へ乗ってきた。金髪三つ編みやミニスカートをたなびかせ、恐るべき速度でこちらを追走してくる。手馴《てな》れているのか、巨大な渡り廊下や魔導《まどう》脚車《きゃくしゃ》を改造した複数の移動店舗の間をすり抜ける挙動も様になっている。

向こうの方が速い。

理由は明白だった。先ほどの狙撃手の時と同じだ。建物への接触を避けて空中に留《とど》まり続けるアヤト達に対し、ヘンリエッタはその馬鹿力を頼みに隙あらば自分から高層建築の壁面へ足を着け、蹴り上げて、その分だけ加速を増しているのだ。ただのつるりとした壁でも困難なのに、垂直に張り付いた出店やそこの人々の隙間まで活用して。常人であれば両足を粉砕骨折していてもおかしくないほどの負荷を、中央の光彩王城《こうさいおうじょう》から支給された装備品の身体強化機能と独自の筋力増幅魔法を組み合わせて強引に抑え込んでいるのだ。

ジリジリとではあるが、確実にその差は埋められつつある。

何も策がなければやがては追い着かれ、そしてあの剛腕に足首を摑《つか》まれて振り回される羽目になる。そうなったらおしまいだ。

「どっ、どどどっ、どうするんですかどうしましょうかあれちょっとあれえ!?」

「とにかく北東だ。進路だけは変えないように。後はテレリア君、マミリス君、残弾は数えているか。余裕はあるかな」

「それは大丈夫ですけどお……」

「こーち、私も問題なし。あと天空都市《てんくうとし》では方角ってあんまりあてにならないよ」

二人の少女からそう答えられて、アヤトは覚悟を決めた。

「マミリス君、壁面にある大看板」

「んっ?」

「テレリア君は窓拭きゴンドラを破壊!!」

ドガドガドガッ!! と火と水の魔法が荒れ狂い、プライマリ・ブレイズとセカンダリ・ウォータージェットの嵐がそれぞれ超重量の金属塊の留め具やワイヤーを引き千切って人工気流に乗せた。金属塊や薄型メディアサモナーの重たい残骸がちょうどアヤト達のすぐ横を突き抜け、そして追いすがるヘンリエッタへと突っ込んでいく。

「ヤツは展示販売店じゃ六本脚の魔導脚車《まどうきゃくしゃ》の突撃を風の防御で防がなかった。どこに限界があるかは未知数だけど、一定以上の大質量になると対処できなくなるんだ!」

だが、
確かに常人であれば直撃イコール即死の塊がヘンリエッタの進路を阻む。

「うええっ!!」

テレリアが叫んだのも無理もない。最初からヘンリエッタは避けるつもりもなかったのだ。自ら強化した肉体にものを言わせ、拳の一振りで自分の背丈を超える残骸を真横へ弾《はじ》き飛《と》ばしたのである。

「あ、あんな、あんなものじゃ時間稼ぎにもなりませんよ!?」

「ふうん、やっぱり中央に近づくほど巨大風車が増えていくのか。代わりに渡り廊下がなくなってきたな。あの風車、例の狙撃手を追っている時にもちらほら見えたけどさ」

「あのうー!?」

一枚三五エスール（注、約四二メートル）もの羽根を四枚重ねた巨大な十字の風車がゆっくりと回る。アヤトは幾重にも折り重なるそうした風車の間を潜《くぐ》り抜《ぬ》けながら、背後の様子を観察していた。

やはりヘンリエッタは強敵だ。

あるいはアヤト達よりも危なげなく人工気流を摑《つか》み、あるいは的確に巨大風車を回避しながらこちらへの距離を詰めてくる。

「出店だの魔導脚車《まどうきゃくしゃ》の移動店舗だのがなくなってきたな。もうすぐ中央、光彩王城《こうさいおうじょう》か」

「えっ、こーち。それじゃ行き止まりじゃあ……。確か『自由謁見の限度』とかいう分厚いオーロラみたいな壁があるはず。すごいエネルギーの塊だよ」

「ぶつかる前に決着をつけよう」

アヤトはそう言って、

「テレリア君、バリスタクレーンからぶら下がった鉄骨に注目。合図と共に撃て」

14

ポニーテールからアレンジを加えた金髪三つ編みにアスファルトカラーのプロテクターやタ

イトのミニスカートなど旧式の鎧《よろい》を纏《まと》う撃士《げきし》ヘンリエッタ＝スプリット＝デストリウスもまた、その激しい銃声を耳にしていた。

（無駄な事を……）

直接こちらへ魔法が向けられれば、荒れ狂う風の渦が周囲へ逸《そ》らしてしまう。仮に看板や清掃ゴンドラなどを千切ってこちらへ投げ込もうとしても、肉体強化の魔法によって支えられた肉弾で弾《はじ》き飛《と》ばせる。

元来、魔導銃《まどうじゅう》なんぞが出回る前は、彼女の家柄は槍《やり》と斧《おの》とが一体化したハルバードを得意としていた。今でも家の紋章にその名残《なご》りはあるが、あらゆる敵を叩《たた》き殺《ころ》し、その破壊力で民の前に立ち塞がる困難を取り除くべしとされてきたのだ。

忸怩《じくじ》たる想《おも》いで最低限の魔導銃《まどうじゅう》は握っているものの、ヘンリエッタは先祖代々が理想としてきた戦術の体現者として今日まで君臨している。特に振り回す動きの斧《おの》の銃剣は銃身に悪い影響を与えるとする周りの反対も押し切り、魔導犯罪者《まどうはんざいしゃ》を圧倒する力を証明してきた。故に彼女はミドルネームに『分かつもの』の冠を戴《いただ》く事が許されているのだ。

よっぽどの大質量でなければヘンリエッタの動きを止める事は叶《かな》わない。

そう。

例えば、バリスタクレーンの先からばら撒《ま》かれた鉄骨が巨大風車の軸裏に激突しへし折って、一枚三五エスール（注、約四二メートル）の十字型巨大風車全体を回転刃のように突っ込ませてこない限りは。

さしものヘンリエッタとて目を剝《む》いた。

「な……ッッッ!!!?!??」

これまで彼女が破壊し、弾《はじ》き飛《と》ばしてきたのは最大でも車両サイズまでだ。流石《さすが》に大型建造物そのものをへし折ってショートカット、といった事まではしていない。そして先を逃げる姑《こ》息《そく》な魔導《まどう》ハッカーは見ていたのだ、ヘンリエッタが巨大風車を破壊するのではなく回避してきた事実を。

あれはまずい。

流石《さすが》に直撃したらまずい。

だが視界いっぱいに広がる巨大なスクリーンのような風車をかわすために追撃の手を緩めてしまえば、その間に魔導《まどう》ハッカー達は距離を離して逃げ切ってしまうだろう。

自分の命か、撃破の名誉か。

冷たい手で心臓を鷲摑《わしづか》みにされるような恐怖に襲われるが、だがそれでもヘンリエッタ＝スプリット＝デストリウスは撃士《げきし》であった。騎士という称号を奪われ撃士《げきし》という仮の名に身をやつしてなお、その高潔な精神を失う事のなかった本物の戦闘職であった。

王から借り受けた身に余る権利。故に、無様なところなど見せられない。

「どこまでも強化!!　プライマリ・エクス・マッシブッッッ!!!!!!」

スコープなど無視して、斧《おの》に似た銃剣付きのボルトアクションカービン銃を祝砲のように撃ち鳴らし、さらに筋力増加魔法を重ね掛けしていく。ここまで来ればもはや自分の支援で自分の肉体を破壊しかねない勢いだが、構わない。

この壁を、このハードルを。

乗り越えるのではなく粉々に砕いて、そして獲物の首へ迫る!!

「おおお!!」

小細工抜き。

叫ぶというより吼《ほ》え立《た》てて、ヘンリエッタは真正面からあまりにも分厚い障害物に向けて突撃を敢行していく。斧《おの》を持って命懸けで突き進み、形骸化すら終えた民衆の守護者が物言わぬ風車へ戦いを挑んでいく。くだらない戯画と嘲笑《あざわら》うが良い、だが騎士道がどれだけ埃《ほこり》を被《かぶ》ろうとも、ヘンリエッタという女にはこれ以外の生き方などできないのだ。

天高くで爆音が炸裂《さくれつ》した。

当然のように真正面から巨大な羽根に激突した。

全身の関節がギシギシミシミシと軋《きし》んだ痛みを発するが、構わず突っ込む。抉《えぐ》り出《だ》し、潜り込み、ついにはあまりに大き過ぎる構造物に亀裂を入れ、押し広げ、突き抜けていく。

姑息《こそく》な魔導《まどう》ハッカーどもの奥の手がこれだけならチェックメイトだ。

真正面から戦う事もなく、手の届かない場所から敵の進路を妨害するだけに集中し、勝った気でいるようなら、その偽りの希望に満ちた顔をどん底まで突き落とす。正しさは何よりも強い力を刃《やいば》へ封入していく事を、ヘンリエッタ＝スプリット＝デストリウスの行動でもって示してくれる。

自由な大空を手に入れる。

全ての邪魔物を取り払い、そして美しき撃士《げきし》は吼《ほ》えた。

「これまでだ、魔導《まどう》ハッカー!!」

だが。

だが。

だが。


いない、標的が。

巨大風車のスクリーンに気を取られていた隙に、ヤツらが消えていた……!?

そして驚くべきはそれだけではなかった。

眼前に何かがそびえる。あまりにも分厚い壁が。それを視認した瞬間、ヘンリエッタは今度の今度こそ敵の狙いが読めた。どれだけ装備や魔法で自己を強化したところで、『これ』ばっかりはどうあっても突き破る事は叶《かな》わない。

撃士《げきし》は、その力を借り受ける大元の王には刃向かえない。

実際の可否はもちろん、頭の中で考える事すらすでに論外。

つまりは、

「ブライティオ光彩王城《こうさいおうじょう》の……『自由謁見の限度』だと!?」

王家の許可なくば何人たりとも侵入は叶《かな》わず。オーロラのように輝く破壊の壁。それが太古より世界に存在する神魔の域にあっても例外は許さず。

火、水、風、土のエリアは王の城を取り囲むように布陣する城下町なのだから、逆に言えばどこの街からでも必ず『自由謁見の限度』に面する場所は存在する。そしてそもそも巨大風車は中央へ近づけば近づくほど増えていくはずではなかったか。

どうやっても倒せないヘンリエッタ＝スプリット＝デストリウスを『自由謁見の限度』に叩《たた》き付《つ》けて倒す。あくまでも都市インフラを逆手に取って己の力にし、正規ルートでその力を振りかざす行政すらも撃破する。

まさしく魔導《まどう》ハッカーの仕事であった。

金髪三つ編みの撃士《げきし》が慌ててブレーキを掛けようとしても、すでに全力で巨大風車を突き破った勢いは止められない。そして死出の旅を突き進みながら、彼女は横目で何かを捉えた。

突如として消えた彼女の標的。例の魔導《まどう》ハッカーの少年達は、すぐ近くの高層建築の壁面へと張り付いていた。ほんの数秒消えたように見せる。そのための、目の前から横への移動。ほとんど子供騙《こどもだま》しの手品のような、トリックとも呼べない陳腐な注目攪乱《かくらん》技術であったが、どれだけ稚拙だろうが実際に術中に嵌《は》まってしまったのだから何も言えない。

わずかに視線が交錯した。

ヤツは笑い、その唇は確かにこう囁《ささや》いた。


期待してる、合図と共に撃て。

ドガドガドガドガドガッッッ!!!!!!　と水と火の連打が次から次へとヘンリエッタへ襲いかかる。すでに通り越した彼女の背中を後押しし、王の城を守る分厚い壁『自由謁見の限度』へ顔面から叩《たた》きつけるように。もちろん風の渦の守りが攻撃魔法《こうげきまほう》の狙いを逸《そ》らしてくれるが、逆に言えばそちらに集中している間は他の行動が取れない。

ブレーキはますます遠のく。

そして狙いを外れてあらぬ方向へ飛んでいった色とりどりの攻撃魔法《こうげきまほう》の群れが、よりにもよってまたもや新しい巨大風車の根元を破壊したのを見て、今度の今度こそヘンリエッタの喉が干上がる。

千切れて、人工気流に乗る。

まるで最初からそういう計算だったかのように、真後ろから巨大な羽根がヘンリエッタの全身を叩《たた》く。

中央のブライティオ光彩王城《こうさいおうじょう》の『自由謁見の限度』と巨大風車とが金髪三つ編み美女の体を挟み込み、容赦なく光の揺らめく壁のある方向へとぐいぐい押し込んでいく。

『自由謁見の限度』はただの壁ではない。

許可なき訪問者を外へと弾《はじ》き出《だ》し、それでも応じる気配がなければ接触者を容赦なく破壊しにかかる。

すぐ真横を通過した建材の石ころが、宝石を採るための削岩機へ押し当てたように粉々に砕けていく。

全身を高速振動ですり潰すような衝撃がヘンリエッタに襲いかかってきた。

こうなってしまえば、魔法の射程と銃声の距離の関係を逆手に取った急所付近の防音素材なども関係ない。恐るべきダメージが雪崩《なだ》れ込《こ》んでくる。

　接触面から、オレンジ色の火花が猛烈に飛び散った。

「ぐうォォォああ!!!!!!」

　憎い。

　魔導《まどう》ハッカーは彼女から伝統ある騎士の位を奪って撃士《げきし》などという時間の流れを感じられぬ仮置きの名に貶《おとし》めるばかりか、ついには王家の力まで逆手に取って悪用を始めるというのか。それを止められないのか。正義のために身を粉にして尽くしてきた彼女は抜け穴だの脆弱性《ぜいじゃくせい》だのそんな訳の分からない言葉一つで裏目裏目に追い込まれ、よりにもよって仕えるべき王の力で打ち負かされると。

　これが『時代』だと。

　適応できなかった方こそが愚かだと、そう言うのか!!

「……認めるか……」

　ミシミシミシミシミシッッッ!!!!!!　と、恐るべき音が響き渡った。

　愚かであろうとも、愚鈍であろうとも、愚直であろうとも。

　束《つか》の間《ま》、魔導の常識を覆す超常現象が誇り高き撃士《げきし》の意志の力によって顕現した。

「このような結果など私は認めない!!　正当な努力によって正当な結果が報われないような世

の中など、近道や抜け穴を見つけ出した者だけが三段飛ばしでほくそ笑むような『時代』など、私は断じて、私は皆のためにも!!　王の安全と民の幸福を託された者として、絶対に認めるものかあ……ッッッ!!!!」

押し返す。

巨大風車をギリギリと少しずつ押し返し、王城を守る『自由謁見の限度』の破壊効果から逃れようとする。今一度猟犬として、薄汚れた魔導《まどう》ハッカーへ追いすがるために。

わずかに隙間ができ、接触面から逃れる。あれだけ派手に飛び散っていた火花が、束《つか》の間《ま》、途切れる。このまま行けば押し切れるッ!

その時だった。

がんっ!!　という衝撃が巨大な羽根の向こうから響いてきた。

人工気流に乗って誰かが裏面に張り付いた。いいや飛び蹴りでも叩《たた》き込《こ》んだのか。巨大風車の大質量と比べれば微々たるものだ。戦術には何の影響もない。

だが魔導《まどう》ハッカーはやった。

現実的なリスクを無視してでも、決着の場に介入してきた。

自らの手で倒す。

それだけ考えて、あたかも古い騎士同士の決闘でも気取るかのように。

「やあ騎士様!!　自分でやっておいて何だが、こっちにも事情があるんだ。だからここで君の心を折らせてもらおうか!!」

「ふざけるなよ咎人《とがびと》が。これで一騎打ちのつもりか、薄汚れた魂に気取る騎士道など認められるかっ……!!」

「ああ、ああ。どこまで行っても俺は『フォワード』である以前に魔導《まどう》ハッカーだ。自分でやった事までは否定するつもりもない。黙って捕まってやる気もないけどな」

途端に両者の間にあった巨大風車の羽根に風穴が二つ空いた。

アヤトの持つリンケージプラグの剣とヘンリエッタの持つ斧《おの》付きのボルトアクション式カービン銃。それぞれの刃《やいば》が互いを目がけ、障害物をぶち抜いたのだ。

だが結果は、

「くっ!?」

「手応えあり。鎧《よろい》の、そうだな、肩の関節辺りに刺さったかな。素人の剣でも、流石《さすが》にぎゅうぎゅうの板挟み状態じゃ体捌《たいさば》きでかわす事もできなかったろう？　ちなみに今のレベルはいくつだ。まさか君のプロテクトで弾《はじ》けるなんて虫のいい話だとは思っていないよな!?」

『余裕』は相手の方にあった。

凶悪極まる振動。再び鎧《よろい》と結界の接触面で派手に飛び散る大量の火花。

命を握られた。彼女の頭よりも大きなレンガや石材はこうしている今も接触面で粉々に砕け散っている。今この状況で魔法的な防護を奪われたら、それこそ生身のヘンリエッタは莫大なエネルギーで王の城を守る、削岩機にも似た壁にすり潰されてミンチにされるはずだ。

やはり因果応報が、世の正しさが機能不全を起こしている。くそったれな『時代』とやらは何もかも間違っている。ヘンリエッタはそう思っていた。

「とがっ、びと、魔導《まどう》ハッカーがァあああ!!」

「咎人《とがびと》か。だが君は知っていたはずだぞ。マミリス＝コスター。彼女が行政警備《ぎょうせいけいび》の砲撃による倒壊家屋の『戦争被害者』だって事実をな!!」

「っ」

「なのに君は俺達と相対した時、迷わずこう言ったな。我々は君達全員を射殺して事態を終息しても何ら構わない、と。何故《なぜ》だ!?　あの時点で君には分からなかったはずだ。マミリス＝コスターは騙《だま》されて籠絡されていたのかもしれない、脅されて無理矢理《むりやり》従わされていたのかもしれない。判明しているのは一つ、マミリス＝コスターがセレディレカ天空都市《てんくうとし》の住人として登録されている事実だけ。つまり疑わしくても騎士様が守るべき民衆の一人だったはずなのに！　どうして即座に切り捨てられた!?」

どくんっ!!　と。

ヘンリエッタの心臓に、見えない杭《くい》が突き刺された。

「皮肉だろうが屁理屈《へりくつ》だろうが、こんな薄汚れた魔導《まどう》ハッカーの言葉を押し返せなかった時点で君の正義なんて紛《まが》い物《もの》だ!!　疑わしき状況が目の前にあった時、民衆の身命と自分の功績、二つを天秤《てんびん》に載せれば君は片方を取る。言わずもがな、血と泥にまみれた栄誉をだ!! 見下げ果てた騎士様め、どうせ赤い革衣装の狙撃手が人身売買組織を使って都市開発設計者の身柄をさらい、この街の脆弱性《ぜいじゃくせい》を洗いざらい吐かせて何か大きな仕事をしようとしていると言っても信じるつもりはないだろう。自分で作った色眼鏡に惑わされる今の君には、それさえ手柄を上げるきっかけくらいにしか見えないだろう! 冤罪《えんざい》作りは楽しかったか? 怪しい事に蓋をして何もかも俺達のせいにして、後になってから嘆きたいのか!?」

とっさの判断だった。

互いに魔導銃《まどうじゅう》を突き付け合った時、とっさに褐色の少女を敵とみなした。

推測に間違いはなかったはずだ。

薄汚れた魔導《まどう》ハッカーはああ言っているが、実際に敵対している以上すでにマミリス=コスターは向こうの一味になっていると見て問題ないはずだ。

だけど、

(……な、ぜ?)

迷わず疑った。民の善性を信じられなかった?

そもそも、ヘンリエッタ=スプリット=デストリウスの思い描く撃士《げきし》とは何だった?

いいや、取って付けたような冠を戴《いただ》く前、彼女がまだ騎士だった頃に何を考えていた?

敵を敵として切り捨てるのがヘンリエッタの理想だったのか。

疑わしくても背中を預け、実際に裏切られても許す機会を与え、過ちに震える体をそっと包む機会を作る。間違ってしまったその人を諦め切れずに何度でも助けに行く。そのためならどれだけの手傷を負っても構わない。

王に仕える剣となり、民を守る盾となる。

位の上下など拘《かか》わらず、皆に愛され信用される誰かになる。

ほんの些細《ささい》な事でも良い、ちょっとでも困った事があれば真っ先に顔が浮かぶような誰かになる。

そうじゃなかったのか。

そうでなければ、何を守るための騎士から撃士《げきし》への鞍替《くらが》えだったのだ!?

(私は誰かを諦めて、それで、何を守るつもりだったんだ……)

「何故《なぜ》俺が『フォワード』としてこの街へやってきたのか。薄汚れた魔導《まどう》ハッカーの言い草を聞かせてやろう」

誰かが告げる。

抜け穴を見つけて潜《くぐ》り抜《ぬ》けたのではない、世界の死角に突き落とされて今もなおもがき続ける誰かの声が。

「世、の理、不、尽、を正、す、た、め、だ！　目の前の真実を奪われて誰かの都合で振り回されている間に、こんな役割を他人に奪われるようならおしまいだ。もう一度しっかり自分の生き様を考え直してみろ!!　騎士様!!!!!」

それで。

今度の今度こそ、ヘンリエッタ＝スプリット＝デストリウスの心が折れた。

鎧《よろい》から撒《ま》き散《ち》らされるオレンジ色の火花が、ついに臨界点を超える。

彼女の全身から闘争の意思が失われ、そして王の城を守る分厚い壁『自由謁見の限度』からの衝撃が頭の先から足の先まで真《ま》っ直《す》ぐに突き抜けていった。

15

戦闘が終わった。

全くの徒労。今回は『依頼人』からのオーダーではないため、特に報酬は何にもない。ただただ弾代がかさみ、全身の筋肉に乳酸が溜《た》まっただけである。

（……それでも、終わった。いいや終わらせた）

中央のブライティオ光彩王城《こうさいおうじょう》の『自由謁見の限度』の威力は絶対だ。あれだけ巨大だった風車すらもすり潰されるように削り取られていき、各部の強度が一定以上に減じられ、そしてバラバラに崩れていく。恐るべき振動。地中を走るジェム流《りゅう》が凝縮する宝石鉱山で活躍する、大量の岩を崩して原石を取り出す削岩機のような破壊であった。

あんなものに人体が挟まれているなどと、自分達の手でそれをやったなどと、改めて想像するだけでも背筋が凍る。ちょっとばかり相手の頑丈さに寄りかかり過ぎていたかもしれない、とアヤトは反省する。

「あっ、ちょっと、アヤトさん!?」

力を失って真下へ落ちていくダークグレイのプロテクター鎧《よろい》を見つけて、思わずアヤトはそちらへ向かっていた。まったくもって一つもメリットはなく、下手すると自分までオーロラのように揺らめく壁『自由謁見の限度』に接触しかねない状況でしかなかったが、それでも、どうあっても手を伸ばしてしまっていた。

気絶してぐったりした人影を抱き抱えてから、アヤトは自分の行いにため息をつく。

「……こんなんだから後顧の憂いを断ち切れないんだ、くそ」

「最後の最後、鎧《よろい》の関節に刺した剣を使って、むしろ鎧《よろい》の防御を補強していたくせに」

ダークエルフのマミリスから言われて、アヤトは軽く咳払《せきばら》いする。

優れた弟子というのも善し悪《よあ》しだ。

このアスファルトカラーの騎士様をどうするにせよ、ようやく街を守る騎士団を撒《ま》く事に成功できた。クリティカルディザスターを抱える狙撃手の追跡に専念できる。

……とはいえ肝心要の赤い革衣装の悪魔の足取りは完全に消えているし、騎士団という『集団』自体は健在だ。まったくもって割に合わない。全力で徒労に舵《かじ》を切っているようにしか思えなかった。

銀髪ダークエルフのマミリスがどこか呆《あき》れたように言っていた。

「こーちは敵を助ける時もお姫様抱っこなのね」

「？　これって呼び方とかあったのか？？？」

「こーちはもはや無意識の内にやってしまうのね」

ともあれ、

「せっかく自由を手に入れたんだ。後続の有象無象に追い着かれる前にここを離れよう。狙撃手についてはーからやり直しだけど、基本的には同じ事を繰り返すしかない」

「つまりどうするんですう？」

「あの女の扱う馬鹿デカい対竜《たいりゅう》ライフルは最大の武器にして欠点だ。特大過ぎる弾丸の確保に莫大《ばくだい》な反動によって痛めつけられた体へのケア、どこへ逃げようが必ず外部に補給を頼るしかなくなる。基本的には大草原でのフィールドハントと一緒だ。ヤツ自身が残す痕跡を一つ一つ追い駆けて寝床を探そう」

シルフィーネ風彩城下《ふうさいじょうか》でも派手にやってしまったので、フレイアード火彩城下《かさいじょうか》同様じきに大規模な包囲網が敷かれるだろう。追跡を撒《ま》くためにも別の区画に逃げるしかない。

騎士団のメインディッシュは当然ながらアヤト達だが、狙撃手も狙撃手でなし崩し的に騎士団と激突しており、すでに行政側からその存在を認識されている。優先順位こそ違いはあっても、とばっちりを受けて包囲網に捕らわれるのは避けるはずだ。となれば赤い革衣装の女もまた別の街へ逃げ延びようとする可能性は高い。

「……未《いま》だに警戒態勢を解いていない火の街へ舞い戻るのは自殺行為だとして、そうなるとアクーアリア水彩城下《すいさいじょうか》かな。ただまあ、ほとんど一択だから騎士団からも先読みされそうで怖いけど」

そんな風に方針を決めようとしていた時だった。

それは起きた。

ふっ……と。

消えたのだ。

何が？

当たり前のようにそびえていたもの。許可なき者の来訪は神魔の類であっても撥《は》ね飛《と》ばす、あれだけの猛威を振るっていたヘンリエッタ＝スプリット＝デストリウスすら撃滅してしまったあまりにも巨大な壁。それが息を吹きかけられた蠟燭《ろうそく》の炎のように、唐突に消えてなくなってしまったのだ。

つまりは、

「壁、が……光彩王城《こうさいおうじょう》の『自由謁見の限度』が、消えただって!?」

赤い革衣装の狙撃手は、都市設計責任者ヨルベ＝アルフォベリンを捕まえてセレディレカ全域の脆弱性《ぜいじゃくせい》を洗いざらい吐かせたはずだ。そして何か大きな事をしでかそうとしていた。

それがまさか……?

「火、水、風、土。外周四ブロックの力を借りてオーロラみたいな壁を作っているんですよね? つまりどこかの区画に不備があれば、バランスが崩れて『自由謁見の限度』が乱れてしまうって事なんでしょうか」

「そんなに簡単なものじゃないよこーち。おばあちゃんだって言ってた。王様の城は何重ものプロテクトがかかっていて、四つのエレメントの供給が断たれても即座に非常施設が駆動するから大丈夫だって。色々魔導利器《まどうりき》は作ってきたけど、王の城を守る道具は必要ないんだってちょっと寂しそうに言っていたもの!」

二人の言い分を聞き、アヤトはダークグレイのプロテクター式鎧《よろい》の撃士《げきし》を抱き抱えたまま思案した。

そして魔導《まどう》ハッカーはある可能性について言及する事になった。

「……なら、通常モードから非常モードに切り替えるその瞬間は?」

「えっ？」

「動力が切り替わる一瞬だけなら、『自由謁見の限度』は揺らぐかもしれない」

ブン!!　と帯電するような音と共に再びオーロラのような分厚い壁が立ち上がる。

おそらくはマミリスの言う通り、非常動力に切り替わったのだろう。だがわずかな間に異物が混入してしまえば意味はない。

というより、再び鉄壁の『自由謁見の限度』が展開されてしまったら、アヤト達はその異物を追い駆けられない。

「狙撃手の狙いは、最初からそれだった、のか？」

16

「ふんふんふんふんふんふんふんふふふんふんふんふーん」

鼻歌混じりで赤い革のベストやスリットの入った長めのタイトスカートを纏《まと》う悪魔は『その時』を待っていた。

セレディレカ天空都市《てんくうとし》の都市設計責任者ヨルベ＝アルフォベリンは第三者の手で捕らえていた。そいつの口からこの街の脆弱性《ぜいじゃくせい》は全て吐かせてある。その上で重要なのは、ポイントの把握だった。火、水、風、土。四つの外周ブロックには『触れずの霧』とも呼ばれる細く長く整えられた霧状《きりじょう》マナがそれぞれ蜘蛛《くも》の巣のように張り巡らされているが、それらを束ねるコアは民間施設に偽装されている。

哀れな生贄《いけにえ》は天空都市《てんくうとし》全体の基礎設計を引き継いで担当していたので、分かるのは大雑把《おおざっぱ》なエリアだけだ。具体的に『どこの、何に』偽装しているかどうかは摑《つか》めなかった。定番だが、何枚も何枚も設計図を描かせてどれが採用されたか本人にも分からない形を取ったのだろう。

フレイアード火彩城下《かさいじょうか》の場合は港湾ブロックの荷下ろしの象徴として君臨する巨大クレーンだった。こいつについてはドラゴンブレスを誘導する事で誤爆させている。

シルフィーネ風彩城下《ふうさいじょうか》の場合は難儀したが、結局は一周回って基本に立ち返る。対テロでも何でも良い。この街で一番厳重に警備される場所はどこか。色々観察と計算を繰り返した結果、見えてきたのは高層建築群の中に浮かび上がる巨大な球形劇場《きゅうけいげきじょう》であった。

二つの区画のコアを破壊すれば『自由謁見の限度』は揺らぎ、非常モードに切り替わるが、問題は時間の短さだ。球形劇場《きゅうけいげきじょう》を破壊してから大急ぎで人工気流に乗って光の揺らめく壁に向かっても間に合わない。潜《くぐ》り抜《ぬ》ける前に非常モードの壁が立ち上がってしまう。

つまり。

中央の光彩王城《こうさいおうじょう》、『自由謁見の限度』の間近にいながら、遠く離れた球形劇場《きゅうけいげきじょう》のコアをぶち抜く超長射程大火力が必要だった。

そのために悪魔が頼った魔導銃《まどうじゅう》は一つしかなかった。

「対竜《たいりゅう》ライフル・クリティカルディザスター。ふんふふんふふんふーん☆」

太陽が支配する星空すら、かき消える。

竜の咆哮《ほうこう》じみた一撃と共に、超高層建築と巨大な渡り廊下で不均一なジャングルジムのようになっていた風の街を一直線にぶち抜いた。直進性の高い閃光《せんこう》が他の全てを器用に避け、巨大な球形劇場《きゅうけいげきじょう》の中心核を正確無比に貫いていく。セミオート式の自動排莢《はいきょう》により、親指よりも太く光を失いつつある空薬莢《からやっきょう》が飛び出した。紫の光が儚《はかな》く散り、花が枯れるように退色していく。オーロラみたいな壁の揺らぎはおよそ一束ね時（注、約七五秒）程度。だが人一人分が通行するだけなら何の問題もない。

それはあくまで外からの侵入者を阻む『自由謁見の限度』。

ただ破壊を生み出す壁でなく、中から外へ出る際はノータッチというのだから恐れ入る。

目的地は一つ。

セレディレカ天空都市《てんくうとし》の行政中心地。あらゆる重要役所、ほとんど公的に保護されているフォーチュリアナ聖教《せいきょう》の大聖堂《だいせいどう》、そして王の居住空間が広がるブライティオ光彩王城《こうさいおうじょう》。

あまりにも巨大なライフル、クリティカルディザスターを肩に担ぎ、舌なめずりしてケタ外れの狙撃手はこう囁《ささや》いた。

誰の首にも手が届く懐へと、悠々と踏み込みながら。

「さあ、ここからが本番だわ」

オプション03　生態系に関する学術論文

大陸に属する動植物は人間も含め、大きく分けて二種に分類されます。極めて主観に頼ったものの言い方が許されるなら、親和的生物《しんわてきせいぶつ》と忌避的生物《きひてきせいぶつ》という形が取れるのです。

人間は親和的生物《しんわてきせいぶつ》に属します。

犬、猫、豚、牛、鶏《にわとり》、羊、馬、山羊《やぎ》……各種の人の生活と密接に結び付く家畜や、その他、特に危険性の少ない野生の動植物などもこれに当てはまるでしょう。

対して忌避的生物《きひてきせいぶつ》は人の暮らしを積極的に脅かす存在。マーメイド、ダークエルフ、ドラゴン、グリフォン、クラーケンなど、多くの場合凶暴かつ悪質な特徴を備えています。

古い言い方を引用しますと、魔族などという呼び方もできるようです。

ここで注意しなくてはならないのが、親和的生物《しんわてきせいぶつ》に属するからと言って、必ずしも皆安全という訳ではない点です。例えば熊や虎といった大型肉食動物や、毒を持つハチやサソリなどは親和的に分類されているものの、人里から離れた大自然での遭遇は極めて危険と言えるはず。

また哀《かな》しい事に、時には人間同士の諍《いさか》いも発生する事でしょう。

では逆に、忌避的に属しているものの中でも無害で協力関係を結べる種は存在するのか。こちらについては残念ながら極めて怪しいと評価せざるを得ません。コボルトやフェアリーなど力のない種は存在するものの、彼らは彼らで知恵を働かせて人間に対抗しようと考えるため、かえって狡猾《こうかつ》で危険な振る舞いを見せる事もあります。

親和的生物《しんわてきせいぶつ》の頂点たる人は、忌避的生物《きひてきせいぶつ》と共に暮らす事は不可能です。未《いま》だ自然科学の存在しなかった時代、先人達が魔族と呼んで遠ざけたのは先見の明と言えるでしょう。

（以下は走り書き）

ちょうちょは朝露の中から生まれてくるとか本気で語ってる、くそったれのフォーチュリアナの息がかかり過ぎている。そもそも何事も観察、分析、記録するという自然科学の原点を『こうあるべし』の宗教ルール、光闇二元論《こうあんにげんろん》で踏みにじった時点でこんなもんは学術論文でも何でもねえ、捨てちまえ！

フェイズ03　グラウヴィヴ土彩城下《どさいじょうか》

1

グラウヴィヴ土彩城下《どさいじょうか》は他の街と比べると個性に乏しい。普通の街路に普通の家屋、普通の店舗が建ち並ぶ普通の街並みが広がるだけだ。夜景も勢いが弱いので、魔王の嚙《か》み傷《きず》と忌まれている赤いオーロラの輝きもよその城下よりはっきり浮かんでいるように思える。

月の輝く星空を見るならこの街だ。

そんな夜の街で、食事よりもアルコールがメインのレストランではこんな言葉があった。

『普通が最大の特徴になるだなんてイカれた街だよ、このセレディレカは。ただまあ観光している最中に地元が恋しくなる時もあんだろ。独特過ぎる街並みに辟易《へきえき》してグロッキーになった連中の吹《ふ》き溜《だ》まりみたいになってるから、意外と客足は良いらしいぜ？』

それはまあ、ゴツい《処刑人》がテーブルに突っ伏して日頃の愚痴をこぼしていたり、そこらの男どもよりジェントル溢《あふ》れる女性の《パラディン》や《サムライ》などがよそから割り込んでなだめたりしているところからも窺《うかが》えるというものだ。

店内を照らすのは真空水晶《しんくうすいしょう》の器や内側に夜光《やこう》ゴケの胞子を塗りつけた水晶管《すいしょうかん》を利用したマナの光ではない。テーブルの上に置かれた獣脂のランプは不安定であるものの、どこか焚《た》き火《び》を見るような柔らかい輝きを放っている。

マナの光は均一で取り扱いやすいが、長時間の作業では目が疲れるなどの弊害も確認されている。そういう意味でも、都会疲れした人達に合わせているのかもしれない。雰囲気作りのせいか、普通に考えればどこにでもありそうなスノードーム状の水晶《すいしょう》容器にケーブルを繋《つな》げたようなメディアサモナーも排除されていた。代わりに見目麗しい《ダンサー》が妖艶に腰を振っているのだから誰も文句は言わないのだ。

ランプの置かれたカウンターには二人の男が腰掛けている。

一人は言うまでもなくアヤト＝クリミナルトロフィー。

問題なのはその隣に座るもう一人だった。そいつはバナナより太い指で王侯金貨（注、一枚約一万円）を弾《はじ》いて陽気な声を出す。空っぽになったグラスの底でだんだんカウンターを叩《たた》いてマスターの注目を集め、辛く味付けした丸豆のおつまみを震動でダンスさせながら、

『よおマスター、同じのもう一杯。こっちのガキはまだ呑《の》める歳《とし》じゃあねえからな。その分オレの胃袋に二人分のアルコールを詰め込まなくちゃ礼儀に反する』

だがその圧。

多少の違和感くらいなら消し飛ばして文句の一つも言わせないほどの、絶対的な圧。

ここを収める雇われのマスターも、たまたま居合わせた客も、誰も彼も運が悪いとアヤトは額に手をやっていた。どれだけアルコールの入ったグラスやジョッキが行き交おうが、まともに酔っている客なんて一人もいない。ヤツの顔を一目見るだけでそんなもの頭の中から吹っ飛んでいる。

そいつはやたらとデカい頭を頬杖《ほおづえ》で支え、危うく太い角でこちらを突き刺しそうになりながら片目を瞑《つぶ》ってこう笑った。

『おうどうした。色男ってなあ老若男女問わずに人の目を惹《ひ》きつけちまうもんだが、どれだけ観察しようがお前さんの参考にゃあならんだろ』

「何言ってんだ猛牛野郎」

ミノタウロス、であった。

身の丈一・七エスール（注、約二〇四センチ）に届く直立の巨大な人身牛面。腰回りはたくさんファスナーのついたズボンを穿《は》いているものの、上は完全に裸であった。しかもこの筋骨隆々の赤茶けた肌にこれ以上のチョイスはなさそうだ。人としてはサイテーだが、彫刻としては美しいのかもしれない。いわく、半端な服や鎧《よろい》だと筋肉で内側から弾《はじ》け飛《と》んでしまうのだとか。腰には革のホルスターを巻いているが、二丁拳銃の代わりにぶら下げているのは今時化石扱いされている古式の魔術剣《まじゅつけん》の二刀流であった。

そんな彼らの耳に、美しいが場にそぐわない、杓子定規《しゃくしじょうぎ》な女性の声が突き刺さってきた。

「むがもご……ぷはっ!!　いっ、一体何をしているんだそこで!?」

「……あれだけ全身縛ってバッグに詰めていたのにもう縄抜けしたか。やっぱり魔導銃《まどうじゅう》を取り上げなかったのは失敗だったかも」

何やら少年が不穏な事を呟《つぶや》いている間にも、足元に転がした安物のバッグから何かが飛び出していた。民衆の協力を取り付けるため人気の高かった旧式モデルを選んだとはいえ、汎用性を捨ててでも剛性を極める目的でくすんだ灰色、アスファルトカラーになるまで焼き入れを施した酸化魔導銀《さんかまどうぎん》のプロテクターと大型魔獣の腱《けん》や革を使った、魔法防御と運動機能の増強を意図した戦闘装甲を纏《まと》う、ポニーテールから派生した金髪三つ編みの戦闘狂である。もちろん正体は美しき撃士《げきし》、ヘンリエッタ＝スプリット＝デストリウスその人だ。

何だか顔が赤いのは単に息苦しかっただけではないようで、

「この私を場末の安宿へ連れ込んだ上に卑怯《ひきょう》な不意打ちで押し倒して、よりにもよってあれをああしてあんな強く縛り上げるだなんて……」

「より危険な対竜狙撃手《たいりゅうそげきしゅ》の存在が認められた。セレディレカ天空都市《てんくうとし》全体の脅威を取り除くまでは不承不承でも協力する。……隠れ家の宿でそういう作戦会議したのに隙あらば古巣の仲間達と連絡取り合おうとするからだ。何でいちいち包囲殲滅《せんめつ》しようとするんだよ」

「うっ、だ、だって私はこのセレディレカ天空都市《てんくうとし》の治安を預かる者として、目の前をうろつく悪漢どもをどうしても見過ごしておけないんだっ」

「だってじゃないし唇尖《とが》らせるなわがままなクソガキか!? こっちはそれで危うく射殺されかけるとこまできてんの!!」

「(だっ、大体何なんだこのうらぶれた店は? この私をこんな怪しげな飲み屋に連れ込んでこの男は一体何を企《たくら》んでいる? いいや気丈だ、ここは気丈。怖いと思ったら負け、目を逸《そ》らしたら一発で押し倒されるぞヘンリエッタ!!)」

一人でぶつぶつ言っているすっかり挙動不審なミニスカ撃士《げきし》様に、存在そのものが不審なミノタウロスが呆《あき》れたようにこう告げた。

『おいおい少年よ、レディの扱いってもんが分かってねえんじゃねえの?』

「ええっ、寂しがりの子猫ちゃんのためにバッグの中にはちゃんと俺のシャツを入れといたから一人の夜でも寂しくなかったろう。ちゃんと頬ずりして胸いっぱいスンスンした?」

「そんな事してやがったのかほんとに殺してやろうかこいつッッッ!!!!!」

最先端の戦闘装備ではなく敢《あ》えての旧式、プロテクター装甲とミニスカートを組み合わせた鎧《よろい》を纏《まと》う美女は、そもそも戦闘に敗北した自分がどういう経緯で土の街まで運ばれてきたのかも理解できていないのだろう。

「まあ出てきちゃったからにはとりあえず椅子に座りなよ」

「非礼を詫《わ》びるのが先じゃないのか!? 心配するな、私は怒っていない。君が誠心誠意頭を下げたら速やかに捕まえて縛り上げてやる!!」

「そうは言うけどヘンリエッタ君、何だかんだ言いながら俺達が助けたマミリス君を見てフクザツな顔をしていたじゃないか」

「ひぎい!?」

真面目ちゃんはいついかなる状況でも相手の言い分を突っぱねる事なく、一通り噛《か》み砕《くだ》いてくれるらしい。はっきり言ってかなり人生を損している。

「いや、私は撃士《げきし》として認めないぞ。何があっても必要悪なんて言葉は決して……うう」

「世の中には不思議な事もあるんだなあ。何の罪もない女の子のSOSが大層ご立派な騎士サマだの撃士《げきし》サマだののお耳には届かないだなんて。いやあ卑劣を極めた人身売買組織が野放しのまんまなようじゃ、やっぱりこんな調子だと魔導《まどう》ハッカーについても考えを改める必要があるんじゃないのかなあ」

「私の気持ちを勝手に代弁するんじゃｎ……がはごほっ、げふん!!　今のは間違いだっ、ただの気の迷いだ!!　がはごほっ、大体冤罪《えんざい》なのは分かってきたけどどっちみち君は魔導犯罪者《まどうはんざいしゃ》だろう!?」

「ほらほらハンカチ、結構長い間カバンに入っていたから」

「うう、ふきふき。この撃士《げきし》、ハッカーから施しを受ける日が来るとは……」

「おっと、おでこの汗を拭うくらいかと思ったら顔全体いっちゃったか。さっき俺も口元拭っちゃったんだけどな。これも間接キスになるのかしら？」

「ぶばふうっっっ!!?!??」

盛大に噴き出していた。

最先端の騎士サマだが、あんまりテーブルマナーの心得はないらしい。

「ふっ、ふふ、ふざけるなよ色々と！　言いたい事は山ほどあって頭がパンクしそうだが、とりあえず大人しく人間も雄牛野郎もどっちも縛につけっ!!　この危険人物どもめ!!」

叫び、店内でいきなり斧《おの》に似た銃剣付きのボルトアクションカービン銃を引っこ抜いたその時だった。少し離れたテーブルでは、トラブルの予感に何かを期待する《格闘家》の美女が椅子からそっと腰を浮かしている。

グラスを傾ける赤茶けたミノタウロスは腰の剣にすら手を伸ばさなかった。


ひらりと、掌《てのひら》大の紫の蝶《ちょう》が視界を横切った。

自然界ではありえない、レースと宝石に彩られた夜の蝶《ちょう》であった。それはクラシックなメイド服を纏《まと》う紫色に輝く長髪の美女となり、そして腰回りや背中から立て続けに伸びた金属アームの先についた二桁に達する大小の魔導銃《まどうじゅう》が一斉にヘンリエッタの全身の急所へピタリと照準を合わせていた。

「ッッッ!?」

神出鬼没の『依頼人』。

思わず息が詰まるポニー風金髪三つ編みの撃士《げきし》に、紫の髪のメイドは涼やかに告げる。

「品性の欠片《かけら》もないその不躾《ぶしつけ》な刃《やいば》を引きなさい、無礼者が。所詮は有り余る土地を任された無数の地方王の、そのまた下に仕える木っ端の騎士階級風情が、栄えある選抜王国統合王家《せんばつおうこくとうごうおうけ》第一王位継承者様と同じ席に着けるとでも思ったのかしら」

「はっ、ぁ？」

『よせよせ、今はしがない牛男だ。せっかく気ままにやれる良いチャンスなんだ。酒の席ってなあ無礼講じゃねえと楽しめねえだろ』

ミノタウロスは適当に言いながらグラスを呷《あお》って辛口の丸豆や小魚の油煮などのおつまみを大きな口の中に放り込んでいるが、それだけだ。細かい説明なんぞしようともしない。斧《おの》に似た銃剣付きの魔導銃《まどうじゅう》を携えたまま目を白黒させるヘンリエッタは、本来であれば敵同士であるアヤトへと視線を投げていた。

少年もまた肩をすくめていた。

『依頼人』と称するメイドだけが淡々と話を先へ進めてしまった。

「こちらに控えるのはリベルカ＝ブラン＝ゾルカ＝トータリヌス閣下。……これまでの無礼は閣下自身による恩赦という事で不問に付すけど、以降は身分差を知っていながら働いた無礼として容赦なく罰を与えるのでそのつもりでいなさい」

「ふっ、不忠罪《ふちゅうざい》と虚偽《きょぎ》象徴掲示罪《しょうちょうけいじざい》で斬り捨ててほしいのかっ!? いや危険人物だからって人の人生を諦めてはダメだヘンリエッタ。王から借りた権利に相応《ふさわ》しい撃士《げきし》として、正しき道を教えて更生を促さないと。いいか世の中には許される冗談と許されない冗談があってだな!」

「閣下」

メイドはさらりと言ってのけた。

「この愚かなる従僕にどうか慈悲ある啓蒙《けいもう》を」

『ああもう!』

ゴンッ!! という重たい音が響いた。

筋骨隆々のミノタウロスが無造作にぶら下げていた二刀流の片方をホルスターから引き抜いてカウンターに置いた音だった。

根元に刻まれていた刻印を見て、ヘンリエッタの頬が必要以上に引きつる。

「……王剣、バタフライエフェクタ……」

「あなたも場末の騎士階級とはいえ、紋章学くらいは齧《かじ》っているわね。家柄と個人名の双方を図画の形で重ね合わせた、選抜王国統合王家《せんばつおうこくとうごうおうけ》の者と証明する無二の証《あかし》よ。これを見てもまだ疑義を抱くというのなら、そちらこそ不忠の罪で処罰してあげるけど?」

「あ、ああう、わーわー、あーっ……!!」

あれだけ強大な敵に見えていたヘンリエッタが見る影もなかった。

究極の縦社会というのも善《よ》し悪《あ》しだ。すっかり取り乱して斧《おの》に似た銃剣付きのカービン銃を取り落とし、頭は真っ白おめめはぐるぐる、兎《と》にも角《かく》にもその場で片膝をついて絶対服従の待機姿勢を作ってしまった。

『もうしまって良いか？　こういう権威を振りかざして解決するっての、好きじゃあねえんだよ。丸っきり上から目線の嫌味《いやみ》な権力者そのものじゃねえか。やだやだ、やればやるだけ漢《オトコ》としての格が下がっちまう』

赤茶けたミノタウロスの方がいたたまれない顔で、

『……それに統合王家なんて気分の良い事言っちゃあいるが、実際にお互いどんだけ結束があるのかは怪しいもんだぜ。静態大陸《せいたいたいりく》の中じゃあ仲良しこよしに見えても、海の向こうで勝手にプランテーション作ってこっそり財や兵を蓄えている地方王家だって珍しくもねえはずだ。実はもう密約の一つでも結ばれてて、選ばれた国の船以外は外洋に出た途端よそ様の砲撃で沈められるって選択肢すらゼロとは言えねえ。全てに目が届く訳じゃあねえのさ、この天空都市《てんくうとし》みてえにな』

「ここも合わせて全部で四大陸だっけ？　よその大陸はどこもかしこも小さな国同士でいがみ合って覇権を争ってるって話だろ。そんな余裕があるのかな」

『それだって、どこの誰から聞かせてもらったストーリーだ。ご自慢のメディアサモナーとか？　海を渡って自分の目で確かめた訳でもねえんだろう』

　いよいよ本格的についてこられなくなったのか、幼児退行の叫びもできず口をぱくぱく開閉させているヘンリエッタ。生真面目な撃士《げきし》サマと違い、後ろ暗い魔導《まどう》ハッカーはこんな可能性も視野に入れていた。

「……何ですぐそう信じ込んじゃうんだか。たとえバタフライエフェクタが本物だとしても、どこぞを外遊中にひっそりくたばった王子の亡骸《なきがら》からおしゃべりなミノタウロスが武装を奪い取っただけかもしれないだろ」

「ハッ!?　それはあまりに卑怯《ひきょう》だぞ雄牛野郎！　これ以上の情けは無用、今夜はヘンリエッタティーチキャンプでおめめがキラキラになるまで世の中の善と悪をみっちり教育してやっても……!!」

「ちなみに私はバタフライエフェクタの封を守る継承管理者にして、五臓六腑《ごぞうろっぷ》全てを生体宝石《せいたいほうせき》に作り替えたヒトガタ魔導利器《まどうりき》のプロトタイプ、ミカ＝アンゲロス。許可なき者が王の剣その本体に触れれば容赦なくぶった斬る防衛機能付きなのであしからず」

「わー、わー、わーあああ……ッッッ!!」

　ヘンリエッタは行ったり来たりで完全にパンクしていた。絶えず立場が変わるので、自分が善と悪のどっちに矛先を向けているかで迷いに迷ってぐるぐる目を回しているらしい。

　一方で、ミノタウロスの隣に腰掛けるアヤトは鼻で笑って、

「何でも言う事聞いてくれるお世話係付きで大陸を漫遊中か。ここ最近の牛男は虚言癖が激しいばかりかおしめでも交換してもらっているのか」

『吼《ほ》えるじゃねえか。だがルームメイトの涙目金髪巨乳ちゃんを引きずり回して気ままに旅してる根暗なギークに言えた義理でもねえと思うけどな』

「……、」

『……。』

バヂッ!! と両者の間で見えない火花が散る一方で、

「必要とあらば、薄い樹脂の手袋とマスクにゴーグルを装備した上でなら、おしめの交換でも性欲処理でも辞さない構えではあるけれど」

『優しいようでフォローはしてねえなメイドちゃん!? 頼んでもないナニを摑《つか》むのにそこまでの重装備を宣言するんじゃねえよ傷つく!!』

がぁ!! と(あくまで自称)白馬の王子様が吼《ほ》えると、涼やかな紫の髪のメイドは再び妖艶なレースと宝石でできた、自然界には存在しない夜の蝶《ちょう》となってどこかへ消えてしまった。

赤茶けたミノタウロスは舌打ちしながらカウンターに置いた剣をホルスターに戻した。

「つ、つまり、そのう……」

一連のやり取りに啞然《あぜん》とする年配のマスターが、ようやっと話し相手を見つけたようだ。

両手で磨いていたグラスを落とさないよう気をつけながら、天空都市《てんくうとし》の治安維持を務める顔の広い撃士《げきし》様に向かって恐る恐る尋ねてくる。

「この方達はどのように扱ったらよろしいのでしょう？」

「ああ、そうだな。危険人物ではあるが、ひとまず私が預かって経過観察する。この者達には好きなようにさせてほしい」

　頼られてつい言っちゃった。それでようやくさんざっぱら硬化していた店内の空気がぎこちなく動き始めたような気がした。やはり騎士団の『お墨付き』が一つあるのは大きい。

「（……結局どうなんだ、彼は本物か偽者か!?　私は今、不遜な国賊と相対しているのか統合王家に無礼を働いているのか、せめて私の立ち位置と今後の方針を教えてくれっ。私はこういう善と悪がふわふわしてるのが一番ダメなんだ、なんていうか落ち着かない！）」

「俺にも分かんないよ生真面目堅物バカ。どう証明するんだよこんなの」

『おっ。何だよアヤトちゃんの隣に座るのかよ！　せっかくの美人の姉ちゃんなのに間に男が挟まるとか距離が遠いんですけどお!!』

　度重なる魔導実験の果てに天の罰を浴びたと言われるその男。

　それが具体的にどんな目的の実験だったのかはアヤトも教えられていない。いわく、元々は人のためになるものだった、とか。

　こいつが本当に数多くの地方王を束ねる統合王家の第一王子であるか否かも含めて、アヤトとしては正直に言ってどうでも良い。

ただ重要なのは、酔っ払って数々の迷言を吐くこの男がアヤトの想像を超えるくらいの情報通であり、同時にどこへ隠しているんだか分かりゃしない莫大《ばくだい》な私財を切り崩して高額貨幣である王侯金貨（注、一枚約一万円）を湯水のように支払ってくれる、『依頼人《しきんげん》』となっている事実だけである。

『依頼人として、経過の報告を求めても良い？』

「経過もクソも……。『ファニースナッチ』を中心とした火の街の人身売買組織は無事壊滅、そこで依頼は完了したろ。後はサービス残業で裏で糸引いてる黒幕さんからケンカ吹っかけられるわ周回遅れの騎士団御一行様から風の街で追い駆け回されるわで泥沼コース一直線だ。金も出ないし自力で補給だし!!」

「我々が遅れているだと!?　撤回していただきたい言葉だ!!」

「黒幕止める側だった俺に嚙《か》みついてご満悦な時点で一周遅れ、この天空都市《てんくうとし》がナニと戦ってんのかも分からんカタブツ女が吼《ほ》えるなで二周遅れ！　ここまで言っても分かんないならもう三周遅れだからな!!」

頭の中を『?・?・?』でいっぱいにしている（ちょっと涙目の）ヘンリエッタは放って、ひとまず赤茶けたミノタウロスはアヤトに話の矛先を向けていく。

『手が詰まったかい？』

「……今はまだ『待ち』の段階だよ」

アヤトは魔法で作った氷を浮かべた冷や水の表面を舐《な》めながら、

「わざわざクリティカルディザスターなんて化け物まで調達した誰かさんが、光のお城を守る『自由謁見の限度』とかいう大仰な名前のついたエグい壁を潜《くぐ》って向こう側に消えてしまった。一体何をしようとしているかは気になるが、今の俺達じゃ分厚いアレは破れない」

『ふうん。魔導《まどう》ハッカーが「できない」とか言っちゃうんだ？』

「それで挑発しているつもりかよ。不幸中の幸いとして、王の城は一般公開日だけは『自由謁見の限度』が解除されて民衆や観光客を内部に招き入れるらしい。その時を狙って中に踏み込むしかないだろ。確かここ最近だと、『神殿移しの儀』だったっけか」

『ほんとのところ、どんなイベントかは分かってんだろ？』

「楽しい楽しい処刑イベント」

アヤトはうんざりした調子でそう言い捨てた。

特定の宗教を一つ迎え入れて国教化する『神殿移しの儀』だが、そもそもセレディレカ天空《てんくう》都市《とし》は王と騎士が束ねる武闘派勢力だ。国儀を一任し王権神授の正しさを弁護してもらう意味でも、ここで詰めを誤る訳にはいかない。つまり、フォーチュリアナ聖教《せいきょう》側が『巨悪』を倒して手柄を立てなくては、（実質的な結びつきはどうあれ、公的な書類上では）王から認めてもらう事はできないのである。

伝説の大魔王討伐でも絵本のドラゴン退治でもない。

一応は試練の形を取っているが、地方王も聖教《せいきょう》側も、万に一つも失敗があっては困るのだ。よって実際には手頃な悪党を選ぶ。同じ人間の中から見繕った死刑囚を捧《ささ》げて、予定通りにイベントを進めていく格好で、だ。

『なあ、アヤトちゃん。ここで一つ根本的な事を尋ねたいんだが』

「あん?」

詳しい話をしてくれっ、と人様の袖をぐいぐい引っ張るヘンリエッタを適当にあしらうアヤトに筋骨隆々の猛牛男はさらに切り込んできた。

『……お前さんはどうも、前提としてある可能性から目を逸《そ》らしている節がある。そいつを指摘させてもらっても構わねえかな?』

「まどろっこしいな。具体的に何なんだ」

『天球を貪り尽くす者《ゾディアックブライトイーター》』

赤茶けたミノタウロスの思わせぶりな台詞《せりふ》に、ヘンリエッタはキョトンとしていた。アヤトは一応言葉の意味は理解していたが、しかし納得まで至らない。

「太古の魔王ニアヴェルファニ? この辺りではオーロラを『魔王の噛み傷《かきず》』と呼びますとか観光パンフに書いてあるのと同列の異名だろ、そんなもんが何でここで出てくる?」

『ここでじゃねえよ、お前さんが追い駆けているモノの正体だ。かの存在は番狂わせの支配者、滅亡の引き金にして救済の鍵にもなりえる存在なり。その名を円環の形で記せば始点も終点もなく、永久の詠唱によって無限の力を得るであろう』

　あまりにも唐突な言葉だった。

　しかしミノタウロスは冗談で言っている訳ではないようで、

『おいおい。お前さんの周りにはダークエルフのマミリスちゃんや、魔導実験の果てに人間を捨てる羽目になったオレがこうしてすぐ傍《そば》にいるのに、どうして魔王の存命は頭ごなしに否定する？』

　猛牛野郎は一気にグラスの中にあった飴色《あめいろ》の液体を呑《の》み干《ほ》し、透明な底をカウンターに叩《たた》き付《つ》けて、丸豆や小魚など大皿のおつまみを震動でダンスさせながら、

『アヤトちゃんもほんとは自分で気づいてんだろ。分かっていながら、自分の常識が邪魔をして目の前にある答えを認める事ができねえでいるだけだ』

「……、まさか」

『思い出したか？　あの狙撃手の拡張外装《かくちょうがいそう》さ。風の街じゃあ魔族の翼や角を切り売りする出店も珍しくねえが、アレは別格だ。魔王ニアヴェルファニ。ヤツは、自分で自分の右の羽を拡《かく》張《ちょう》外装《がいそう》に作り替えている。はるか昔に切り落とされたまま、いっしょくたに祠《ほこら》の中にぶち込まれて封印されていた自分自身の部品をな』

「確かに……頭の角、左の羽、尻尾と比べて、あれだけひどく制御レベルが上だったけど。たかだかお飾りのためにあそこまで演算領域を割くとは思えない……」

『ヤツからすりゃ取れちまった部品をくっつけているだけなんだろうが、拡張外装《かくちょうがいそう》にしちまうと体の中に出し入れできなくなるからな。狙撃手と魔導《まどう》ハッカーは隠れてコソコソが基本だろ。翼を片方だけ出して街中を歩いているとメチャクチャ目立つから、周りも全部合わせる必要があったんじゃねえか』

くつくつと笑ってミノタウロスは空っぽになったグラスを何度も打ち鳴らし、何につけても真面目なヘンリエッタがまだ敵味方の区別も確定できていないだろうに、ついつい飲み会の幹事のような動きですっかり脅《おび》えたマスターを呼びつけていた。

『魔王ニアヴェルファニ。はるか昔、その女は確かに存在したが、具体的にどうやって歴史の表舞台から消えたのかは実はあやふやだ。フォーチュリアナの聖なる光が魔を祓《はら》ったとも、魔導実験の果てに肉体を失って消滅したとも言われているが、どれもこれも信憑性《しんぴょうせい》は少ない。所詮は噂話《うわさばなし》だしな』

「?」

『其《そ》は死を運ぶ金色の馬にして光り輝く宝石に彩られた聖なる眷属《けんぞく》なり。ニアヴェルファニの末路を示す言葉らしいが、これだって何を意味してんのかはもう学者ごとにバラバラだ。まあ、ひょっとするとウチのメイドみたいなのが他にもいるのかもしんないけど』

「さっきから何の話をしているんだ？　確かにあの拡張外装《かくちょうがいそう》、右の羽はまともじゃないけど、それにしたってニアヴェルファニが今日まで生きて活動を続けてきたとはとても思えない。火の街で無秩序に暴れていたドラゴンを見なかったのか？　統率を失った魔族は哀《かな》しいくらい無意味な消耗戦を個別に繰り返しているだけだ。冷静に戦力再編して体制を立て直せば大陸を二分する戦争くらいいつでも起こせたはずなのにな。あんなカリスマがずっと活動を続けていたら、こんな体たらくにはなっていないさ」

『ああそうさ。統合王家の書架で埃《ほこり》を被《かぶ》った歴史書にはこうある。勇者の到着を待たずフォーチュリアナ聖教《せいきょう》の手で排除されたニアヴェルファニはどこぞの祠《ほこら》に封印されたってな』

新しい液体の入ったグラスを受け取り、巨大な牛男は軽く振って中の氷を回しながら、

『……だがその祠《ほこら》の位置ってのは、もはや統合王家の公的記録にも残っていない。一体それは広い広い大陸のどこにあるのか。誰にも説明はできねえんだ』

「おい、ちょっと待て……」

『意外と珍しくないんだぜ。例えば統合王家の宝物庫は一般公開されちゃいねえが、その理由はなんとびっくり中身がスカスカなのを民衆に知られちゃ困るからだ。王墓を保全しているリザレクター大聖堂《だいせいどう》だって似たようなもんだよ。代々の王が眠るとか言ってる割に、石室を開けてみりゃあ明らかに数が足りねえ。遺体が一つだけ足りないなら幻の欠番とか何とか適当な小話で箔《はく》をつけられたものの、ああも歯抜けじゃ「伝説」で取り繕う事もできねえって訳だ』

「……、」

「（ふふふ、良いんだもん私は危険人物達を見えない鎖で繋《つな》ぎ逃亡阻止を行うという大事な仕

事をしているんだから決してめげてないもん悪漢どもには屈してないもんうふふふふ)」

言葉のやり取りからミノタウロスの真偽を確かめようとしたものの、途中で頭の容量を超えてしまったのだろう。余計な言葉を挟まずにじっと聞き入っていたヘンリエッタが酒も飲んでいないのに幼児退行気味にブツブツ言いながらカウンターに突っ伏してしまったので、アヤトは彼女の頭を掌《てのひら》で軽く撫《な》でてやりながら赤茶けた猛牛野郎の話に耳を傾ける。

『長い歴史は様々なものを消失させる。当たり前に存在してなくちゃならねえ記録の糸も断ち切っちまう。さて問題だ。お前さんがごくごく自然に信じているその常識、魔王ニアヴェルファニは消えてなくなったって前提情報は本当に正しい糸で結ばれたものか？　それともつまんねえ偶然と悪意の連続で断ち切れちまった公的記録を誤魔化《ごまか》すため、どっかの馬鹿がそれっぽい糸と糸を間に合わせで結び付けちまった虚《うつ》ろな定説か？　いやあどっちなんだろうなあ』

確かに赤い革衣装の女が身を飾るのに使っていた『右の羽』は半端な代物ではなかった。あれが本当に魔王のものなら、手に入れられる者は限られているだろう。

その上で、アヤトは首を横に振った。

「……意味が分からない。脈絡がない、唐突過ぎるだろ。何で千固め年単位でかび臭い祠《ほこら》に封印されてた魔王サマが今ここで顔を出す？　それもセレディレカ天空都市《てんくうとし》の中央、光彩王城《こうさいおうじょう》にアタックを仕掛け、『自由謁見の限度』を解除して中へ侵入しなきゃならないんだ」

『だから、理由は今できたんだろ』

「？？？」

『いいか、お前さんはもう答えを言っているんだぜ。だがそのくだらない前提、どこの馬鹿が紛失した記録を誤魔化《ごまか》すために取り繕ったんだか分かりゃしねえ固定観念の色眼鏡に惑わされて、違和感に気づけなくなっているだけだ』

「だからそれは具体的に何なんだよ」

『ちょっとは自分で考えなよ』

はあ、と馬鹿デカい牛顔のくせにため息なんぞをついて男は言う。

『ニアヴェルファニは先に行った。お前さんは再起動した「自由謁見の限度」のせいで手出しできない。困った事態になったが、幸い中央の光彩王城《こうさいおうじょう》じゃあ「神殿移しの儀」なんていう出来レースのために近くオーロラみてえな壁を解除して民衆や観光客を招き入れるつもりらしい。よし、このタイミングで潜り込めばニアヴェルファニにリベンジ戦を仕掛けられるぞ、と』

新聞にあったのはトーマスとかいうじいさんだったか。イベントに華を添えるため首を落とされるとは難儀だが、そもそも極刑を言い渡される人間だ。それなり以上の悪事を働いてきたのだろう。よって、同じくアンダーグラウンドの住人は冷淡に続きを促した。

「それが？」

『おいおい』

赤茶けたミノタウロスはおどけたように言って、アルコールの入った冷たいグラスを自分の額へと押し当てた。

　そして言った。

『じゃあ何でニアヴェルファニは大暴れしてまで「自由謁見の限度」を解除したんだ。トーマス＝ロベルギンとかいうじいさんの公開処刑日に大勢の民衆の中に紛れてこっそり入れば済んだ話じゃあねえか』

　あ、と。

　当たり前と言えばあまりにも当たり前の意見に、アヤトの頭が真っ白になった。

『つまりそこに理由がある』

　猛牛野郎は言う。

『宗教イベントの添え物としてトーマスが殺される前に済ませなくちゃあならねえ用事がニアヴェルファニにはある。ここまで言えばもう分かるかなーアヤトちゃん？』

「……大罪人とかいうそのじいさんと関係してるってのか？」

『ところで華々しいお城のイベント話ばっかりで一般にゃあ詳しい罪状が公開される事もなく、ただただ「大罪人」のこのじいさん。トーマスは実際問題何をやらかしたんだろうなあ？』

「……、」

『「天球を貪り尽くす者《ゾディアックブライトイーター》」ニアヴェルファニは千固め年単位で歴史の表舞台に現れなかった。この天空都市《てんくうとし》が空に上がる前、まだ大陸の地べたの一部だった時代からだ。それが今になって突然活動が確認されている節が出てきた。さあて、この魔王サマはどこにあるかも分からない祠《ほこら》の中からどうやって這《は》い出《で》てきたのか。いいや、一人きりでは中から開けられないその扉を、一体誰の手で外から開けてもらったのか。そう考えれば一本の筋が出来上がるんじゃあねえのかな？』

2

ブライティオ光彩王城《こうさいおうじょう》。

天空都市《てんくうとし》の中央区画。王の城を中心として、ありとあらゆる重要行政の拠点や半ば王に守護を約束されて蜜月を過ごすフォーチュリアナ聖教《せいきょう》の大聖堂《だいせいどう》などが集約されるこの特別区画。この王城には店らしい店がない。時間帯の問題ではなく、おそらく商売を禁止して衣食住の全てを王から騎士や兵に賜っていらっしゃるのだろう。

月の輝く星空の下を、赤い革衣装の女は長いタイトスカートのスリットも気にせず、静かに進んでいた。そう、派手なハイヒールを履いているとは思えないほど静かに。

「？」

そんな中で《花売り》の少女が歩いているのを見て、ニアヴェルファニは物陰に一度身を隠す。魔王の嗅覚は鋭敏に感じ取っていた、あのみすぼらしさは偽装だ。おそらくニアヴェルファニとは違い、無力で愚かなふりをして出入りの許可をかすめ取っている。《プリースト》辺りと組んで実質的に王と結びついたフォーチュリアナ聖教《せいきょう》を内偵中なのかもしれない。

これはわざわざ述べるまでもないが、石造りの城は塔と壁の文化だ。複数の塔を背の高い壁で繋《つな》ぐ事で全体のシルエットを組み立て、その内部に庭園と王が執務を行う直方体のホールを築く。ブライティオも例外ではなかったが、よそと違うのは王の城としての機能以外にも様々な追加施設が泡のように湧いて出ている事だ。おかげで効率を無視した、複数の登り階段を利用した騙《だま》し絵《え》の迷路にも似た特殊な風景を作り出している。

たったこれだけの段差で、赤い革衣装の女の呼吸が乱れる。くわんと頭が左右に揺れ、自分の体重を支えきれず、ついには壁へ手をついていた。

所々にある魔法の——そして人工の——ほのかな光が柔肌を撫《な》でた途端、どろりとした感触が襲いかかってきた。

「……っ！」

右の肩から袈裟《けさ》になぞっていくように、上半身がどす黒い血で汚れていく。美しい肌の内側で、膿《うみ》にも似た鈍く熱い痛みがじくじくと広がっていく。

瞳を伏せ、ゆっくりと息を吐く。

（大丈夫。傷はない、古傷そのものは赦されている。これは幻覚、ただの幻覚……）

改めて両目を開いてみれば、鉄錆《てつさび》臭いあの色彩はどこにもなかった。膿《うみ》に似た痛みも引いていた。壁に寄りかかったまま、彼女は額に浮かんだ冷たい汗を手の甲でそっと拭う。

昔々、勇者からお見舞いされた剣は肩から食い込み、そのまま胴体を斜めに裂いた。背中側の翼も、体内に埋め込んでおいた異物もまとめて斬られたのだ。可能性の『幅』を持つ魔王でなければ死んでいた。今ある拡張外装《かくちょうがいそう》は、右の羽については封印の祠《ほこら》に放り込まれていた自分の部品を加工して繋《つな》ぎ合《あ》わせた。それだけでは悪目立ちするので、他の角や太い尾や左の羽はそれに見合う代物を後から拵《こしら》えたに過ぎない。

存在しない傷に脅《おび》え、可能性の『幅』を失い、かつてあった威容に焦がれて千切れた翼を繋《つな》ぎ合《あ》わせ、体面を保とうとする。

これが歴史を震撼《しんかん》させた魔王の正体だと知れば、人間はどう思うだろうか。

（……弱っている、か）

ニアヴェルファニは自嘲気味に笑う。そもそも魔王は固定で最強の存在ではない。その名を円環の形で書き記せば始点も終点もなく永久の詠唱によって無限の力を得るとされているが、実際の意味はそうではない。強い時は歴史の上限を突き抜けるが、弱い時はそこらの人間にも倒される。浮きと沈みを全て備えた存在こそが魔王なのだ。だからこその予想外、番狂わせ。魔王の力とはつまり、勝つにしても負けるにしても莫大《ばくだい》な『幅』が真髄なのだ。だから固定の強さしか持てない四天王の皆が面白がってついてきてくれたのだ。

それが。

（負けても笑える強さをなくした余裕のなさが、弱さの証明かもしれないわね……）

永きにわたる封印の中、亀裂の入った体から少しずつだが確実に『力』が洩《も》れ出《で》ていた。今の魔王には、『幅』がない。凡庸だが何も変えられない、両手と両足しか使えない存在。『力』は底の底まで抜け、かろうじて癒《いや》された肉体は頑丈なだけのタンクでしかない。そして月の光を浴びて少しずつ充塡《じゅうてん》して可能性を広げていくのでは『目的』に間に合わない。

人と同じかそれ以下なら、いっそ彼らの流儀に倣おう。

人と同じかそれ以上に、姑息《こそく》で卑怯《ひきょう》な手を使えばよい。

ニアヴェルファニは自分が体を預けている石材の壁を見上げて、

（やはり魔導銃《まどうじゅう》の時代ね。そこかしこに銃眼が空いている。虫食いのチーズみたい）

とはいえ、等間隔にびっしりと空く小さな穴の全てに常時魔導銃《まどうじゅう》と狙撃手が控えているなら、とっくの昔にニアヴェルファニの存在も発覚していただろう。銃眼はレーザーポインターと同じく、存在自体が銃口の存在を強く印象づけて敵を畏怖させる事から、装飾として必要以上に大量に空けておく事でも知られていた。

また、たくさんの階段を使って塔から塔へと行き来するのは当の本人達さえ大変に感じているのか、塔から塔へ、広場から広場へ、様々な高さに太いワイヤーが張ってあり、逆さにぶら下がった蜘蛛《くも》のようなケーブルカーが月夜に浮かび上がっていた。人間とは自堕落という名の効率を極めるためならどんなものでも積み上げていく生き物らしい。

静寂と不可侵を愛するのか、表の不躾《ぶしつけ》な夜景の群れと違って、光の城の夜は大人しいものだった。全体が闇に包まれているというのは、何かの皮肉のように感じなくもないが。

（火水風土の頂点に光を置いてみたは良いものの、具体的に光属性とは何なのかが分からなくなっちゃって迷走しているのね）

魔王の噛み傷《かきず》などと呼ばれている赤いオーロラの下、ニアヴェルファニは鼻で笑った。

地方王家を讃《たた》える石像と一緒に混じって、フォーチュリアナ聖教《せいきょう》の神官なども飾られていた。台座を見ると、なんと魔王討伐の偉業を成し遂げ世界に平和をもたらしたのだとか。

これのおかげで、宗教人が王侯貴族を超える贅沢三昧《ぜいたくざんまい》、享楽の限りを許されている訳だ。『神殿移しの儀』など、書類上の区切りに過ぎない。ヤツら聖職者は清く正しくなど馬鹿馬鹿しい、見るもおぞましい飽食の日々を浴びるほど楽しんでいる。

（……何が光闇二元論《こうあんにげんろん》よ。この世の全ては善も悪もなく旧来の四属性だけで説明できるっていうのに）

自分が封じられた時、まだ世界はこんなではなかった。

当時のセレディレカは大地に根を張っていたはずだし、彼女もまた地の底の石室に捨て置かれていたはずだった。まさか莫大《ばくだい》な土くれと一緒に自分の体まで天高くに持ち上げられようとは、流石《さすが》に予想の範囲を超えていた。

（まあ、何でも良いけど）

当然ながらニアヴェルファニが欲している施設も備わっている。

すなわち、

（……特級監獄《とっきゅうかんごく》。魔導犯罪《まどうはんざい》で有罪判決を受けた者達だけが投獄される巨大な檻《おり》）

などと建前だけなら結構だが、現実にはその名の通りに機能していない事を赤い革衣装の悪魔は重々理解している。平たく言えば、行政警備《ぎょうせいけいび》が運営する監獄とは人質を金品に換える交換所だ。表向きは民衆に害を為《な》す極悪人を隔離する事で平和を守るとしながらも、実際には莫大《ばくだい》な保釈金を積めば大手を振って自由を取り戻せる。悪用すれば豪商や貴族の息子などに適当な罪をなすりつけて投獄し、狙った相手から身代金や保釈金で大量の金品を巻き上げられるという寸法だ。拒んだ場合は慰謝料、賠償金、罰金、名目を変えれば良い。

そしてこういう仕組みが常態化すれば、監獄を守る刑務官達も理不尽な職務に疑問を抱かなくなっていく。政敵や都合の悪い目撃者が特に大きな理由もなく投獄されたって、いつもの流れの中で処理されるようになってしまう。

例えば。

何の罪もなかった一人の老人のような者が現れても。

「……、行くわよ」

ブライティオは一言で言えば階段の街だ。王の城は縦に長いいくつかの塔が上へ上へと伸びていき、それらの間を四角い役所の建物が爬虫類《はちゅうるい》の卵のように張り付いている構造だ。

だが監獄だけは違う。

それら階段の流れに逆らうように、下へ下へと延びる秘密のルートが存在する。

身の丈より巨大な対竜《たいりゅう》ライフルを肩に担いでいても、露出過多な赤い革のベストやスリット付きのタイトスカートに角や翼の拡張外装《かくちょうがいそう》を備えていても、彼女を怪しんで声を掛ける者はいない。明らかに騎士や行政に属する者とは趣の違う格好であってもお構いなしだ。

見張りは決められた位置から離れようとせず、王の城に絡み付くような複数の階段を行き来する巡回は決められた定時にしかやってこない。

実際の警備レベルそのものよりも、全体で一つの仕掛け時計でも作って外からの見栄えを優先しているような本末転倒ぶりであった。フレイアード火彩城下《かさいじょうか》には今も巨大なドラゴンが張り付いているものの、みんながみんなそちらへ出払っている訳でもあるまい。

王の命を狙う大事変など起きてはならない。

起きてはならない問題は考えてもいけないから、具体的な対策なんて立ててはならない。

そんなところか。

(侵入不可能、オーロラみたいな壁の中でぬくぬくと育った成れの果て、ね)

兵士の練度も扉の鍵も、『自由謁見の限度』に入るまでが絶対防衛線であった。ありえない、

ありえない、敵が中まで入るなんてありえない。脅威論を唱える事すら恐れ多い、ときたものだ。一応鋭いヒールの音は消しているが、そもそも中に侵入される事を想定されていないため、侵入者にとっては夜の散歩と変わらない。

数多くの階段、その内の一つの真下のスペース。偽装の一種だろう、直角三角形の壁面に取り付けられたおざなりな木の扉に、ニアヴェルファニは対竜《たいりゅう》ライフルの肩当てを向ける。

ノブに向かって一発振り下ろして金具を壊し、そのまま奥へと滑り込む。

いよいよ中が問題の特級監獄《とっきゅうかんごく》だ。

音もなく忍び込みながら、しかしニアヴェルファニは無駄な一言を放っていた。

「……今助けてやるからね、お人好《ひとよ》しのじいさん」

3

『つまり、つまり、つまりだ』

ファスナーだらけのズボンを穿《は》いた足でお行儀悪く貧乏ゆすりがあった。

特に何も食べようとしないアヤトやヘンリエッタをよそに、どこぞの第一王子はカウンターに並べられたチーズ盛り合わせに手を伸ばす。人工水晶《すいしょう》の中に閉じ込められた均一なマナの光と違って、どこか焚《た》き火《び》の炎を連想させるオレンジ色の柔らかいランプの光は、ひょっとしたら料理を美味《おい》しそうに見せる効果もあるのかもしれない。

多頭の獣に育てられた《狼少女《おおかみしょうじょ》》を人に戻すには、いやいや獣のお母さんを殺すのは迷信でしかないわよお兄ちゃん、と言い合う《暗殺者》や《司書》さんを横目で見やりつつ、

『散歩だったのか山菜採りだったのかは知らねえ。だけどどこかの誰かさんはたまたま見つけちまった。もはやどこにも公的記録の残っちゃいねえ、緑の中にでも埋もれていた小さな祠《ほこら》をな。そしてよせば良いのに扉を開けちまった。結果として何が起きたのか。答えは明白だ、一千固め年オーバーの眠りから魔王ニアヴェルファニは目を覚ましちまった』

「それで？　その大罪人とかいうじいさん、トーマス＝ロベルギンは魔王を解き放ってしまった罪にでも問われているっていうのか？」

『罪の大きさを考えれば放置はできん。かといって、その罪状を公にする事もできねえ。何しろこんなビッグニュースが世界を駆け巡ってみろ。人間側の大衆不安は爆発して治安は崩壊する。魔族側も魔族側で活気づいて統率を取り戻すきっかけになるかもしんない』

とても草食とは思えない巨大な顎をカチカチ鳴らしてミノタウロスは笑いながら、

『……ちょうど良いタイミングでもあった。フツーに処刑すればどうしたって罪状がクローズアップされる。お偉方からすりゃ、勇者だ魔王だの話をほじくり返されても困るだろ？　ただし「神殿移しの儀」でお祭りの一部に混ぜちまえばじいさんの死は目立たねえ』

「……、」

くいくい、と隣のヘンリエッタから袖を引っ張られた。

鎧《よろい》もタイトスカートも着こなすオトナな彼女にしては頼りなく、そしてどこか幼稚で子供っぽい仕草だ。似合ってもいない。本当にそんな事があり得るのか、騎士階級の上にいる中央、光彩王城《こうさいおうじょう》では善も悪もなく日常的に策謀が渦巻いていたのか。それが気になって仕方がないのだろう。

彼女は前提として、味方からの情報は信じ続けてきたはずだ。

自分が過去に捕まえてきた犯罪者の中に善なる者がいて、正義を果たす集団に紛れた悪漢どもの手伝いをしていた可能性なんて信じたくもないのだろう。

『だが実際、真実はどうだったんだろうなあ』

ミノタウロスはグラスの表面を舐《な》めながら、

『いくら祠《ほこら》の扉をたまたま開けちまったからって、それだけでニアヴェルファニが完全解放されるもんかね。デコに呪符を張ったり全身を魔導銀《まどうぎん》の鎖で縛りつけたり、当時の地方王の手で殺せなかった、からこそプロテクトは何重にも張り巡らせるのが人の性ってもんだと思うんだが……』

「だとすると」

『そう、よせば良いのに』

ぐいっと赤茶けた猛牛男はグラスの中身を呷《あお》ってクセの強いチーズを一つまみ。

『……トーマスとかいうじいさんは封じられた魔王を見て、人と同じように泣いたり笑ったりできるその女を前にして、思わず手を伸ばしちまったのかもしれん。額の符を剝《は》がし、全身を縛る鎖を取り外してな』

きっとそこに理由はない。

魔王のカリスマ性に目が眩《くら》んだとか、契約を結んで好き放題してやりたいとか、そんな利害があれば魔王ニアヴェルファニはここまで執着しなかった。

思わず。

本当に思わず。

籠の小鳥は帰ってこないと分かっていながら、それでも青空に目をやった小さな子供が窓辺で鳥籠の扉を開けてしまうのと同じように、そのじいさんは手を伸ばしてしまった。

そして自らの意志で解き放った。

そこに罪を問われた。

極刑に処す、と。

『だとすりゃ、ニアヴェルファニが遠慮する理由なんか何もねえわな』

第一王子は空っぽになったグラスの底をカウンターに叩《たた》き付《つ》けた。

『人間が作った魔導銃《まどうじゅう》にすがるなんて稀代《きだい》の魔王サマとも思えねえ。相手は、そ、も、そ、も、魔、法、は、誰、に、支えられているのか、って話にまで遡りかねないほどの大いなる存在だぜ。何でそんなV

IP様がチンケな人間の技術にすがるのか。おそらく「こいつ」が関わってる』

言いながら、滅法巨大なミノタウロスは、腰の横のホルスターを軽く撫《な》でた。蝶《ちょう》の羽のような鍔《つば》の部分が魔法の力で淡く輝きを放つ。

そう。

その途端だった。

店内のランプやロウソクの火とは違う、人の手で作られた魔法の明かりだ。

牛男の頭頂部に傷はない。そのはずだ。なのにミノタウロスの頭のてっぺんから、どろりとしたどす黒い液体がこぼれているような幻が見えた。

『勇者に浴びせられた一撃は、勇者本人にしか癒《いや》せない』

「……、」

『くっく。痛《い》てえんだ、これが。傷そのものを赦《ゆる》して塞いでもらっても、結構長い間ついて回るもんだぜ。膿《うみ》に似た鈍くて熱い痛みと、体の中から力が抜け出ていく錯覚ってヤツがさ』

そう、あくまでも幻。

洩《も》れ出《で》るモノの記号は、ホルスターにある剣の魔法の光と一緒に消えていく。

『倒されて封印されたのなら当然、傷はあっても不思議じゃねえ。だが、今の魔王は弱ってるなりに表を歩いてる。元の調子を取り戻すならじっとしているべきなのに。さてアヤト君、聡《そう》明《めい》なお前さんに質問しよう。この矛盾した状況をクリアするには何が必要だ』

「まさか？」

『そのじいさんに自覚があったかどうかは分からん。何しろ軽く見積もっても一千固め年オーバー。昔々の大昔、人間どころか魔族の側だって魔王の素顔なんか覚えちゃいないくらいの断絶があるんだしな』

猛牛は大き過ぎる顎を歪《ゆが》めて笑いの形を作ろうとしながら、

『だが事によると、トーマスとかいうじいさんには秘密があったかもしれん。血の力ってヤツに。……もしもお人好《ひとよ》しのじいさんが本当の意味でニアヴェルファニを助けちまったのなら、そりゃ魔王にとって大きな意味があるだろうさ。自分の回復なんか待たねえ、本来あるべき可能性の「幅」の一％も出せなくたって構わねえ。難攻不落の城へ一人ぼっちで挑みかかるくらいにはな』

4

人間達が考えなしに山を抉《えぐ》り取《と》って作るトンネルのように、等間隔で最低限の水晶管《すいしょうかん》とマナの光だけが並ぶ漆黒の区画。だが光源を制限している事にも意味があるのだろう。

監獄の本領は看守側が一方的に囚人の動向を把握するが、その逆はできない。情報の流れを一本化する事で支配者と被支配者の間に絶対的な壁を作る。基本中の基本だった。

人工の光が肌を這《は》うと、不規則にどろりとした感触が舞い戻ってくる。そして膿《うみ》にも似た体が腐っていくような熱を帯びた痛み。所詮は幻。ゆっくりと息を吐いて、ニアヴェルファニはすでに赦《ゆる》された傷の残滓《ざんし》を追い払う。

「……、」

ここが天空都市《てんくうとし》とは思えない空間が広がっていた。

下へ下へと延々伸びていく巨大な地下空間。幅一〇〇エスール（注、約一二〇メートル）の底の見えない崖の向こう側の壁面が各階層の鉄格子の檻《おり》であり、手前の壁面は一本の管理塔《かんりとう》と化している。管理塔《かんりとう》は巨大な真空水晶《しんくうすいしょう》の中で霧状《きりじょう》マナを炎の魔法に変換する大規模なスポットライトを鉄格子側に差し向けており、塔から鉄格子を眺められるが、鉄格子からは莫大《ばくだい》な逆光によって塔の様子を覗《のぞ》けない。そういう仕組みが構築されていた。

当然。

昼夜の概念もない暗い地下の中で、絶えず目を潰すような強い光を浴びせ続けられれば、満足に眠る事すらできまい。ここは鉄格子によって閉じ込められた人の自由を奪うどころか、存在するだけで体力と精神を確実に削り取る死の領域だ。なまじ殴る蹴るの直接的な暴力を避け、あくまでも情報の一方通行化のための設計であると言い訳できる辺りがいやらしい。正義を語って他者を傷つける人間の醜悪さの結晶のような施設であった。

光闇二元論《こうあんにげんろん》、という言葉がある。

強烈な光を嫌がり不眠を訴えても、お前の心に闇がわだかまっているから光を怖がっているのだと唾を吐かれておしまい。

一方の管理塔《かんりとう》から対岸の鉄格子にかけては跳ね橋で繋《つな》がっていたが、不慮の事態があればすぐに橋を上げて順路を切断できるように造られていた。ここには最低限の安全基準もない。この光源一つを取ったって整備不良によって火種になりかねないのに、だ。そしてひとたび火災が起きれば囚人達は逃げ場を失って炎と煙に巻かれるだろう。食事などの面倒を見る以外では管理塔《かんりとう》から外へ出る事のない看守達は、自分達だけ安全に塔を昇って地上へ逃げられればそれで構わないと考えているのだ。

各々の牢《ろう》に入っているのは重罪人ばかりとは限らない。髪も肌も不自然に透き通った、彫像のような少女なども収まっていた。おそらくはホムンクルス、しかし一体どういう経緯なのか。製作者の《錬金術師》などもどこかで奪還の機会を窺《うかが》っているんだろうか。

ここまで来れば遠慮はいらない。

どの道、最後まで誰にも気づかれず目的地に到着できるとも考えていない。

流石《さすが》に監獄の扉は専用の鍵がなくては開かないだろう。

「さて」

ヒュン、と。

背後から忍び寄ったニアヴェルファニは管理塔《かんりとう》に詰めていた若い刑務官の首に、適当に拾った照明器具を固定・補強するためのロープを巻き付けていく。

首を中心に体を持ち上げられ、今さらのように両手を首にやって浮いた足をばたつかせる刑務官だが、今さら遅い。こちらはハイヒールでも揺るがない。相手は抵抗らしい抵抗もできず、声を出して異状を知らせる事ができなければ、為《な》すがままの運命を受け入れるしかない。

「……ッ!?　……ッッッ!!」

崖の対岸、壁に面した鉄格子沿いの通路では彼の同僚達が残飯と大差のない食事を檻《おり》の中に投げ込んでいたが、支配階級が自ら設置した巨大な光源のせいで管理塔《かんりとう》は逆光の向こう側だ。すぐそこで行われている惨劇に誰も気づく事はない。

気管を塞いで仕留めるのは時間がかかるし、付き合う義理もない。このまま上下に揺さぶって首の骨を外してしまおうと考えたニアヴェルファニだったが、

『こんな錆《さ》びと埃《ほこり》にまみれて、今まで良く耐えてきたの。お前さんはそもそも違う生き物だ。ならもう人間の都合に振り回されんでも構わない。お前さんは自分のやりたいように生きなさい。じいちゃんもそれを願っているよ』

「……、チッ」

すでに散々殺してきたのに、何故《なぜ》ここでそんな言葉を思い出したのか。

舌打ちしたニアヴェルファニは両腕の力の掛け方をわずかに変えて、首の横を走る頸動脈《けいどうみゃく》に狙いを絞った。脳への血流が滞れば、脆弱《ぜいじゃく》な人間なんぞ一〇を数える前に意識を投げ出す。酸素不足で完全に脳細胞が破壊される前にロープを握る手を緩め、ぐったりした刑務官の両腕を後ろに回して縛り上げる。

リスクしかない選択だが、わざわざ戻って無抵抗の命を仕留め直す気にはなれなかった。

せっかくのお誕生日会に泥まみれの手で出かける事はない。せめて大事な日くらいは身奇麗にしてから臨みたい。そんな風に考えているのだろうか。

ともあれ。

(跳ね橋の操作はこのパネル。牢《ろう》の鍵はこいつか。ふうん、檻《おり》ごとに一つ一つ変えている訳ではないのね。まあ、それだと何百何千と巨大な鍵束に通さなくちゃならなくなるから、マスターキー一個で対応しているんでしょうけど)

やたらめったら操作パネルを操り、レバーを倒して、管理塔《かんりとう》から対岸鉄格子に面した通路とを結ぶ跳ね橋を次々に上げていく。

『おい何だ!?』

『ちょっと待ってくれ、これじゃあ戻れない!!』

蜂の巣をつついたような大騒ぎになるが、これで鉄格子側の通路に残された面々は上にも下にも移動できず、その場に残るしかない。刑務官全体の半分以上は動きを封じられた。

逆に言えば管理塔《かんりとう》そのものの上下にはまだ半数近い刑務官が残っている訳だが、こちらについても無理に戦う必要はない。

「あらよっと」

管理塔《かんりとう》自体の上下移動は階段で繋《つな》がっていたが、やはり脱獄や暴動防止のために分厚い鉄の跳ね上げ扉が取り付けられていた。

あまりにも巨大な対竜《たいりゅう》ライフルを一度立て、銃身上部を額に押し当てて自壊鉛《じかいなまり》の弾頭に意識を集中していく。扱う魔法を強く意識する。

最低の最低。

自壊鉛《じかいなまり》の弾頭に意志の力で必要な文字や数字を刻み付け、花火職人のように望んだ色のマズルフラッシュを設計する。色は黄色、頂点は三つ、一点の長さを敢《あ》えて短くする事で意図してバランスを崩しにかかる。

「ターシャリ・アークチャージ」

極力出力を絞ったまま肩にストックを押し当てて対竜《たいりゅう》ライフルを撃ち放ち、莫大《ばくだい》な熱でもって扉と壁とを溶接してしまえば人の手ではもう開かない。誰もこの階層へは辿《たど》り着《つ》けなくなるのだ。

肩を叩《たた》かれた事で、肩から胴体にかけて亀裂が走ったような痛みに襲われた。あたかも薄皮一枚下に溜《た》まっていた膿《うみ》の袋が破裂したかのようだ。もちろん古傷そのものはない。考え過ぎなのだ、と魔王は奥歯を噛《か》み締《し》める。それから身を屈《かが》め、霧状《きりじょう》マナを不純物と高温で膜状に固めた巨大な空薬莢《からやっきょう》を念のため拾っておく。

後は操作パネルのボタンを指で叩《たた》き、目的の牢《ろう》のある跳ね橋だけ繋《つな》げれば目的の半分は達成したようなものだ。

ニアヴェルファニは自ら作った一本道をなぞり、目的地を目指す。

『……私を解放してもろくな事にならないわよ、人間。封印を解いて胸の中心に埋めた異物と、アクセスし直せば、私は魔王の全てを取り戻す。断線して接触不良のコレが動けばだけど。挙げ句、貴様達は憎悪の矛先をよそへ逸《そ》らして偽りの満足感を得る悪癖を有しているもの。逃げた私を捕らえられなければ、逃がした貴様を嬲《なぶ》って溜飲《りゅういん》を下げようとするに違いないわ』

かつてあった言葉を思い出す。

そう、最初の最初から『こう』なる事くらい分かっていたのだ。

『じいちゃんはもう十分長生きした』

しかし、いくら警告を放ってもあのじいさんは笑顔を崩さなかったのだ。

そもそも老人は自分の価値に気づいていなかったのだ。

本当にただの人間に、魔王を封印する領域の扉を開けられるか。数々の符や鎖は。それができてしまった時点で、かつてかの存在に一太刀を浴びせた勇者の血を引いている事が分からないのか。

今ある伝説では、おそらく大地を治める地方王に取り入ろうとしたフォーチュリアナ聖教《せいきょう》が『自分達の祖先が倒した』と声を大きくする事で神話宗教としての箔《はく》をつけ、支配者としての正当性を主張しているはずだ。そうやって実効支配し、ついには『神殿移しの儀』なんて馬鹿げたイベントまで開くに至った。

つまり、ここから老人の素性がよそへ洩《も》れ、身の危険を感じた権力者達が動き出せば、忘れられた老人は窮地に追い込まれる。

醜い人間は、絶対に口を封じる事に躊躇《ちゅうちょ》などしない。

『はは、じいちゃんはそんな大仰な人間じゃないよ』

なのに。

なのに、だ。

『それでもお前さんみたいなのを見ていると何とかしてやりたいって思う。じいちゃんは老い先短い、永劫《えいごう》を生きるお前さんとは違ってな。数固め年分の命で永遠を取り戻してやれるなら、安い買い物じゃろう？』

そうして、その老人は数多《あまた》の呪符や鎖を一つ一つ取り除いてくれた。

首筋から袈裟《けさ》に入った醜い傷に掌《てのひら》を当てて、古傷を癒《いや》し、赦《ゆる》しを与えてくれた。

本当にできてしまった事に、老人自身が驚くようにして。

それで、思ったのだ。

本当の本当に、思い知らされたのだ。

もう憎悪を抱く必要はない。武器を取る必要はない。終わったのだ。古い古い古い時代に繰り広げられた戦乱の時代は、とっくの昔に完結していたのだ。

魔王として生き続ける意味なんかない。

自由に羽ばたいても構わない。

この勇者に癒《いや》され、赦《ゆる》された事でニアヴェルファニはそれを理解したのだ。

何も知らなかった。

老人が、自らの血に課せられた使命すら忘れてしまうほどに。時の流れは全ての悪縁を洗い清めていたのだ、と。

「……、」

途中で『食事係』が待っていたが、所詮は魔導銃《まどうじゅう》を持たない丸腰の囚人を制圧するための装備を手にした二、三人程度。かえって魔導銃《まどうじゅう》があると暴動を起こした囚人に奪われると心配したのだろう。迂闊《うかつ》に銃口を向けるとそのまま高所から飛び降りそうなので、警棒くらいしか持っていない刑務官を一人一人対竜《たいりゅう》ライフルの肩当てで殴り倒して先へ進む。

（人間の決めた身勝手な善悪になど興味はない。ここには火水風土の四種しかないのに、ありもしない光と闇でやたらめったら世界を分割したがる人間の根拠なき妄言なんぞどうでも良い）

結局、最初に思った通りの事が起きた。

ニアヴェルファニが憎いならニアヴェルファニを攻撃すればそれで良かったものを、ヤツら人間は強大な敵に挑む事すら忘れ、持て余した正義感という猛毒を手の届く敵に向けて、偽りの満足感を得ようとした。

何の罪もない老人に魔王の罪を着せて、公衆の面前でその死を辱めようとした。

いいや、それだって言い訳だ。

本当の本当は、この地を治める権力者どもがその口で吐《は》いた嘘《うそ》を暴く可能性のある老人の存在を認められなかった。勇者のつけた傷は勇者にしか癒《いや》せない。逆に言えば、誰が魔王を倒したのかの証《あかし》になる。だから脅《おび》え、震えて、夜も眠れなくなった。何でも良い、とにかく適当な罪状を被《かぶ》せて殺してしまえ。その程度の感情しかなかったのだ。『神殿移しの儀』のイベントで悪を討つのに使えば一石二鳥、王に認められたフォーチュリアナ聖教《せいきょう》の足場は盤石となる。金、金、金。全ては薄汚れた聖職者どもの飽食の日々を支えるために。

許せるか、そんなもの。

許してたまるか、一瞬たりとも。

(だが私は魔を統べる叡智《えいち》の王。なればこそ、その全てを使って帳尻を合わせる。誇り高きこの身と魂が受けた恩と仇《あだ》だけは決して踏み倒さないと決めているのよ!!)

再会の前に、何故《なぜ》だかニアヴェルファニはいったん止まった。

その手で髪をいじり、自分の頬を叩《たた》いて、身をひねって、赤い革衣装のあちこちを指で摘《つ》まんでチェックする。鋭いヒールでコツコツ床を叩《たた》いても冷静さが戻らない。鼓動が高い、魔王ともあろう者が緊張している。ゆっくりと深呼吸して気を落ち着けようとする。顔を合わせたら最初に何をしよう。どんな言葉をかけよう。これまで散々考えてきたはずなのに、気がつけば真っ白になっていた。そして、こうなったら構わないと考えた。素のままの自分で勝負する。それだけ方針を決めてから、改めての第一歩。目的の鉄格子の前へと静かに踏み出した。

「やあ、じいさん」

そして口をついて出てきたのは、誰でも思いつくありきたりな言葉でしかなかった。

自分の頭の回転の悪さにイラつくが、今さらやり直す事もできない。

ニアヴェルファニはそのまま押し通した。

この人の前で己を着飾る事など土台不可能なのだと、半ば気持ち良く諦めながら。

うっすらと笑って、万感の思いを込めて。

彼女はこう宣言したのだ。

「手際が悪くて済まない。でも私は助けに来たわよ、じいさん……!!」

5

「ゆ、許されない」

震える声でヘンリエッタが呟《つぶや》いていた。

カウンターを拳で破壊しかねない勢いで叩《たた》き、そして叫ぶ。

「魔王封印の手柄を横取りした……? 存在しない罪を押し付けて老人の首を刎《は》ね、王に認めてもらうだと？　何が華々しい『神殿移しの儀』だ、それが本当なら絶対に許されないぞ、フォーチュリアナ!!　王からの信頼と施しを何だと思っている!?」

「すみませんこのお姉さん酔ってるんです全体的に大目に見てやって」

超テキトーに周囲の視線へケアしつつ、アヤトは片目を瞑《つぶ》った。

ファスナーだらけのズボンで着飾っているつもりらしい猛牛男に向けて、

「どこまで知ってた？」

目の前に追加で並べられたクセの強いチーズやドライフルーツなどをやたらと大きな掌《てのひら》で摑《つか》み取《と》り、赤茶けたミノタウロスはすっとぼけた声を上げている。

『あん？』

「アンタは最初からどこまで知ってたんだ。俺達を金貨で釣ってフレイアード火彩城下《かさいじょうか》に浸透していた人身売買組織を壊滅しろって依頼してきたのはアンタだ。全部分かった上で、順当に進めばニアヴェルファニと接触するって分かっていてお膳立てしていたのか？」

『どうだかねえ』

はぐらかすような物言いだったが、答えは明白だった。

そしてこの男が自称通りの役柄を貫くとするなら、最初から正しい目的を告げられなかった理由もおおよそ見当がついた。彼は選抜王国《せんばつおうこく》の、人間の側につく存在だ。セレディレカ天空都《てんくうと》市《し》を取り巻く情勢を包み隠さず話せば、自由奔放な魔導《まどう》ハッカーであるアヤト＝クリミナルトロフィーがどちらに付くかは言うに及ばず。それでは第一王子は困るのだ。

いいや。

地方政治の権力構造にも深く根を張ったフォーチュリアナ聖教《せいきょう》の不祥事の火消しに魔導犯罪《まどうはんざい》者《しゃ》へ頭を下げるなど、選抜王国《せんばつおうこく》全体をまとめる統合王家の王子の側からそう差し向けるのでは体面が悪くなってしまうのだ。

「……、」

言うまでもなく今回の問題は、杓子定規《しゃくしじょうぎ》なヘンリエッタのような人間では解決は難しい。

善と悪で線引きすれば済む話でもないからだ。

人類総出で悪の化身であるニアヴェルファニを狩り出すのも善。

利権まみれの無意味な公開処刑を何としても食い止めようとするニアヴェルファニも善。

……善と善が正面切って激突する矛盾した状況に、通常法規は機能しない。ましてその裏の裏の裏で蠢《うごめ》く権力者どもの嘘《うそ》を暴くなど。だからそうした時のために、魔導《まどう》ハッカーのような裏稼業が求められる。

『できればお前さんが勝手に気づいて』

赤茶けたミノタウロスは何かを諦めるような、教え子の想像以上の頭の悪さに嘆く家庭教師のような調子でそう言った。

彼はこの天空都市《てんくうとし》において公明正大の象徴である撃士《げきし》ヘンリエッタをチラリと眺め、

『勝手にオレの手を離れて事態の解決に動いてくれればベストだったんだが、いーつまで経《た》っても固定観念に囚《とら》われて真相に辿《たど》り着《つ》けないんだもんなあ。わざわざ今回のケースをお前さんに頼んだのは、魔導《まどう》ハッカーってのはもうちょい頭の柔らかい生き物だって信じていたからなんだが』

「それもご破算になったと？」

『となると後は取捨選択の時間だ。全てを拾う事ができなければ、何を拾って何を捨てるかを考えるまで。オレは自分の体についた贅肉《ぜいにく》を刃物で削《そ》ぎ落《お》としたぞ。事の真相を直接お前さんに教えちまうのは、それなり以上にリスクのまとわりつく行いだ。それでも痛みを覚悟してオレはやっちまった。さあてお前さんはどう動くね？』

「……どうも何も」

アヤトは困ったような顔になった。

もう少し早く教えてくれと言わんばかりの表情であった。

「何でこの場にテレリア君やマミリス君が顔を出していないのか、想像がつかないとは言わせないぞ」

『ああ、別行動ってのはそういう意味か』

「白々しい」

魔導《まどう》ハッカーは息を吐いて、

「ダグレガ＝ブル＝ゲルロス。騎士の称号をもらったホワイトハッカーだが、ヘンリエッタ君が現場を抜けた事でこいつの枷《かせ》が外れたらしい。得体のしれない情報通のアンタだ、あの湿布臭い魔導《まどう》ハッカーの動向くらいは摑《つか》んでいるはずだよな」

ぴくっ、と肩を震わせたのは当のヘンリエッタだ。

そいつがどういう人物か、謎の情報通の猛牛男より詳しく知っている事だろう。

「なあちょっと待て。増強剤まみれの湿布野郎が一体どうしたんだ？　言葉にするのも憚《はばか》られる屈辱的な縛り方で私がバッグの中に詰め込まれた間に外では何が起きていた⁉」

「ふふふあれはキッコー縛りというのだよ、そして現実と妄想は真逆なのさ。俺達とヘンリエッタ君は一緒に消えた。それをどう受け取ったかというのが問題なんだ」

「待てよ、まさか……」

「俺達の首をヘンリエッタ君に取られたと勝手に勘違いしたダグレガは功を焦るあまり、騎士団全体を離れて勝手気ままに動き始めている。騎士団もニアヴェルファニとはぶつかっているからな、あっちの動きに楔《くさび》を打ち込む事で点数を稼いで、監獄への逆戻りを防ごうとしているようだぞ」

「だから具体的にあのゴロツキ《ホワイトハッカー》は何をするつもりだ。この街の伝統から騎士という言葉を腐らせるような、どこの風上にも置けない男だ。どうせまともな内容じゃないんだろう⁉」

うん、とアヤトは頷《うなず》いて、

「この土彩城下《どさいじょうか》の土のコアをぶっ壊しに行くんだと。だからテレリア君とマミリス君に止めてもらおうと思っているんだけど」


ガタッ!!　と慌てて立ち上がったのは今まで置いてきぼりだったヘンリエッタだった。

「なっ、なん!?　この危険人物今なんて言ったたっ、今ァ!?」

「何にせよ、ニアヴェルファニは『こっそり』中央へ忍び込むためにあれこれ仕込みを行っていた。ダグレガは根っこがどうあれ書類上は騎士サマだろ、治安維持の観点からいくらでもセキュリティ報告はもらえるし、仮にそこが白でも魔導《まどう》ハッカーとしての技術を盛ればアンダーグラウンドの住人だけが分かってくる事もあるはずだ。優劣はあっても、使っている技術は俺と同じ系統なんだからね」

「しかし私達の方には何も……」

「ヘンリエッタ君に出し抜かれたから挽回《ばんかい》したいと思っているダグレガが、気づいた事実を素直に共有するとでも？　俺達は情報を使って戦う魔導《まどう》ハッカーだぞ」

美しい撃士《げきし》は額に手をやっていた。

釘《くぎ》を刺すつもりで脅したのに、少々やり過ぎてしまったらしい。

「あのホワイトハッカー様は自分の警報を自分で派手に鳴らす事で、中央にいるニアヴェルファニを慌てふためかせる事ができるんじゃないかって考えたみたいだ」

「そっ、それだけ？　だって土のコアだぞ、そんな事のために!?」

「おいおい、だから言っているだろう。魔導《まどう》ハッカーは情報を使って戦うんだ、そして第一に恐れるのは『露見』なんだよ。ダグレガがニアヴェルファニの『足跡』を欲しがるのはヤツなりの嗅覚による攻めの一手だろうさ。実際、同じく『露見』を嫌う狙撃手を追い詰めるにも使える手ではあるし」

説明されてなお美しい撃士《げきし》サマは理解し難い顔をしていた。刃《やいば》を握って真正面から悪漢に立ち向かい、公僕の正しさを証明して民を安心させてきたヘンリエッタなら無理もない話かもしれない。

「大金庫のドアを動かして中に強盗を閉じ込めてしまうようなものか。確実にボロを出させて逃げ惑う魔王の痕跡を追うには、自分達もそれなり以上に身を切る必要があるって風にね」

「でっでもだって、そういう細かい理屈の話じゃないっ。だって、土のコアって、だってぇそんな大事な事を今の今まで隠してぇ!!」

「おい、今さら何故《なぜ》通報しなかったみたいな話をするのはナシだぞ。書類上手配の解除も済んでいない俺達の話なんて誰が聞くもんか。それにどんな組織だって身内は庇《かば》いたくなるだろ。手配犯と騎士様、治安を守る側がどっちを信用するかすぐ分かりそうなものだ」

「……っっっ!!?!??」

ぱくぱくぱく、とお利口さんのヘンリエッタは口を開閉しているが、もはや言葉も出ないようだった。この街を守るため、善と悪を現実の目線で眺めてきた彼女にも分かるはずだ。書類の力も馬鹿にならない。ダグレガの実像はどうあれ公的記録の上では騎士様なのだ。実際にはアヤトもダグレガも同類の魔導《まどう》ハッカーであってもお構いなしに。そしてそんな状態でのさばらせたのは、他ならぬ『撃士《げきし》』に追いやられたヘンリエッタ自身である。

その時だった。

ゴゴンッ!!　と何か下から突き上げるような振動があった。

アヤトは天井を見上げた。

「……ありゃ。しくじったかな」

ああ、と赤茶けたミノタウロスはゴツゴツした額に手をやった。

『お前さん、一応尋ねておくけど何でこの一大事にあっちへ出かけなかった訳?』

「結果論であの子達を責め立てるなよ。実力を考えろ、第一に戦闘バカのヘンリエッタ君と変な臭いのする湿布野郎ダグレガならより一層ヤバいのはヘンリエッタ君だ」

「言うに事欠いてその言い草か危険人物……ッ!!」

「実際、目を覚ました彼女がどう出るかは分からなかった。何しろこの騎士サマだか撃士《げきし》サマだかは隙あらば古巣の仲間と連絡取り合って包囲殲滅《せんめつ》を仕掛けようとするくらいだしな。だから二手に分かれる必要があったんだ。……まあもっとも、猛牛見た瞬間に動転して跪《ひざまず》くって分かっていたら俺だってあっちに行っていたさ」

「わーわーわー!!　ばばーぶー!!」

ヘンリエッタは頭がパンクすると最大で赤ちゃんレベルまで幼児退行が進むのか、なんか両手で小さくグーを握ってポカポカやられてしまった。そんなアヤト達を見ながら猛牛野郎はため息をついて、

『お前さんが魔導銃《まどうじゅう》を握ってりゃあ話は早かったんじゃねえの。六発目の悪魔《ヘキサジンクス》さん?』

「ないものねだりもやめろよ。悪魔のリボルバーはもう捨てたの」

「?」

ポカポカの手を止めたヘンリエッタが小首を傾《かし》げたが、流石《さすが》に昔の古傷を抉《えぐ》ってまで説明してやる義理はない。

青いブレザーの少年は息を吐いて、

「これはさっきもちょっと言ったんだが……土の街のコアをどうこうしても別に非常モードが揺らぐ事はないだろうけど、中央が警備態勢の見直しをするきっかけくらいにはなるだろう。あいつは今、中央のお城だろう?　別にニアヴェルファニを応援するつもりはないけど、ダグレガとかいう湿布野郎の無計画な揺さぶりで考えなしに激昂《げきこう》させるのも危なそうなんだよなあ」

『だとすると……』

「どんな方法使って監獄からトーマスとかいう親切なじいさんを救出しようとしているにせよ、途中で大きな衝撃が走るだろう。当初の計画が潰れるくらいには」

6

　相変わらず、自分の時間に生きる人だった。

　見る者の心を錆《さ》びつかせる鉄格子と石の牢《ろう》。昼夜を問わず投げ込まれる理不尽に強過ぎる真《しん》空水晶《くうすいしょう》と霧状《きりじょう》マナのスポットライト。粗末な食事と衣類。それら最低最悪の住環境だというのに、この老人は初めて見た時と何も変わらなかった。

「おや」

　いつまで経《た》っても柔らかい顔のじいさんだった。

　誰からも忘れ去られた祠《ほこら》の扉を開けた時と、何も変わらず。

「こんな所までどうしたね、お前さん？」

「ふざけるんじゃないわよ……」

　命と尊厳の全てを助け出してくれた恩人を前に、しかしニアヴェルファニは思わずそう呟《つぶや》いていた。無礼と分かっていても、もう言葉を止められなかった。

「聞こえなかったのかしら、アンタを助けに来たのよ!!　このくそったれの理不尽の全てから、私が一人で被《かぶ》るはずだった罪の全てからよ!!」

「……、」

「茶番劇の公開処刑なんて私は絶対に認めない。アンタが憎まれる理由なんか世界には一つもないわ!!　魔王ニアヴェルファニを解き放った罪なんていうのは、ようは私がそれだけ憎まれていたから成立する罪でしょう。いいえ、それだって言い訳で、実際には魔王ニアヴェルファニを自分達で倒したなんていうホラ吹きがバレると脅《おび》えた贅沢三昧《ぜいたくざんまい》のフォーチュリアナ聖教《せいきょう》が、『神殿移しの儀』なんて大仰な名前をつけた公開処刑イベントでアンタの口を封じようとしているだけ!　律儀に付き合う理由なんか一個もないっ!!」

「じいちゃんはお前さんをそんな風に縛り付けるために助けた訳じゃないんだ。あの時、じいちゃんはお前さんに自由に生きなさいと言ったはずだよ。こんな風に命を粗末にするもんじゃない。じいちゃんはただ、たった一度お前さんを助けただけの他人なんだから」

「他人なものか……」

もう我慢ができず、ニアヴェルファニは鉄格子を両手で摑《つか》んでいた。

気づいていない。やっぱり気づいていない。

勇者の血を引いている事も、そのまま忘れられていればこんな窮地に立つ必要はなかった事も、何もかも。

だけど、気づいていなくても迷わず助けてくれる人だからこそ、ニアヴェルファニはどうしても見捨てられないのだ。

勇者とは。本当に人を助ける人とは、こういう風にできているのかもしれない。

かつては互いに刃《やいば》を向け合う事しかできなかったけど、今はもう違う。

その名前を円環の形に記せば始点も終点もなく永遠の詠唱で無限の力を得られるなんて嘘《うそ》だ。

魔王はそこまで完璧な存在ではない。勝つ時は徹底的に勝つが、負ける時はあっさり負ける。

その『幅』が、強みであり弱みでもあるのだ。

分かって欲しかった。世界にたった一人だけ。

そして腹に目一杯の力を込めて彼女はこう叫んでいた。

「掛け値なしに人の命を救って罪を被《かぶ》った存在が赤の他人であるものかっ!!　良いか、私は何があっても絶対にアンタを助けるわよ。たとえアンタが権力者どもの腹黒い陰謀から抗《あらが》う事をやめたとしても!!　この私が余計なお世話を貫いてやるんだから!!　アンタと同じようにだ!!!!!!」

幸い、すでに牢《ろう》の鍵は手に入れている。

こんな鉄格子が何だというのか。今すぐにでも自由を取り戻してあげられる。

そう思っていた直後だった。

ガコンッッッ!!!!!!　と。

巨大な装置を切り替えるように大きな物音と共に、あらゆる照明の光が消失する。

「……ッッッ!?」

想定外の暗闇だった。

それはほんの一瞬の事で、すぐに明かりは取り戻されたが、先ほどまでとは様子が違った。

縦に深い監獄全体が真っ赤な非常灯で照らし出されているのだ。

気味の悪い人工の光が魔王の柔肌を蹂躙《じゅうりん》していく。どろりと、存在しない血の感触が右肩から胴体全部を汚していく。

『何か』が起きた。

しかもそいつはニアヴェルファニすら想定していない『何か』だ。

「あっ」

そして気づいたのだ。

改めて牢《ろう》の鍵を扉の鍵穴に挿し込もうとしても、形が合わないのだ。ガチガチと音が鳴り響くだけで、どうあっても鍵穴に入ってくれないのだ。

巨大な花のように膨らんだ金属管から、こんなアナウンスが垂れ流された。

『緊急警報につき中央区画、光彩王城《こうさいおうじょう》エリア全域の警備態勢を刷新しました。エリア内に存在する、魔導銀《まどうぎん》を用いた全ての鍵を変更します。新しい錠前に対応した鍵への書き換えは各部門の管理階級の指示に従ってください。繰り返します……』

「……くそ」

合わない。

どれだけ試しても、唇を噛《か》み締《し》めても、涙を堪《こら》えても、たった一つの鍵がどうしても合わない……!!

両手で鉄格子を掴《つか》み、力を込めてもびくともしない。ガチャガチャと不快な音が鳴るだけだ。無理して力を加えたら、右肩、かつて傷のあった辺りから亀裂が走り膿《うみ》が滲《にじ》むような灼熱《しゃくねつ》の鈍痛が跳ね返ってきた。

こんなにも、弱っていたのか。

勝てる時も負ける時もない。ブレがないし、どちらにも突出もできない。『幅』が、可能性がない。ただの両手両足は、ただの両手両足だ。この鉄格子は壊せない!!

「ちくしょう、大丈夫だから、じいさん、絶対に助けるから……!!」

だが身も世もない魔王と比べて、牢《ろう》の中で処刑を待つ老人の方が落ち着いていた。

勇者の血を引く誰かはしわくちゃの顔に笑みを浮かべ、首を横に振った。

「もう良い」

「……良くない」

「じいちゃんは老い先短い。最後の仕事ができたと思えば怖くはないよ」

「そんなの全然良くないッッッ!!!!!」

もう我慢が限界を超えて、役立たずの鍵を放り捨てたニアヴェルファニはついに肩にあった対竜《たいりゅう》ライフルを両手で摑《つか》んだ。その肩当てで扉を殴りつけ、びくともしないのを確かめると銃口の方を錠前へ突き付ける。

その気になれば扉どころか監獄丸ごとぶち抜く事ができるはずだ。

だがそれが問題だった。

(威力が高過ぎる……!!)

分厚い管理棟の密閉された鉄扉とは違う。元から隙間のある鉄格子では、そのまま爆風が独房を埋め尽くしてしまう。

「じいさん、牢《ろう》の隅へ寄って」

彼は動かなかった。

勇者は、自分のために隣人が悪へ堕《お》ちていく行為を認めない。

「お願いだから指示に従ってちょうだい!! たった一度だけで良いからあっ!!」

子供のように駄々《だだ》をこねる魔王に対し、それでも老人は決してニアヴェルファニに罪を促すような行動は取らなかった。

彼女とて本当は分かっていたのだ。最低の最低。意志の力で柔らかい自壊鉛《じかいなまり》の弾頭に文字や数字を刻んで繊細に出力を絞ったところで、鉄格子の向こうにいる老人を傷つけずに錠前だけ焼き切るのは不可能だ。それはギロチンを使って林檎《りんご》の皮むきをするのと同じ、無理な相談なのだ。

助けられない。

これでは一番大切な人を助けられない。

何が太古の魔王だ、『天球を貪り尽くす者《ゾディアックブライトイーター》』、あらゆる魔族を統率し人類を滅亡するに足る負のカリスマだ。この身を救って全ての罪を被《かぶ》った恩人一人救い出せずに、一体どこの誰に胸を張れるというのだ!?

「ありがとう」

「……、」

「これだけ大切に想《おも》ってくれれば、じいちゃんは今日まで生きてきて良かったと笑えるよ」

檻《おり》の向こうからは、あまりにも残酷な声があった。

「じゃがこんな老いぼれのために道を踏み外す道理はない。さあ、もう行きなさい。お前さんはお前さんのやりたい事を邁進《まいしん》するんじゃ。せっかく助けてやったのに、いつまでもここで縛られているんじゃじいちゃんも浮かばれん。そう思ってはくれんかね?」

その言葉を受けて。

こんな時まで完璧なその言葉を受けて。

「……の、よ」

ついに、キレた。

魔王ニアヴェルファニは、これまで感じた事のない激情の奔流に魂を投げ込んでいた。

「これが私の一番やりたい事なのよ、じいさん……ッッッ!!!!!!」

「……、」

思考を切り替える。

無理矢理《むりやり》にでも、未練を断ち切るようにして。魔王としての冷酷さを表に出す。

この場でできない事に拘泥する時間はない。ここで破れかぶれのニアヴェルファニが捕まってしまえば、本当に万に一つのチャンスもなくなってしまう。だから無理矢理《むりやり》に引き剝《ひは》がしてでもここを離れなければならない。

「いい、私は絶対にアンタを助けるわ。これだけは譲らない」

「お前さん……」

「黙れクソガキ!! たかだか地面に落ちた木の実から芽が出て大樹に育つ程度の年月を生きた程度の幼子が、世界の全てを知ったような口を利くんじゃない!! ……教えてやるわよ。いい、じいさん。世界ってのはアンタが勝手に諦めているよりももっともっと広くて、大きくて、輝いていて、どうしようもなく美しいものなんだってのを私が教えてやる!! 口答えなど許さん、いいか、私は王なのよ! 人間如《ごと》きに推し量る事すら許されぬ、世界の表層を舐《な》めた程度で満足してしまう矮小《わいしょう》な一生物如《ごと》きには闇のようにしか捉えられぬ叡智《えいち》の一族の長《おさ》なの!! 一体何

の権利で突っぱねている、私がやると言ったらそれはもう世界の決定なのよ!!　この私がアンタを助ける、分かったかッッッ!!?!??」

「……、」

「泣けよ馬鹿野郎!　泣いても良いのよ!!　アンタの寿命がどれだけ残っているかなんて知らない、季節を何周できるかなんてどうでも良い!!　もしも自分の命が風前の灯火《ともしび》となっているなら、誰だって泣いて叫んで助けを求めたって構わないのよ!　アンタがそうしないから、私がこうしてやる。たとえ一瞬先には消えてしまうかもしれない魂だとしても、粗末に扱う事などこの私が許さないわ。ふざけるなよクソガキ、その命がアンタ一人のものだとして、その命と繋《つな》がっている者がアンタ一人などとは思わないでよ!!!!!」

「……

……」

空気が、変わった。

いいや、皺《しわ》だらけの顔が。

きっと誰にも見られたくはなかった変化が。

やっと、訪れた。

訪れてくれた。

「……それで良いわ」

ニアヴェルファニはそう吐き捨てた。

どれだけ状況が絶望的だろうが、諦めてなるものか。たった一度失敗した程度で、命と尊厳の恩人を見捨ててなるものか。魔王としての我を通せ。予想外、番狂わせ、何でも結構。固定の戦力に縛られず自由を謳歌《おうか》する。それこそニアヴェルファニの本領なのだから。

次に繋《つな》げろ。

先を見据えろ。

「もう一度やってくる」

強く強く奥歯を噛《か》み締《し》めて、忌々しい鉄格子を両手で掴《つか》むニアヴェルファニは真正面から老人の目を見据えた。

「いくら何でも完全厳重警戒に入った王の城にいつまでも留《とど》まる訳にはいかないわ。だから私はいったんこの区画を離れる。だけど必ず魔王はもう一度アンタの下へとやってくる。ここで火を絶やしてなるものか。じいさん、アンタも絶対に折れないでよ。押し潰されそうな時は魔王を見据えよ、希望は常にここにあるわ」

老人は答えなかった。

救いの可能性を提示した事で、間近に迫る『神殿移しの儀』、いいやくだらない公開処刑の恐怖がぶり返しているのかもしれない。魔王を解き放った罪なんてちゃんちゃらおかしい、脅《おび》える権力者達の都合でただただ何も残せずに殺されるだけの死罪、誰だって怖いに決まっている。だとすれば残酷な行いをしてしまっただろうか。ニアヴェルファニはそうは思わない。泰然自若としている事と、感覚が麻痺《まひ》しているのは別だ。まずは正しく理解して、それから乗り越えるための準備を固める。そちらの方が自然なのだ。

この監獄も警備状況は厳しくなるだろう。そう何度も侵入できるとは思っていない。

であれば、チャンスはもはや一つしかなかった。

対竜《たいりゅう》ライフルを肩で担ぎ直し、牢《ろう》から離れた『天球を貪り尽くす者《ゾディアックブライトイーター》』は背中で語る。

「勇者《にんげん》トーマス＝ロベルギン公開処刑当日に、魔王《わたし》は必ず助けに来る。分かった、じいさん？」

オプション04　仲介人に配布される注意事項の小冊子

政府行政による試験制度と公的予算を下地に運営されている騎士団や管理隊《かんりたい》と違い、それらの隙間を縫って活動するのが個人としてのフットワークの軽さを活《い》かした個人職がある。彼らは第三者からの依頼に応じて様々な仕事をこなしていく。

とはいえそこには雑多な職種がある。拠点防衛や要人警護に徹底した用心棒の『バウンサー』、稀少《きしょう》な動植物や鉱石などの採取に特化した回収者の『ランサック』、組織のしがらみなどから解決の難しい事件を専門に解決する始末屋の『フォワード』などである。

何しろ試験や免許などで管理される訳ではないので（お分かりの通り、むしろ仕事を割り振る仲介人の方に法制度は集約される）、各職種には厳密な区切りは存在しない。だがやはり縄張り意識はあるようで、戦闘職の『フォワード』が防衛職の『バウンサー』として依頼を引き受けた場合、雇用を奪われたとして軽いいざこざに発展する事もあるらしい。

これらは当人達が勝手に区分している事なので、仲介人の方から騒ぎを治めるために努力する必要はない。

各職種には特化した伝説を持つ人物の存在が記録されている。例えば防衛職『バウンサー』の中には空賊に襲われて不時着した飛行船を救援隊が到着するまでの七日間たった一人で守り続けた『鉄壁の二枚盾《グラップルシールズ》』、戦闘職『フォワード』の中にはあらゆる事件を必ず六発以内に解決する事で知られる大型リボルバー式魔導銃《まどうじゅう》使い『六発目の悪魔《ヘキサジンクス》』などなど。

これらは各人が勝手に互いを格付けしているだけなので、仲介人の側からランクボードを管理する必要はない。むしろ、ランカーの存在を知っている前提だと依頼報酬の上積みなどを要求されるリスクがあるので、知らない体裁を装った方が安全でもある。

なお、個人職として仕事を請け負う彼らはあくまでも法制度に守られた存在だ。よって、依頼の仲介には最低限の仁義があり、例えば犯罪者の逃走資金幇助《ほうじょ》などに活用される事はないように気を配っている。

しかし一部、魔導《まどう》ハッカーなどの知能犯は制度の穴を突いて悪用している節もあり、この辺りはまだまだ改善の余地が見られる。

フェイズ04　ブライティオ光彩王城《こうさいおうじょう》

1

チンッ、と。

セレディレカ天空都市《てんくうとし》の各家庭では、小さなベルに似た音を鳴らし、焼きたてのトーストのように遠隔印刷で刷り出された新聞が四角い装置の真上から飛び出していた。

フレイアード火彩城下《かさいじょうか》では巨大なドラゴンが張り付いている事も、グラウヴィヴ土彩城下《どさいじょうか》ではテレリアとマミリスが防衛に失敗し、先走った騎士のダグレガの手で土のコアが破壊された顚末《てんまつ》なども欠片《かけら》もなかった。

まるで大きなイベントを前に、余計なけちをつける事など許さないと言わんばかりに。

その日の朝刊の一面にはこうある。

『本日、「神殿移しの儀」を執り行う。フォーチュリアナ聖教《せいきょう》大神官は巨悪として死刑囚トーマス＝ロベルギンの名を削除、この首を刎《は》ねる事で王に証《あかし》を立てる予定』

ある人は一面の記事を見て顔をしかめ、ある人は普段は解放されないブライティオ光彩王《こうさいおう》城《じょう》の臨時公開に喜び、ある人は特に記事を読まずに小さく畳んでダイニングのテーブルの上に置き、そこへシチュー鍋を載せてしまった。手配犯リストに目を通してわざと逃がした獲物がどれだけ額を吊《つ》り上《あ》げたか確認している《賞金稼ぎ》や、美術館の展示情報に印をつけて舌なめずりをしながらハニートラップの算段をつける《バニーガール》などもいた。

多くの人は声高に叫ぶくせに、多くの人は結末まで興味を保てない。

『魔法の反動に苦しむ子羊は最寄りのフォーチュリアナ聖堂《せいどう》へ！』という広告欄の方がまだしも頭の片隅に残るくらいに。

そんな中、

「うー、ぶるぶる。何かシャワーが冷たい……」

「やっぱり土のコアが壊れちゃったせいでしょうか？」

濡《ぬ》れ髪《がみ》のダークエルフは小刻みに震えていたが、元から淡水でも海水でも問題なしの人は顔色一つ変わっていなかった。

でもってグラウヴィヴ土彩城下《どさいじょうか》の安宿では、横になって目を瞑《つぶ》っているのに寝てない人、セルフマニュアル真っ最中のアヤトの腐り切った声が響き渡っていた。

「う、うおお。ダメだテレリア君、俺にはどちらか片方なんて選べない……」

「ほんとにこれシリアスな作業中なんですか」

もちろんすでに状況を把握していた人魚のテレリア＝ネレイド＝アクアマリンと自前の銀髪を割り裂いて惜しげもなく長耳を出したダークエルフのマミリス＝コスターは適切にテーブルや窓枠など一段高い位置に身を乗り上げて足も上げている。二度寝の誘惑には星空から降り注ぐ清々《すがすが》しい朝日も通じない。

……ので、本日やられちまった獲物は期待のルーキー、撃士《げきし》ヘンリエッタ＝スプリット＝デストリウスその人であった。足元を転がる毛布のカタマリに持っていかれた。その有り様はなんか得体のしれない食虫植物に呑《の》み込《こ》まれていくようであったともされている。

「わわわわっ!?　ちょっと待て、何だこれえ!?　よせっ、やめろ危険人物絡み付くなっ、うわあ人を毛布の中へ引っ張り込むなァァあああ!?」

もちゅもちゅもちゅー、と得体のしれない毛布モンスターに咀嚼《そしゃく》される哀れなミニスカ撃士《げきし》様に目をやって、一段高い場所に退避していたテレリアとマミリスは同時に息を吐いていた。

「ああ、どうか安らかに。せめて苦しみを感じませんよう……」

「もはや見る影もないね」

そんな風に言い合う二人は壁際に置かれた大きなスノードーム状のメディアサモナーに映る

テレビジョンの天気予報に意識を移していた。つまり対岸の火事である。……とはいえ、セレディィレカ天空都市《てんくうとし》は雲の上まで突き抜けているので、慣例で何となく続いている天気予報に実質何の意味があるのかは果てしなく謎だが。

一方で、すっかりポンコツ化が著しいカタブツ撃士《げきし》であったが、立ち位置不明の彼女がひとまず同行している事で、公的に捜索が打ち切られた訳ではないものの、大分追撃の手が緩んだのも事実であった。どうやら天空都市《てんくうとし》の治安を守る騎士団側からは『何か思惑があって撃士《げきし》へンリエッタはすでに捕らえた被疑者を自分の管理下で泳がせている』という風に認識されているらしかった。

ややあって、毛布がしゃべった。

「……んん？　何だこの水晶《すいしょう》タロット、どうしてこんなに柔らかい……？？？」

「形も重さもぜんっぜん違うだろォォォーがッッッ!!!!!!」

華々しさを優先した旧式とは言ってもプロテクターベース、鎧《よろい》は鎧《よろい》。顔を真っ赤にしたカタブツが放つ分厚い籠手《こて》つきのグーはかなり鈍い音を炸裂《さくれつ》させていた。

作業中断のアヤト＝クリミナルトロフィーはぱっちりおめめというには少々腫れぼったい目で語る。

「おはよう諸君。……早速で悪いけどテレリア君、顔面に回復魔法を頼めないかな。一体自己把握の作業中に何があったというんだ」

「しばらく反省なさい馬鹿野郎」

ぴしゃりと言ってのけるテレリアに、ダークエルフのマミリスは小首を傾《かし》げて、

「(あれ？　特にやきもちとかではなさそう……)」

「私にも見境というものが存在します」

一見冷静な対応のようにも聞こえるが、だが金髪少女は脇がガラガラであった。

「(つまり何でもかんでも喜ぶ訳ではないけれど、作業中の片手間じゃなくてきちんと向き合ってくれればアタックオーケー、と)」

「ぶふっ!?　さっきから揚げ足を取りたくてうずうずしすぎじゃないですかね!?」

二人の少女が軽めに取っ組み合いに発展している中、頭の回転が戻ってきたアヤトはテーブルの上にあった四角い機械から飛び出していた今日の朝刊を引っこ抜く。

一面の記事を目で追い駆けて、少年は静かに頷《うなず》いた。

「予定通りに決行、か」

「例のトーマス＝ロベルギンの公開処刑の話だな?」

となると当然、ニアヴェルファニは恩人の救出に失敗しており、ラストチャンスに賭けて『神殿移しの儀』を狙ってくるはずだ。

「……まったく、魔王を直接叩《たた》けない腹いせで罪に問うなどという話が本当ならひどいものだが、それにしたってどいつもこいつも極端すぎる。正当な理由があればあらゆる暴力は周囲か

ら許容してもらえるなどと考えるから、危険人物として登録されるんだ」

いざ戦闘となればパワー馬鹿一直線となる割に、こういう所は常識人らしい。

ギリギリと手と手を合わせて力の押し付け合いに発展していた百合《ゆり》っぽい二人の内、テレリアの方がこちらを振り返って、

「ぶっちゃけどうするんです？」

「ニアヴェルファニ自体の善悪はどうあれ、落とし前はつけてもらう。人様に余計な罪状さえ押し付けなければどうぞご勝手にというか、ここまで話はこじれなかったものを」

「……危険人物め。どっちみち奇麗な体って訳でもないくせに」

「自分で背負った罪なら納得できるんだ。だけど今回のケースはそうじゃない」

何と言おうが本人に捕まるつもりはないんだから、清廉潔白に治安を守る撃士《げきし》のヘンリエッタからすればへそで茶を沸かすような発言でしかないのだが、それはさておき。

「じゃあ『予定通り』だったケースを想定してスケジュールを組んでいこう。確か例の公開処刑は午前中に行われるんだったよな」

「くそ……。あまり魔導《まどう》ハッカーを泳がせるのも問題だが、王の城に忍び込んで凶弾を放つと聞いては流石《さすが》にな。ここは柔軟に対処する他ない、か」

『神殿移しの儀』に合わせてやってくるニアヴェルファニを迎撃する立場のアヤト達からすれば、一番怖いのは何かしらのトラブルでイベント自体が中止になってしまう事だった。そうな

ると行方を晦《くら》ましたニアヴェルファニが顔を出すきっかけを失ってしまう。一方で、滞りなく国家行事が始まってしまえば、事前に決めておいた作戦をスケジュール通りに進行できる。

アヤトは新聞の天気予報欄へ目をやっていた。

ほぼありえないと頭では分かっているものの、それでも大気シールド『庇護《ひご》の傘《かさ》』をぶち抜くほどの強烈なブリザードの可能性を無視できないからだ。

「とはいえ、微々たるリスクよりも今は全体の絵図か……」

ばさり、と。

少年達はテーブルの上に何枚もの大きな紙を広げていく。今度は新聞ではない。国家行事のスケジュールに城内の見取り図、警備状況、そして処刑装置の設計図……。状況によってはこの資料の山を抱えているだけで反逆や暗殺の疑いをかけられそうだ。

口火を切ったのは、やはりこの街の仕組みに詳しいヘンリエッタだった。公開処刑にまつわるデータや資料を一番多くかき集めてきたのも彼女だ。

「確認するぞ危険人物ども。セレディレカ天空都市《てんくうとし》の処刑方式には機械式のギロチンが採用されている。図面はこれだ。罪人を跪《ひざまず》かせて両手と首を太い板状の拘束具で固定した上で、鎖の巻き上げ装置で持ち上げていた分厚い刃をレバーで落とせば一丁上がり。処刑それ自体は余計な痛みを与えないようあっさりしたもののはずだ」

「でもそれじゃ感動的に巨悪を倒す『神殿移しの儀』がイベントとして成立しない。わざわざ中央の広場に大勢が駆けつけるんだ。彼らを満足させるためには、それなりの時間を割いて盛り上げる必要が出てくる」

「そこで出てくるのがフォーチュリアナ聖教《せいきょう》の流儀って訳ですか」

「ここの王家が半ば公的に保護している宗派だよ、こーち」

ダークエルフのマミリスはどこか他人事《ひとごと》のように言ってきた。

彼女は人間ではないので、人が作った、人しか守ってくれない宗教を疎外感と共にどこか冷めた目で眺めてきたのだろうか。

ヘンリエッタも頷《うなず》いて、

「たとえ『神殿移しの儀』に必要と言っても、無辜《むこ》の民に犠牲を強いる訳にはいかない。つまりフォーチュリアナ聖教《せいきょう》としては、それだけトーマス＝ロベルギンがいかに凶悪な悪党かを箔《はく》付《づ》けして、異論が出ないよう気を配る必要があるはずだ」

「ふうん。具体的には？」

「日陰者には国家行事の手順への理解など期待していない。あの宗教では不要な殺生は禁じられているが、いくつかの例外がある。ようは、ギロチンに罪人を拘束して見世物にした上で、大神官が長々とした罪状を読んで名前を抹消するためのパフォーマンスに多くの時間をかけていく訳だな。何事も光闇二元論《こうあんにげんろん》ってヤツだよ、相手を悪の側に印象づけ、残酷だの可哀想《かわいそう》だのって気持ちを取り除くのが大切なんだ。実際に首を落とす時間よりも、何倍も何倍もだ」

「獣や魚の肉も、血抜きをしてから料理した方が美味《おい》しく平らげられるって訳か」

アヤトのあんまりな言い分にヘンリエッタの顔がわずかに歪《ゆが》んだが、少年の目線から見た素直な感想はそれしかなかった。

アスファルトカラーの鎧《よろい》を纏《まと》う撃士《げきし》様はわずかに咳払《せきばら》いしてから、

「……こほん、続けるぞ。とにかくこいつのせいで処刑までのリミットは流動的だな。午前中とあるが、予定は予定。演説が乗った場合は昼を回る可能性も否定はできない」

『神殿移しの儀』、そのクライマックスを彩る鮮血の公開処刑。

演出された正義に宿るものなど何もない。

悪人を成敗する、というカタルシスは直接的な処刑にせよ新聞などに悪事を書き連ねる社会的な抹殺にせよ、常に人々の心を摑《つか》んできた一大エンターテイメントだ。相手が悪人であり自分達には正当な理由があるという言い訳ができれば、どこまでも残酷になれるのが人間という生き物なのだ。その大神官とやらは最高に刺激的なショーの提供者として人心を摑《つか》もうと腐心しているのかもしれない。

チョコレート色のダークエルフは長い耳をピコピコ振りながら、率直に言った。

「人間は頭がおかしい」

「ここだけ切り取れば同感だけど、今は何でも活用させてもらおう」

アヤトもうんざりしたような調子で、

「フォーチュリアナにはもう一つ特別ルールがある。いわく、偶発的要因によって処刑が失敗した場合は、善なる偶然の思《おぼ》し召《め》しとして罪人を解放すべし。例えば火炙《ひあぶ》りの直前で大嵐が起きたりとか、絞首刑のロープが千切れて罪人が真下に落ちた時なんかだな」

「危険人物どももすでに周知とは思うが、今回のギロチンは機械式だ。歯車が空回りしたり鎖が絡まったりして刃の巻き上げや落下に失敗すれば、処刑の中断は十分にあり得るな」

ヘンリエッタは腕組みして頷《うなず》き、テレリアは首を小さく傾《かし》げて、

「……当然、おじいさんを助けたいニアヴェルファニとしては意図してそれを狙ってくる。ですう？」

「意外と燃える展開、かも」

おばあちゃん子のマミリスがどっちの味方なんだか分からない不穏な発言をしていた。

アヤトはギロチンの図面を人差し指で叩《たた》いて、

「処刑の失敗を誘発させる方法はいくつかある。例えば歯車の一つを一回り小さなものに交換して装置全体が噛《か》み合《あ》わないようにしたり、あるいは軸受けに酸味の強いフルーツの果汁なんかを垂らして金属を錆《さ》びつかせたり。普通に考えれば、ニアヴェルファニはこのギロチンへ近づこうと考えるはずだ」

「でも、肝心の『神殿移しの儀』が始まったら近づく隙はありません、よね？　お立ち台の上に処刑装置が取り付けられ、三六〇度群衆が取り囲んでいるような状態なんですから」

あの赤茶けたミノタウロスの話が真実なら敵は本物の魔王のはずだが、同時に封印から解き放たれて勇者の傷を赦《ゆる》されてから時間は経《た》っていない。長い年月をかけて月の光を浴び、少しずつ体から漏れ出た力を再チャージしているとは思えない。そこまでの『幅』は取り戻していないだろう。人間が作った魔導銃《まどうじゅう》に頼っている時点で、人間と同程度のスペックで挑んでくると考えるべきだ。

……逆に言えば、弱っていてもあれだけの揺さぶりをかけてくる訳でもあるのだが。

「騎士道に身を置く者として小細工の話は複雑だが……つまり処刑装置が広場に運び込まれる前、舞台裏に置いてある時を狙ってニアヴェルファニが近づいてくる、という訳なんだろうか？」

ヘンリエッタはそう言ったが、自分でもどこか納得していないようだった。

その懸念はアヤトにも分かる。

「何も『神殿移しの儀』に限った話じゃない。安心して同じ人間を叩《たた》ける公開処刑は娯楽に餓《う》えた残酷な民衆にとって最大のエンタメショーだ。何かのミスで執行が失敗したら、餓《う》えに餓《う》えた群衆の怒りが爆発して暴動に発展するかもな。過去にも煮炊《にた》き刑《けい》で大鍋に火を点《つ》けるのに失敗した執行人が群衆の怒りに呑《の》まれてリンチ沙汰に発展したって話もある」

「そうだ危険人物。執行人にとっても一世一代の大舞台、命懸けの一大イベントとなる。成功すれば拍手喝采だが、失敗すれば自分が殺される側に回るかもしれない」

ヘンリエッタは首を横に振って、

「ようは、自分の体を使った切断マジックや脱出マジックみたいなものをイメージすれば良い。自分の命が関わっているからこそ、執行人はショーの機材を何度でも入念にチェックするはずだ。ニアヴェルファニが何か小細工をしたとして、本当に本番前まで気づかれないなんて保証はあるのかな。万に一つでも異変を察知したら、恩人のおじいさんを二度と助けられなくなるっていうのに……」

こんこん、とアヤトはテーブルに並べた紙の資料を指先で叩《たた》いた。

思案し、そして言った。

「ギロチン機材自体は、典型的な魔導銀《まどうぎん》でできているんだよな」

「ああ」

「だけどヘンリエッタ君、君が今着ているその鎧《よろい》のプロテクターはダークグレイの酸化魔導銀《さんかまどうぎん》だったよな？」

えっ？　と当の撃士《げきし》様がキョトンとした。

アヤトは持ち上げた指を軽く振って、

「……金属加工は焼き入れと冷却の妙だ。だから激しい寒暖の差で材質が変化しないよう、軍用装甲には本来の柔軟性を犠牲にしてでも剛性を保つため酸化《さんか》処理が施されている。魔獣の革や腱《けん》の接合部位なんかは結構脆《もろ》いものだしさ」

「あれ？　でもアヤトさん、魔導利器《まどうりき》のサソリとかハチとかは普通の魔導銀《まどうぎん》だったような」

「あれは元々フレイアード火彩城下《かさいじょうか》での運用が想定されていたからだよ。つまり常に灼熱《しゃくねつ》状態だから、『寒暖の差』にさらされる心配はない」

「えと、じゃあフルーツの果汁や氷菓子を売り歩いていた行商さん達の冷媒でも使って、装置を凍らせるつもりなんですかね？　どっちみち、舞台裏の段階で装置に近づかないとできないし、途中で執行人がチェックして異変に気づかれたらそれまでって点は変わらないような……」

「その執行人チェックは何度でも繰り返せるけど、一つだけ欠点がある。いざショーが始まってしまったら、どれだけ怪しくても民衆の前ではチェック作業をできないって事だ」

　アヤトは自分の唇を舌で湿らせながら、

「そして装置に特定の液体を付着させるだけなら、実は処刑装置へ直接近づく必要はないかもしれない。ここは分厚い『庇護《ひご》の傘《かさ》』に守られた天空都市《てんくうとし》だけど、想定外のブリザードがシールドを貫かない可能性はゼロとも言えないんだし」

「うん？　こーち、なんか話が飛んでる？？？　天候とか、ブリザードとか……」

　マミリスが目を丸くしたが、アヤトは首を横に振った。

「いいや、一本道だよ」

　つまりは、

「滅多《めった》に起きないブリザードを装って装置を凍らせれば良い。万に一つも失敗できないとなると時限式や遠隔操作とも思えない。メインの計画は何であれ、ヤツはいざという時すぐリカバリーに向かえるよう現場の舞台裏に潜むはずだ。魔王自身の手でひっそりと冷媒をばら撒《ま》いてギロチンに不具合を起こせる条件を整えて」

そう。

処刑装置に罪人がくくりつけられてからしばらくの間、どこぞの大神官様がパフォーマンスのために長々と口上を並べ立てる予定なのだ。

装置の歯車を凍り付かせるための猶予は、全くないとも言い切れない。

2

星空から朝日を浴びているグラウヴィヴ土彩城下《どさいじょうか》は、他の区画と違って特別なものが何もないのが最大の特徴らしい。そんなので大丈夫なのかと聞く者は耳を疑うが、観光疲れでグロッキーになった人達が自然と吸い寄せられるようで、意外にも観光収益の高さでは他に引けを取らないという話だった。

そんなこんなで金髪少女達の泊まっている宿は三階建て、一階部分には簡単な食堂付きであった。アヤトはさっさと向かってしまったが、テレリア達はそういう訳にもいかない。

そう、彼女達はオンナノコなのである!!

「はあー……鏡が小さいですう」

鏡っつーかバスルーム全体が狭すぎるのだが、洗面所と浴槽部分を全部合わせても馬一頭入らないくらいの空間にテレリア、マミリス、ヘンリエッタまでもがぎゅうぎゅう詰めなのだった。土のコアを破壊された関係で蛇口の水は冷たいが、問題はそこではない。ただでさえ限られた空間でもっと小さな鏡を巡って彼女達はぐいぐいとお互いの柔らかい頰を押し付け合いながら、髪をセットしたり顔を洗ったりしていた。やはりこういう勝負になると特徴的な長耳を周囲に突き刺して威嚇できるからか、やや銀髪ダークエルフが優勢だ。

「ねえテレリア」

「何ですかマミリスさん」

「それは結局誰に見せるための身だしなみなの？　こーちはこの部屋でがっつりあなたの寝起き顔を見ているはずなのに」

「はぐうっ!?」

実を言うとそっちも見せたくはないのだが、諸々《もろもろ》の深い事情で宿の部屋が一つしか確保できないケースが多すぎるのだ。一緒に旅をするようになってから、寝起き顔はもちろん丸一日洞

窟や迷いの森をさまよい歩いて結局完徹だなんていう徹夜顔を見られる失態までたびたび見せている。オカンはこうして女の子の顔を作るのをやめていくのだ、という悪夢のようなジンクスだけは絶対に避けたい。無駄だろうが徒労だろうが常にカワイイを追い求めていくその姿勢を維持するのが大切なのだっ!!

と、魂を揺さぶられて棒立ちになったテレリアの隙を縫うようにヘンリエッタが鏡の前へ身を乗り出す。鏡越しに肩の力を抜いて自分の居場所を作る――そう、撃士《げきし》ではなく魔導《まどう》ハッカーに救われた――マミリスを複雑そうな顔で見やりつつ、ちょいちょいと前髪をいじくり、

「そういえば、だ」

「ううー、当たり前のような顔で順調に女パーティがわんさか増えていくんですう……」

「?？? 君達はあの危険人物と顔見知りのようだから共通の知人かもしれない。昨夜、未《いま》だに真偽のはっきりしない雄牛殿から話を聞いたんだが」

「ああ、多分あれほんとですよ。二刀流のバタフライエフェクタとミカ＝アンゲロスは本物っぽいですし、彼女の認証を誤魔化《ごまか》す方法はアヤトさんにも見つけられないようですし。彼女自身も大陸どころか世界最高水準のヒトガタ魔導利器《まどうりき》のようですけど、エネルギー効率が悪過ぎて下手に量産体制を築くと世界全体が干からびてしまうんですって」

「ぶふっ!? や、やっぱり本物の閣下で良かったのか!?」

大慌ての撃士《げきし》様が仰《の》け反《ぞ》り、今度はダークエルフが鏡の前へ。

「で、その牛さんがどうしたの？」

「あ、ああ。何でもあの危険人物は最初から魔導《まどう》ハッカーだった訳ではなく、元々は魔導銃《まどうじゅう》を取り扱っていた、とかいう話が出ていてな。ええと、リボルバーが、ヘキサ……どうとかいう異名で知られていて」

　はあ、と二人に追いやられたテレリアは彼女達のつむじを眺めながら息を吐いた。

　それからゆっくりと唇を動かす。

「まあ、本来なら彼本人が話さない限り表に出すべきじゃありませんけど、状況が状況ですからね。疑問を抱いたまま難敵のニアヴェルファニに向かうのも酷でしょう。あくまでも互いの連携強化のため、と考えてくださいよ？」

「結局ヘキサがどうしたというんだ」

「六発目の悪魔《ヘキサジンクス》。アヤトさんは元々マグナム系の大型リボルバーを得意とする腕利きの『フォワード』だったんです。当時は魔導《まどう》ハッカーとも無縁でした。異名についてはどのような依頼であっても六発以内にケリをつけ、リロードする場面を誰も見た事がなかったから、という伝説によるもの。魔導銃《まどうじゅう》の使い手としては、私達が身を置いていた『学園群塔《がくえんぐんとう》』でも随一だったはずですよ。単純な正面火力の撃ち合いではなく、それでいて非力な怪盗でもないんです。不要な戦闘を徹底的に避け、最深部にいる標的へゼロ距離から絶大な一撃を見舞って、蜂の巣をつついたような現場から静かに消えていく。壁もすり抜けられず透明人間でもないのに良くやるもんだと評価されていましたね」

『学園群塔《がくえんぐんとう》』が飛び抜けた天才、または決して表に出せない変人の巣窟なのは部外者のヘンリエッタも知っている。無色のマナは四方に散らばる超越生命と同調する事で火水風土の属性に分かれていくだの何だの、そんな仮説を年中無休でこねくり回す連中だ。その性根が何であれ、どんな専攻分野であってもあそこで頂点に立つとしたら相当のものだろう。

だから素直に、疑問が湧いてきた。

「……？　そんなにご自慢の腕があるなら、ヤツはどうして危険人物の道を？」

「最後の依頼で失敗したんです」

そっと、金髪の人魚はそう囁《ささや》いた。

話せるという事は、彼女の頭の中では嚙《か》み砕《くだ》いて言語化が終わっているという事だ。

「人質を取ってジェム派学問宝石基板加工校舎塔《はがくもんほうせききばんかこうこうしゃとう》に立てこもる凶悪犯を排除せよ。解決に乗り出していつも通り六発以内にカタをつけたアヤトさんでしたが、実際には犯人は人質からの説得に応じていて、投降の準備を進めていたんです。つまり魔導銃《まどうじゅう》の出番はなかったのに、アヤトさんは撃ってしまった」

「……、」

「レコードとしては標的を仕留めた時点で万事解決、たった一度の汚点もない最強ランカーです。しかしそれでも、彼だけは自分のしでかした事実を重く受け止めていた。誰からも糾弾されないなんて、関係ないんです。だからあの人は自ら魔導銃《まどうじゅう》を封印して、教えられた内容の裏を洗える魔導《まどう》ハッカーの道を歩むようになったという訳です」

誤射や連絡の行き違いは、残念ながら長く実戦に身を置けばいつかどこかで必ず直面する問題でもある。だが少年は積み重なれば統計上浮かび上がる話では処理できなかった。

そして彼は言っていた。

自分で犯した罪なら背負う。黙って捕まってやる気もないけど、と。

「表向きは心機一転しているように見えていますが、きっと彼は今でも当時の真相、命令系統の上で何が起きたかを追い駆けています。いえ、そのために魔導《まどう》ハッカーの道を歩んでいる。どこで何が行き違ってあんな事になったか。あるいは作為や悪意はあったのか。表面をなぞるだけの最強ランカーでは届かない場所まで深く探りを入れるために、です」

基準値となる自分の体の重さを自覚し、イメージ通りに動かす。それだって、一からやり直し現場に立ち向かう必要を感じているからだろう。同じフィールドにいてもテレリアが魔導《まどう》ハッカーになれないように、リンケージプラグと魔導銃《まどうじゅう》の扱いでは筋肉の付け方から思考の方法まで全く別物なのだ。正面から魔法で殴り合うのではなくとにかくこちらの狙いを悟らせない事、基本的に間接攻撃が主眼となる事、武器を持った相手に無手で挑む事……などは挙げられるが、それもまた『魔導《まどう》ハッカーにはなれない』テレリアから見た予測でしかない。実際にどれだけ苦労するかは、特技を捨ててでも学び直そうと決意したアヤトにしか分からないのだ。

「……じゃあ君は、あの危険人物の協力をする意味で？」

「本人から相談を持ちかけられた事なんてありません。私が勝手にそう思ってついていっているだけです」

「ん？　でもテレリアは表向きパーフェクトなレコードを保持しているこーちの、現場での顚《てん》末《まつ》を知っていたような口振りだったけど？？？」

ダークエルフが鏡の中で小首を傾《かし》げるのを見て、テレリアはくすりと笑ってしまった。

淡く。しかし、好感情だけでは説明のつかない複雑な顔で。

「……なんて事はありません。当時、校舎に残っていた人質が私で、立て籠もりの犯人が私の義理の兄だった、というだけなんですよ。だから私は、その瞬間を見た」

流石《さすが》に誰しもが黙り込んだ。

テレリアだけは淡く淡く笑いながら、

「完璧な人間なんてどこにもいません。たとえそれが、過去の最強ランカーであっても」

「……、」

「でも、だから、私は義理の兄が命を落とした一件の真相そのものよりも、アヤトさんが転がり落ちてしまわないかの方が心配なんです。アヤトさんとニアヴェルファニは、一つの過ちに拘泥するケタ外れという点においてはとても良く似ている。ミスを取り返すためならば、迷わず人生を投げて持ち得る力の全てを使い倒すという意味でもです。どのような形であれ、あの件はすでに決着した。そのために新たな事件や悲劇を生み出すのは間違っています。だから、ですから、そうならないようにアヤトさんを見守るのが、私の旅の目的なんです」

少女達の準備は終わる。

ダークエルフのマミリスが宝石の耳飾りのミミックオプションで長耳を隠すのも込みで、身だしなみを整えたテレリア達は宿の部屋を出る。そのまま一階にある食堂へと向かう。

一足先に席を確保していた少年が小さく手を挙げた。

「やあテレリア君。最後の食事は目玉焼きの載ったトーストらしいぞ。土のコアの件が尾を引いて出せる料理に限りがあるそうだ。とはいえ、とりあえず卵を載っけると何でもかんでもゴージャスに見える伝説は本当らしい」

にっこり笑顔で少女は応えた。

「縁起でもない事言わないでください、ぶっ飛ばしますよ？」

3

食事を終えればいよいよ行動開始だ。

「ヘンリエッタ君って意外と食うのな。トースト何枚おかわりしてた？」

「じ、実戦的行動で民を守る撃士《げきし》には肉体を動かすエネルギーが必要なんだ」

「お上品な騎士当主階級なのに」

「がっかりするな、必要な事なんだッ!!」

清々《すがすが》しい朝、陽《ひ》の輝く星空の下。何だかんだで美しい撃士《げきし》も顔を真っ赤にする辺り、周りの女の子達が思った以上に小食なのを見て内心で愕然《がくぜん》としている真っ最中かもしれない。

アヤト達はグラウヴィヴ土彩城下《どさいじょうか》の宿を出て、中央のブライティオ光彩王城《こうさいおうじょう》へ向かう。

まだ『神殿移しの儀』の会場でもないというのに、すでにもう道端にピエロが立ってビラをばら撒《ま》いていた。通りに面した店々は早朝の時間帯だというのに門戸を開けて、普段なら絶対にしないような景気の良い呼び込みの声を行き交う人々に放っている。

『飲み物とサンドイッチを買うなら今だ！　中央にゃ一般店舗は入れねえからな!!』

『オペラグラスはいかが？　必ず最前列に陣取れるなんて思わないでくださいよ!!』

『トーマス＝ロベルギン、トーマス＝ロベルギンだ！　ギロチンで落とされたヤツの首は瞬《まばた》きをするか、しないか。賭けの対象になってるぞ。胴元と話をつけたいお客さんはこちら!!』

頼まれれば不謹慎だろうが何だろうがとにかく手伝ってしまうのか、《メイド見習い》の少女などもてんてこ舞いのようだった。本業はギャンブルの予想屋なのか、口元を薄いヴェールで隠した《占い師》の美女の周りにも人だかりができている。

うへえ、と青い顔をするのはテレリアであった。

「……ほ、ほんとにエンタメショーと化しているんですね。うっぷ、どうやったらギロチンの現場でトマトとチーズのぶちゅぶちゅサンドイッチが売れるんだか……」

「ああ、地上の大陸じゃ密室で雷光椅子《らいこういす》にくくりつけて結果報告を新聞で楽しむ、というやり口も流行《はや》っているんだったか。単にライブ感の違いだとは思うが」

「いやあのヘンリエッタさん、それは別に楽しむ楽しまないって話じゃあ……ひっく……」

しかしまあ現実に正義の《サムライ》や《ニンジャ》などは世間話をしながら食べ物を摘《つ》まんでいる。イベント時の混乱で自らトラブルを求めているのか、派手なスリットが入った異国情緒溢《あふ》れるドレスを纏《まと》う《格闘家》なども徘徊《はいかい》している。何とも平和なもので、さぞかしニアヴェルファニの怒りの純度が保たれそうな話である。

人間のふりをして長耳を隠すダークエルフのマミリスがこんな事を言っていた。

「王様は処刑に関わらないんだって」

「？」

「戦争以外の血なまぐさい殺生からは距離を取るって方針みたい。だから死罪の執行はフォーチュリアナ聖教《せいきょう》に一任しているんだっておばあちゃんが言ってた」

その是非はどうあれ、普段は誰も入れない中央が一般公開されてエリアを守るオーロラのように輝く壁『自由謁見の限度』が解除されるというのであれば利用する他ない。

「よっと」

いつもの早朝よりも賑《にぎ》わう通りのあちこちを眺め、アヤトは隙あらば街灯や散水機など、あちこちの魔導利器《まどうりき》に腰から抜いたリンケージプラグの剣を突き刺してブレードを分離させていた。当然、マナ流《りゅう》の循環に横槍《よこやり》を入れてその演算領域を共鳴させるための下拵《したごしら》えだ。土のコアは破壊されているが、大胆な特色を持つ水や風の街と違い、土の街はスタンダードが売りだ。よそから設備を持ち込む露店が多いのも手伝って、さほど生活に支障は出ていないらしい。

「……モノが多いとやりやすいな。あっという間にレベル20だ」

「(忘れない忘れない、私は絶対に今の蛮行を忘れないからな。大丈夫、私はまだあの娘達と違って情にほだされたり染まったりはしていない……)」

「ヘンリエッタ君、レベル20もあればご自慢の魔導鎧《まどうがい》もハックできるという事実をお忘れなく。ここで変な気起こしたら乗っ取ってその辺で滅法スケベにダンスしてもらうぞ」

柄の中で圧縮された新たな刃を補充しつつ、アヤトは低い声で釘《くぎ》を刺しておいた。

露店が多いのは不謹慎ではあるが、アヤト達にとっては利用価値がある。途中で安物の紙袋や楽器ケースなんかを買い叩《たた》き、武器をしまっておくくらいには。

中央のブライティオ光彩王城《こうさいおうじょう》は火水風土どこからでも門戸を開いているので、アヤト達は素直に土彩城下《どさいじょうか》から面した大きな城門に向かう。今日だけはあれだけ頑丈なヘンリエッタをも叩《たた》き伏《ふ》せた『自由謁見の限度』はない。人の流れが滞っているのか、そちらでは群衆が固まっていて、彼らの間でバスケットを抱えた果物売りの子供達がうろちょろすり抜けていた。

アヤト達が紛れ込むと、すぐに後続が押し寄せてくる。あっという間に身動きが取れなくなってしまった。

「えと、門が狭いから人が詰まっているんですかね？」

「あれだけ無駄に大きいのにか？　一般公開日とはいえ王様が暮らしているお城なんだ。手荷物検査とか魔導検知器《まどうけんちき》のゲートとかで滞っているんだろう。魔導銃《まどうじゅう》なんかを預かっておくためにさ」

今さらのように全員で顔を見合わせた。

当然ながら、アヤト達はこれから破格の火力を誇るニアヴェルファニと戦うため、魔導銃《まどうじゅう》なんていくらあっても足りないくらいだ。ここで没収されて丸腰になってしまえば戦いを始める事すら叶《かな》わなくなる。

「ふっ、ふぇっ、ふえええええええ!?　どっどどどっどうするっどうするんですかあ!?」

わたわたとテレリアはあちこち見回す。ひょっとすると人の列から抜けていったん仕切り直しをしたいのかもしれないが、列とも呼べないような群衆の波がゆっくりと一方向へ流れているような状態だ。すでにアヤト達の後ろにも分厚い人の壁ができている。今さら逃れる事はできないだろう。

「(……ひいいいいいっ。魔導銃《まどうじゅう》や浮遊式のスカートはともかくとして、両足のミミックオプションどうしましょう。ここでバレたら大勢の前でアレがどうしておさかなさん部分がバレばばあばばばばあば……っっっ!!?!??!)」

「テレリア君？」

「なんってでもないですうだいじょうぶですからねェぜんっぜん!!」

汗ダラダラおめめ泳ぎまくり、完璧に挙動不審モードでろれつも回っていないテレリア。前方からは騎士のものらしき太い男の声が響き、それは人混みに押されるにつれてどんどん大きくなっていく。

『次!!　ゆっくりとゲートを潜《くぐ》って!!』

『音が鳴っても嚙《か》み付《つ》きはしないから止まらずに！　魔導銃《まどうじゅう》を一時預かるだけだ!!』

向こうから響いてくる威圧的な声に、長い耳を隠しているマミリスも顔を曇らせてきた。おばあちゃん子と魔導利器《まどうりき》の間で板挟みなダークエルフはこう呟《つぶや》く。

「何だか怖いね。ゲートってどこまで覗《のぞ》き見《み》されるのかな、こーち……」

「少なくとも、下着の色が分かるような代物じゃないからそこまで不安にならなくても大丈夫だよ」

一方で、今にも泡を噴きそうなテレリアの様子に首を傾《かし》げながらもヘンリエッタがこんな風に言ってきた。

「おい、さっきから何を慌てている。……お、おい？　よせっ、こんな所で私の名前は出さないぞ小娘、そんなにすがるんじゃない子犬のような瞳で、おいってば、おいーっ!!」

こういう時、背丈が低くて基本上目遣いになるテレリアは破壊力が違う。オイの一言にも色

んなニュアンスがあるのが分かる素敵なお話だ。横目で見ていたアヤトはアヤトで、

「名前、か。そのマスターキーって王様の城まで通じるもの？　そうでないならもうちょい確実な勝算のある手に頼ろう」

「君も待て危険人物、そちらもそちらで問題だ。何をやらかすつもりかは知らないが魔導《まどう》ハッカーの流儀なんか黙って見過ごす訳にはいかない。私はルールを守る側なんだ!!」

「はははカタブツ系ツンデレお姉さんよ照れるでないわ分かりにくい。それよりヘンリエッタ君、俺達は人相書きが配られている身の上なんだが、手荷物検査以前に顔を見られただけで連中が襲いかかってくるなんて話にはならないだろうな」

「それよりじゃないし照れてもいないっ。あと、まあ、問題はないはずだ」

　ポニーテールから変異した金髪三つ編みのヘンリエッタは両手を腰に当てて、

「今日はフォーチュリアナ聖教《せいきょう》が調整を進めた『神殿移しの儀』、言ってみれば公開処刑日だぞ。つまり定められた巨悪以外を殺すと宗教的なバランスが崩れる。ある程度の恩赦みたいなものが機能するから、仮に危険人物どもがゲートで顔バレしたとしても、神聖な儀式を見に来たと言い張ればこの日一日だけ無礼講という扱いを受けるチャンスはある。過去にも国儀の際には実例があるし、私が口添えすれば間違いない」

「……た、大陸挙げての球技大会の決勝戦で戦争が止まるみたいな感じですね。というかほんとに大丈夫なんですかどうするんですか手荷物ならともかく探知器はまずいんじゃないです

か!?」

「何言ってんだ、人の目を使わない方が話は簡単じゃないか」

アヤトは呆《あき》れたように息を吐いて、

「忘れたのか。俺は魔導《まどう》ハッカーなんだぞ?」

「この危険人物のドヤ顔が不安で仕方ない……!!」

やるべき事は簡単だった。

元々城門自体は幅三〇エスール(注、約三六メートル)を超える幅広なものだったが、わざわざその手前に縦長のボックスにも似た細い金属枠のゲートがずらりと並べられていた。言わずもがな、魔導利器《まどうりき》の中を流れる霧状《きりじょう》マナに反応する魔導探知器だ。もちろんアヤト達は上着でくるんだり細長いバッグに詰めたりして表面上魔導銃《まどうじゅう》や魔導《まどう》ハックに使うトリガー付きの剣を隠してはいるが、ゲートを潜《くぐ》ればバレてしまう。

が、

「おっと失礼」

ゲートの一つに近づいたアヤトは後ろ手に抜き身の剣を隠したまま、道でも譲るようにゲートの金属枠へ背中を押し付けた。

当然、ぶすりと装置にブレードの先端を突き刺しながら。

必須レベルは10。たかだかゲート一つとサソリ型の魔導利器《まどうりき》ズートキシン三式が同じくらいと言えば厳重に聞こえるが、そもそもアヤトは20以上稼いでいるので問題ない。

自分自身の体を使って魔導《まどう》ハックの痕跡を隠しながら、少年は笑って提案した。

「レディファーストだ。お嬢さんお先にどうぞ」

「えっ、は、何が……？」

「早く行ってよデカパイちゃん」

まだびくびくしているテレリアの背中をストレートの銀髪を揺らすマミリスが両手でぐいぐい押してしまった。本来なら作動するはずのゲートは、しかしアヤトのブレードを刺された事で乗っ取られているのでブザー音を発しない。そのまんま素通りであった。

「(うっ……なんか今、染まった。危険人物と同じ悪の道に……!!)」

「早く」

二人に続いて渋面のヘンリエッタも同じゲートを潜《くぐ》っていくのを確認してから、アヤトも背中を探知器から離してゲートを越えていく。これだけ大人数を捌《さば》いていくとなると一人一人の顔を詳しく見ている暇はないのかもしれない。ヘンリエッタに声が掛けられる様子もなかった。

『あれ？　今の金髪と褐色の子、腰回りの拡張外装《かくちょうがいそう》がそのまんまだったような？？？』

『釣り糸か何かで吊《つ》った廉価版だろ。ゲートが作動しなかったんだから』

検査担当の騎士達が首をひねっていたが、デジタルな魔導の結果に依存しているため、自家生産の違和感を維持できず、アヤト達の背中に声を掛ける事もできず、そのまま流してしまう。

こんなので『自由謁見の限度』の守備範囲へ踏み込んだと思うと不思議な気分だ。

「でっ、デカパイって何なんですかあ！」

「騎士達の前で本名言って欲しかった？」

涙目の巨乳ちゃんと涼しい顔のダークエルフがそんな風に言い合っている声を耳にしながら、アヤトは辺りをぐるりと見回した。

複数の塔と城壁を結び付けて全体のシルエットを作り、中央に庭園やホールを置いて城の機能を確保する。様々なルートに枝分かれする階段の街には行政の重要機関やフォーチュリアナ聖教《せいきょう》の拠点となる大聖堂《だいせいどう》なんかも建ち並んでいた。

階段の街の途中にはいくつか大きなお皿のように開けた場所があり、それが広場になっているらしい。直径はおよそ三六〇エスール（注、約四三二メートル）ほど。そして人の流れは一つだった。そちらにあるお皿が『神殿移しの儀』、つまり公開処刑の舞台に選ばれたようだった。

「うえぇ。あんなに広いのにぎゅうぎゅう詰めなんですね。何万人くらい入っているんでしょう」

「中央の光彩王城《こうさいおうじょう》に入ってきた人の総数を考えれば、一割にも満たないかもしれないくらいだ。もっとも、みんながみんな血なまぐさいイベントを観《み》たい訳じゃないと私は信じたい。公開処刑そのものに興味がなくてお城見学しているだけの人も多いとは思うがな」

「こーち、さっきからバシバシ光っているのって新聞社のカメラかな。随分と気が早い……」

「……、」

実用的な記者として糊口《ここう》を凌《しの》いでいるのか《吟遊詩人》なども交じっていたが、それはさておき。テレリアやヘンリエッタ達の声を耳にしながら、アヤトは黙って視線を上げる。

複数の塔がそびえ、その側面には無数の銃眼がびっしりと取り付けられていた。塔と塔の間には太いワイヤーが走っていて、蜘蛛《くも》を逆さまにしたようなケーブルカーがゆっくりと行き交っているのが分かる。

ニアヴェルファニはトーマス＝ロベルギンというじいさんを助けるため、ギロチン処刑を失敗させたがっている。そのためにはカラクリ細工の処刑装置に手を加えるのが一番だが、執行人にとっても自分の命が懸かった晴れ舞台なので何度も何度も入念にチェックを繰り返す。舞台裏の段階で破壊工作を終えても、執行人が違和感に気づけばそれまでだ。

だから、ヤツは必ず処刑装置が群衆の前へお披露目《ひろめ》されてからアクションに出る。舞台の幕が上がってしまえば執行人にはもう装置の点検をするチャンスはないのだから。

とはいえ、多くの群衆に取り囲まれた舞台だ。前後左右どこからだって、誰にも気づかれずに接近するチャンスなんかない。

だとすると、

（……上）

アヤトはいくつもそびえる塔の群れを見上げながら、決意を新たにする。

（ヤツは広場を一望できる上から、ブリザードに偽装した冷媒を撒き散《まち》らして歯車の動きを止めるはず！）

4

薄暗い空間だった。

人工の明かりに頼るしかない場所を選んだのは失敗だったかもしれない。

「ふうー……」

ゆっくりと息を吐き、どろりとした鉄錆《てつさび》の感触を視界の中から追い出していく。

艶《つや》やかな赤い髪に、ツノや翼や太い尾に似せた浮遊式の拡張外装《かくちょうがいそう》、赤い革衣装で自分の体を縛《いまし》めるその女。はるかな太古、『天球を貪り尽くす者《ゾディアックブライトイーター》』と恐れられたニアヴェルファニは深い深い地下でゆっくりと息を吐いている。

傷はない。

すでに心優しいじいさんに赦《ゆる》してもらっている。だから心配する必要はない。

対竜《たいりゅう》ライフルの製造を依頼したモグリの職人との連絡は途絶した。銃器の分解整備や霧状《きりじょう》マナの表面を膜状に固めた巨大な銃弾の調達も人任せにできなくなってしまったが……ここでハンドメイドの性《さが》が顔を出してきた。市販の量産品と違って構造が特殊というか迂遠《うえん》というか、とにかく普通であればすぐに終わるメンテナンス作業に時間を喰《く》われる。

おかげで頭の回転を鈍らせる訳にもいかず、鎮痛剤を呑《の》むのが大分後回しになった。そもそも人間如《ごと》きが作った薬剤が効果を発揮する時点で、魔王の肉体から猛毒耐性が失われている証拠でもあるのだが。

「まったく、不便な体になったものね……」

じくじくと膿《うみ》に似た熱くて鈍い痛みが肌の下を這《は》い回《まわ》っていた。右肩や背骨から伝わる異物感と格闘しながら、ニアヴェルファニは魔導銀《まどうぎん》のスプリングを挿し込み、いくつかの外装を嵌《は》め込《こ》んでいく。あの優しい老人から赦《ゆる》しを与えてもらったが、やはり、かつて袈裟《けさ》に刃物傷のあった辺りと射撃の反動が重なると痛みがひどい。

永き時の中でも鎮痛剤なんぞ頼るのは先日が初めてだったが、はっきり言って最悪の心地だった。あれは痛みが消えているのではない、害を別の害で誤魔化《ごまか》しているだけだ。とはいえ、この重要な一戦の前には些細《ささい》なノイズも取り除きたい。やはり頼らざるを得ないようだった。

ようやっと元の銃の形を取り戻した対竜《たいりゅう》ライフルを細長い釣り竿《ざお》のケースに収めると、今まで埃《ほこり》っぽい床に敷いていた遠隔印刷の新聞へ目をやった。

『本日、「神殿移しの儀」を執り行う。フォーチュリアナ聖教《せいきょう》大神官は巨悪として死刑囚トーマス＝ロベルギンの名を削除、この首を刎《は》ねる事で王に証《あかし》を立てる予定』

「……、」

両手で新聞を摑《つか》んでぐしゃぐしゃに潰し、適当に放り捨てた。

善も悪もクソ喰《く》らえだ。

茶色い瓶に入った錠剤タイプの鎮痛剤を口にしながら、それなり以上に広い空間をニアヴェルファニは歩いていく。辺りには鉄錆《てつさび》のような臭いが漂っていた。天井には蛇のように金属ダクトが這《は》いずり回《まわ》り、赤茶けた鉄骨が重たい岩盤を支えているとはいえ、おそらく原因は地形だけではないだろう。

不自然なものが、空間のど真ん中に一つ。

魔《ま》導《どう》家《か》具《ぐ》の代表格である、白い冷蔵庫だった。ドアは一つしかなく、スリット付きのタイトスカートに包まれたニアヴェルファニの腰の辺りまでしかない小型のものだ。そして扉の下端からは、行儀の悪い子供が口元から垂らす涎《よだれ》のように粘性の高い赤黒い液体が漏れ出ている。

「ふん、ふん、ふん……そろそろかな？」

その辺で氷菓子を売る行商人や魔導脚車《まどうきゃくしゃ》のラジエーターに使われている一般的な冷媒。これいつの効果を確認する必要があったのだ。ギロチン装置を凍らせるのはもちろんだが、その過程でじいさんが耐えられずに死亡してしまっては意味がない。人の身は脆弱《ぜいじゃく》で、状況を考えればたった一度の失敗も許されない。故に、机上の計算だけでなく実地でボーダーラインの数値を割り出す必要がある。

ニアヴェルファニは鎮痛剤のボトルを背の低い冷蔵庫の上に置くと、錠剤を呑《の》み込《こ》むための水を求めるくらいの気軽さでドアを開けた。だがガラス瓶も野菜も入っていない。ただ半分霜に埋もれたような格好の巨大な肉の塊が一つ詰め込まれているだけだった。

「ひっひっ、ひっひっひっひっひっひっひっひっ」

それは、笑っている訳ではないのだろう。

あまりの寒さに肺を動かす横隔膜が痙攣《けいれん》しているのだ。首まわりに貼り付けていた得体のしれない湿布薬もカチコチに凍り付いている。手足を折り畳んで小刻みに震える禿頭《とくとう》にひげもじゃの男が、ぎょろぎょろした瞳をニアヴェルファニの方に向けていた。その全身に傷のない部位はない。狭いスペースに留《とど》まる事が確実に自分の命を奪うと分かっていても、もはやニアヴェルファニを押しのけて外へ出るという真っ当な思考は働いていないようだった。

ダグレガ＝ブル＝ゲルロス。

騎士の称号を得たホワイトハッカー。

実戦では何の役にも立たない、増強剤で膨らませただけの醜い筋肉の塊。誰も守らない、お飾りの騎士サマ。セレディィレカ王家やフォーチュリアナ聖教《せいきょう》と馴《な》れ合《あ》って甘い汁をする、賢いだけの無様な人間。

「……、どうすれば」

ニアヴェルファニの唇の隙間から、わずかに言葉が洩《も》れる。

こいつが余計な事をしなければ、中央のブライティオ光彩王城《こうさいおうじょう》にも激震は走らなかった。土のコアさえ無事なら、あの時点で恩人のじいさんを檻《おり》の外に出してやれた。

「どうすればお前を許せるのか、色々考えたのよ。歯を折れば良いのか、目玉を潰せば良いのか、手足を切断すれば良いのか、臓腑《ぞうふ》を引きずり出せば良いのか、全身の皮膚を剥《は》がせば良いのか。なあ、これでも散々頭を悩ませてどうにかこうにか答えを出そうとしたの」

「おっ、おぶ、おでは、ひっ、騎士……」

「だけどごめんなさい、やっぱり無理みたい」

ニアヴェルファニは息を吐いた。

それから冷蔵庫の上に置いてあった、鎮痛剤のボトルとは別のものを手に取る。

「アンタを許す方法は、どうあっても思いつかない。この意味は分かるわよね?」

「ひっ」

何か言う前にニアヴェルファニは火酒のボトルの口を逆さに掴《つか》むと、棍棒《こんぼう》のように躊躇《ちゅうちょ》なく振り下ろした。途端に半分凍って固まりかけていた禿頭《とくとう》に激突し、ガラスは粉々に砕け散る。

単純な痛みよりも、まずその劇的な体感温度の変化にホワイトハッカーの騎士様は絶叫した。

「あばはっ!! あばがががっ!? ぐげへっ、げへ、げべぇぇあああああああああああ

ああ!?」

「アルコールは染みるでしょう？　この火酒は不凍成分もあるわ、氷点下で凍る事もないから楽しい時間を演出してくれるの。扉を閉めれば、アンタはおしまい。魔導《まどう》ハッカーならここから逆転できるかしら？」

「……、」

　がくがくがくがくがくっ！　と自分の骨と肉を分離させようとしているかのように震え続けるダグレガは、口の端で泡を溜《た》め込《こ》みながら、それでもこう言葉を紡いだ。

「かっ」

「なに？」

「考えさせてくれ。まずは一服して……」

　くすりと笑って、身を屈《かが》めたニアヴェルファニは人間達が作った毒物を取り出した。扉の開いた冷蔵庫の中へ放り投げると、まるで宝物か何かのように恭しく手に取って、口元に咥《くわ》えるのが見て取れる。それから、マナを使う必要もない単純な火打石と油を染み込ませた真綿を組み合わせたライターを寒さで震える手で包み込んでいった。

　火を点《つ》ける。

　ダグレガは満足そうに凍りついた瞼《まぶた》を閉じた、その直後。

ボンッッッ!!!!!!　と。密閉空間で気化したアルコールが一斉に火を噴いた。

「……、」

今さらのように絶叫が炸裂《さくれつ》したが、人間松明《たいまつ》と化したダグレガに対し、ニアヴェルファニは長めのタイトスカートのスリットも気にせず履いているハイヒールを使って冷蔵庫の奥へ奥へと蹴り込み、詰め込み、押し込む。丸っきり、焼却炉の奥に紙束を突っ込む顔つきだった。どう考えても許す方法は見つからなかったと、彼女は言った。故に、この末路を見ても彼女の心はさざ波ほども動かなかった。

今だけは。

頭の奥でじいさんの優しい声が響く事も、なかった。

「さて」

長い足で扉を閉め、黒々とした煙を噴き出す冷蔵庫を放って、ニアヴェルファニは『じゃれ合い』をやめた。対竜《たいりゅう》ライフルと替えの弾倉を詰めた釣り竿《ざお》のケースを肩に下げ、鎮痛剤のボトルを掴《つか》んで、一つ一つ仕事道具を確認しながらポケットや胸元へとしまっていく。

「後は……ウォーピック式のリンケージプラグと、モニタの方は水晶《すいしょう》サイコロが三つ、と」

鎮痛剤の効果は少しずつ薄らいでいる。慣れてきたのだ。疲労と痛み、どろりとした幻覚の抜けない身体《からだ》を引きずるようにして、広大だが重苦しい空間の出口へと向かっていく。

ある出口は別の空間への入口でもある。

人工の光が消え、全身が闇に沈むと、どろりとした感触も完全に引っ込んでいく。

ニアヴェルファニは前を見据えて、

（火、風、土のコアは破壊され、中央のブライティオ光彩王城《こうさいおうじょう》への大規模な霧状《きりじょう》マナの供給も途切れている。……つまり逆に言えば、地下に敷設された大規模なパイプラインは巨大なプロペラも人工暴風もない、空っぽのトンネルになっていると考えて良い）

対竜《たいりゅう》ライフルの威力は破格の一言だが、いくら一般公開日とはいえこんな大物を抱えて中央入りするのは不可能だろう。何かしらの手荷物検査か魔導探知機のゲートに引っかかってご破算となってしまう。

だから、彼女は正面から入る事など考えなかった。

（今日に限っては王の城を守る壁、『自由謁見の限度』もない。別にどこからでも良いんだけど、どうせならクソ野郎が開いたルートでも利用させてもらいましょうかね）

そこはグラウヴィヴ土彩城下《どさいじょうか》の直下で直径二〇エスール（注、約二四メートル）もの幅を持つ、そしてどこまでも暗闇へ延びていく巨大な円形の隧道《ずいどう》。

今この瞬間しか開通する事のない地の底のトンネルから、太古の魔王もまた戦場へと向かっていく。

役目を終えた、勇者の末裔《まつえい》を助けに行くために。

「待ってなさいよ、じいさん」

5

『神殿移しの儀』、つまり悪趣味な公開処刑を行う広場は特定したが、真上から一望できる背の高い塔は一つきりではなかった。いくつもの尖塔《せんとう》が陽《ひ》の輝く星空に向かって伸びている。そうなるとヤマを張る訳にもいかない。

「該当する所は全部当たろう。……怪しい塔は合計三本か。俺とヘンリエッタ君は単独行動、テレリア君はルーキーのマミリス君をサポート」

「危険人物、実力で言えば私がルーキーの背中を預かった方が良いんじゃないのか？」

「……だが残念ながらマミリス君の得物はフルオートショットガンなんだ。肉弾戦が得意なヘンリエッタ君が前へ出ると、見境なしの魔法の弾幕で背中を叩《たた》かれるぞ」

「ようく分かった、ひとまずは従うよ。魔王の問題が解決するまでは、だが」

軽く両手を挙げたヘンリエッタは引きつり笑いでそう言った。

「テレリア君も気をつけて」

「はいはい」

「私は、こーち？」

「もちろんマミリス君もだ」

警備が厳しいのはやはりブライティオ光彩王城《こうさいおうじょう》に入るまでの話であって、魔導探知器のゲートを越えてしまえば勝手気ままなものだった。アヤトは軽く手を叩《たた》いて全員に行動を促し、個々バラバラに動き出す。

『ままー、あのおねえちゃんたち魔導銃《まどうじゅう》もってるよ？』

『あらあら、大道芸の方かしらね。大丈夫、ゲートの内側に本物を持った人はいないのよ』

何とも呑気《のんき》な声が聞こえるのは、現実に《歌姫》や《ダンサー》などがそうした小道具を手に派手な演舞を繰り広げて王侯貴族の目に留まりたがっているからだろう。『魔導銃《まどうじゅう》に頼らない魔法に興味はありませんか？』というビラを配っているやたらとベンチャー臭い《魔女》などもいる。大きなイベントは誰にとってもチャンスの時だ。皆と別れたアヤトは人目につかない位置に隠してあった仕掛け花火の装置へブレードを突き刺して乗っ取っていく。必須レベルは3。事前にあちこちで下拵《したごしら》えして20以上膨らませているアヤトの敵ではない。

（……一見ほのぼのしてるけど、あんな小さな子に公開処刑を見せに来たのか）

呆《あき》れたように首を横に振って、魔導《まどう》ハッカーの少年は塔の根元にまで辿《たど》り着《つ》いた。分厚い木の扉を塞ぐ錠前にブレード先端を突き込んで破壊し、本物の鍵より素早く開けて奥へと滑り込む。円筒の外壁に面した螺旋《らせん》階段と、想像より低い位置に天井があった。城を構成する塔と一口に言っても色々あるが、肉や魚などの干物の匂いと自壊鉛《じかいなまり》の弾頭特有の臭気とが絡み合っているところを見るに、軍備の備蓄貯蔵庫のようだった。下に潜るほど武器や食糧の貯蔵、上へ行くほど仮眠室や見張り台などにカラーが変貌していくはずである。

もちろん、ルートは螺旋《らせん》階段の一本道。常時騎士達が詰めていれば、誰にも気づかれずに乗り越えるのは相当骨が折れたはずだが、

（……ま、いる訳ないよな。こんな平和な国で、戦時以外に活躍の機会のない軍事施設なんて）

最前線の仮設要塞でもない限り、城の存在意義とは真逆にこういう所から真っ先に無人の物置と化していくものなのだ。一応は念のため、武器の整備や見回りをサボってくつろいでいる人間がいないか確かめながら移動していくが、やはり誰とも遭遇しない。

一番上まで昇り切って、円錐形《えんすいけい》の屋根の天窓から顔を出した。

ぶわりと塊のような風を受けて片手で髪を押さえたアヤトは外の世界を改めて眺めた。

この塔は三本の中でも一番背が高い。真下にある『神殿移しの儀』の会場まではざっと見積もって二〇〇エスール（注、約二四〇メートル）程度。塔から塔へと移動するのが億劫《おっくう》だったのか、広場を挟んで向かいにある別の塔へと斜めに太いワイヤーが張り巡らせてあり、逆さにした蜘蛛《くも》のような八本脚のケーブルカーが待機していた。

途中で誰とも会わなかったという事は、ニアヴェルファニはこの塔に潜んでいる訳ではない

らしい。

がぱりと別の塔の天窓が上に開いた。

そちらではダークグレイのプロテクター式鎧《よろい》を纏《まと》うポニーテールから派生した金髪三つ編みのヘンリエッタが顔を出し、片手をぶんぶんと元気良く振り回していた。流石《さすが》に声は聞こえないが、あの様子を見るに深刻な感じはしない。向こうも空振りらしい。

(だとすると……)

弛緩《しかん》しかけた空気が、消去法によって答えが出てしまった事で一気に固まる。アヤトとヘンリエッタは二人して残りの一本へと振り返る。

やはり天窓を開けて、まずダークエルフのマミリスが尖《とが》った屋根へと這《は》い上《あ》がってきた。さらに振り返って天窓の奥へ手を伸ばし、後続のテレリアを引きずり上げる。

直後だった。

ドッッッゴッッッ!!!!!　と。

天窓が、なんて言っていられる次元ではなく、極太の閃光《せんこう》が塔の屋根をぶち抜いていく。

「うわっ!?」

その揺れは広場を挟んで向かいにいるアヤトの足元まで揺さぶった。一瞬遅れて青いブレザーの胸ポケットから水晶《すいしょう》タロットを空中にばら撒《ま》き、あらかじめ乗っ取っておいた仕掛け花火を次々と点火させていく。

大空に撃ち上がる花火の白煙と爆発音が連続するが、どこまで群衆の目を誤魔化《ごまか》せたかは未知数。アヤト達としては事情を知らないその他大勢の騎士達に割り込まれてもろくな事にならないのだが、相手にとっては関係ないらしい。

破壊痕からのそりと出てきた新たな影。

赤い革のベストやスリットのついた長めのタイトスカートに全身を包み、ツノ、翼、尻尾の浮遊式拡張外装《かくちょうがいそう》を纏《まと》う、仮装の悪魔に擬態した正真正銘太古の魔王。不安定な鋭いヒールなんてお構いなしだった。肩に担いでいたあまりにも巨大な対竜《たいりゅう》ライフルが、ゆっくりと同じ塔の屋根から落ちそうになっているテレリアやマミリス達へと向けられていく。

視界が真っ赤に煮えるほどの猛烈な怒気が脳を焼く。

聞こえているかどうかも分からないのに、思わずアヤトは叫んでいた。

「ニアヴェルファニッッ!!!!!」

6

がちん、がちん、と。

複数の金属錠が取り付けられ、犬のように這《は》いつくばった格好のまま、一人の老人の両手と首がギロチン装置に拘束されていく。これまで過ごしてきた時の重みの全てを否定させるような、老人に強いるにはあまりに酷で屈辱的な体勢だった。

だが誰も咎《とが》める者はいない。眉をひそめる者さえ。

三六〇度、そこには敵対者しかいなかった。あるいは露店で買った茹《ゆ》でたイモを頬張りながら、あるいは友人数人とくすくす笑い合って、あるいは知ったような顔で無意味に博識ぶって。首が落ちる瞬間を、今か今かと待ち望む負の期待が渦を巻いていた。

檀上《だんじょう》では覆面を被《かぶ》った大柄な《処刑人》が、もごもごとくぐもった声で耳打ちしていた。

『下拵《したごしら》えは終わりましたよ』

「うむ」

フォーチュリアナ聖教《せいきょう》の大神官、ベルバス＝ルイン＝クランキー。

清貧などとは言い難い、王家の保護によってどこまでも甘い汁をすすっている事を証明するような華美な法衣《ほうえ》に純金装飾の杖《つえ》。騎士の鎧《よろい》などとはつぎ込まれた金が違う。

ずるりと。

スリッパほどの大きさの昆虫が大神官の背中から肩へ回っていた。宝石やプラチナをちりばめた作り物の虫の正体はベル・リンギング試作機。職人達の指先で精緻に宝飾類を埋め込んだスズムシは、もはや生物的な気味悪さなど欠片《かけら》もなかった。そこには冷たい無機物の光沢しかない。

四つの城下町から吸い上げた膨大なマナを防御力に転化した金銀財宝のスズムシは、それ単体がレベル799相当の小さな要塞とも言えるだろう。魔導銃《まどうじゅう》の射程は銃声の届く距離と比例する。逆に言えば薄羽根を高速で振動させて空気を圧縮して防音壁を作る事で、狙撃を始めとするあらゆる襲撃に対応できる。

華麗な大神官とは縁遠い塹壕戦《ざんごうせん》では、魔法を込めた手榴弾《しゅりゅうだん》やグレネード除《よ》けとして一面に目の細かい網を張り巡らせる事もあるらしい。さながら、それを空気の壁で応用したようなものか。

彼にとってこの舞台は、フォーチュリアナがセレディレカ天空都市《てんくうとし》にとって必要なものだとアピールするための場だ。大聖堂《だいせいどう》の説教壇でステンドグラスをバックに信徒へ語りかけるのも、広告効果を計算した上で効率的に医務院を見て回るのも、こうして処刑の場に立ち会うのも、本質的には何も変わらない。

では始めよう、門出の日を。『神殿移しの儀』を。

「皆さん」

人の死に関わるからといって彼の抑揚は特に変化しない。何が一番人の心へ染み渡っていくかは最初から決まっている。モードを切り替える必要はないのだ。

「今日は哀《かな》しい日ですか？　憤りを覚える日ですか？　悔しさに包まれる日ですか？　恐ろし

い日ですか？　……いいえ違います、今日は喜ぶべき日です。何故《なぜ》ならこのセレディレカ天空都市《てんくうとし》において、巨悪を滅ぼす力が一つ増えるのですから」

こんな事を口に出す訳にはいかないが、結局口上などどうでも良いのだ。

何となくの厳かな雰囲気と、それなりに時間を消費しているという感覚があれば文面なんぞ何でも構わないのだ。

それだけ手順を踏んだんだから、正しさは自分達にある。何か文句を言われたって、一つ一つ並べて反論するための分厚い盾はこっちにある。

誰に非難されるいわれもない。

大衆は罪悪感なく存分に残酷ショーを楽しむため、免罪符が欲しいだけなのだから。

「大罪人の死は、それをもって世の中を安定させるのです。彼らにできる唯一の奉公は、その死でもって天の理《ことわり》は正しく回っているのだと証明する行為以外にありません。よって皆で目撃しましょう、善なる偶然の思し召《おぼしめ》しは確かにあるのだと。光属性に祝福される善人は報われ闇属性に魅入られた悪人は裁かれる。誰もが努力を否定されない素晴らしい人生の下にいるのだと！　『神殿移しの儀』は永劫《えいごう》の光をたたえ、盤石の平穏をもたらし、皆様にさらなる幸せと繁栄を約束するために必要な行いなのです!!」

よって、実は大神官様も自分が口にしている原稿に含蓄があるんだかどうだかいまいちピンときていない部分もあった。意味のない単語の羅列を一定時間ループさせているような感覚しかなかったからだ。

わっ!! という群衆の拍手喝采が、言葉の並びのどこかが引っかかったんだろうなという実感を何となく与えてきただけだった。

こんなのでも人は死ぬ。

雰囲気はそれだけで人を感動的に丸め込める。

7

アヤトには飛び道具の魔導銃《まどうじゅう》はない。別の塔にいるヘンリエッタもまた肉弾戦を主としている。テレリアとマミリス、二人の少女を支援するためには、まず広場を挟んで向かいにある塔へと辿《たど》り着《つ》かなくてはならない。

もはや一刻の猶予もなかった。

アヤトは青いブレザーを脱ぎ捨てると、ケーブルカーに使う太いワイヤーへ絡めて両手でぶら下がる。そのまま助走をつけて虚空へと飛び出した。

幸い、彼のいる塔が一番高い。テレリア達のいる塔まで繋《つな》がっているワイヤーは斜め下に向かって伸びていた。

『……、――――』

声が届くはずもない距離で、しかし美しき魔王の唇は笑みの形と共に何かを呟《つぶや》いた。

そしてその対竜《たいりゅう》ライフルの巨大な銃口が少女達からこちらへと矛先を変える。

「ッ!!」

ありったけの仕掛け花火にアクセスし、自分を巻き込みかねない勢いでアヤトとニアヴェルファニの間に割り込ませる。大量の白煙と爆音が双方の五感を奪っていく。

ゴァァァッッッ!!!!!　と。

咆哮《ほうこう》と共に、滑り降りる体のすぐ横を何か巨大な熱源が通過していったのをアヤトは肌で感じる。だが少年の背筋に浮かぶのは正反対の冷たい汗だった。わずかでも掠《かす》っただけで半身が蒸発する。そういう威力の攻撃だ。

それでも引き返す事はできない。

そのまま一気に死出の旅を飛び越え、多くの群衆が集まる広場の上を突っ切って少女達の待つ別の塔へと到達する。

両足から着地して、汚れたブレザーの片端から手を離し、ぐるりと回すようにして袖へ腕を通す。リンケージプラグの剣を構え直したその時だった。

ガッシャ!!　と。

塔の真上で重たい金属音が鳴り響く。

ニアヴェルファニの握る身の丈より巨大な対竜《たいりゅう》ライフルの太すぎる銃身と、アヤトの構えたトリガー付きの剣とが交差し、触れ合っていた。だがリーチで言えば向こうの方が上だ。たとえるなら剣と槍《やり》。ニアヴェルファニが引き金を引けばアヤトの上半身は蒸発するが、アヤトが剣を振り回してもニアヴェルファニの肌にはまだ届かない。そもそも魔導《まどう》ハックのための道具なので、そういう使い方をするものでもない。

「随分大盤振る舞いだな！　『偶発的な失敗』でなければ善なる偶然の思《おぼ》し召《め》しとはみなされないだろうに、舞台裏の手品師がこんなに目立っても大丈夫なのか!?」

「余計なお世話よ、妨害者。マジックショーを楽しみたければステージに上がってトリックを暴こうなんて邪推の目を捨て、眼下の観客席へ腰を下ろす事ね!!」

躊躇《ちゅうちょ》なく引き金にかかった人差し指が動く。

アヤトが消滅しないで済んだのは、塔の屋根の上で伏せていたテレリアがサプレッサーを組み込んだ二丁拳銃を少年の足元へ向けていたからだ。

「させない……させません、絶対にぃ!!」

込められていた魔法はセカンダリ・コールド辺りか。瞬間的に足場が凍り付き、靴底のグリップを失って真後ろへ転んだアヤトの真上を破壊の閃光《せんこう》が突き抜けていく。

外れた光の奔流はそのまま別の塔の途中階に突き刺さった。アヤトが元々やってきた方だ。たった一撃で容赦なくへし折れ、緩んだワイヤーや逆さにした蜘蛛《くも》のようなケーブルカーごと大質量の塊が群衆でひしめく広場に向けて落下していく。

「ッ!?」

（ニアヴェルファニめ、メチャクチャ過ぎる!?　『神殿移しの儀』をやってる広場が流血沙汰になれば公開処刑だって中止になる。あのじいさんを助け出すための小細工のチャンスだって取り上げられるだろうに!!）

「忘れたのかしら」

人の形に凝縮された災厄はうっすらと笑っていた。

「ここはこれでも王の城よ。そう手薄なはずもないでしょう」

直後に時間が止まった。

いいや、広場へと降り注ぐはずだった膨大な瓦礫《がれき》が空中で縫い止められたのだ。その正体は真っ黒な泥のような塊だった。独特の臭気から彼の魔導の知識が物語っている。極めて粘性の高いダークグレイの液体の正体は、

（……環境蹂躙因子《アスファルト》!?　だとすると使われたのはクォータナリ・ロード辺りか!!）

頭上を巨大な何かが通過した。

それはコウモリのような翼を複数組み合わせて各辺が湾曲した幅広な二等辺三角形のシルエットを形作っていた。全幅はおよそ三〇エスール（注、約三六メートル）、悠々と大空を旋回する人造の翼の正体は、

「機甲飛竜《きこうひりゅう》とでも呼ぶらしいわね。わざわざ『自由謁見の限度』を取り除いたんだから、その

分通常戦力で防備を固めるつもりらしいけど」

「……、」

目が合う。裏面にはコウモリか何かのように、逆さになった騎士達がびっしりと張りつけられていた。おそらく気流ではなく重力か何かを操っているのだ。

彼らの魔法によって、崩れゆく塔すらも空中に縫い止められた。

「そして当然、守りの壁は一枚で終わりじゃない。彼らは私を敵とみなすだろうけど、アンタ達はどう扱うかしら。敵の敵は味方とならない辺りが、世知辛い現実よねえ?」

「……ッッッ!!!?!?」

ブゥン!! と巨大な羽音が後を追った。

逆さに張りつけられたコウモリ達が、次々に落ちる。

頭上の機甲飛竜《きこうひりゅう》と比べれば小振りなものの、騎士団特有のダークグレイのプロテクター式鎧《よろい》を纏《まと》う面々も個人携行の飛行機械を纏《まと》って同じ高さまで迫り来る。ある者は剝き出《むだ》しの座席の頭上と背中、二方向に大きなプロペラを備えた旋回翼機《せんかいよくき》を。ある者はその背に三角形の大きな翼を背負うグライダーを。無数の歯車や霧状《きりじょう》マナ用の宝石基板《ほうせききばん》を活用し、重力の軛《くびき》すら引き千切った天空の騎士達が陣営の区別もつけずに襲いかかってくる。

その数は第一陣だけで二〇人以上。

「あははっ!!」

　一方で笑いながら、ニアヴェルファニは対竜《たいりゅう》ライフルを担いで自殺行為とも呼べる手に打って出た。よりにもよってアスファルトの硬度で無理矢理《むりやり》空中に縫い止められた廃材の浮島の列へと、ハイヒールも気にせずスキップでもするように飛び出していったのだ。

　意図は明白だった。

(距離を取られたらケタ外れの狙撃で一方的にやられるッ!?)

　選択の余地はなかった。

　塔の上にいるアヤトからニアヴェルファニの浮島へ直接向かうのは危険過ぎる。飛び道具もない。よって同じ塔にいる二人の少女へ叫ぶ。

「テレリア君、マミリス君！　周囲の騎士団を追っ払え!!」

「ッ!!　ひとまず了解です!!」

「分かったこーち」

　水の二丁拳銃と火のフルオートショットガンとが三六〇度全体を取り囲もうと飛び回る飛行機械の群れへと突き付けられる。銃声と共に赤や青の花火のようなマズルフラッシュが生み出され、いよいよ本格的な魔導戦《まどうせん》が始まる。

　まずはテレリアが足元に射撃して分厚い氷の壁をいくつも打ち立て、安全な遮蔽を作る間にもマミリスの爆炎の連打が宙を舞う騎士達を撃ち落としていく。

　相手は禁忌とされる環境蹂躙因子《アスファルト》を使っているという事から考えて、おそらく土属性を得意としているはずだ。アヤトはクォータナリ系統で有効打となる魔法をいくつか連想していったが、そうこうしている間にも頭上と後方の二つのプロペラを使って大空を舞う旋回翼機《せんかいよくき》の魔導《まどう》銃《じゅう》が唸《うな》り、頭上一面に漆黒の液体がばら撒《ま》かれていった。

ちょうど、宝石の耳飾りを使って特徴的な長耳を隠しているダークエルフが火魔法を扇状に放っていた時だった。

危機のシグナルが限界を超えた。

「ダメだマミリス君!! あれはク、ソ、ウ、ズだ!!」

「っ？」

大気に薄く広く拡散しているマナを凝縮してエネルギー源にしている今時の魔導文明《まどうぶんめい》に身を置くマミリスには、言葉で聞いてもイメージできなかったかもしれない。

地中に眠る有毒の液体。

どのような生き物も口にする事はできないが、代わりに火に触れると凄《すさ》まじい勢いで燃え広がる危険な性質を備えたそれ。ある異端の学者の仮説では動物の死骸が長い時を掛けて性質を変えていったとされる、禍々《まがまが》しい毒の粘液のようなモノ。

またの名を、石油。

ボッッッ!!!!!　と。

マミリスの火魔法、プライマリ・ブレイズが接触した瞬間、覆《おお》い被《かぶ》さるような液状の黒い吊《つ》り天井が真っ赤に咲き誇った。午前中、陽《ひ》の輝く星空が炎で埋められていく。

「きゃああっ!?」

「伏せてください!!」

あまりの事態に甲高い悲鳴を上げるマミリスに対し、テレリアの二丁拳銃が唸《うな》る。元々遮蔽の分厚い氷の壁を作っていた真っ最中だ。氷の上に別の氷を積んで形を整えていく格好で、あっという間にドーム状の避難所を構築していく。

直後に吊《つ》り天井が落ちた。

油を引いた鉄の鍋で獣の肉を炒《いた》めるような音が一帯で炸裂《さくれつ》する。炎と氷がせめぎ合っている音だが、マナで着火されたものとはいえ、炎それ自体は意志の力の宿っていない引火・誘爆した油の火に過ぎない。きちんと魔法の形に整えたテレリアが二丁拳銃で消火作業に徹すれば、炎の海を清算する事も難しくない。

ただし、一つの作業に専念するという事は、他の全てをおろそかにする事も意味する。

(くそ……)

対処している間にも分厚い氷の壁の向こうではニアヴェルファニが空中散歩を楽しんでいた。

アスファルトの奔流によって縫い止められた塔の瓦礫《がれき》の一つ一つを飛び跳ね、踏み締め、そしてくるりとこちらを振り返る。

当然、馬鹿馬鹿しいほどの威力を誇る対竜《たいりゅう》ライフルを構えながら。

「くそっっっ!!!!!! 頭を上げるなよテレリア君、マミリス君!!」

8

地上の広場ではフォーチュリアナ大神官から長々とした口上が並べ立てられていた。

『神殿移しの儀』。

世の雑念から神聖な儀式を邪魔されないよう、一帯は彼自身の肩に留まるスリッパ大のスズムシの効果でもって静謐《せいひつ》が保たれている。地味なように聞こえるかもしれないが、銃声の聞こえる範囲が魔法の射程と直結する世界では、プラチナや宝石の塊たる――――つまり全面宝石基《ほうせきき》板《ばん》で埋め尽くされた――――ベル・リンギング試作機は塹壕《ざんごう》の網などとは比較にならない絶大な価値を持つ結界の核でもあった。

機械式ギロチン装置に両手と首を縛《いまし》められた老人、トーマス＝ロベルギンはそんな金銀財宝だらけの大神官の言葉を耳にしながら思う。

……自分は間違っていたのだろうか。

あの日、古い石でできた祠《ほこら》を見つけてしまったのは。その扉に触れてしまったのは。中で眠っているものと接触してしまったのは。その全身を縛り上げているものを取り払ってしまったのは。

考えた。

考えて、それでも彼は搾り出すようにこう呟《つぶや》いた。

「……て、ものか」

やはり、どう考えても。

たとえ何度同じ場面を繰り返す事になろうが、絶対に。

「間違っているものか……」

魔王ニアヴェルファニ。

彼女との間に特別な関係があった訳ではない。先祖代々のどこかであった因果なんてどうでも良い。本当に偶然だった。たまたまの出来事だった。それだけでトーマスはここまで大きな厄介事を背負い込んでしまった。

だけど、たまたまであっても。

いいや、だからこそ。

そこに居合わせてしまった自分が、動かなくてはならないと思ったのだ。こういう場面に遭遇した時、特別な資格や条件などと照らし合わせなくても、誰しもが当たり前のように手を差し伸べられる空気を作り出す事こそが、穏やかで健やかな生活を守る『大きな力』になるのだと信じたのだ。

昔々の大昔に何があったかなんて知らない。

自分がどんな立ち位置にいたかなんてどうでも良い。

蜘蛛《くも》の巣のように張り巡らされた霧状《きりじょう》マナやメディアサモナーなどで多くの情報をかき集めなくても、大事な判断はできる。その娘が過去に何をしたのかは分からない。本当に悪逆無道の限りを尽くしたのかもしれない。だけどどれだけ罰を受けても罰を受けても幽閉が終わらなくて、当の人間達がその存在を忘れてしまって、もう当事者達も憎しみを保てていないのに、それでもなお格式ばって閉じ込められ続けるなんて、そんなのはもうただの徒労の連続ではないか。何も噛《か》み合《あ》っていないではないか。

償うべき罪が未《いま》だに残っているなら、その罰を消化するための歯車を正しく噛《か》み合《あ》わせるべきだ。あまりにも長い時の流れがそんな歯車をボロボロに風化させ、地上に溢《あふ》れる人々がニアヴェルファニに対する『直接の憎悪』を忘れて生活できているなら、もう彼女には今生きている人間に償いをする必要さえない。世界を巡って彼女が過去に迷惑をかけてきた人達のお墓の前で頭を下げる旅にでも出る以外に、過去の罪に対してしてやれる事は何もないではないか。

罪の償いとは、見知らぬ他人へ暴行の許可証を与える事ではない。

罪を犯した当人がもう一度歩みを始めるための儀式ではなかったのか。

もしもこの世に善なる偶然なんてものがあるのなら、きっとこれこそが思《おぼ》し召《め》しだったのだ。

一人の老人が封印された魔王と出会ってしまった事に、意味があったのだ。

だからトーマス＝ロベルギンは道を違《たが》えない。

絶対に後悔なんかしない。

「間違いであってたまるか……!!」

そしてパフォーマンスめいた口上と口上の合間、ちょっとした隙間のようなその時間で、トーマスと比べれば少しだけ年若い初老の大神官がこちらに近づいてきた。

機械式のギロチンに縛《いまし》められた老人へ顔を寄せ、権力者は他の誰にも聞こえない声でこう囁《ささや》いたのだ。

「(……白か黒かを決めるのは私の特権だ。貴様達、勇者と名乗る誰かから取り上げた、な？『神殿移しの儀』さえ終われば国に保護され、我々は何でもできるようになる。誰だって好きなように殺せる時代がやってくるんだ、すぐにでも)」

9

ガカァッッッ!!　と。

躊躇《ちゅうちょ》なくニアヴェルファニの人差し指が引かれ、元来指向性を持たないマナが属性を手に入れる際の莫大《ばくだい》な反動によって右肩を鋭く打撃される。そして爆音と閃光《せんこう》が世界を埋め尽くした。逃走目標であれば二〇〇〇エスール（注、約二四〇〇メートル）、固定目標であれば一万エスール（注、約一二キロ）先であっても撃ち抜く超長射程ライフルだ。ひとたび安定姿勢を確保して吼《ほ》えれば、同じ舞台の上に立つ者を見逃す道理などない。

だが、

「……なるほど、ね」

本来の狙いから三グリッド左、およそ四エスール（注、約四・八メートル）ほど横の何もない空間を貫いていった結果を眺め、そしてニアヴェルファニはニタリと笑った。

その長大な重心が横からわずかに押されていた。

民衆の協力を取り付けるため実戦能力よりも敢《あ》えて高い人気のデザイン性で選択した、旧式のダークグレイのプロテクターとタイトミニスカートを組み合わせた華美な鎧《よろい》。ポニーテールからアレンジを加えたであろう長い金髪の三つ編みに、美しいおもて。そして斧《おの》に似た銃剣を取り付けたボルトアクション式カービン銃を握り込むその撃士《げきし》。

空中に縫い止められた足場は、おそらく普通の人間には利用できまい。

それをスキップでもするように次々飛び移るには、強風吹きすさぶ一五〇エスール（注、約一八〇メートル）という高さをものともせず、大小無数の足場を正確に飛び回るだけの超人的な身体能力に恵まれていなければ不可能である。

だが条件に合致するのはスリット付きのスカートをたなびかせる魔王だけではなかった。

「撃士《げきし》ヘンリエッタ＝スプリット＝デストリウス。王から信頼と権利を託され、セレディレカ天空都市《てんくうとし》の治安と平和を守る者だ。たとえ個や家の矜持《きょうじ》を時代の流れに踏みにじられようと、王と民の危難とあればどこだろうが真っ先に馳《は》せ参《さん》じよう」

その美しい鎧《よろい》の女は対竜《たいりゅう》ライフルの銃身に斧《おの》をかち合わせ、極至近でこう囁《ささや》いたのだ。

「重ねて強化。プライマリ・エクス・マッシブ」

スコープを無視して、銃声が炸裂《さくれつ》する。

ゴァッッッ!!!!!!　とニアヴェルファニの視界の中でヘンリエッタが爆発的に膨張した。いいや、そのように見えるくらい三つ編みの撃士《げきし》の動きは常軌を逸していた。不安定で小さな足場での肉弾戦。双方共に魔導銃《まどうじゅう》は重量級の大物ではあるが、ヘンリエッタのボルトアクションカービン銃が殴り合いを主とした近接兵装であるのに対し、ニアヴェルファニの対竜《たいりゅう》ライフルは狙撃用の超長遠距離兵装だ。

二つの竜巻が真正面からかち合うような攻防が展開されるが、やはりどうしても相性の問題が浮上する。元々ニアヴェルファニはアヤト達と戦うだけでも摑《つか》み合《あ》いを嫌ってわざわざ距離を取ったのだ。それ専門に特化したヘンリエッタとの肉弾戦も歓迎はしていないだろう。

事実。

魔王は分厚い肩当てでヘンリエッタの顎を打ち抜く可能性を途中で放棄した。

ぐるりと銃身を大きく回すと改めて巨大過ぎる銃口を突き付け、引き金を引いていく。

「ッ!!」

当然、極至近であればそこはヘンリエッタの独壇場だ。どれだけ破壊力が高くても、横から銃身を弾《はじ》いてしまえばヘンリエッタ本人には当たらない。ただ無意味な浪費を証明するように、霧状《きりじょう》マナの表面を膜状に固めた巨大な空薬莢《からやっきょう》だけが吐き出され、紫の光を失って花が枯れるように退色していく。

だが構わずニアヴェルファニは撃つ。

撃って撃って撃って撃つ。

「なるほどな。危険人物が、狡猾《こうかつ》な頭を良く回す……!!」

ようやっと相手の狙いが読めた時には、すでに間近の閃光《せんこう》、爆音、衝撃波によってヘンリエッタの五感と全身は打ちのめされつつあった。直撃などしなくても、人間一人を打ち据えるくらいなら副次的に撒《ま》き散《ち》らされる銃声やマズルフラッシュだけで十分なのだ。対竜《たいりゅう》ライフル・クリティカルディザスターは覚醒直後で可能性の『幅』が微弱とはいえ、かの魔王ニアヴェルファニですら鎮痛剤が恋しくなるほどのじゃじゃ馬なのだから。

動きの鈍った撃士《げきし》の細い顎をすくい上げるように、下から上へ跳ね上がる三日月の軌道を描く対竜《たいりゅう》ライフルの肩当てが今度こそクリーンヒットした。鈍い音と共に、アッパーカットよりも激しくヘンリエッタの体が真上に跳ねる。

「がっ!?」

ここはアスファルトによって縫い止められた、小さな瓦礫《がれき》の足場だ。

彼らがいるのはさながら浮島。ほとんど池を彩る飛び石のようなもの。

こんな所で両足が地の感触を見失えば、どうなるかは言うに及ばず。

「飛べない鳥の気分を味わうと良いわ、人間」

三日月よりも禍々《まがまが》しく口元を歪《ゆが》めて、魔王が嗤《わら》う。

だが彼女の嗜虐心《しぎゃくしん》は満たされなかった。落下が始まらない。より正確には小さな足場から真横へ拡張されるように、透明な分厚い板が次々に飛び出してヘンリエッタの背中を受け止めたからだ。その正体は氷の床。そして言うまでもなく、三〇エスール（注、約三六メートル）以上離れた塔の屋根にいるマーメイドの二丁拳銃によるものだ。

「……チッ。何かと思えば四種の王、氷のネレイドの末か。相変わらず器用貧乏な事で」

改めて氷の上に倒れ込んだヘンリエッタにトドメの一撃を撃ち込もうとしたニアヴェルファニだったが、ギャギャギャギャリ!!　という何かを削る激しい音が彼女の思考を切った。倒れていたはずのヘンリエッタがいない。氷の表面が抉《えぐ》れているところを見るに、わずかな隙を突いて回転しながら高速で起き上がり、行方を晦《くら》ませたらしい。

「積み重ねて強化！　プライマリ・エクス・マッシブ!!」

声は真後ろから。

ニアヴェルファニも打撃によるカウンターを狙う。両手で巨大な対竜《たいりゅう》ライフルを摑み直《つかなお》し、竜巻のように振り返りながらその分厚い肩当てで相手の頰骨を陥没させようとする。

だがそんな彼女の視界の端に何かが映った。

それは二つ揃《そろ》えた靴底のように見えた。そしてニアヴェルファニは忘れていたのだ。魔導《まどう》ハッカーは霧状《きりじょう》マナの力を借りて駆動する、あらゆる機械を乗っ取る可能性を秘めている。そこに官民の区別などつかない。そしてニアヴェルファニ自らが場を引っ搔き回《ひかまわ》すために招き入れた騎士団の連中は、思い思いの飛行機械によって大空を飛び回っていたのではなかったか。

つまりは。

旋回翼機兵《せんかいよくきへい》の鎧《よろい》と機材にそれぞれハック用のブレードが突き刺さっていた。

そして剝き出《むだ》しの座席の上と後ろにプロペラをつけたような飛行機械の真下で両手を使ってぶら下がったアヤトの両足の裏が、最高速度で容赦なくニアヴェルファニの顔面いっぱいに突き刺さったのだ。

10

忘れているかもしれないが、騎士団の使っている鎧《よろい》は酸化魔導銀《さんかまどうぎん》と大型魔獣の腱《けん》や革を組み合わせたプロテクター式で、魔法防御と身体機能の強化を目的に掲げている。つまり魔導で動いているので、事前にしっかりレベルを稼いでおけばハックして乗っ取ってしまう事もできるのだ。

具体的には旋回翼機《せんかいよくき》がレベル7、騎士の鎧《よろい》がレベル14。

20以上膨らませていたアヤトにとっては、格好のエサでしかない。

もっとも、ヘンリエッタのように極限の体術を使うような輩《やから》には通用しないだろうが、飛行機械に頼り切りで外気剝《む》き出《だ》しのコックピットにすっぽり収まって出てこない場合なら、話だって変わってくる。椅子に座った相手の鎧《よろい》へ刺すだけなのだから。

そしてアヤトには空中に縫い止められた飛び石のような足場を跳ね回るほどの身体機能はないが、大空を飛ぶ力を手に入れてしまえばニアヴェルファニの独壇場は突き崩せる。こちらから不意を打って一発当てる事にも手は届く。

「うおおおォァァあああああああああああああああああああああああああ

ああああああああああああああああああああああああああああああああ

あああああああああああああああああああああああああああああああああああああああ!!」

自家生産の恐怖を振り切るように咆哮《ほうこう》し、アヤトの変則ドロップキックが太古の魔王の顔面へ突き刺さる。ようやくのクリーンヒット。……そのはずだったが、かえって反動を受けたこちらの方がダメージを負ったかもしれない。座席の上と背中に二つのプロペラをつけた旋回翼《せんかいよく》機《き》の真下からアヤトの両手が離れ、そのまんま虚空へと投げ出されていく。

「ああもうアイデア馬鹿!!」

素敵なパートナーから大変ありがたい評価をもらい、二丁拳銃の銃撃によってさらに空中へ氷の大地が広がっていく。ヘンリエッタを救出した時と同じく、即席の足場の上を転がる事でアヤトは命を繋《つな》げていく。

「ッ!!」

一方、顔面に人間一人分の全体重を受けて大きく上体を仰《の》け反《ぞ》らせた魔王ニアヴェルファニだったが、ヤツはまだ倒れない。背骨をしなやかに反らしたまま巨大な対竜《たいりゅう》ライフルを腰だめに構え、アヤト本人ではなく足場の氷の床目がけて引き金を引こうとする。

だが彼女はやはり失念していたのだ。

アヤトの存在を忘れていたのは何故《なぜ》か。もっと直接的な脅威、ヘンリエッタ=スプリット=デストリウスが真後ろに迫っていたからではなかったか。

真上からギロチンのように折り畳み式の肩当てが落ちた。

上体を仰《の》け反《ぞ》らせながらも、かろうじて倒れる事だけは阻止していたニアヴェルファニの顔面にもう一発鈍器が落ち、今度こそ狭い足場へとその背中を叩《たた》き付《つ》けていく。

「おおァっ!!」

最後、それでも吼《ほ》えた魔王が仰向《あおむ》けに倒れたまま片手だけで対竜《たいりゅう》ライフル・クリティカルディザスターを天に構える。人の身の丈を超える勢いの巨銃をヘンリエッタの鼻先に突き付け、奇麗に消えた肩の古傷をもう一度引き裂き血でも膿《うみ》でも噴き出せと言わんばかりに容赦なく発砲する。

恐るべき閃光《せんこう》に対し、その美しき撃士《げきし》は首を横に振っただけだった。

「すでに、慣れた」

そして魔王が起き上がるより前に対竜《たいりゅう》ライフルを摑《つか》むその右手首をヘンリエッタは踏みつけ、斧《おの》に似た銃剣を付けたボルトアクション式カービン銃を振り上げた状態で待機する。

「そこまでだ」

「……、」

ニアヴェルファニは笑っていた。

魔導《まどう》ハックに使う短めの剣を杖《つえ》のように使ってのたのたと起き上がるアヤトもまた、ヘンリエッタの隣に立った。

「これで終わりか……?」

「ふん。危険人物にも自分の手で決着をつけたいと願う心は残っていたのか。だがこの天空都《てんくうと》市《し》で自由に火力を使っても良いのは、王に許されて治安を守る私達だけだよ」

「本当にこれで終わりか!?　こいつの執着に先はないのか!?」

「?」

チェックメイトを決めたはずのヘンリエッタが怪訝《けげん》な顔をした時だった。

ゴロ……と、天が唸《うな》るような低い音を彼らは耳にした。

倒れたまま太古の魔王はこう告げた。

「……塔の上で私を待っていたという事は、ブリザードに偽装するって骨子までは掴《つか》んでいたのよね。でもそのためには、まず根底となるシールドを何とかしないと愚かな群衆を騙《だま》し切《き》れないわ。異常気象という解釈もできるけど、やっぱり不自然さは残るものね」

「まさか……」

ヘンリエッタは絶句した。

「できない、できる訳ない!!　いくら太古の魔王でも、大規模な魔導神殿《まどうしんでん》の手も借りず独力だけでこの天空都市《てんくうとし》全体のシールドをぶち抜くなんて……ッッッ!!」

「魔導、神殿。つくづく矛盾した言い回しだわ。そしてそこまで大仰な準備はいらない。私は火の城下町を襲う竜より強大な、魔王の頂点なのよ。元々、全てを持っていた……」

からからからから……と硬く小さな音が耳についた。倒れた魔王の手元で何かが踊っている。

それは水晶《すいしょう》でできた小さなサイコロだった。元来であればタロットと同じ占いの道具。それが三つほど、ひとりでに動き回っている。

リンケージモニタ。

意味するところは明白だった。

「魔導、ハック……？」

「おや、湿布野郎のダグレガ＝ブル＝ゲルロスが行方不明になっている件はまだ知らないのかしら。そっちのお嬢ちゃんにとっては同格だろうに。ヤツは何でもかんでもべらべらとしゃべってくれたわよ。得意技についてもね」

「でも何を乗っ取ったっていうんだ!?」

「私はニアヴェルファニ。太古に轟《とどろ》かせし異名は『天球を貪り尽くす者《ゾディアックブライトイーター》』なり。……でもその正体は何だったのか」

ニヤリと笑って。

ニアヴェルファニは言った。

「私はアクセスし、取り戻したかった。衛星軌道上で待つ私の本来の力の源……天を覆う極大の魔導天砲《まどうてんほう》と」

頭の上で、何かが揺らいでいた。

陽《ひ》の輝く星空が、おかしい。

いいや、四方八方から殺到し、その輝きを増しているのは赤いオーロラだ。

魔王の嚙《か》み傷《きず》と忌まれてきた何か。

天まであと一歩。真下に青い大地、真上に満天の星を戴《いただ》くセレディレカの景色が変貌していく。星空の輝きが、あまりにも大きな影によって貪り食われていく。

見上げるアヤトの視界の中で赤い何かが弾《はじ》け、そしてあまりにも巨大なモノが顔を出す。縮尺のせいで分かりにくいかもしれないが、おそらくは天空都市《てんくうとし》の一〇倍を超える勢いの、あまりにも馬鹿げた火力の集合体。

「届かなくても構わない。大気シールドの『庇護《ひご》の傘《かさ》』に弾《はじ》かれても。私は天に向けて砲撃した事で、アレの注目をこちらへ集めた」

魔王が嗤《わら》う。

最初の最初から力業。この街を守る大気シールド『庇護《ひご》の傘《かさ》』をぶち破り、超高空の大寒波でもって天空都市《てんくうとし》全体を凍り付かせる荒業中の荒業。

「そして私は私の体に埋め込んだ生体埋没式アンテナをハックし、永き封印で断たれていた接続を取り戻した。接触不良でショートしなかったのは幸運だったけど。私は、というか魔導天《まどうてん》砲《ほう》含む魔王のシステム全体のセーフティはレベル９９９９相当。つまり、それくらい強固に抑え込まなくちゃならない『力』があるって事」

「……、」

「私という肉体が永きにわたって封印されている間も、天の上にある矛先は野放しのままだった。そこには蓄えてあるわよ、番狂わせの一撃を撃ち込むに足る莫大《ばくだい》な力が。さて、人の城で守り切る事はできるかしら」

返事など、ハナから期待されていなかった。

直後に天から恐るべき赤熱の一撃が落ちた。

11

それは本来、地上を攻撃する施設ではなかった。

銃声＝魔法の効果範囲という図式がある中、音の届かない真空中でも魔法を伝達する方法があれば、惑星の外に手を伸ばす事ができるかもしれない。水や空気に代わって音を伝える混合気体の人工大気で真空領域を埋めてはどうか。そういうモノのはずだった。

だが思わぬ副産物があった。

無数の星を浮かべる宇宙全体の歪《ゆが》みに似た何か。普段なら誰にも伝わらない大きな世界の悲鳴を集約し、一点へまとめて伝達する事で、恐るべき一撃を実現できてしまったのだ。

「魔導天砲《まどうてんほう》ゾディアックブライトイーター、着弾」


高層大気すら焼き尽くす、赤熱の爆発が莫大《ばくだい》に広がる。

不可視の大気シールド『庇護《ひご》の傘《かさ》』が打ち破られ、大気粒子が押し潰されて禍々《まがまが》しい赤いオーロラを撒《ま》き散《ち》らした途端、四方八方へそれこそ傘の骨のように赤い光が飛んでいった。

すぐ近くで炸裂《さくれつ》したはずの、少女の叫び声さえアヤトの耳には届かなかった。

王城を守る『自由謁見の限度』を国家行事のため解除していたのも災いしたのだろう。

結果は相殺のようだが、本命が届かなくても構わないのか。

不可視の打撃。

『庇護《ひご》の傘《かさ》』が砕け散った途端、今度は大都市全面を巨大な掌《てのひら》や吊《つ》り天井で押し潰すような衝撃波が一斉に襲いかかってきたのだ。

アヤト達に逃げ場などない。その場にいた者を全て打擲《ちょうちゃく》し、意識の連続を断っていく。

辺りを飛び交っていた飛行機械頼みの騎士団達も。

太古の魔王を見下ろしていた魔導《まどう》ハッカーや撃士《げきし》。

少し離れた塔から銃口を向け、ダークエルフも気を失いずっと隠していた長耳をさらし。

極め付けに、いつも少年と共に行動していた金髪の少女まで。

……唯一、魔導銃《まどうじゅう》を抱き抱えたまま足場の上に寝そべり、最初から耐ショック姿勢を取って歯を食いしばっていたニアヴェルファニを除いて、だ。

「ふう」

全てが白で埋め尽くされる。

急激に大気が冷やされ、一面がブリザードに覆われていくのだ。

美しき魔王の妖艶な唇から溢《あふ》れる吐息もまた、重い。強烈なボディブローを喰《く》らったようだ。真っ白な壁に似たブリザードの中では視界もはっきりしない。分厚い白の向こうでぼんやりと青白い鬼火が複数漂っているように見えるのは魔導天砲《まどうてんほう》の副次効果……先端放電現象か。

分厚い白に覆われて天の様子も分からないが、ニアヴェルファニの知覚は接続の切断を感じ取っていた。永きにわたって整備を怠っていた中、さらに出力リミッターを切ってぶちかましたのだ。魔導天砲《まどうてんほう》はバラバラに砕けて姿勢を崩し、天空都市《てんくうとし》の傍《そば》を突き抜けながら大気の中で焼かれて消えていく。彼女をはるかな昔、人間どもが銃を『発明』する前から魔王たらしめていた力の源は、たった一度のチャンスのために決壊していったのだ。

体内にも異物感があった。ひょっとしたら、袈裟《けさ》がけに切られた時に配線もやられた生体アンテナの方も、今度の今度こそ接触不良で焼けてしまったのかもしれない。

それでも構わない。惜しむ理由など微塵《みじん》もない。

あの老人を助け、身に受けた恩を返すためならば。

「……、」

天で起こる神話スケールの事象より、まず真下だ。濃密な綿菓子のようなブリザードの奥に待つ広場では、多くの群衆の前にさらされた処刑台とあの老人がいるはずだ。

準備は整った。

氷点下二〇エンバー（注、約摂氏マイナス二二度）。単なる均一なブリザードに任せているだけでは、おそらくギロチン機材が凍るより前に老人の命が保《も》たない。なのでトドメを刺す必要があった。ここで真上から人工の冷媒を多少ばら撒《ま》いたところで、愚鈍な人の知覚では誤差など分かるまい。ピンポイントな攻撃で、さらに魔導銀《まどうぎん》だけを集中的に凍らせる。それが何であれ、公開処刑が途中で失敗してしまった場合は善なる偶然の思し召《おぼ》《め》しとするしかない行政側の頭を抱えさせるには十分な条件だ。魔王は人ではない。だからその攻撃も災害扱いだ。

ニアヴェルファニは赤い革衣装、その長いタイトスカートのスリットへと指を差し入れた。

中から出てきたのは内側に断熱処理を施した小さな革袋だ。

「さて、長かったけど……最後の仕上げと行きますか」

悲鳴や絶叫が炸裂《さくれつ》していた。

しかし群衆が将棋倒しを起こさなかったのは、奇《く》しくも一面を覆う極限のブリザードのおかげだったのかもしれない。視界を分厚い白で覆われた事で、危機感を正しく認識できなかったのだ。そして体力を奪う寒さは無秩序に暴れるだけの余力を削り取っていく。

『神殿移しの儀』、その会場。

地上の広場では清貧と呼ぶにはあまりに巨大なプラチナや宝石の塊――――外装にまで溢《あふ》れ返《かえ》った宝石基板《ほうせききばん》を活用するため四つの城下町からマナを吸い上げて駆動するレベル799相当のスズムシ、ベル・リンギング試作機――――を肩に載せた初老の男があちこちに視線を投げかけていた。

フォーチュリアナ聖教《せいきょう》の大神官、ベルバス＝ルイン＝クランキーだ。

周囲は極寒の氷点下二〇エンバー（注、約摂氏マイナス二二度）。視界はほんの二エスール（注、約二・四メートル）先もはっきりとしない。良くない兆候だった。過去の記録を紐解《ひもと》いても、大気シールド『庇護《ひご》の傘《かさ》』を貫くほどの急激なブリザードや磁気嵐は処刑の失敗へと繋《つな》がる傾向が高い。彼には彼で、この公開処刑を絶対に成功させねばならない理由がある。それは民主の娯楽の提供に失敗したら暴動が起きて八つ裂きにされるとか、そんな俗物なものではない。

「……ヤツはどこへ消えたんだ。上の異状を騎士団は捉えていたはずだ。まだ首は取れないのか⁉」

そんな大神官へ、頭から覆面を被《かぶ》った《処刑人》がもごもごと声をかけてくる。

『大神官様、早く口上を終えてしまってください。これ以上変な事になる前にさっさと首を落としてしまいましょうや。「神殿移しの儀」は万に一つも失敗できんのでしょう？』

「どうせ誰も聞いていない」

『その長々とした宣誓を終えてしまえば良いのです。誰が聞いているのかなんて関係ないじゃありませんか』

「そこの老いぼれの首をほんとに落としちまったらニアヴェルファニが雲隠れしちまうだろうが!!　ヤツを誘い出すまでエサは捨てられねえんだよおお!!」

「……、」

朦朧《もうろう》とする頭を振って、アヤトは必死に呼吸を維持していた。

白。ブリザードのせいで陽《ひ》の輝く星空すら見えない。

少女達は皆倒れている。大空を支配していた飛行機械の騎士団は衝撃波とブリザードに巻き込まれて墜落していったのかもしれない。そんな中で、赤い革衣装の悪魔だけがこちらに背を向けて何かの準備をしていた。もはや彼女は『敵』を見据えていない。戦闘は終わったと一方的に宣言し、救出すべき誰かに集中している。

いのちのおんじんのおじいさんをたすけたい。

あの魔王には、それしかないのだろう。

自分の傷を癒《いや》し、赦《ゆる》しを与えてくれた誰かに恩を返す。胡散臭《うさんくさ》い貴族や豪商が銀塩カメラの前で行うパフォーマンスとしての慈善ではない。人の目がなくなった途端に握手していた手をアルコールで消毒するような輩《やから》とは違う。ニアヴェルファニは掛け値なしの行動に対して掛け値なしの行動を返したかった。その一つきりだったんだろう。

そいつは良い、勝手にやってくれ。

だけど倒れ伏したまま、アヤトは歯を食いしばる。あいつはそのために人の命を複数奪っている。そしてその罪を手前勝手にこちらへ押し付けてきた。正論を語るより前に、まずその落とし前だけはつけさせてもらう。

震える指先でもう一度魔導《まどう》ハック用の剣、リンケージプラグに触れる。

掴《つか》む。

起き上がるッッッ!!!!!!

「ニぃアヴェぇぇルファニぃぃいいい

いい!!」

「なっ!?」

振り返った魔王が対竜《たいりゅう》ライフルを摑《つか》み直《なお》すよりも早く。

全力で突っ走ったアヤトはその細い腰に両腕を回す格好で激しいタックルをブチ当てる。そのまま二人して、勢い余って狭い足場から飛び出していく。

テレリアもまた、衛星兵器と大気シールドの衝突がもたらした衝撃波を浴びて気を失っている最中だ。今度はもう金髪少女の氷の足場は期待できない。

そのまま投げ出される。

一緒に落ちていく。

「くっ、おおアッッッ!?」

しがみつかれて吼《ほ》えるニアヴェルファニの背中が弾《はじ》ける。作り物の拡張外装《かくちょうがいそう》ではない、今度の今度こそ魔族としての生きた翼が大きく広がる。左の羽。明らかに生きた動きをする、巨大なマントのような何か。だが片翼ではバランスを保てない。最寄りの塔の壁面にガリガリと体を擦《こす》りつけながらも、どうにかこうにか減速を試みる。

彼女も彼女で、ここで終わる訳にはいかない。

あと一手なのだ。このブリザードの中に革袋の中の冷媒を混ぜてしまえばギロチン装置だけが真っ先に凍りつき、動かなくなり、あのじいさんを生きたまま助けられるのだ!!

「どォして私の邪魔をする、人間!?　チャンスはここしかない、本当の本当にもうここしか!!　スケジュールは動かない、悠長に月明かりを浴びて『幅』を広げている暇なんかない！　この首が欲しいなら後で好きなようにくれてやるわっ、あのじいさんを助けた後でなら!!　どうしてそれが待てないのよおッッッ!!」

「ふざけんな……。世の中の正しさが自分にしかないような口を利きやがって……」

「どこがいけないのよ。この私を解き放った、それだけで首を落とされようとしている人がいる!!　あのじいさんに嘘《うそ》を暴くつもりもないのに、勝手に脅《おび》えた愚かな権力者どものせいでっ!!　何が巨悪よ、何が神聖な『神殿移しの儀』よ、ふざけるな！　理不尽な公開処刑から恩人を助けようとする行為のどこが悪いのよ!?」

「問題をすり替えるなよ魔王!!　命の恩人を助ける行為と、対竜《たいりゅう》ライフルで気を失った犯罪者を撃ち抜く行為がイコールで結ばれるものかっ!!　無実のおじいさんを助けたい、それを掲げていれば何でも許されるなんて理屈が通るか！　自分の目的さえ大きく振りかざしていれば罪から逃れられるなんて甘いルールがあるかっ!!　いいか、ニアヴェルファニ。君がそうなっちまったら、君が最後の最後までそんな道を貫いちまったらなあ!!」

必死になってその細い腰にしがみつきながら、アヤトもまた全力で叫んでいた。

彼は確かにこう宣告したのだ。

「結局、おじいさんがいなければ殺人事件《わるいこと》は起きなかった、って公開処刑の言いがかりを否定できなくなっちまうだろうが!!　君が勝手に犯した殺人を、あの人が背負わなくちゃあならなくなっちまうじゃないかッッッ!!!!」


呼吸が。

ニアヴェルファニの呼吸が、詰まる。

「ダメなんだよ、それじゃあ」

その少年もまた、自ら罪を背負った咎人《とがびと》だった。

それでも立ち止まる事なく歩み続ける先人が、若輩に向けて言い放つ。

「あのおじいさんを本気で助けたいなら、それじゃあダメなんだ!!　善悪を好きなように決める、大衆を操るだけ操って少数を押し潰す、そんな輩《やから》に黙って捕まってやる必要なんかない。それでも自分がこれと決めて行った真実《つみ》からは、目を逸《そ》らす事があっちゃあならないんだ!!　だから言うぞ、この魔導《まどう》ハッカーが自分の事なんて棚に上げて恥も外聞もなく言ってやる。自分の足で!　一歩一歩踏み締めて固めた真実だけは!!　否定しちゃあいけないんだよッッッ!!!!」

それがアヤトとニアヴェルファニの違いだったのかもしれない。

共に過去では最強ランカーでありながら、だけどその道は交差しなかった。少年は表向きのレコードから背を向けて誰にも褒められる事のない魔導《まどう》ハッカーに身をやつしてでも、自分の真実から決して目を逸《そ》らさなかった。

「背負えよ、ニアヴェルファニ。自分で胸を張って行った行動の結果だろ！　それなら誰かに押し付けるなっ、自分で背負って前へ進めよ、魔王!!」

「アンタ、は……」

「おあつらえ向きの舞台がある。すぐ下に」

言って、アヤトはニアヴェルファニの腰に回していた二本の腕をさらに動かす。ほとんどよじ登るような格好で目線を同じ高さに合わせ、その細い肩を両手で掴《つか》み直《なお》す。

真正面から、逃げる事なく魔導《まどう》ハッカーが叫ぶ。

「無実のおじいさんが被《かぶ》っちまった君の罪を取り返しに行けよ、ニアヴェルファニ!!!!」

直後の出来事だった。

思い切り真後ろへ送った頭を改めて鈍器のように振り下ろし、額と額をかち合わせた。


そして全てが合流した。

半ば以上本気で気を失いかけたアヤトはグライダーのように滑空するニアヴェルファニの腰にしがみついたまま、地の底へと墜落していた。

そこは『神殿移しの儀』、その会場。公開処刑が行われるはずだった広場、まさに舞台上。

機械式のギロチン装置にくくりつけられた一人ぼっちの老人と、邪《よこしま》な人気取りに溺れる大神官や《処刑人》が待つ檀上《だんじょう》へ、アヤトとニアヴェルファニの二人が乗り込んでいく。

「……言えよニアヴェルファニ」

分厚いブリザードに覆われているとはいえ、そこは大勢の人間が取り囲む残酷なステージだ。何より彼女が焦がれ続けた老人まで揃《そろ》っている。そんな中でアヤトが要求したメッセージは、あまりにも残酷なものだったのかもしれない。

「無実のおじいさんが石を投げられるのは間違っている。文句があるなら自分にかかってくれば良かった。ならきちんと言えよ!!　君はこの街で何をやってきた!?　おじいさんに押し付けていないで、自分の胸に戻してみろよ!!!!!!」

口をパクパクさせていたニアヴェルファニは、へたり込んだまましばらく動けなかった。

ひょっとしたら彼女にとっては何万もの群衆よりも、永遠に記録の残る新聞社の銀塩カメラよりも、たった一人の老人の方が怖かったのかもしれなかった。

だけど、本当は分かっているのだ。

ニアヴェルファニだって、このままにはしておけない事くらいもう理解していなければおかしいのだ。

「……し、は」

へたり込んだまま、魔王の唇が震える。

「わたしは、たった一人の恩人を助けようとしました……」

ブリザードの透明な粒が肌に当たって融《と》けただけではない、透明な液体が頬を伝っていく。

「そのために人身売買組織に依頼を出して、都市設計責任者のヨルベ＝アルフォベリンの身柄を確保しました。ヘマをした組織の人間からアシがつくと思って口封じをしました。『自由謁見の限度』という莫大なエネルギーに支えられた壁を破るため、火と風の城下町のコアを破壊しました。あと一歩のところで助けられるはずだったのにそれを邪魔したホワイトハッカーのダグレガ＝ブル＝ゲルロスにも報復をしました」

決して起き上がる事もできないまま。

「みんな……私がやりました」

むしろ泣き崩れていくように。

「このじいさんは関係ないんです。これは私の罪です、私が一人でやってきた事です。だから、どうか、ですから、どうか!!　もうこの人に石を投げるのはやめてください!!　お願いします、私が償いますから、そうじゃないと因果応報にならないからァァああ!!!!!!」

そんな叫びがあった。

それはとても身勝手で、何も知らない民衆には届かなくて、罪状を軽減させる効果なんて一つもない。だけど身も世もない叫びを放つのに、一体どれほど身を削って矜持《きょうじ》や尊厳を捨てて体の中に溜《た》め込《こ》んでいたエネルギーを吐き出す必要があったのか。

分からないはずがなかった。

世界の誰も理解しなくたって、同じ咎人《とがびと》のアヤトには分からないはずがなかった。

分厚い白が晴れていく。

セレディレカ天空都市《てんくうとし》の大気シールド『庇護《ひご》の傘《かさ》』がセーフモードで再起動したのだろう。あれだけ視界を覆っていた分厚いブリザードは遮断され、太陽や満天の星が広がっていく。三六〇度全方位を取り囲むのは大量の群衆、驚くほど近くに落ちていたコウモリの翼を複数組み合わせたような機甲飛竜《きこうひりゅう》、機械式のギロチンに固定された老人、覆面を被《かぶ》った《処刑人》に、フォーチュリアナ聖教《せいきょう》の大神官。

誰も彼もが、小さく丸まった魔王を眺めていた。

そして誰かが言った。

「ふへっ」

大神官だった。

彼は自分の時間を取り戻すと、パンパン！　と軽く両手を叩《たた》いて全員の注目を集めた。

「このように闇属性からの悪意ある妨害がいくらあろうとも、光属性の集積である善なる偶然の導きは決して揺るぎはせぬ!!　セレディレカの皆を守るため天が定めた『神殿移しの儀』は崩れない。これより大罪人トーマス＝ロベルギンの断頭を速やかに決行し、世を乱す者の死をもって世界の美しさを保とうではないか!!」

「っ」

うずくまり、額を床に擦《こす》りつけていたニアヴェルファニの小さな肩が震えた。

届かない。

結局は一方的に正しさを独占する者には、咎人《とがびと》の叫びなど届かない。

「全ての準備は整った。身勝手な行いにより太平を乱した不届き者の末路を見よ!!　我らは巨悪を断じ、王に仕える力ありと証明する!　フォーチュリアナ聖教《せいきょう》に永劫《えいごう》の繁栄あれッ!!」

感極まったような叫びであった。

そして演説が終わると初老の男はアヤトの肩に手を置いて囁《ささや》いた。

「(……よくやってくれた。君は魔王ニアヴェルファニの逃走、いいや復活を阻止した英傑だ。当然、君に掛けられていた嫌疑は残らず取り払われる。お互い災難だったが、しばらくこの街で歓待しよう。私の持つ権威の全てを使ってもてなそうじゃあないか)」

ねっとりとした。

人間の本質が嫌いになるような声色で。

「(世界には勇者も魔王もいらない、ただフォーチュリアナの光があればよい。邪魔者などいつでも自由に使える処刑台を使って闇に葬ってしまえ。君は賢い。同じ人間として、それが分かってくれたようで何よりだ)」

アヤト＝クリミナルトロフィーはにっこりと微笑《ほほえ》んだ。

彼が次に取った行動はシンプル極まりないものだった。

ガドンッッッ!!!!!　と。

ギロチンの刃を食い止めるように、魔導《まどう》ハック用の剣を装置のレールに突き刺したのだ。

『な、あ……？』

最初もごもごと疑問の声を放ったのは、覆面を被《かぶ》った《処刑人》だった。レバーを引いてもギロチンが落ちない。ニアヴェルファニの妨害も不発に終わったのに、何故《なぜ》？　それが不思議で不思議で仕方がないといった顔だった。

だが変化はそこに留《とど》まらない。

『がごっ!?』

彼の手元にあった太い金属レバーが想定とは正反対の方向へ跳ね上がり、《処刑人》の顎へ激しくめり込んだのだ。

「……大神官様。君には致命的に美的感覚がないのは分かった。だが一世一代の告白を無遠慮に邪魔してんじゃねえよ、殺されてえのか？」

そしてついには罪なき老人の両手と首を縛《いまし》めていた枷《かせ》までもがひとりでに外れていく。何が何だか分からないまま解放された老人を見て、這《は》いつくばったままよろよろと手を伸ばしながらも、ニアヴェルファニも目を白黒とさせていた。

衆人環視の中での魔導《まどう》ハックだ、どうせこのギロチン台はすぐに精査して取り返される。老人を解放すると、アヤトはそのまま暫定レベルを決める共鳴から切り離す。

つまり、解放して終わりではない。

彼はここから先を視野に入れている。

「いいかニアヴェルファニ、争点は一つだ。君は自分の罪を俺に押し付けて好き放題した。俺はそれが許せなくて、落とし前をつけさせるためにここまで喰《く》らいついてきた。……そして今のでそういった余計なハードルは全部片付いた。それじゃあ問題だ。そもそもしち面倒臭い回り道さえなければ、俺はどっちについていたと思う？」

「ま、さか」

いくら本物の魔王とはいえ、永き封印の中で傷口から少しずつ力が洩《も》れ出《で》た結果、本来の実力の一％も出せない中だ。他の誰に頼る事もできずこれだけ有象無象の人間達がひしめく天空《てんくう》都市《とし》へ挑むだけでも怖かっただろう。正体がバレて多くの人に押し倒され、為《な》す術《すべ》もなくなってしまえばどうなる事か、想像するだけでも身の毛もよだつはずだろう。それでも震える足に力を入れ、たった一人の恩人を助けるため、一度も俯《うつむ》く事なく前を見据え続けたその胆力、賞賛に値する。

仲間にならない理由が、あるか。

これだけ魅せられて、一体何をどうしたら石を投げる側に回るというのか。

「だから最初から、ここまでやってきた俺達はこう言いたかったんだよ」

ニヤリと笑って。

依頼された通りの善悪に従うだけの最強ランカーを捨てた魔導《まどう》ハッカーはこう宣言したのだ。

「くだらない事やってる暇があったら素直に全部話して手を貸してくださいって言ってくれりゃあ何もここまでこじれる事もなかったのに、ってなァ!!!!!!」

恩を返すため魔王は暴れた。赦《ゆる》しを与えた勇者も出てきた。

だがこれは、彼らのお話ではない。

善悪とは別の軸に足を置く魔導《まどう》ハッカー、アヤト＝クリミナルトロフィーの物語である。

オプション05　アヤト＝クリミナルトロフィーに関する報告資料

選抜王国統合王家《せんばつおうこくとうごうおうけ》の管轄下にある『学園群塔《がくえんぐんとう》』に書類上在籍。『フォワード』としての活動履歴あり。大型リボルバー式の魔導銃《まどうじゅう》を愛用していた事でも知られ、その筋では『六発目の悪魔《ヘキサジンクス》』という異名が未《いま》だに一定の効力を維持している。

現在は魔導《まどう》ハッカーとして活動を確認。

確信犯。

行動原理や資金源は不明だが、選抜王国《せんばつおうこく》を構成する都市国家単位での政変・事変において、複数回の目撃情報が確認される。当人に現場での強盗や略奪などの指向性が見られない事から、安定した資金源が存在するものと推測。第三者の思惑と折り合いをつけて活動している点が指摘されるが、一方で一つのシナリオをなぞるような動きを見せておきながら、途中で掌《てのひら》をひっくり返して真逆の立場に立つなどの支離滅裂な行動でも知られる。

資金源とは頻繁に仲違《なかたが》いしているか、それだけ行動の自由を与えられているかは不明。

地方領を治める側にとっては脅威の一言ではあるが、当人は義賊的な振る舞いをする事もあり、大きな一本の歴史を眺めてみるとプラスに働いているようにも見えるので注意。

彼を良く知る知人などの話によると、主観に寄り添った真実に重きを置く心理傾向があるらしい。行政広報を鵜呑《うの》みにする訳ではなく、被害妄想めいた陰謀論に走る訳でもない、優れたバランス感覚の保持者である事が推測される。


彼が目撃される場所では歴史が大きく動く。まるで澱《よど》みを攪拌《かくはん》するように。

それが何者かの思惑によるものか、その思惑すら超えたところにあるのかは不明だが。


（備考）

以上が『学園群塔《がくえんぐんとう》』生徒会執行部の手による独自調査資料であるが、教師陣へ提出する事なく同生徒会室の金庫で保管する事を決定する。

ヤツは身元が割れ、正式に手配書を配布された程度でうろたえるタマではない。魔導整形《まどうせいけい》などによって顔や名前を書き換えられるくらいなら、このまま泳がせておいた方が追跡もしやすいだろう。

フェイズ05　アクーアリア水彩城下《すいさいじょうか》

1

やるべき事は一つだった。

「とっとと逃げよう」

そして魔王ニアヴェルファニが恩人のおじいさんを両手で抱き抱えたのを確認してから、アヤト＝クリミナルトロフィーは魔導銀《まどうぎん》でできたリンケージプラグの剣を手に檀上《だんじょう》から飛び降りた。さて群衆は数に任せて下手人を取り押さえにかかるか。

そんな訳はない。

丸腰の民間人と武器を持った凶悪犯だ。魔導《まどう》ハック専門で殺傷能力はさほどではない、などという事実を『民間人』には読み切れない。わっ、と人の山が左右に分かれた。騒ぎのどさくさで黒服の護衛から引き離され、取り囲まれた《金貸し》が日頃の恨みで小突かれているのはご愛嬌《あいきょう》。彼らが冷静さを取り戻す前にアヤト達は目的地に走る。

「ニアヴェルファニ、ご自慢の魔導天砲《まどうてんほう》は!?」

「っ」

赤い革衣装の美女は老人を抱き寄せたまままわずかに身を縮ませてから、

「塵屑《ちりくず》も残さず吹き飛ばされたい者は前へ!!　この魔王ニアヴェルファニが今一度、天から悪逆の砲を叩《たた》き込《こ》んでやるわ!!」

それで周囲は凍り付いた。魔王うんぬんの真偽はさておき、現実として『庇護《ひご》の傘《かさ》』をぶち抜いた天からの一撃は骨身に沁《し》みているのだろう。しかし一方のアヤトはアヤトで、ニアヴェルファニのわずかな逡巡《しゅんじゅん》だけで見抜いていた。

……もうアレは期待できない。他の方法で押し寄せる軍勢に対処し、逃げ切る必要がある。その上で考える。流石《さすが》に徒歩ではブライティオ光彩王城《こうさいおうじょう》からは抜け出せないだろう。

そもそもテレリア、マミリス、ヘンリエッタ達は背の高い塔の上に置き去りだ。

よって、

「さあ乗った乗った!!　さっさと飛ぼう!!」

意外なほど近くに落ちていた巨体だった。コウモリのような薄い翼を複数重ね、幅広の二等辺三角形を構築しているそれ。全幅三〇エスール（注、約三六メートル）の機甲飛竜《きこうひりゅう》と呼ばれる大型の飛行機械だ。

レベルは32と破格だが、城に来るまでにレベル20、さらに城内での戦闘で高レベルな騎士や飛行機械を立て続けに乗っ取ってきたので今なら十分に狙える領域だ。

それがどんなものであれ、必要なレベルさえ稼いでいれば魔導《まどう》ハッカーはあらゆる魔法の産物を乗っ取る事ができる。

剣を突き刺してトリガーを引き、ブレード部分を残してグリップを引っこ抜く。

魔導利器《まどうりき》の中を走る霧状《きりじょう》マナの循環に横槍《よこやり》を入れてハッキングを完了させると、ニアヴェルファニがコウモリの翼の真上へ飛び乗ったところだった。

「じいさんも乗ったわ！　いつでも行ける!!」

「ば、ばかもん……!!　好きなように生きなさいとあれほど言ったろうに、こんな風にセレディレカの決定へ楯突《たてつ》いてしまったらお前さん達は……!!」

「うるせえな馬鹿野郎!!　これが私達のやりたい事なんだって何度言えば分かるのよ!?　人が身勝手に民衆を縛り付けるために作った善悪なんぞに興味はない、それでも自分の胸でこうと決めた決断にだけは背を向けられないのよ!!」

もの自体は薄っぺらだが、上面だろうが下面だろうが手足をつければピタリと張り付く。おそらく重力制御か何かの力を借りているはずだ。アヤト達は大地を歩く慣例からか、ついつい上面に居場所を求めてしまう。

「操縦はできるんでしょうね？」

「何でもやれなきゃ魔導《まどう》ハッカーじゃない」

バォン!!　と圧縮空気の風が地面にぶつかり、辺りにいた群衆が薙《な》ぎ倒《たお》された。そのまま身をひねるようにして急上昇し、あっという間に広場の上方、塔のてっぺん辺りまで飛び上がる。空中で衝撃波に打ちのめされたものの、未《いま》だ墜落せずしぶとく残っていた旋回翼機《せんかいよくき》を二つのプロペラで駆る騎士達が再び襲いかかってくる。

「どうするのよ魔導《まどう》ハッカー!?」

「機体の体格差を考えれば良い。このままぶつけて真っ二つだ!!」

魔導天砲《まどうてんほう》の衝撃波に打たれたはずの少女達だが、短い時間で意識は取り戻したらしい。最初、空中に縫い留められていた小さな瓦礫《がれき》の足場を真下から突き上げる格好で破壊し、その上に乗っていたヘンリエッタを拾い上げた。魔導で作った人工重力が磁石のようにのっぺりした機体表面へ撃士《げきし》の体を張りつける。

「わっ」

文句は聞いていられない。激突の衝撃で大きく軌道を捻《ね》じ曲《ま》げた機甲飛竜《きこうひりゅう》の矛先を塔の一つに向ける。テレリア、マミリス。二人の少女に向けてアヤトとヘンリエッタがそれぞれ目一杯手を伸ばす。

手首を掴《つか》む確かな感触と共に、機甲飛竜《きこうひりゅう》の機首を上げる。

ぐんっ!!　と高度を上げてそのまま虚飾の城の真上を突き抜けていく。

「わわっ、わわわ!! わあーあーっっっ!!?!??」

無意味に両足をバタつかせる金髪少女をどうにかこうにか引っ張り上げて両腕で抱き寄せる。

ヘンリエッタの方が危なげなくダークエルフを回収しているところであった。

そしてテレリアにかまけている間機甲飛竜《きこうひりゅう》の制御をおろそかにしていたので、制御がぐらつく。あれだけ稼いだ高度をすっかり失い、今にも地面に激突寸前であった。

「くそったれ!!」

アヤトは慌てて宙へ浮かぶリンケージモニタの水晶《すいしょう》タロットに意識を集中し、魔導《まどう》ハックで乗っ取った機甲飛竜《きこうひりゅう》の制御を取り戻していく。

「ここどこだっ、光彩王城《こうさいおうじょう》の城壁は越えてるみたいだけど!!」

「こーち、アクーアリア水彩城下《すいさいじょうか》だと思う」

ダークエルフのマミリスがそんな風に言った。そんな暇がないからか、あるいは吹っ切れたのか、もう人前でも特徴的な長耳は放り出したままだ。

そこは船の街だった。一面が陽《ひ》の輝く星空の色を映し出した水面になっており、その上に大小無数の船がひしめき合って一つの街を形成している。いいや、水の流れは重力なんぞ軽く超越していた。これだけの過密水域ではせっかくの船でも移動できないはずだが、そこらじゅうで虹の橋のように膨大な水が巨大なアーチを築いており、やはりその上を船が移動しているのだ。まるで平面的なジオラマの上から巨人が手を伸ばし、あちらこちらにミニチュアの家を入れ替えているような感じだった。

そんな中へ超高速で突っ込む。

時に大規模な帆船の帆のギリギリ横をかわし、時に水のアーチに持ち上げられた巨大な蒸気船の真下をかいくぐって。

最高速度は八〇スクズ（注、約時速一三六キロ）程度。事実上、これより高速な飛行機械は大気をたなびくマナ流《りゅう》に乗る大規模な飛行船などを除いて存在しない。こちらは空気を引き裂く勢いだが、摩擦熱や空気抵抗、慣性の力などに苦しめられる心配はなかった。やはりセレディレカの魔導利器《まどうりき》は天空に強い。

「おばあちゃんの部屋にこんなのの模型があった気がする」

よっと、と銀髪のマミリスは適当に呟《つぶや》くと、そのチョコレート色の細い手を横合いへ伸ばした。途端に彼女の指先は水辺を飛び交っていた白い海鳥を危なげなく掴《つか》み取《と》っている。

そう、ここは列車よりも速い世界の中なのに、だ。

「やっぱりおばあちゃんの図面通り。強力なセーフティが働いている間は相対速度も無視できるんだって、こーち。これなら怪我《けが》する心配はないはず」

「チッ、街を出る前に会っておきたかったな。惜しい才能だ」

簡単に言ってくれるが、それはつまりこれだけの速度の中で相手の武器や装甲を好きなだけもぎ取れるという事を意味しているはずだ。何気に反則技の塊である。

（……さて、取り巻く環境も見えてきたところで）

どっちみち、ニアヴェルファニとおじいさんを助け出すならセレディレカ天空都市《てんくうとし》そのものから脱出する必要がある。

トーマスはニアヴェルファニに抱き寄せられたまま、

「ああ……」

「今さらこんな街が名残《なご》り惜しいなんて言わないわよね」

呆然《ぼうぜん》とする老人を抱き寄せながら、ニアヴェルファニは改めて褒めた。

「見せてやるわよ、あの青く広がる星に何がどれだけひしめいているか。こんな切り取られた作り物の大地が全てじゃない。アンタが勝手に諦めていた世界がどれだけ広くて、どれだけ不思議で、どれだけ美しいものか!!　こればかりは絶対によ!!」

「……、」

ひょっとしたら、彼は『それ』をもう見ているのかもしれない。追い詰められた自分のために、地方王制そのものにケンカを売ってくれる者がこんなに集まった。それだけですでに救いは始まっていたのかもしれない。

もっとも、それを口に出してしまうほどアヤトも無粋ではないが。

となると当面目指すべきは、

「外周、とにかく外へ!!　摑《つか》まってろよ諸君!!」

「それも良いけど、後ろだ危険人物!!」

ヘンリエッタがおかしな事を叫んだ。

水晶《すいしょう》タロットの配列によって少しずつ飛行の安定を取り戻していったアヤトは、ようやっと背後を振り返る余裕ができてきた。

そして目撃した。

「後ろから同型機が追撃してきてる！　手順が妙だ、正規のフライトじゃない!!」

撃士《げきし》サマの言う通りだった。飛行機械の中でも機甲飛竜《きこうひりゅう》はかなり大型な方なので、中央の城にいた個人乗機のグライダーや剝き出《むだ》しの座席の上と背中に二つのプロペラをつけた程度の旋《せん》回翼機《かいよくき》などは速度で振り切れる。そうなると当然、追ってこられるのは同系統の機甲飛竜《きこうひりゅう》しかない。

だが正規ルートで飛行機械を支給されてきた連中は、セレディレカ天空都市《てんくうとし》が衛星兵器・魔《ま》導天砲《どうてんほう》が放たれた時の衝撃波とその後のブリザード流入で軒並み墜落していたはずだ。手直しして乗り回す気なのか、どさくさに紛れて眼帯ミニスカの《空賊》の少女などが壊れた飛行機械を奪っているのも見かけている。ただしそんな中、アヤト同様、墜落機を拾い上げて無理矢《むりや》理《り》にでもこちらを追いたがる人物は誰か。絶対に失敗が許されないのは。そこまでの執念を感じられる候補は一人しかいなかった。

つまりは、

「……どこぞの大神官様。年甲斐《としがい》もなくチキンレースでも挑んできたって訳か!!」

2

そして。

グラウヴィヴ土彩城下《どさいじょうか》で外遊していた赤茶けたミノタウロスは、人間だった時の癖でひゅうひゅうと鋭い息を吐いていた。どうやら口笛のつもりらしいが、顔の作りが猛牛に変貌してしまっているのでどうにもならない。

『……やっぱり、か』

ひらり、と紫の蝶《ちょう》が舞う。

妖艶なレースと色とりどりの宝石で輝く、自然界には決してありえない夜の蝶《ちょう》。それは瞬き一つの間でクラシックなメイド服を纏《まと》う、紫の髪の美女へ切り替わっていた。

「本当に一人でアレのお相手をするつもりかしら?」

『オレ様だって殴り込みしてくそったれの「神殿移しの儀」をぶっ潰してやりたかったさ。だけど仕方ねえだろ。メインディッシュはアヤトちゃん達が持って行っちまったんだから。主役はあっち、オレは裏方ぐらいでちょうど良いのさ。それに、元からここだと当たりをつけてきた訳でもあるんだしさ』

彼らが呑気《のんき》に言い合う目の前で、異質な変化があった。

ぼこぼこと地面がオレンジ色に泡立ったかと思ったら、火の街でも見られないほど巨大で禍々《まがまが》しい溶岩の柱が垂直に飛び出してきたのだ。それらは空気に触れると冷却され、細部の形を整えていき、そして灼熱《しゃくねつ》の胴を持つ八本脚の巨馬へと生まれ変わっていく。

まさに、見上げるほどの巨軀《きょく》。

猛牛男はファスナーだらけのズボンの脇、二つのホルスターを意識しつつ、

『其《そ》は死を運ぶ金色の馬にして光り輝く宝石に彩られた聖なる眷属《けんぞく》なり。……魔王の封印なんて、蓋を開けてみればこんなもんか。溶岩と重力制御で形を整えた古代の魔導利器《まどうりき》。勇者の一撃で弱ったニアヴェルファニを殺すまでは至らずとも、中に取り込んで固めちまう事で封印くらいには手を伸ばせた訳だ。磁気や熱源探知を狂わせる溶岩でくるんでヤツ自身を人質に取っちまえば、ご自慢の衛星兵器で丸焼きにって訳にもいかんだろうしな』

「人の事を言えた義理ではないけれど、二〇〇〇エンバー（注、約摂氏二二〇〇度）に耐える生体構造とはなかなかにイカれているものね、魔王とやらも」

『そりゃそうだよなあ』

蒸気機関のような嘶《いなな》きと共に前脚を振り上げ、上体を大きく上げればその高さは一〇〇エスール（注、約一二〇メートル）を超える。変な正義感を出して首を突っ込もうとした防音素材の大盾の《パラディン》やグリップに単発銃を仕込んだカタナの《サムライ》などの女性

パーティを赤茶けたミノタウロスは咆哮《ほうこう》一発で追い払いつつ、あまりにも大きな怪物を前にこう嘯《うそぶ》く。

『……グラウヴィヴ土彩城下《どさいじょうか》だけ「何もない」ってのは不自然だったもんなあ。王城に不備があった時の軍備と兵站《へいたん》の備蓄基地、か。長らく平和が続いたセレディレカ天空都市《てんくうとし》じゃあ確かに活躍の機会には恵まれなかった訳だ』

アヤト自身も言っている。最前線の仮設要塞でもない限り、平和な城の中にあるミリタリー施設からは真っ先に人がいなくなっていく、と。それはもっと大きな都市国家全体のくくりでも言えた事なのだ。

土の街はあらゆる兵器のベースとなる魔導銀《まどうぎん》の他に、宝石基板《ほうせききばん》に用いる地中のジェム流《りゅう》が凝縮した各種の宝石や魔導銃《まどうじゅう》の弾頭の備蓄にも困らない。何ならクソウズや石油などと呼ばれる有毒液体も兵器に転化する腹積もりかもしれない。何にせよおあつらえ向きだ。

そして『神殿移しの儀』だの公開処刑だの利用してでもニアヴェルファニを捕らえるため、なりふり構わず溶岩の巨馬を解き放とうとしている。それが何であれ、魔法はひとりでには発動しない。だとするとコマンドを送っているのはこいつを掘り当てて保管していたフォーチュリアナ聖教《せいきょう》か。向こうは今度こそ自分達の手で魔王を倒して虚を実に変えたいのかもしれない。

が、人口過密地帯を膨大な溶岩の塊が一直線に突き進めばどうなるかは言うに及ばずである。静態大陸《せいたいたいりく》。ふらふらと落ち着きがなく簡単に歪《ゆが》む有象無象の陸地とは違って唯一、どれだけ長き歳月にさらされても微動だにしない我らが故郷。そこで暮らす人々の結束もまた一分の緩みも存在せず、互いが互いを思いやって生きているのだ。

薄っぺらな建前を頭に浮かべ、ミノタウロスは人の欲が生み落としたモノへ目をやった。

ちゃんちゃらおかしい。

『居心地最高の宮殿も、ギャラリーに並べた美術品の山も、きらびやかな鎧《よろい》や王冠も、今は全部どうでも良い』

よって、ミノタウロスはここへ来た。

いいや、大陸一つを丸ごと治める選抜王国統合王家《せんばつおうこくとうごうおうけ》王位継承者第一位が。

『……だが道理を通して悪を討ち滅ぼす権利まで放り出したつもりはねえぞ。我が名はリベルカ＝ブラン＝ゾルカ＝トータリヌス。愚かな賊のオモチャ風情が、この第一王子の眼前で皆の家と生活を奪うなど許されるとでも思ったかッ!!』

そして格好つけたミノタウロスの尻尾をメイドは冷静に引っ張った。

「おいこのナルシス野郎」

『ぎゃわーっ！　おっ、バカそこを摑《つか》むなってメチャクチャ痛《い》てえわ!!』

「失敬な。まるで知らずにやっているかのような口振りですね」

『尻尾もないチョウチョ女が分かったような口を!!』

一瞬で纏《まと》った空気を奪われてしまった男に、メイドはしれっと言ってのけた。

「いい加減に認めなさい。あなたは常に王の剣と共にある。よって私が王の資質を認証したその瞬間から、閣下が一人で戦う機会に陥る事などもう二度とありえないのですから」

『……、そうかい』

それだけ呟《つぶや》き、ミノタウロスは改めて腰のホルスターへ手を伸ばした。

抜き払われるのは今時の魔導銃《まどうじゅう》ではなく、古式の二刀流。

分類はドミノ式終末誘発規模連鎖兵装《しきしゅうまつゆうはつきぼれんさへいそう》、銘はバタフライエフェクタ。

二人は声を合わせてこう言い放った。

「この蝶《ちょう》の羽ばたきは、とても小さなもの」

『だがその些細《ささい》な発端が世界に何をもたらすか、よおく味わわせてやるぜ。ガラクタぁ!!』

3

フォーチュリアナ聖教《せいきょう》大神官、ベルバス＝ルイン＝クランキー。

具体的な追っ手がかかった事で、アヤトの機甲飛竜《きこうひりゅう》もまたその動きを大きく変える。飼《か》い馴《な》らされた小型の竜を試運転する《飛竜兵》の横を突き抜け、さらに速度を増していく。

幸い、かなり強力なセーフティがついているため、激しく機体を振り回しても幅広な二等辺三角形に似た機甲飛竜《きこうひりゅう》から人が振り落とされる心配はない。なので時に水のアーチの真下ギリギリと通り抜け、時に垂直に立てて複数の帆船の帆の間を潜《くぐ》り抜《ぬ》け、時に逆さへ身をひねった上で小型船の煙突へと魔導《まどう》ハックの剣を突き立てていった。

トーマス＝ロベルギンを抱えながらニアヴェルファニが叫ぶ。

「意味あるのそれ!?」

「何が役に立つかは分からないよ!!」

小さな船であっても演算領域はレベル20なり30なりはある。それらを食《く》い繋《つな》ぐだけであっという間に三桁に届く。こうなってしまえば雪だるまは加速的に膨らんでいく一方で、風の流れを読んで自動的に帆の向きを切り替える帆船なら300から400、側面に巨大な水車のような外車式推進器をつけた蒸気船なら一隻で1000に届くものもある。脚も翼も必要なく、水に浮かべるだけでボディを支えられる船舶はやはり乗り物の王様だ。魔導利器《まどうりき》の規模で言えばこれに勝るサイズは他にない。

あちこちにリンケージプラグの剣を突き刺して分離し、柄の中で圧縮しておいた新たな刃《やいば》を補充していくアヤトへテレリアが悲鳴のような声で尋ねてくる。

「全然大神官を振り切れませんよ！　アヤトさん、魔導《まどう》ハックで何とかなりませんか!?」

「……ッ!!」

「魔導銃《まどうじゅう》でストレートに迎え撃つのは相当骨が折れるはずよ。あいつの肩にある作り物のスズムシ、広範囲の空気を圧縮して防音空間に作り替えてる」

「こーち、おばあちゃんの部屋で図面見た事がある。多分ベル・リンギングとかいうの。塹壕《ざんごう》戦《せん》でのグレネード除《よ》けの網を参考にしているんだって。ほんとはでっかい基地サイズの装備らしいんだけど、スリッパ大にする方法で頭を抱えてた。薄羽根の角度をちょこちょこ変えて、正面一二〇から一八〇度くらいをカバーするはず」

意外な所からヒントが出てきた。本当につくづく会っておきたかった技術者だ。

魔王も魔王で目を丸くしながらも、

「ともあれ、向こうが真《ま》っ直《す》ぐ追ってくる中じゃ盾の裏に回りようがないわ。私達が魔導銃《まどうじゅう》で応戦したってほとんど弾《はじ》かれるはずよ！」

「ほんとにそうかな魔王。ベル・リンギング試作機は魔導銃《まどうじゅう》じゃない。マミリス君の話が正しければおそらく固定の陸上要塞を無理矢理《むりやり》コンパクトにまとめただけ。つまり、高速移動中は座標指定がきちんと機能しないから守備範囲がブレまくるはずだ。ベルバス本人はともかく、機甲飛竜《きこうひりゅう》なら落として振り切れる。それよりもだ！」

そもそも何かがおかしかったのだ。

機甲飛竜《きこうひりゅう》で水の街を飛び回りながら、アヤト達はこれまで得た情報をまとめてみる。

「あの大神官様は勝利を確信した時に言っていた。『君は魔王ニアヴェルファニの逃走、いいや復活を阻止した英傑だ』って。『神殿移しの儀』？　トーマスじいさんの処刑の予定に変更がなかった事よりも、変更があってニアヴェルファニが落ちてきた方が嬉《うれ》しいみたいな口振りだった。何故《なぜ》？」

「そ、そりゃあ、善なる偶然とやらを信じるフォーチュリアナ聖教《せいきょう》としては、敵対する魔族のトップを捕まえられたのは棚から牡丹餅《ぼたもち》っていうか、そういうのじゃないんですか？」

「フォーチュリアナが魔王ニアヴェルファニを忌み嫌うだって？」

アヤトは宙に浮かぶ水晶《すいしょう》タロットを操り、乗っ取った機甲飛竜《きこうひりゅう》に意識を集中させながら、

「フォーチュリアナ聖教《せいきょう》は魔法の取り扱い……つまり近代的な魔導銃《まどうじゅう》の開発に寄与する事で急激にその勢力を伸ばしてきたのにか？　そもそも、大元の魔法は一体誰に支えられていると思っているのやら」

その時だった。

シュドッッッ!!!!!!　と真後ろから蒸気が噴き出すような轟音《ごうおん》が炸裂《さくれつ》した。

「きゃああっ!?」

テレリアが叫んで首を縮める。

彼らのすぐ頭上を細長い白煙が突き抜けた。追い抜いていった弾体が何もない虚空で漆黒の闇を生み、周辺の景色を爆発の中心点へと凝縮させていく。

まるで巨大な重力の塊のようだが、アヤトはすぐに看破した。

「バズーカ砲か!?　特権階級のくせに拾い物ばかり!!」

スズムシとは逆の肩で担いでいるのはグレネード砲と似て非なる魔導銃《まどうじゅう》で、グレネードが単

純に指定した魔法を自己増幅させて爆発的に膨張させるのに対し、バズーカ砲は周囲のマナを強引に吸収した上で、そのエネルギーを使って爆発膨張させる。つまり生体も機械もお構いなしに内から引き裂いた上で、スカスカになった残骸を外から爆発で吹き飛ばしていく訳だ。

元が軍用の魔導利器《まどうりき》を吹き飛ばす目的で作られたものだ。極悪極まる仕様になるのも当然。今はせめて、向こうの魔導銃《まどうじゅう》に誘導性能がない事を感謝するしかない。

「あんなもので狙われ続けたら一層かわし切れなくなるわよ‼」

「バズーカも魔導銃《まどうじゅう》の一種だ。銃声イコール射程距離、あいつが自分から撃つ時にはただでさえ脆弱《ぜいじゃく》なシールドを解除する必要があるな……。それよりニアヴェルファニ、偉そうに御高説を垂れるのは良いけど例の対竜《たいりゅう》ライフルはどうした⁉」

「まだ持っているように見える？　じいさん抱えるのに精一杯だったから余計な荷物は広場に捨ててきたわよ！」

「んっ！」

「よせマミリス君、ショットガンの射程で弾体を撃ち落としてもこっちが爆風に巻き込まれる！　テレリア君頼んだ‼」

「ああもう、拳銃でバズーカ撃ち落とすっていうのもかなりの曲芸ですけどお⁉」

金髪少女が叫びながら二丁拳銃を構える。さらに続けて飛んでこようとした弾体に向けて、氷の槍《やり》が飛んだ。点の狙撃ではなく面の乱射でどうにかこうにか撃墜、誘爆させていく。この辺は魔法サマサマだが、喜んでもいられなかった。まず景色が引っ張られるように一点へ集約され、そこから大爆発が起きる。あんなもの、直撃したら一発で全滅だ。

風に流れていくつるりとした空薬莢《からやっきょう》を横目で観察しながらアヤトは冷静に分析した。

（……やはり効率は良くない。この分だとこっちの方が先に弾切れを起こしそうだ）

抜本的な対策が必要だ。そのために今は少しでも情報が欲しい。追っ手の大神官ベルバスが何を望んでどんな欲に取りつかれているのかも行動を読む武器になるかもしれない。

バズーカのインパクトに引きずられるな。気を落ち着け、直前までの話を思い出す。

言葉を読めば誰でも違和感を持つ。

（魔法、魔法……か！）

聖なる教えを自称する者達が得意げに振りかざしているのも、何か妙な話ではないか。

「何が光闇二元論《こうあんにげんろん》だ。世界には火、水、風、土の属性があって、それらは無色のマナは四方に散らばる超越生命と同調する事でエレメントの色を付けていく！　トリガー引くだけの人達は古文書になんか興味ないかもしれないけど。でもってその四天王を無視して世界を自在に泳ぎ回る、完璧なシステムの中に内包された『遊び』の部分が魔王ニアヴェルファニだろうに!!」

ちなみに計算してみると、この『四方』は明らかに静態大陸《せいたいたいりく》よりも外まで大きく囲っているのが分かるはずだ。いかに自分達がちっぽけな存在かを思い知らせてくれる。

そしてややこしいのは、ニアヴェルファニはあくまで数値の固定された頂点ではなく不確定因子という点だ。

故に四種の王を凌駕《りょうが》する『世界の設定上限』を突破した存在でありながら、人の手で倒されたり封印されたりする脆弱性《ぜいじゃくせい》も併せ持つ。仮に相手が四属性の王そのものであったなら、人が魔法で挑む事ほど馬鹿馬鹿しい行いもなかったはずだ。何万発撃ち込んでもひるませるくらいが関の山で、致命傷は与えられない。

「……ちょっと待って。つまりそういう事なの!?」

アヤトの操る機甲飛竜《きこうひりゅう》が巨大な水のアーチの真下を潜《くぐ》り抜《ぬ》けていく中で、あくまでも恩人を抱き寄せたままニアヴェルファニが不機嫌な声を出す。

「世界には四つの属性しかなく、その成り立ちには魔族側が大きく関与している。だけど、光属性だの闇属性だので物事全部を人間側にとって有利に説明したがるフォーチュリアナ聖教《せいきょう》としては、四つしか属性がないんじゃ困る！　だから『神殿移しの儀』のタイミングで勇者だの魔王だのの口を封じてでも事実を覆い隠そうとしたって事？　ありもしない光属性なんて幻想《チート》を守り抜く、ただそれだけのために!?」

「……厳密に言えば、四天王にも支配されない『制限されぬ可能性』のニアヴェルファニを唯一無二の闇属性とか無属性とかって見る事もできるかもしれないけどさ!!」

言葉と同時に、アヤトは幅広な二等辺三角形に似た巨体を強引に持ち上げた。馬の前脚を宙に浮かばせるような格好で、莫大《ばくだい》な急制動によって一気に速度が落ちる。

ボッ!!　と真後ろにいたはずの同機種、大神官ベルバスの駆る機甲飛竜《きこうひりゅう》が空気を引き裂いてアヤト達を追い抜いていく。

前後で交差するその瞬間、アヤトは叫んでいた。

「マミリス君!!」

「分かったこーち」

ドンドンドンドガドガドガッッッ!!　と今度こそフルオートショットガンが何重にも赤のマズルフラッシュを重ねていく。ベーシックな火魔法のプライマリ・ブレイズだがこれだけの密度になれば立派な脅威となりえる。

大神官側の機甲飛竜《きこうひりゅう》の表面がめくれて細かい破片をたなびかせるが、まだ落ちない。かえってベルバスを前方へ逃がしてしまった。再び特徴的な長耳を揺らすダークエルフの構えるフルオートショットガンの射程外へと逃げていく。

そして、

「バズーカがまた来ますよ!!」

「上等だ。一気に距離を詰めてやる」

ドシュッッッ!!!!!　と先行する大神官側が真後ろに向けて放った弾体が、白煙の尾を引いてアヤト達の方へ真《ま》っ直《す》ぐ迫る。

「きゃあああっ!!」

「だいじょうぶっ!!」

思わず悲鳴を上げるテレリアを腕一本で抱き寄せて落ち着かせ、迫りくる凶器をギリギリで頭上に逃がしながらアヤトは機甲飛竜《きこうひりゅう》の速度を上げていく。

どっちみち、ニアヴェルファニの存在は光そのものを司《つかさど》る属性の証明には結びつかない。光はないのに闇だけあったら、逆にフォーチュリアナは一層頭を抱える事になるだろう。

『神殿移しの儀』なんて上辺のイベントくらいでは求心力を保てなくなるほどに。

それこそ彼らが自ら禁じている『善なる偶然の存在そのものを疑って分析作業を行う』という選択肢に手を染めない限り、光の証明へ挑戦する事は叶《かな》わないのだ。

二機の機甲飛竜《きこうひりゅう》の距離が縮まる。

今度はアヤトの番だ。水晶《すいしょう》タロットの他に、リンケージプラグの剣にも意識を向ける。

「他の宗派は四大属性の調和で世界の成り立ちを説明しようとする向きが強いけど、フォーチュリアナはもっと分かりやすい光闇二元論《こうあんにげんろん》で人気を博してきた宗派だ。今さら光属性がないなんて言われても困るんだろ!」

ドガドガドガッッッ!! とマミリスのフルオートショットガンが再び唸《うな》るが、まだ少し距離がある。ギリギリで爆炎の弾幕は大神官の機甲飛竜《きこうひりゅう》を喰《く》いそびれていた。ただ、やはりこの高速移動中では大神官のスズムシの防音結界は適切に機能しないようだ。

アヤトとベルバスは互いを睨《にら》んで叫び合うが、流石《さすが》にこの距離と爆音の中では声なんて届かない。ベル・リンギング試作機の効果も手伝い、ぐわんと歪《ゆが》んだ音が飛び交うだけだ。

「……ッ!!」

「……ッ!?」

大神官側としても、寝耳に水だったのだろう。

『神殿移しの儀』。このデリケートな大詰めで。

あらゆる公的記録から紛失し、選抜王国《せんばつおうこく》の誰も封印された祠《ほこら》がどこにあるか知らない。しかも、内側から封印が破られる事はない。外の誰も祠《ほこら》の場所が分からないなら、もう二度とニアヴェルファニが眠りから目を覚まさないのと同じようなものなのだから。それなのに。

彼らが率先して魔族を迫害していたのは、魔族が人間に力を貸しているという証言をしてほしくないから。または、当の魔族本人から力を貸しているのだという自覚を忘れさせるためのもの。そう、虐待を受け続けた子供や老人が、自分の方に非があるのではと思い込んでしまうのと同じように、長い長い迫害の中で意識を内向的に希薄化させてしまおうくらいのつもりで。

四天王自体は表舞台に出てくる事はなく、人間との対話もしない。

故に、彼らの言葉を届ける橋渡しの恐れがある小粒な魔族を潰していけば沈黙は作れる。

だが、最古参の魔王ニアヴェルファニは迫害の対象に収まらない。刃向かう者を全て破壊し、散り散りとなった魔族達を再統合し、本来あるべき大軍勢としての力を取り戻させてしまいかねない。そして最強格の力を持ちながら人間個人のために全力を尽くすイレギュラー極まりないその心性は行動の予測がつかない。小粒な魔族など介さずとも、直接人間社会に殴り込んで真実を暴露してしまう恐れもある。

真実がバレたら困る。

かといって、封印から解き放たれたニアヴェルファニはそう簡単には捕まらない。どんな風に動くのかも想像がつかない。

だから、ニアヴェルファニの自由を奪った。

毒を喰《く》らわば皿までだ。『神殿移しの儀』の日取りも変えられない。出来レースだからこそ、失敗した場合のリカバリーは利かない。もはや、大事なイベントすら陰謀に組み込んでても事を収める必要があった。

恩人のおじいさんを逮捕拘留して理不尽な公開処刑を命じる事で、自由を得たニアヴェルファニの指向性を一点に集約、誘導させてから捕まえようとした。

(マミリス君の連打のせいで大神官も迂闊《うかつ》にバズーカを撃てなくなった。弾体を至近で撃ち落とされて誘爆したら自分も巻き込まれるからだ。今なら肉薄できる!!)

「……フォーチュリアナは魔法に関して胡散臭《うさんくさ》い広告も出してる。魔法をたくさん使うと反動で病気になるとか、マナに対するアレルギーみたいなものが出るとか。だけど実際にそんなのがあるなんて話は聞いたためしもない」

「当たり前でしょ、マナそれ自体は生体の中にだって循環しているんだから。よほど高濃縮でもない限り、異物として認識される事はないはずよ」

「その通りだ魔王。つまり相当無理をしてでも信徒を集める必要があった訳だ。こりゃあ金回りも結構危ないかもな。セレディレカ天空都市《てんくうとし》じゃ王家と懇意にしているって話だけど、でも、だからこそか。馬鹿みたいな浪費癖があれば結局運営が火の車になるのは変わらないんだろうし。ははっ、『神殿移しの儀』なんてイベントで既成事実を作らなくちゃならない理由があったってコト」

やはり魔導脚車《まどうきゃくしゃ》や飛行船より肥大化しがちな大型の帆船や蒸気船はレベルが違う。時に三〇〇エスール（注、約三六〇メートル）にも四〇〇エスール（注、約四八〇メートル）にも届く巨体が群れをなし、水面にびっしりとひしめき合っているのだ。それらを立て続けに襲って雪だるま式に演算領域を確保していったアヤトは四桁台のレベルに達していた。大神官ベルバスの肩にいるスリッパ大のスズムシ、ベル・リンギング試作機や大型の機甲飛竜《きこうひりゅう》に直接剣を刺してやれば制御を乗っ取れる。

（……宝の持ち腐れで終わってたまるか）

後は近づけば。

肉薄さえすれば!!

（こっちはもうレベル６０００から７０００に達しているんだ。いいやまだまだ増えてる！

ヤツが王様に取り入って天空都市《てんくうとし》のインフラ全てを悪用して小さな要塞に立てこもっていよう

が、引きずり回して破滅させてやる!!）

「ニアヴェルファニ」

「何よ？」

「世界には四つの属性しかない。善なる偶然の根っこが何であれ、それは大神官が語るような光属性で説明できるものじゃない。この事実を公にするだけで大神官がまとめるフォーチュリアナ聖教《せいきょう》は壊滅する。宙ぶらりんの『神殿移しの儀』をやり直そうとしても、王様だって愛想を尽かすさ。一般の信徒には可哀想《かわいそう》な事をするかもしれないけど、これで今までの理不尽に対する清算は行える。……で、こいつは本当に個人的な質問なんだが、そんな感じで満足できそうかな？」

キョトンとされてしまった。

返事は一つだった。

「直接ぶん殴らないと気が済まない」

「だよな。それが爽快感ってもんだ」

ぐんっ!!　と。

長耳のマミリスが構えるフルオートショットガン式魔導銃《まどうじゅう》の密度の高い爆炎の弾幕に追い立てられ、前方で右往左往していた大神官ベルバスの機甲飛竜《きこうひりゅう》が急減速を仕掛けてきた。

「そろそろやると思った!!」

金銀財宝で固めたスリッパ大の昆虫、ベル・リンギング試作機は高速移動中にはきちんと機能しないのだ。生き残るにはそれしかない。先ほどのアヤトと同じだ。急ブレーキで後方からの追っ手に自分を追い抜かせ、前後の攻守を逆転させようとしたのである。そしてあらかじめ警戒できていれば対処もできる。

水晶《すいしょう》タロットに触れる。

アヤトの操る機甲飛竜《きこうひりゅう》は前方へ突き抜けたまま、身をひねるようにぐるりと上下逆さまへ半回転していく。上と下。通り抜けざまに二機の機甲飛竜《きこうひりゅう》が接触ギリギリの距離まで近づく。まさに曲芸飛行のアクロバット。全幅三五エスール（注、約四二メートル）もの巨体同士が、ほんの二エスール（注、約二・四メートル）にまで肉薄する。

それはつまり、上下の差こそあっても同じ空間に属しているのと同じだった。

アヤトとベルバスの目が合う。

青いブレザーの少年は逆さになったまま、迷わずリンケージプラグの剣を大神官の肩に留まる悪趣味なスズムシへと突き込んでいく。

「させるか、賊があ!!」

大神官ベルバスが吼《ほ》えた。

直後に凄《すさ》まじい震動があった。スリッパ大のスズムシを信用しなくなった大神官側の機甲飛《きこうひ》竜《りゅう》がさらに無理して身をひねり、その翼をこちらへ接触させてきたのだ。

一秒を無限に引き延ばしたようなチャンスは失われ、二機のバランスが崩れる。墜落しないようにアヤトは水晶《すいしょう》タロットに全ての意識を集中せざるを得なかった。

気がつけば二機は併走していた。

「真実に嫌われるような生き方をした人間は悲惨だな。恥の上塗りでぶくぶく膨らんで、どこにマッチ棒みたいなご本人様がいるのかもう見えないぞ、大神官!!」

「ふざけるなよ俗物。『神殿移しの儀』によってフォーチュリアナ聖教《せいきょう》は盤石となる。そのためにそこの老いぼれの処刑は絶対に完遂する。ここまで来て失敗などありえるか!?」

「宗教ってのはもうちょい偉い存在のもんだろう、いつから人のアンタが決められるほど身近になった?」

「真実は王に保護されしフォーチュリアナ聖教《せいきょう》が公布する!! 貴様達はただ大口を開けて配給される真実を受け入れておれば良いのだ! それが民の幸福というものだろう!!」

「真実はそんなに軽くない。いけしゃあしゃあと言ってやるよ、地の底を這《は》うこの魔導《まどう》ハッカーがな。アンタ達がどんな演出を交えて原稿を読み上げようが、世界中の誰が何を信じたって、それで曲げられるのは通説だけだ。歴史の闇に埋もれようが『真実』は絶対になくならない! 光属性なんてありもしない幻想《チート》を守るために、種族の違いを乗り越えてでも結びつこうとしたその絆《きずな》を奪わせるなんて許せるかッッッ!!!!!!」

顔をしかめたのは、撃士《げきし》のヘンリエッタだ。

「（……こっ、これが本当に民の安寧を願う大神官の言葉か？　フォーチュリアナ全体のどこまでが私物化されているのやら……）」

激昂《げきこう》するベルバスは失態に自覚があるのか、撃士《げきし》程度黙らせられると考えているのか。

至近であっても大神官は太い円筒形のバズーカ砲をスズムシとは逆の肩で担ぎ直す。ダークエルフのマミリスが呼応するようにフルオートショットガンの銃口を併走する機甲飛竜《きこうひりゅう》へと突きつける。

同時に火を噴き、真紅のマズルフラッシュが花開いた。

ベルバス自身が撃ち出したバズーカの弾体はヤツの至近で撃ち落とされ、景色の一部が一点へ集約される形で目に見える攻撃範囲が大神官側の機甲飛竜《きこうひりゅう》の翼を巻き込み、大きく抉《えぐ》り取《と》る。

だが同時に大量の鋭い破片が空気を泳いだ。

「ッ!!」

ニアヴェルファニはとっさに、覆《おお》い被《かぶ》さるように恩人のじいさんを庇《かば》おうとした。

だが痛みはなかった。

恐る恐る目を開けると、そんな二人の盾になるように、金髪の少女が両腕を交差しながら立ち塞がっていた。

「……せる、もんですか」

二丁拳銃を握る二本の手で顔を守りながらも、それでも隙間を縫うように、その頬には一筋

の赤い傷が走っていた。

魔王ニアヴェルファニ。

トーマス＝ロベルギン。

彼ら二人の生き様を何人たりとも否定させないと、強い意志の力で前を見据えながら。

「やらせるもんですか!!　こんな、ここまできて！　最後の最後で全部奪われるだなんて真っ平です!!」

機体が破損した事は、大神官にとっては有利に働いた側面もあった。速度が遅い方が後ろを取れるのだ。おかげでベルバスは危険な併走状態から脱し、いくらでもこちらを狙える後方へピタリと張り付く。

しかし束の間《つかのま》、現実的な問題の全てがどうでも良くなった。

少年の頭の奥が灼熱《しゃくねつ》の感覚で埋め尽くされそうになる。

「……、」

アヤト＝クリミナルトロフィーはパートナーの少女の顔に走る傷へ目をやっていた。彼女が得意とする水魔法からの派生形、回復魔法を使えば簡単に塞がるものかもしれない。痕が残る心配だって必要ないのかもしれない。

だが迷わずアヤトは剣を握る手を使って自分の頬を殴り飛ばした。

鈍い音と共に彼はもう一段覚醒していく。リンケージモニタの水晶《すいしょう》タロットの他に魔導《まどう》ハック用の剣を摑《つか》み直《なお》した。

それは条件さえ整えば、マナの通るものを全て乗っ取る。

「……ニアヴェルファニ、手を貸せ。自分で殴らなくちゃ気が済まないんだったよな。クロスカウンターを決めるならチャンスは一度しかない」

「？」

「あのクソ野郎に本物の地獄を見せてやる」

4

機甲飛竜《きこうひりゅう》の翼はズタズタにめくれ上がり、いかに小さな要塞とも言える宝石だらけのベル・リンギング試作機を肩に留めていても、老体のあちこちが悲鳴を上げている。それでも背後から大罪人を追い駆けるフォーチュリアアナ聖教《せいきょう》の大神官、ベルバス＝ルイン＝クランキーはほくそ笑んでいた。当然ながら勝算はあったのだ。それはスズムシとは逆の肩に担いだバズーカ式の魔導銃《まどうじゅう》などではない。

（……こちらに決め手となる攻撃手段がなくても構わない。土彩城下《どさいじょうか》のスレイプニルも間に合わなかったようだが、それでも善なる偶然に守護された結果は何も揺るがん）

場所を確認する。

アクーアリア水彩城下《すいさいじょうか》。連中は追っ手を撒《ま》いてセレディレカ天空都市《てんくうとし》の勢力支配圏から逃れるため、真《ま》っ直《す》ぐ街の外の自由な大空へ逃げ出そうとしている。

(だが、それが死の壁なのだ)

セレディレカ天空都市《てんくうとし》は浮遊大地《ふゆうだいち》のみがその支配圏ではない。周囲には巨大な大砲をしこたま搭載した大型飛行船が展開されている。紅蓮《ぐれん》の竜をも真正面から押し返す大火力。そして今、このタイミングならアクーアリアの外周で待っているはずだった。生身の人間に向ければどうなるかなど、火を見るよりも明らかだ。

側面にずらりと並ぶ大砲の恐ろしさは、直線的な砲弾に込められた炎や風の魔法ではない。そもそも砲弾を中心にして大空一面へ分厚い結界を張れば、ヤツらは為《な》す術《すべ》もなく巨大な壁との正面衝突を避けられなくなる。各種のセーフティに守られているから忘れがちになるが、彼らは今八〇スクズ（注、約時速一三六キロ）の世界に生きているのだから。

こちらが追い立て、飛行船の正面まで誘導してやれば良い。

ヤツらは自分達が周囲を出し抜いていると勘違いしながら、確実な死に向けて一直線に突き進んでいく。

(しかし今さら、ここまでやってセレディレカ天空都市《てんくうとし》に留《とど》まるという選択肢もない。進んでも死ぬ、留《とど》まっても死ぬ。この状況こそが確実だ!!　フォーチュリアナ聖教《せいきょう》と天空都市《てんくうとし》を完全に結び付ける、俗世の負債などこの国に押し付ける!　誰にも私の邁進《まいしん》の邪魔はさせんぞ!!)

こうしている今もぐんぐんと加速が増していく。

じきに外周は見えてくる。

死の壁が迫る。

どうあっても大神官の口元では笑みが止まらない。

そして、その時が来た。


ゴァアッッッ!!!!!! と。

咆哮《ほうこう》を発したのは飛行船ではなく、魔王ニアヴェルファニに呼応した巨大な飛竜だった。


「……あぁァ!?」


おかしい。

あれがここにいるのはおかしい。

だって、どうしたって『あの』飛竜が猛攻を続けるのはフレイアード火彩城下《かさいじょうか》のはずだった。だとすればそれがどうしてアクーアリア水彩城下《すいさいじょうか》に顔を出しているというのだ!?

5

仕掛け自体は単純だった。

「元から空中に浮いていて自由に向きを変えられる天空都市《てんくうとし》に、東西南北なんかない。こいつはどれだけ大きくても凧《たこ》みたいに大空で浮かんでいるんだから、やり方次第では任意の方向に動かす事だってできる」

機甲飛竜《きこうひりゅう》を操りながら、アヤト＝クリミナルトロフィーはそんな風に言ったものだった。

「それに俺達は大地に根を張っているんじゃなくて、セレディレカの地表から離れて天高くを飛んでいる。これだけの高さならもう磁石も乱されて当てにならない。それ以外、目視で方位を知る方法は様々だけど、一番分かりやすいのはアクーアリア水彩城下《すいさいじょうか》の道順をなぞる事だ。道に沿って進めばまっすぐ進んでいるように思い込む。人の目はそんな風に簡単に騙《だま》される」

つまりは、

「セレディレカ天空都市《てんくうとし》自体をゆっくりと回転させる。そうすれば、あらかじめ待っている飛行船を回避して巨大な竜が待っている場所へスライドさせてしまう事ができるはずだ」

当然、いくら魔導《まどう》ハックに使うリンケージプラグの剣があっても簡単にはできない。天空都《てんくうと》市《し》そのものを動かすとなれば、よっぽど大きな演算領域、レベルが必要になるはずだ。

そしてその候補は目の前にあった。

ニアヴェルファニ。

太古の魔王、伝説の存在。

だがその体にマナが循環しているのは同じはずだ。生体にもマナは通る。テレリアが普段使っている回復魔法だって、その流れを操る事で体調を整えているのだから。

それ以上の説明はいらなかった。

今まで抱き抱えていた恩人から静かに腕を離すと、美しき魔王は自分の額の真ん中を人差し指で軽く叩《たた》いたのだ。

「私をハックなさい」

魔王は言った。

あらゆる魔族は彼女の顔を知っている。故に二機が並んでいれば、紅蓮《ぐれん》の竜は自然とニアヴェルファニのいる機甲飛竜《きこうひりゅう》を標的から除外するだろう。

大神官を巨竜の下まで連れていけば、後は特大の一撃が全てにケリをつけてくれる。

「体の中に力が残っているかどうかは関係ない。私は、魔王としての莫大《ばくだい》な力を抑え込むためのセーフティを全身に組み込んでいるわ。レベルに換算して、推定で９９９。私には無用の長物であっても、本職の魔導《まどう》ハッカーならその価値は分かるはずよね。勝手に引き出して、自由に使ってちょうだい。もしもアンタの刃《やいば》がそこまで届くなら、遠慮はいらないわ。これだけあれば天空都市《てんくうとし》を丸ごと動かせるはずよ」

ニアヴェルファニの力を共鳴させるにはレベル9999が必要で、ニアヴェルファニの力を取り込めば同数の9999が手に入る。

つまりは成功すればレベル20000弱に達する。

今の今まで使いどころがなくても大型の帆船の帆や蒸気船の外車式推進器にブレードを突き刺して演算領域を確保してきたのだ。乗り物としては最大級の巨大船舶の中には、一隻で10 0や1000に達するものさえある。雪だるまのように加速度的に力を増していったアヤトは、ついには伝説の魔王や天空都市《てんくうとし》そのものにまで届こうとしていたのだ。

だから彼は言った。

「俺は魔導《まどう》ハッカーだ。できない事なんか何もない」

「じゃあここで全ての憂いを断ちましょ。そのためなら全身ハックされても構わないわ」

6

そして、

「あ」

　そして、

「ああ」

　そして。

「あばはァァァああ!!!???」


　ゴッッッバッッッ!!!!!!　と。


　今の今まで主の慟哭《どうこく》に反応して無謀な突撃を繰り返していた紅蓮《ぐれん》の竜が、今度の今度こそ溜《た》まった鬱憤の全てを吐き出すように強大な閃光《せんこう》をその大口から噴き出した。

　陽《ひ》の輝く星空、その瞬きすら遠ざかる。

　結果は言うに及ばず。

　レベル799、成金趣味で宝石だらけのスズムシがどうした。

　アヤト達に追いすがろうとした愚か者が乗っていた機甲飛竜《きこうひりゅう》の右半身を容赦なく蒸発させ、喰《く》いそびれた残骸と初老の男をまとめて膨大な水面へと突き落とした。

フェイズXX　トータリヌス静態大陸《せいたいたいりく》

ひらりと紫の蝶《ちょう》が舞う。

妖艶なレースにきらびやかな宝石で彩られた、自然界には存在しない夜の蝶《ちょう》。それはクラシックなメイド服を纏《まと》う紫の髪の美女へ姿を変えると、傍らの主君へ話しかけた。

「満足いく結果になったかしら」

『そうだねえ』

陽《ひ》の輝く星空の下、答えたのは二本脚で立つ筋骨隆々のミノタウロスだった。

彼の前にあるのは大量の黒い汚物の山。重力制御によって灼熱《しゃくねつ》の溶岩に八本脚の巨馬の形を与えていた、対魔王用の特殊兵装のなれの果てであった。一〇〇エスール（注、約一二〇メートル）もの大きさの超高熱源をたった二振りの剣で仕留め、周囲にいる民の一人さえ犠牲を出さなかったと聞けば、さてどれほどの人が信じるだろう。

セレディレカ天空都市《てんくうとし》は火、風、土の三つのコアが破壊され、王家と蜜月を過ごしていたフォーチュリアナ聖教《せいきょう》は大神官の引退と数々の醜聞によってズタズタの状態になっている。

『神殿移しの儀』が失敗した事で、地方王も国教化の道を切り捨てたらしい。静態大陸《せいたいたいりく》全体を治める側としては、治安維持の面でも財政の収入面でも喜ばしい事ではないだろう。魔導《まどう》ハッカーはどこまでいっても騒乱の素《もと》であり、野放しにしておける存在ではない。あるいは、太古に忘れ去られた魔王などよりも、よっぽどだ。

だが選抜王国統合王家《せんばつおうこくとうごうおうけ》の第一王子はファスナーだらけのズボンを軽く払って即答した。

『良いんじゃないの？』

「具体的にどの辺りが」

『数字の話で言えば確かにマイナスばかりが目立つけどよ、この選抜王国《せんばつおうこく》ってのはあまりに問題がなさすぎてあちこち肥大を始めちまってる。別に毎日ドンパチしてるよそ様が羨ましい訳じゃあねえが、一つの大陸をいくつかの王家がまとめちまった弊害だな。外と戦争するでもなし、中で不満が噴出するでもなし。そして停滞は良くも悪くも澱《よど》みを生む。どこぞのアホな大神官みてえにな。たまにああいう引《ひ》っ掻《か》き回《まわ》し役が静態大陸《せいたいたいりく》を攪拌《かくはん》してくれるくらいでちょうど良いのさ』

「問題発言だわ。まるで対岸から安全に花火でも眺めているような口振りね。とてつもなく危険な花火を」

『おいおい、逆だろ。魔導《まどう》ハッカーなんて立場があるから分かりにくいかもしれねえが、いつだってアヤトちゃんは「フォワード」、解決する側だ。ヤツは自分からは何もしない。カウンター戦略の頂点なんだからさ』

「となると？」

『うん。一定以上の武力を有し、かつ自分から動く人間は破壊の権化と化す。どれだけ自覚があるのか知らねえが、あいつはその辺をセーブして自分の力でミニチュアの街並みを踏み潰さねえよう折り合いをつけてる。可愛《かわい》いじゃねえか。努力をしてる間は面倒見てやるべきだと思うよ、オレは。力を持ってるだけで怪物扱いってのはあまりに短慮な選択だ』

「面倒を見る、ね」

紫のメイドは小さく首を傾《かし》げて、

「なら、例の件についても答えを教えてあげれば良いのに」

『アヤトちゃんが愛用のリボルバーと六発目《ヘキサジンクス》の悪魔を捨てた時、何があったのか、ね』

赤茶けたミノタウロスはゆっくりと息を吐いて、

『……真実なんてつまらねえもんさ。突出した最強ランカーはいらない、出る杭《くい》は打たれる。正義なんて虚《むな》しいもんさ。魔王ニアヴェルファニが救済と嗜虐《しぎゃく》を履き違えたように』

「それを決めるのはあなたじゃないわ」

『ま、かもしれん』

魔導実験の失敗によって天の罰を受け、怪物に身をやつしたその男。いいや、本来の数値通りなら絶対に失敗する事のない実験に参加していたその男。

本当なら、人間と魔族は歩み寄れるはずだった。

魔族の側が独自に開発、流通させているミミックオプションで自分達の種族の特徴を隠し、人間社会に溶け込んで細々と暮らすだけでなく。人間側が髪型を変える感覚で自由に翼や尾びれを生やせれば、お互いの差異なんて小さなものだと笑い合えたはずなのに。

……太古の文献にヒントを得て始めたプロジェクトは、魔王信仰を復活させると疑われて引き裂かれた。文字通り、目の前で研究機材を破壊され、暴走に呑《の》まれてこの有り様だ。いや、連中からすれば邪魔な王位継承者を退場させられれば口実は何でも良かったのか。

下手人はこの手で捕まえた。突き出した先の裁判で正当な裁きも下った。刑期を終えた四人達に、彼は赦《ゆる》しを与えた。何もかも統合王家の者として模範解答で、アヤトやニアヴェルファニのような危うさもなかった。

だけど、クレバーに二段飛ばしに進め過ぎて、感情が追い着かず『次』を見失った。

赤茶けたミノタウロスは自分のゴツゴツした頭をぺちりと叩《たた》く。

王の剣、バタフライエフェクタ。

ミカ＝アンゲロスの口添えもあれば出自を証明できるはずなのに、そうしない。気ままに静《せい》態大陸《たいたいりく》を旅するように見えて、実際には足踏みから抜け出せない男が囁《ささや》く。

『目的ってなあ、達成のタイミングってのが大事なんだ。答えが早過ぎても、反則を使っても、駄目だ。次の目的へのレールの切り替えができなくなって、そこで心が潰れるぞ。何しろ人生の目的ってのは当たり前のように目の前をちらついているくせに、いったん見失うといくら探し回っても見つからなくなるもんだからなあ』

「……、」

『あの子には前を向いて欲しいんだよ。王族のわがままだと分かっていてもな』

『おお、おお!! 御前様、相も変わらずお美しい。お久しゅうございます!!』

「デカいし暑苦しい!! ただでさえ機甲飛竜《きこうひりゅう》は目立つっていうのに、アンタみたいなのがついて回ったらどこにも逃げられないでしょ!?」

地上へ伸びる太い太い鎖に沿う格好で青い星へと降下していく幅広な二等辺三角形に近い機《き》甲飛竜《こうひりゅう》の上で、赤い革のベストやスリット付きのタイトスカートを纏《まと》う魔王が鋭いヒールをかつかつ鳴らして怒っていた。

無理もない、今の今までニアヴェルファニの慟哭《どうこく》に呼応する形でセレディィレカ天空都市《てんくうとし》への断続的な奇襲を繰り返してきた紅蓮《ぐれん》の飛竜が今も併走を続けているのだから。

レベル2000弱もあれば大気シールド『庇護《ひご》の傘《かさ》』だって干渉して穴を空けられる。彼らはすでに壁の外、何もない虚空へと躍り出ていた。

「じいさんだって脅《おび》えるでしょ。これで悪い夢とか見たら拳で報復に行くからね?」

「い、いやじいちゃんは別に……」

『おお!!　あなた様が御前様の傷を癒《いや》し赦《ゆる》しを与えてくださった!?　正直あなた様のご先祖様はメッチャクチャ恐ろしかったりするのですが、互いに手を取り合う事ができればこれ以上の話はございません。本日はお目にかかれてまことに光栄です!!』

「人がしゃべっているんだから言葉を被《かぶ》せるんじゃないわよッッッ!!!!」

アヤトも乗っ取った機甲飛竜《きこうひりゅう》を操りつつ、空いた手の人差し指をこめかみにやっていた。

このデレデレぶり。頼んでもいないのにぐいぐい前へ出てきちゃう感じ。魔族の頂点はどいつもこいつもこれと認めた存在のためならどこまでも矢面に立つ召喚モンスターばかりなのか。古典演劇にそのまま出てくるような輩《やから》なので無理もないのかもしれないが。

「何とかならないのかこれ？　このままじゃ永遠に地上へ降りられない」

「だそうよ！　ほら散った散った!!」

『積もる話もありますが、御前様のお役に立てただけでも僥倖《ぎょうこう》。最後の一撃を加える栄誉をお譲りいただけた御恩も忘れませぬ。ではまた次の機会に。火王核《かおうかく》ブラストヘッグ＝プロメテ＝ベルガーソンは四方の極端にてお待ちしております』

それから何故《なぜ》だか巨大過ぎるその竜はギョロリと眼球だけ動かして、アヤトの傍らにいる金髪少女の方へ視線を投げた。

『ネレイドのお嬢も、な。ちょいと見ない間に大きくなったもんだ』

「へ、えへへぇ……」

大きな胸の前で右と左の人差し指をちょんちょんくっつけながら引きつり笑いを浮かべる少女の顔を見ると、その竜はそれ以上語らなかった。

『では御前様、わたくしめはこの辺りで』

「最低でも方位を示す極北の星が歳差《さいさ》でよそへ移るまでそっちに行く機会ないわよ」

とんでもない挨拶と共に化け物達は別れていく。

「……何にせよ、ようやっと着陸準備に入れる」

その魔王は年老いた恩人と共に、美しい世界を見て回る旅に出る。

馬鹿デカい機甲飛竜《きこうひりゅう》を問題なく不時着させるため、ひとまず世界で一番巨大な人造湖の岸辺に狙いを定めながらアヤト＝クリミナルトロフィーはこんな風に尋ねたものだった。

「そっちはこれからどこへ行くんだ」

「言うと思う？」

「ま、行方を晦《くら》ますならそれがベストかもしれないけど、でも行き先が分からないとまたどこかでかち合うかもしれないぞ」

「その時はその時」

歌うように、だがニアヴェルファニは即答した。

アヤトもため息をついて、

「そうだ大魔王。別れる前に、君に一つ聞いておきたい事があったんだ」

「何かしら」

「何百固め年前だか一千固め年前だか知らないが、その時はどんなヘマして封印されたんだ？君ほどの存在が」

「んー？　ちょいとした行き違いよ」

ニアヴェルファニは小さく笑っていた。

もはや彼女の中では消化の終わっている出来事なのかもしれない。

「もしも魔族に翼がなかったら、人と仲良くできたかもしれない。もしも魔族に尾びれがなければ、人と同じようになれたのかも。そんな願いに形を与えようとした。ま、人間社会に魔族が忍び寄るための負の発明だって思われ、お披露目《ひろめ》の日に闇討ちされたんだけど」

「……、」

「だけど私が蒔《ま》いた種は、眠っている間にも無事に育っていったみたい。『私達』は意外なほど近く、そして穏やかに寄り添っている。アンタが世界の秘密に触れて受け入れられる事を願っているわ」

そっか、とアヤトはそれだけ言った。慌てたのは四角四面のヘンリエッタだ。

「(おっ、おい、そっかじゃないだろう危険人物!?　相手は伝説の魔王だぞ、このまま地上の大陸に放ってしまっても大丈夫なのか!!)」

「ヘンリエッタ君。永らく立場の違いから無用な対立を繰り返してきたけれど、ようやく俺達の事を理解してくれたようで何よりだ」

「?」

「そう、俺は危険人物なのだ。……今さら、杓子定規《しゃくしじょうぎ》な善悪論など気にするとでも?」

うおおおおああああーっ!? と本格的に頭を抱えてしまった撃士《げきし》サマだったが、それとは別に、ダークエルフのマミリスは小さく首を傾《かし》げていた。

「あれ? 何だか良い話のように聞こえるけど、でもそうしたら、当時の勇者は人間と魔族が結びつくのを邪魔した事になるんじゃあ……?」

「仕方なかったのよ。何が正しくて何が悪いかは、勇者の周りにいた王や貴族が吹き込んだものなんだから。こちらの意図なんて気づけるはずもないわ」

アヤトはアヤトで、誰にも気づかれないようそっと息を吐いた。

問題は片付いた。ように見える。……しかし気になる事もあった。大神官ベルバスが防御用のスズムシ、ベル・リンギング試作機に頼っていたのは分かる。機甲飛竜《きこうひりゅう》の操縦もセレブのレジャーの一環かもしれない。だが、バズーカ砲は? 優雅な狩猟で慣れるとも思えない。おそらく『クォータナリ・プレス』辺りを込めたのだろうが、一般で使う魔法ではないのだ。

(クォータナリ・プレス……か)

何か、思い当たる節があった。

『学園群塔《がくえんぐんとう》』で自分が撃ち殺してしまった、ある友の顔を思い浮かべる。

……テレリアの義理の兄だった風変わりな男もまた、戦闘職ではなかった。非戦闘系の研究職だったあの男が、たった一人で曲者揃《くせものぞろ》いの校舎塔を丸々占拠できたのは？

まともな手際とは思えない。

誰かが魔法について入れ知恵をしていた。

(見つけた)

大きな『何か』が横たわっている。

魔導銃《まどうじゅう》が家庭にまで普及した時代で、『本当に殺せる』意味の魔法を伝える『何か』が。

(見つけた、見つけた、見つけた、とにかく見つけた)

「どうしたんですか、アヤトさん？」

「いいや」

途方もないが、ようやくきっかけのようなものを手に入れた。

完璧な笑顔と共に、魔導《まどう》ハッカーはこれだけ答えた。

「何でもないよ。何でもね」


世の中にはどうにもならない事がある。

「あれ？」

ようやっと、頭の上に当たり前の青空が戻ってきた。選抜王国《せんばつおうこく》でも随一とされる巨大な人造湖の街。湖の中央から巨大な巻き上げ機に操られた、太い太い鎖を天に伸ばし続ける莫大《ばくだい》なアンカー。元はセレディレカ天空都市《てんくうとし》の下地となる浮遊大地《ふゆうだいち》として持ち去られてしまった跡地に大量の地下水が流れ込んでできたその湖のほとりの事であった。

セレディレカ天空都市《てんくうとし》を脱出して、とりあえず地上の大陸にある最寄りの街まで降下してから、ふとテレリア＝ネレイド＝アクアマリンは首を傾《かし》げたのだ。

魔王ニアヴェルファニとトーマスおじいさんとはここで別れる運びになった。彼らが今後どうなるかは分からない。きっと誰にも知られる事なく思うがままに生きていくだろう。

大体そんな感じだったのだが、

「……あの、真犯人のニアヴェルファニさんが行方を晦《くら》ませると、私達は何も目的を達成してないような。押し付けられた諸々《もろもろ》の罪状は結局どうなっちゃうんでしょうかあ!?」

「押し付けられたも何も、最終的には自分達の意思で大神官を全身複雑骨折に追い込んでフォーチュリアナ聖教《せいきょう》全体も壊滅寸前、『神殿移しの儀』は失敗に終わって今じゃもう国外退去扱いだ。死ぬより厳しい生き地獄にしっかり突き落としたろ。あそこから健全運営に戻るのかは今後の動向を観察するしかないけど。悪を倒したって褒めてくれる訳じゃないのが現実の厳しいところだ、何にしたって大罪人であるのは変わらないんじゃあ？」

「ひっ、ひぎいい!?」

アヤトとテレリアは大体こんな感じ。

逆に言えば、彼らはすでに慣れてしまっているのだろう。

それくらい当たり前に、毎日毎日人を助けられるところにまで上り詰めている。たとえ、餓《う》えた狼《おおかみ》の如《ごと》く過去の事件を追う過程の話であったとしても。

「(あ、安定と言うべきか、幼馴染《おさなな じ》み的に停滞してると言うべきか。判断に迷いますう……)」

「?」

一方で、何となく連れてこられてしまった銀髪褐色長耳付きのダークエルフ・マミリスとマジメカタブツ撃士《げきし》ポンコツ付きのヘンリエッタはと言えば、

「……地上だと行くあてもないから、このまま放り出されても困るかも。どっちみち、もうこーちとおんなじ魔導《まどう》ハッカー一味として一般認識されてしまっているだろうし」

「私もその一味という事になるんだろうか？　……王と国家が懇意にしていた宗教と真っ向から対立して大神官を蹴落とした訳だし……いいや!!　清廉にして潔白なるヘンリエッタ＝スプリット＝デストリウスの名において国から出て行ったフォーチュリアナの健全な復興過程を外から観察し、同時に極めて危険な魔導《まどう》ハッカーの動向を把握し更生に導く事で、最低限、そう

最低限のお目こぼし程度は聡明《そうめい》な王もお認めになられるはず。そうこれはあくまで世のため人のために行う外部出向なんだあーっっっ!!⁉??」

……こういう『折り合い』がすらすらと出てくる辺りが不良役人の始まり始まりなのだが、おそらくカタブツ撃士《げきし》ヘンリエッタは自分で出している危険信号に気づいていない。

大体みんなついてくる運びになったので、アヤトはパンパンと手を叩《たた》いて注目を集めた。

「大型の機甲飛竜《きこうひりゅう》はとにかく目立つから、墜落地点にはじきに追っ手がやってくるだろう。そうなる前に行方を晦《くら》まそうと思う。海か山か、行きたいトコある?」

言いながら適当に地図を出すアヤトに対し、テレリアが待ったをかけた。

「どうせなら視点は大きくしましょうよ。えいやっ」

掛け声と共に、四つに畳んでいた地図が大きく広がる。そこはもう、人の手で区切られた天《てん》空都市《くうとし》の枠になど収まらない。一体どこまで正しい主張なのやら、あらゆる陸や海の中でも唯一微動だにしないとされる静態大陸《せいたいたいりく》の端から端まで、どこまでもどこまでも。

自由が待っていた。

そして提案者のアヤトも含め、全員で手を挙げて一斉に言い合った。

海、山、海、山!!

「しまった……偶数パーティの弊害が早くも出てしまったぞ」

と、そこでひらりと紫の蝶《ちょう》が視界を横切った。

それは紫の髪をたなびかせる妖艶なメイドに姿を変えると、何の脈絡もなく突然やってきてこう提案してきた。

「ならこちらに一票」

そう。

ミカ＝アンゲロスの役割は、彼らに次なる行動の指針を与える『依頼人』なのだ。

「新しい問題と困っている人がいるわ。『フォワード』として話を聞く気はあるかしら？」

あとがき

そんな訳で皆様初めまして、鎌池《かまち》和馬《かずま》です。

一口に魔法と言っても色々あるけれど、銃を起点にして色々作れないかな、と設定を積み上げていったこの作品。例えば同じ魔法を込めた場合でも拳銃とライフルでどう違うのか、ショットガンやグレネードランチャーのような効果は魔法の設定をどういじくったら表現できるのか。自己複製だの増幅だの、あれこれ考えるのが面白かったです。

さらにそんな中で主人公にイレギュラーな力を与えるとしたら何だろう……と考えた結果、あらゆる魔法製品を乗っ取る魔導《まどう》ハッカーというポジションが浮かび上がってきました。

この二つのイメージを中心に据えているため、今回はファンタジーでありながらどこか『間違えた』サイバー感が出ていたかもしれません。外国人の方が思い浮かべるニンジャやゲイシャみたいな勢いが出ていれば良いなあと願うばかりです。

異世界感を出す方法と言っても色々あるとは思いますが、今回は馬や牛が普通にいる自然環境でありながら、数字で説明するところを全部独自の単位に置き換えてマイルやポンドの国に出かけたような海外旅行の戸惑い感を出せないかなと。また、見慣れたネット関係に魔法の用語を盛る事でふわふわした不思議な生活感を演出できないかなという狙いもありました。

魔導脚車《まどうきゃくしゃ》に車輪というものがなく、昆虫や節足動物などをモチーフにしているのは毎度の趣味が出ています。思えば別レーベルの『とある魔術の禁書目録《インデックス》』のファイブオーバー、『ヘヴィーオブジェクト』のウォーターストライダー、『インテリビレッジの座敷童《ざしきわらし》』のツェリカ憑依《ひょうい》メカ、『未踏召喚://ブラッドサイン』のレプリグラスなどなど連綿と受け継がれているような……？

そしてこんな世界で縦横無尽の活躍をするのが前述の魔導《まどう》ハッカー。パソコンやスマホの代わりに水晶《すいしょう》でできたタロットやサイコロなどの『占いの道具』を振りかざす事で、ファンタジー感を高めつつ画面の中の構文と睨《にら》めっこしている『専門家以外に読めない言語を自在に操る』様子を描写できないかなと思いまして。

自分の素性を明かさずに機材や情報を自在に掌握するハッカーは、実は囚人と看守の関係に代表される『下から上へ一方通行で情報を吸い上げる』特権階級構造と良く似た不思議な立ち位置にいます。主人公のアヤトはあらゆるものを欺く技術を持ちながら、誰よりも真実に固執する事で皆様の共感を得られればと思って書き連ねていきました。一方で、アンダーグラウンドに身を委ねてでも真実を大切に扱う主人公の傍らに寄り添うのは、素直で優しい巻き込まれ体質でありながら自分自身の素性や姿形さえ偽らざるを得ないヒロインのテレリア。ぎこちなくも互いに背中を預ける少年少女の戦いに爽快感を覚えていただけましたら、これ以上の事はございません。

イラストのＨＩＭＡさん、担当の三木《みき》さん、中島《なかじま》さん、山本《やまもと》さん、見寺《みてら》さん、スペシャルサンクスの人には感謝を。某ソーシャルゲームでは大変お世話になりました、まさかここにきてもう一度ご縁の繫《つな》がるチャンスがやってくるとは。格好良い少年に可愛《かわい》い女の子に魔法に銃に人間に魔族に騎士にゴロツキにドラゴンに魔導利器《まどうりき》にと、相変わらずのごった煮状態をお見舞いしてしまい、滅法お手間をおかけしたと思います。本当にありがとうございました！

そして読者の皆様にも感謝を。剣を持っているのに裏方で卑怯者《ひきょうもの》の主人公（人間の最強ランカー）、銃を持っているのに殺さない正統派のヒロイン（魔族四天王の愛娘《まなむすめ》）など、ファンタジーでありながら色んなところがねじれていたこの作品。味付けの方はいかがでしたでしょうか。皆様のファンタジー心を少しでも刺激できましたら幸いです。

それでは今回はこの辺りで。

マーメイドかエキドナかですっごく悩んだよ

鎌池和馬

次の目的地は決まった。

地図を見るにきちんとした鉄道路線が敷設されている訳ではないし、飛行船や気球《ききゅう》バンガローなんかの大空の旅なんてもってのほか。しばらくは荒地を走り回る、六本脚の魔導脚車《まどうきゃくしゃ》での旅になるだろう。そうなるとまさかの車中泊もありえる。ルームミラーにサイドミラー、鏡一つだって全身を映せるものをいつ使えるかなんて何の保証もないのだ。移動生活という事は霧状《きりじょう》マナの半無線接続ベースの（つまり点と点を線で結ぶ固定の）スノードームを大きくしたようなメディアサモナーとも縁遠い日々の始まりも意味する。ああ、テレビジョンにラジオセットに情報検索。みんなみんなさようならであった。

（……『私達』は意外なほど近く、そして穏やかに寄り添っている、ですかあ）

「はあ。すっごい話だなあ……」

本物の青空の下、テレリア＝ネレイド＝アクアマリンは店先にある大きなガラスの前で自分の前髪を軽くいじっていた。

お互いの素性を明かしたって、魔族と人間は結び付ける。

魔王ニアヴェルファニと勇者の末裔《まつえい》トーマスおじいさんが身をもってそれを証明してくれた訳だが、やはり遠い。世界最高峰のてっぺんに自分の旗を立てた登山家と同じように、あまりにも隔絶した偉業にしか見えなかった。

だって、『真実』は怖いじゃないか。

下半身が魚だなんて、そんな『真実』一度切り出したらもう後戻りできないじゃないか。

(いつか)

それなのに、勇気をもらっている自分は現金だとマーメイドは自嘲する。

テレビジョンで紹介される職人の技を見て、特に同じ技術を持っている訳でもないのに何だか誇らしくなってくるのと同じ状況に過ぎないだろうに。

安宿での作業の片手間、記憶のあるなしもあやふやな一言ではない。

面と向かってきちんと挑む時はいつになるのやら。

(それでも、いつの日か、私もあんな風に……)

「はあ」

堂々巡りの中、いったん意識を目の前の現実に移してみよう、と彼女は思った。

マイカーを持たないアヤトが地上で適当な車を調達するとなれば、富豪や貴族向けのレンタカーはまずない。おそらく都市国家と都市国家を結びつける輸送団の護衛役でも買って出て、強力なバネ脚を備えるバッタに似た大型トラック隊の前後を挟む防衛車両を運転させてもらう形を取るのがベターだろう。車はおんぼろだし相手のペースに合わせてのろのろ進む羽目にはなるが、とりあえず人と車の燃料は向こうが払ってくれる。……車中泊だとセルフマニュアルがどうだと大暴れなアヤトが心配で心配でたまらないが。最悪、天気さえ良ければ屋根の上に上がって寝転がる選択肢も視野に入れておいた方が良い。

（……ただまあ、戦闘職『フォワード』がこういう守りの依頼を引き受けると、本場の防衛職『バウンサー』の皆様が怒り狂ってケンカを吹っ掛けてきそうではありますけど）

「どうしたの、ため息ばっかり」

長耳を見せつけるダークエルフのマミリス＝コスターが話しかけてきた。彼女も彼女で厳密な区分はテレリアと同じ魔族側のはずだが、早くもこの環境に慣れてきている節がある。最初に人身売買組織に襲われていた時の印象とは違って、意外と本質は図太いのかもしれない。

「あら？　そちらは……」

「おばあちゃんに手紙出してきた。今はバタバタしているけど、いつか帰るから心配しないでって」

ひょっとすると追っ手がかかるきっかけになりかねないが、この街にも長居するつもりはないので大きな問題にはならないだろう。

「郵便屋さんの魔導脚車《まどうきゃくしゃ》が行っちゃうところだったけど、放牧されていた牛が道路をまたいでくれていたおかげで間に合った」

「こういう空気も悪くはないんですけどね」

ストレートの銀髪にチョコレート色の肌を持つダークエルフのマミリス＝コスターは事件の

最後まで付き合う義理はなかったかもしれない。どこかで切り上げていれば、セレディレカ天《てん》空都市《くうとし》から抜け出す必要なく家族の下へ帰れたかもしれない。

だけど彼女は特に表情を変えなかった。

「後悔なんかしていない。自分の真実に胸を張れるって素敵よね。おかげで手紙に書く内容にも困らなかった」

「そう、ですか」

ニアヴェルファニに続いて、マミリスも真実という言葉と向き合っているようだった。

思わずわずかに表情を曇らせるテレリアに、マミリスは小首を傾《かし》げる。

「本当にどうしたの？」

「私だって色々あるんですよー。悩みとか何とか」

「ん？　んん？？？」

「何で納得いかないって顔なんですかね!?　悩みくらいありますよ!!　例えばほら下半身が魚なもんだから、私厳密には魚類なのか哺乳類なのかとか！　これで卵で生まれてくる体だとしたら地味にショックなんですけど!?」

彼女はとある事情からテレリアの正体がマーメイドである証拠を目撃してしまっているので、こういう所でぶっちゃける相手ができたのは金髪少女としてもありがたかったりするのだが。

そしてダークエルフはテレリア＝ネレイド＝アクアマリンの一番柔らかいところを無造作に

ぎゅむと摑《つか》んでこう言った。

「……『こんなの』二つもつけておいて、自分は哺乳類じゃありませんっていうのはあんまりじゃない？」

「あんまりって言うならこの扱いだと思いますけどねぇッッッ!!?!??」

おーい、という見知った少年からの呼びかけがあった。

遠くからこちらへ手を振る人影がある。無事に交渉は成立したようで、その手には水晶《すいしょう》を削り出したと思《おぼ》しき魔導脚車《まどうきゃくしゃ》の鍵が見て取れた。太陽の光を照り返してキラキラと輝いている。

心地《ここち》好くも、しかしある意味では停滞してしまった居場所。

いつまでも揉《も》み込《こ》みにかかるダークエルフのマミリスの手を振りほどくと、テレリアはガラスの前で最低限の身だしなみを整える。そしてその停滞から恐る恐る外側へ踏み出すように、新天地へ足を向けた。

彼女の真実までの距離は、あと何歩か。

「はーい！　今そっちに行きますから、ちょっとだけ待っててくださいねぇ!!」

アヤト＝クリミナルトロフィーは今でも『あの日』の真実を追い求め、古巣を離れて世界を彷徨《さまよ》っている。その陰謀には魔導銃《まどうじゅう》を家庭用品としてしか使えないはずの者達へ高度に攻撃的な魔法の殺傷知識を囁《ささや》いた、大きな何かが横たわっている。だけどその努力はどこまで行っても空回り。少年が全ての真相を摑《つか》むには、まず正しい人物相関図の把握から始めねばなるまい。

そう。

人間と魔族の壁を越えて。

一番身近な少女の正体は何者か、といったところから。

この物語はフィクションです。実在の人物、団体、事件等には一切関係ありません。

本書はアプリ「LINEノベル」にて掲載されたものに加筆・訂正しています。

魔導《まどう》ハッカー
〉〉暴《あば》け、魔法《まほう》の脆弱性《ぜいじゃくせい》を

2019年 8月 5日 初版発行

著者……鎌池和馬《かまちかずま》

発行者……森 啓

発行……LINE株式会社

〒160-0022 東京都新宿区新宿4-1-6 JR新宿ミライナタワー23階
http://linecorp.com

発売……日販アイ・ピー・エス株式会社

〒113-0034 東京都文京区湯島1-3-4
http://www.nippan-ips.co.jp TEL：03-5802-1859

印刷・製本……大日本印刷株式会社

校正・組版……株式会社鷗来堂

Printed in Japan ISBN 978-4-908588-76-1 C0193

LINE文庫エッジ

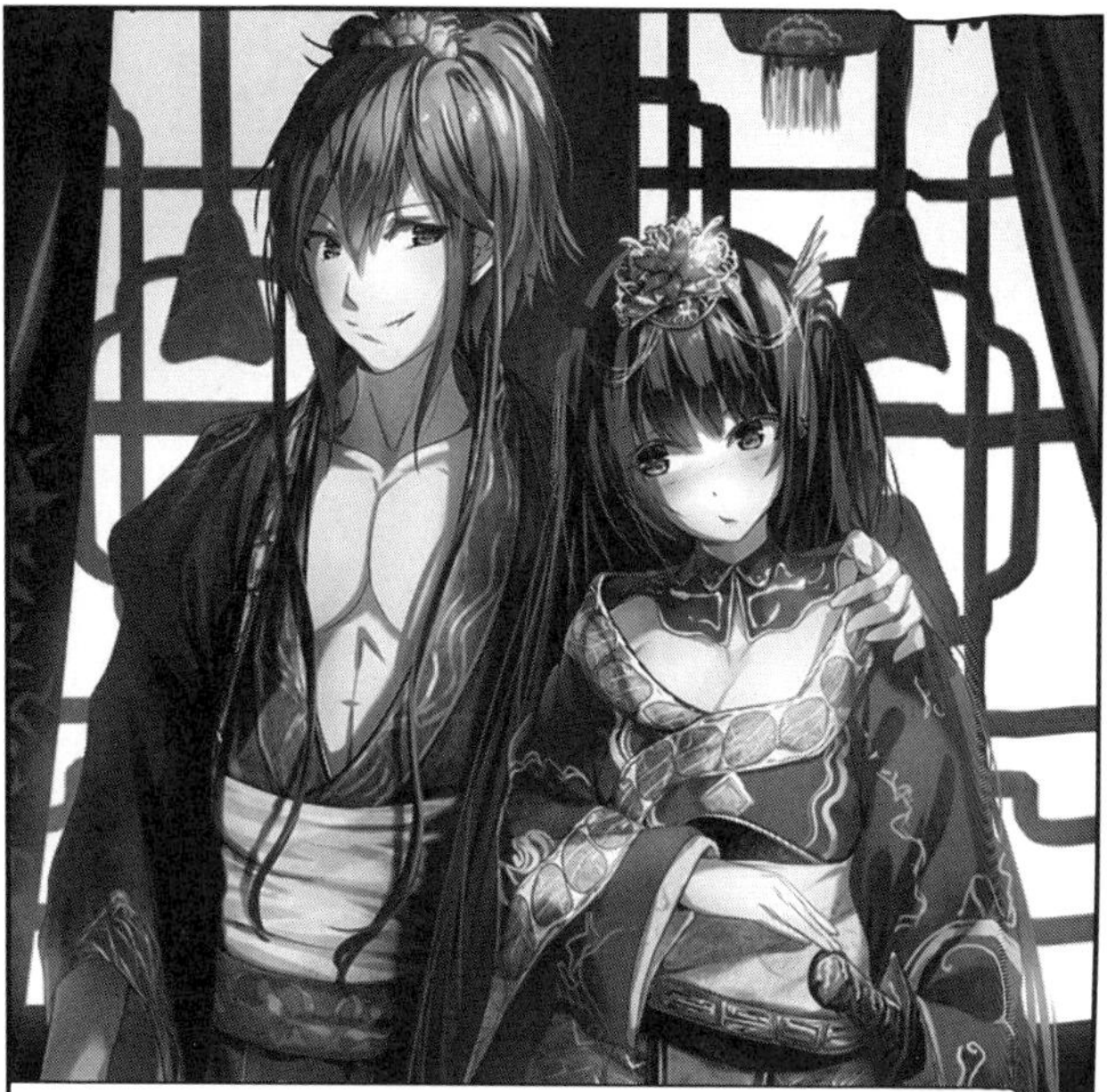

デュアル・クリード

著：津田彷徨　画：ジョンディー

塾へ向かう途中突然意識を失った亮は、女神に導かれ見たことのない異世界へと召喚される。彼は気付くと内乱真っ只中のクロノス王国にいた。二つに割れた王国に再び平穏を取り戻すため、亮は、現代から来た少女・皐月と共に戦乱の渦に巻き込まれていく。

だが、周辺諸国も“英雄”たちを召還していた——。二人は、前田慶次、ナポレオン、松永久秀、柳生十兵衛、水戸光圀といった来訪者たちと相まみえることになる——。

戦略×戦略！己の信条を賭けた英雄大戦が今幕を開ける!!